기마민족 정복설

대한민국 스토리DNA 017

기마민족 정복설

초판 1쇄 발행 | 2017년 12월 18일

지은이 이명행
발행인 이대식

주간 이지형 **편집** 김화영 나은심 손성원
마케팅 배성진 박상준 **관리** 이영혜
디자인 모리스

주소 서울시 종로구 평창길 329(우편번호 03003)
문의전화 02-394-1037(편집) 02-394-1047(마케팅)
팩스 02-394-1029
홈페이지 www.saeumbook.co.kr
전자우편 saeum98@hanmail.net
블로그 blog.naver.com/saeumpub
페이스북 facebook.com/saeumbooks

발행처 (주)새움출판사
출판등록 1998년 8월 28일(제10-1633호)

ISBN 979-11-87192-71-8 04810
978-89-93964-94-3 (세트)

대한민국
스토리DNA
017

기마민족 정복설

이명행 장편소설

새움

차례

작가의 말(2017)

이 글을 쓴 시점은 미국 대통령이 일본과 중국 그리고 우리나라를 다녀간 지 사흘째 되는 날. 큰 이슈는 여전히 북한 핵 문제였고, 그것이 더욱 초조한 우리들의 가슴을 옥죄고 있던 2017년 늦가을이었다.

우리 한반도 상황은 130년 전에도, 이 소설이 처음 쓰인 그때에도, 그리고 지금도, 달라진 것이 없다. 우리는 그러한 지정학적 위치에 인질처럼 서 있다. 다시 읽고 고쳐 쓰면서 놀란 것은 달라지지 않은 이 현실이었던가? 아니, 달라지지 않은 이 현실을 고쳐 살고 고쳐 살고 130년을 거듭 고쳐 살면서도 달라지지 않은 우리의 인식이었던가? 불행히도 운명은 변하지 않는 우리를 주목하고 있다.

한반도의 분단이, 이 고통의 분단 상황을 먹잇감으로 여기고 둘러싸고 있는 저 열강의 탐욕들이, 그것이 우리의 일상적 삶에 영향을 끼치기에는 너무 멀리 있다고 여기는 둔감한 인식이, 우리를 여러 차례 불행한 구렁텅이에 밀어 넣었다. 더불어 우리의 둔감한 인식을 안전판으로 자신들의 목적을 위해 민족의 처지를 희생시키며 정치적 생명을 연장해 가고 있는, 빌프레도 파레토가 말한 저 여우형形 인간들, 여의도의 그들이 있었다.

기회가 왔을 때 그것을 놓치지 않을 것. 어쩌면 지금 우리가 누리고 있는 이 기회는 다시 만나기 어려울지도 모른다. 이번 미국 대통령의 아시아 순방에서 주목했던 것은 일본이 미국에 제안한 인도·태평양 전략. 무엇으로 포장했든 그것은 남·동중국해 지역에서 중국을 견제하고, 중국이 태평양으로 세력을 확대하지 못하도록 저지선을 구축하는 전략이었다. 일본의 총리가 내밀었고, 그것을 미국 대통령이 받았다. 수백 년이 지나서도 꺼지지 않는 이 집요함. 우리에게도 내밀었으나 우리 대통령은 그것을 받지 않았다. 바로 받지 않음으로써 우리는 생각할 기회를 벌었다.

그의 깊은 성찰 속에서 우리가 기다리는 것, 이 소설을 써서 작가가 얻고 싶었던 바로 그것, 그것은 오직 평화.

덧붙이는 글 : 이 소설을 처음 탈고했을 때 붙였던 제목이 '기마민족 정복설'이었다. 첫 출판 편집 과정에서 제목이 '황색 새의 발톱'이 되었다. 그것을 이번 출판에서 작가의 처음 뜻대로 '기마민족 정복설'로 바꾸는 것에 독자 여러분께 깊은 이해를 구한다.

2017년 늦가을

이명행

작가의 말(1993)

설혹 행동하고 있더라도 그것을 인식하는 자신은 그 행동과 전혀 별개일 수도 있다. '내가 지금 뭘 하고 있지?'라고 묻게 되는 경우가 흔히 있지 않은가. 나는 이 글을 쓰기 바로 전까지 이삿짐을 싸고 있었다. 서울을 떠나자. 이런 막연한 생각을 했던 것은 불과 2개월 전쯤이었다. 이런저런 이유가 있었겠지만, 번거로운 서울 생활에서 벗어나 시간을 벌어 보자는, 인생을 좀 더 넉넉한 마음으로 살아 보자는 희망이 가장 강력한 동기였다.

그런데 뜻밖에도 나는 "내가 지금 뭘 하고 있지?"라는 질문의 덫에 걸려 있다. 대답은 당연히 이삿짐을 싸고 있다는 것이 될 터인데, 어찌 된 일인지 그것만으로 대답이 완성되지 않는다는 느낌이 드는 것이다.

나는 지금 인생의 절반에 이르러 있고, 이 시점에서 이 책이 출간되는 것으로 이삿짐을 싸는 것하고는 비교조차도 할 수 없는 일을 벌이고 있는 것이다. 친한 친구가 얼마 전 이사를 하겠다는 말을 듣고, 이사를 하는 것이 '배수진을 치는 일'이 될 것이라고 일러 주었었다. 덧붙이자면 소설을 쓰기 위한 배수진일 것이라는 얘기였다.

비로소 지금 나는 이게 내 스스로에게 배수진을 치는 일임을 깨닫고 있다. 서울 생활에서 벗어나 시간을 벌어 보겠다는 희망이나, 인생을 좀 더 넉넉하게 살아 보자는 희망은 당의정이었다. 그 달콤한 당의정에 싸인 그것이 어떤 성질의 것인지, 안타깝게도 나는 아직 잘 모른다.

다만 내게 소망이 있다면 어느 날 문득 "내가 지금 뭘 하고 있지?"라는 질문을 하지 않게 되길 바랄 뿐이다. 진실로 내가 한 선택에 후회가 없기를 바랄 뿐이다.

이 소설을 다 쓰고 난 뒤 나는 조금 두려웠다. 진심으로 우리의 현실이 이 소설과 닮아 가지 않기를 바란다. 또한 이 소설을 통한 소망이 있다면 그것은 올바른 상황 인식이다. 상황 인식을 돕는 정보의 투명성만이 우리를 위기로부터 구할 것이라고 믿는다.

가르쳐 주신 선생님들께, 이 소설을 미리 읽어 주신 두 분 선생님께, 내게 용기를 준 선배와 친구, 책을 만드느라 더운 날 고생한 분들께, 내 선택에 아무런 조건 없이 박수를 보내 준 가족들에게 진심으로 감사한다.

1993년 7월

이명행

잘못 배달된 죽음

얼마 전, 서울에서 작은 사건이 있었다. 늙은 청소부가 그 사건으로 인해 죽었다. 사람이 죽은 사건을 두고 작은 사건이라고 한다면 도의에 어긋나는 것이 될지도 모르겠다. 사람들은 '하찮은 늙은 청소부 따위'라고 말한다면 분개할 것이다.

그러나 지금 사람들 기억 속에 남아 있는 것은 늙은 청소부 하나가 죽은 하찮은 사건일 뿐이었다. 누군가 도와주지 않는다면 과연 그 사건을 제대로 기억할 수 있는 사람이 몇이나 될까? 하지만 늙은 청소부의 죽음은 단순한 것이 아니었다. 그 죽음은 분명히 잘못 배달된 것이었고 그 배후는 매우 음험했다. 운명의 장난은 정말이지 너무 거칠었으나 사람들은 그것을 의식하지 못했다. 사람들은 신문에서 정체를 알 수 없는 폭발물에 의해 석류알처럼 터져버린 한 늙은 청소부의 사진을 봤지만, 그 잔인한 살의가 너무나 엉뚱해서 가슴속에 감정을 증폭시킬 수 있는 극적 구성을 할 수가 없었다.

알려지기로는, 한국에 불법 체류하고 있던 '모렝'이라는 이름을 가진 젊은 말레이족이 끝내 자기편이 되지 않는 세상에 복수를 하기 위해 저지른 사건이라는 것이었다.

그 늙은 청소부는 한 콘도미니엄 주차장에서 서 있던 고급 승용차에서 폭사暴死했다. 그러나 다시 말하지만, 이미 알려진 것처럼 그 늙은 청소부의 죽음은 단순한 사건이 아니었다. 좀 더 사려가 깊은 독자였다면, 왜 사건이 일어난 지 일주일씩이나 지난 다음에야 신문에 발표가 됐었는지, 왜 그 가난뱅이 늙은 청소부가 전혀 어울리지 않는 고급 승용차 안에서 죽었는지 궁금했을 것이다.

과거를 되씹는다는 것은 정말 지겨운 일이다. 그러나 이 사건은 하나의 작은 시작일 뿐이었다. 이 사건은 인간들의 일이 얼마나 불완전하고 그 계략이라는 것이 또한 얼마나 교활한 것인지를 보여 준 또 다른 사건들을 잉태하고 있었던 것이다.

지구촌 돌아가는 형편과 이 사건이 무관했다면 그리고 그것이 한반도의 운명과 무관했다면, 그 지루한 과거를 되새길 필요가 없을 것이다. 우선 늙은 청소부가 죽던 그날로 돌아가 보자.

새벽 3시 20분.

12월의 서울은 몹시 추웠다.

강남의 한 콘도미니엄 주차장. 건물 광장을 몰아치는 바람줄기는 거리의 쓰레기들을 휘감아 올렸다. 겨울 새벽의 시린 바람

소리와 텅 빈 거리를 질주하는 자동차 소리를 빼놓고는 모든 것이 잠들어 있었다.

그 을씨년스러운 정경을 배경으로 검정색 승용차 한 대가 콘도미니엄 주차장에 들어서고 있었다. 입구에 경비실이 있었지만 승용차를 제지하는 사람은 없었다. 승용차가 광장으로 들어서고 난 다음에야 비로소 경비실의 문은 열렸다. 노란 완장을 찬 젊은 경비원이었다. 그는 이마 위로 쏟아지는 경비등 불빛을 손으로 가리려다가 말고 서둘러 모자를 썼다. 그는 게을렀다. 승용차의 움직임을 주시했으나 차는 워낙 천천히 움직였고, 차가 주차할 자리를 잡기까지 불과 몇 분도 견디기 힘들 만큼 날씨는 추웠다. 젊은 경비원은 검정색 승용차가 주차장 구석의 붉은색 페라리 근처에 서는 것을 보고 뭔가 알아들을 수 없는 목소리로 투덜거린 뒤, 경비실 문을 소리 나게 닫아 버렸다. 난로 옆 탁자 위에는 밤새 켜두었던 라디오의 빨간 램프가 깜박이고 있었다. 그는 이어폰을 귀에 꽂은 채 누워버렸다. 다시 랩 가수 M.C. 해머의 목소리가 거칠게 젊은 경비원의 귀를 후볐다.

이윽고 승용차는 광장 구석에 서 있던 붉은색 페라리 옆에 주차했다. 이미 생산을 중단한 모델이었지만, 아직 도로에서는 흔히 볼 수 있는 한국산 중형 세단이었다. 세단은 등을 끄고, 한동안 기척이 없었다. 새벽 분위기는 추위와 거친 바람 소리 때문에 전혀 평화롭지도 신선하지도 않았다.

차에서 내린 사내는 가방을 들고 있었다. 커다란 가방은 그의 체격에 어울렸다. 그는 결코 주변을 살피거나 주춤거리지 않았다. 익숙하게, 마치 미리 조종된 로봇처럼 정확하게 옆에 서 있던 붉은색 페라리의 열쇠 구멍에 두 개의 가느다란 철사를 밀어 넣었다. 문이 열렸고, 그 후 그의 작업은 20분 동안이나 계속됐다. 목격자는 없었다.

아침 6시 10분, 윌리엄 피그먼은 견딜 수 없는 갈증으로 눈을 떴다. 일본이나 한국 출장 경험이 많은 그에게는 이미 익숙한 고통이었다. 두통이 엄습했고, 배 속은 메스꺼웠다. 어젯밤의 질펀했던 술자리를 떠올렸다. 피그먼은 머리를 저었다. 한국인들의 주법이라는 것은 정말 인상적인 것이었다. 폭탄주라는 것이 있었다. 피그먼은 그것을 그들이 겪은 전쟁 때문이라고 생각했다.

냉장고에서 생수를 꺼내 허겁지겁 들이켰다. 갈증은 씻겨 내려갔으나 두통은 여전했다.

대사관의 미스 셰린과는 7시 30분에 약속이 되어 있었다. 셰린이 빌려준 붉은색 페라리가 창밖으로 내려다보였다.

냉장고에서 버터와 달걀을 꺼내 스크램블드에그를 만들면서 역시 호텔보다 이곳 콘도미니엄에 묵기를 잘했다는 생각을 했다. 까다로운 입맛 탓이었다.

샤워를 끝낸 피그먼은 슈트케이스에서 줄무늬 셔츠와 두꺼운 스웨터를 꺼내 입었다. 넥타이를 매는 격식 따위는 차릴 필요가 없을 것이라고 그는 생각을 했다. 미합중국 상무부 관리로서 지녀야 할 품위는 대사가 주최한 정동 만찬에서 보여 준 것만으로도 충분했다.

그는 미 상무부 통상위원회가 한국의 반도체 생산 업체에 대해 고율의 덤핑 예비 판정을 내리도록 주도한 실무팀의 부책임자였다. 팀장인 도널드가 강권으로 밀어붙였던 이번 결정은 공격적이었고 무리한 것이었다. 피그먼도 그렇게 생각했다. 1986년 일본의 64KD램의 경우와는 달랐다.

일본 반도체의 덤핑 공세는 처음부터 악의적인 의도를 가지고 있었다. 그것은 미국 반도체 산업의 면역 항체를 뽑아내고, 바이러스를 주입한 것이었다. 그 결과 미국의 반도체 시장은 일본에 완전히 점령당했다. 반도체뿐만이 아니었다. 일본은 미국의 기초 산업을 초토화시켰다. 60년대에는 철강과 조선 산업을 빼앗아 갔고, 70년대에는 텔레비전을, 80년대에는 공작 기계를 가져갔다. 이제 미국은 국가 안보에 필요한 필수적인 부품 제조 능력마저도 상실했다. 미국 기업의 85%가 일본의 제조 장치를 이용하고 있고, 따라서 일본 제품이 없으면 미국 기업 대부분이 돌아가지 못한다는 사실을 안다면, 미국인들은 이제 일본에 대해 보다 겸손한 태도를 보여야 할 것이었다. 분노하기에는 너무 늦었다.

물론 한국도 위협적이었다. 이미 한국의 반도체는 미국 시장의 30%를 잠식하고 있었다. 그 예봉을 꺾어야 할 시기가 됐다는 사실은 피그먼으로서도 인정할 수밖에 없었다. 그러나 한국 반도체에 매긴 최고 87.4%라는 고율의 덤핑 예비 판정은 미국의 반도체 산업과 한국의 반도체 산업이 상호 경쟁적이라기보다 상호 보완적인 구조를 가지고 있다는 사실을 간과한 것이었다. 피그먼이 마지막까지 물고 늘어졌던 것도 바로 이 점이었다. 한국은 메모리 분야의 반도체가 우세한 반면, 비메모리 제품은 거의 개발이 안 되어 있어서 상당량을 미국에서 수입해 쓰고 있는 형편이었다. 그래서 1991년의 경우, 한국은 미국에 메모리 분야의 반도체를 21억 6천만 달러어치를 수출한 반면, 미국은 한국에 비메모리 분야 반도체 19억 달러어치를 수출했다. 결과적으로 이 분야에서 미국은 2억 6천만 달러 무역 적자를 냈지만, 그 무역 적자 액수는 미국이 한국에 제공한 반도체 기술에 대한 기술료를 받는 것으로 메울 수 있었다. 미국과 한국의 반도체 분야 교역만큼은 나름대로 균형을 이루고 있었다고 피그먼은 생각했다. 일본의 시장은 미국 제품에 대해 폐쇄적이고, 일본의 전자 산업 역시 미국과 경쟁 상대에 있지만 한국의 사정은 크게 달랐던 것이다.

한국의 이런 사정은 덤핑 예비 판정에 앞서서 당연히 고려됐어야 했다. 그러나 한국은 지나치게 저자세였다. '잘 봐달라'는 말 몇 마디가 전부였다. 잘 봐달라니? 도대체 뭘 잘 봐달라는 것인가? 아직도 한국은 원조 물자를 얻어가던 60년대식 자세를 취하고 있다.

한국은 당연히 이 시기에 고단위의 로비 처방을 했어야 했다. 적극적으로 한국의 입장을 알리고, 당당하게 현재 반도체 부분 무역 수지가 전혀 덤핑 운운할 형편이 아님을 적당한 경로를 통해 피력했어야 했다. 그러나 불행히도 한국 사람들은 로비라는 말을 굉장히 싫어했다. 처음에는 이런 반응이 이상했었다. 그렇지만 피그먼은 얼마 있지 않아 한국에서는 로비라는 말이 뒷구멍에서 이권 챙기는 것을 의미한다는 사실을 알고 놀랐었다. 한국 사람들은 로비와 스캔들을 잘 구분하지 못했다. 그러나 이것도 곧 이해할 수 있었다. 한국 정가에서의 로비는 늘 스캔들 수준이었기 때문이었다.

피그먼은 반도체 생산원가를 조사하는 조사단의 일원으로 파견된 입장이었지만, 이미 입장에 걸맞은 권위를 포기한 지 오래였다. 한국의 당국은 이미 방어 본능을 상실한 순한 양이 되어 있었다. 그렇게 얌전히 포기해 버린 이유가 따로 있었을까? 오히려 한국의 반도체에 대한 덤핑 예비 판정이 내려졌을 때 더 크게 반발하고 나선 쪽은 애플을 비롯한 미국의 컴퓨터 업계였다.

한국의 통상 외교력은 한국의 반도체 기술을 따라올 수준이 못 됐다. 물렁하기 짝이 없는 한국의 통상 외교력으로 미루어 본다면, 그들이 말하는 한강의 기적은 정말 '기적'과 같은 결과였다. 다시 한번 피그먼은 머리를 저었다.

6시 50분. 서둘러야 할 시간이었다. 대사관까지 붉은색 사인펜으로 그려 놓은 지도를 다시 한번 확인한 피그먼은 서류 가방을 챙겨들었다. 그리고 탁자 위에 올려놓았던 가족사진에 키스를 했다. 사랑하는 아내 미린더 피그먼에게, 그리고 두 딸 메리와 셰릴에게. 이제 사흘 후면 가족을 만날 수 있을 것이었다. 이번에 귀국하면 결혼 15주년을 맞게 된다. 결혼 생활에 고비는 있었지만, 아내 미린더와의 생활은 그 몇 차례의 고비를 뺀다면 정말 행복한 날들이었다. 아내는 스탠퍼드 출신의 유능한 변호사이면서 가정에서도 손색없는 훌륭한 주부였다.

붉은색 페라리에서 일을 끝낸 검정색 세단이 다시 구로동의 자동차 정비 공장으로 돌아온 것은 6시 30분경이었다. 일을 끝내고 세 시간 가까이 콘도미니엄 주차장 근처에 있었지만, 골목길에 서 있던 검정색 세단을 눈여겨보는 사람은 없었다. 날이 밝기 시작하자 콘도미니엄 주차장 골목에 서 있던 검정색 세단은 사라졌다.

커다란 공구 가방을 든 덩치 큰 사내는 전혀 한국적인 인상이 아니었다. 짙은 황갈색 피부에다가 눈은 깊었으며, 높은 코 밑으로는 전혀 품위와 관계없어 보이는 수염을 기르고 있었다. 정비 공장 사무실로 들어선 그는 만족한 표정이었다. 커다란 공구 가방은 사무실 옆 간이창고의 문을 열고 아무렇게나 집어던졌다. 그 바람에 창고 안에서 뭔가 무너져 내리면서 잠시 소란스러운 소동이 벌어졌지만 그는 전혀 개의치 않는 표정이었다. 공장 안에는 아무도 없었다.

사무실 창가에 놓인 간이침대에 비스듬하게 앉아 그는 운명의 시간을 기다렸다. 그는 그 운명의 발자국 소리를 세상에서 가장 확실하게 들을 수 있는 사람이었다. 물론 그 외에 몇 사람이 더 그 시간을 초조하게 기다리고 있겠지만, 가장 가까이서 또렷하게 들을 수 있는 건 그뿐이었다. 그러나 그는 그 운명의 시간을 기다리는 사람 가운데 유일하게 자기 자신이 한 일이 어떤 일인지, 무엇을 위한 일인지 알지 못했다. 물론 목숨을 걸고 계율을 어긴다면 알아낼 수도 있었겠지만.

윌리엄 피그먼이 자신의 방을 나선 것은 6시 51분. 그 시각, 서울시 강남구청 소속 환경미화원인 김삼수 씨는 자신이 맡은 구역의 청소를 끝내고 귀가하는 길이었다. 겨울밤은 길었다. 해가 뜨려면 한 시간은 더 기다려야 했다. 근 30년 동안 견뎌온 추위였지만, 겨울 새벽의 추위는 해를 넘길수록 더욱 견디기가 어려웠다.

엊그제 교통사고로 죽은 동료가 잠시 떠올랐다. 야광 멜빵을 하고, 거기다가 크리스마스트리처럼 번쩍거리는 전등까지 몸에 휘감고 나왔지만, 그래도 안심할 수는 없었다. 청소부라는 직업은 천한 직업이 아니었다. 평생 그렇게 생각하고 일을 해왔다. 그러나 새벽에 집을 나설 때, 야광 멜빵을 하고 몸에 점멸등을 휘감을 때면 젖비린내처럼 아련한 감정이 가슴속으로부터 기어올라 왔다. 해마다 겨울이면 동료를 잃었다. 아들 녀석이 대학을 졸업하는 내년까지만 고생할 작정이었다.

리어카를 끌고 건물 모퉁이를 돌았다. 거기에 마지막으로 작은 일감이 남아 있었다. 콘도미니엄 주차장 모퉁이에 있는 쓰레기통을 비우는 일이었다. 주차장에서 세차를 하는 정씨 부부에게 한 달에 삼만 원씩 받기로 하고 맡은 일이었다.

같은 시각, 경비실의 젊은 경비원의 귀에는 여전히 이어폰이

꽂혀 있었다. 난로 위에는 라면이 끓고 있었고, 탁자 위에 올려놓은 발은 노랫소리에 맞춰 연신 흔들거렸다. 잠시 후면 교대 근무자가 나타날 시간이었다. 날은 아직 어두웠으나 동녘의 푸르스름한 기운이 새로운 활기를 가져다주었다. 이제 곧 교대를 하게 될 것이고, 삼십 분 후면 두 정거장 떨어진 자신의 방 따뜻한 이불 속에 파묻힐 수 있을 것이라고 생각했다. 정말 추위는 견디기 힘든 고통이었다.

주황색 모자와 조끼를 입은 청소부가 가슴과 등에 점멸등을 번쩍거리면서 쓰레기통을 비우고 있는 것을 보았다. 쓰레기를 치운 뒤끝이 깨끗하지 못해 며칠 전 자신이 그것을 치운 일이 있었다. 한번 단단히 주의를 주어야겠다는 생각을 했었다. 그러나 경비실 맞은편에 있는 쓰레기통까지는 40미터에 불과했지만, 경비실 문을 나서는 순간 온몸에 엄습할 추위를 생각하자 나설 엄두가 나지 않았다.

탁자 위에 발을 올려놓은 젊은 경비원은 또 한 사람, 회전문을 열고 나오는 외국인 사내를 보았다. 두꺼운 갈색 오버를 입은 백인이었다. 그는 회전문을 나와 붉은색 페라리 쪽으로 다가갔다. 젊은 경비원은 그 붉은색 페라리에 관심이 있었다. 외제차야 흔히 볼 수 있었지만, 며칠 전부터 보아온 그것에는 외교관 번호판이 붙어 있었기 때문이었다. 페라리의 주인은 발목을 덮는 가죽 부츠를 신고 있었다.

페라리에 다가간 외국인은 승용차 열쇠 구멍에 열쇠를 밀어넣는 일에 오랜 시간을 소비하고 있었다. 열쇠 구멍이 추위에 얼어붙은 모양이었다. 마침 그 모습을 보고 있던 청소부가 천천히 페라리 쪽으로 다가갔다. 그는 손짓 발짓을 하더니 외국인으로부터 차 열쇠를 넘겨받았다. 청소부는 호주머니에서 라이터를 꺼내 한동안 열쇠를 달궜다. 그러고는 다시 열쇠를 밀어 넣는 모습이 보였다. 드디어 문은 열렸고, 외국인 사내가 서류 가방을 차 안으로 던져 넣는 것이 보였다. 시트에 뭐가 묻었는지, 그는 다시 몸을 굽히고 한동안 뭔가를 털어냈다. 승용차 바닥에 깔려 있던 카펫도 꺼내서 털어냈다. 다시 카펫을 제자리에 가져간 사내는 차 안을 한참 동안 들여다보았다. 그러자 청소부가 다시 참견을 하는 모습이 보였다.

경비실의 젊은 경비원은 마침 노래가 끝난 해머의 테이프를 되돌리고 있는 중이었다.

다시 해머의 목소리가 귀를 후비는 순간, 그는 청소부가 붉은색 페라리 안으로 몸을 구겨 넣는 것을 보았다. 조수석 쪽에서 뭔가 집어낼 것이 있는 듯한 행동이었다. 청소부가 무릎을 이용해서 운전석 쪽으로 기어드는 모습을 본 젊은 경비원은 M.C 해머의 거친 목소리에 매료되어 잠시 눈을 감았다.

뭔가 둔탁한 소리가 들렸으나, 해머와 함께 목청을 돋운 자신의 노랫소리에 더 정신이 팔려 있었다. 젊은 경비원이 눈을 떴을 때, 화염에 휩싸인 붉은색 페라리의 지붕은 이미 날아가고 없었다. 그는 거의 미친 듯이 경비실 문을 밀어젖혔다. 피투성이가 된 외국인 사내가 경비실 쪽으로 달려오고 있었다. 가까이서 본 그의 얼굴은 공포에 질려 백지장처럼 창백했다. 젊은 경비원이 뛰어 나가 그를 붙들었으나, 그는 이미 제정신이 아니었다. 거칠게 경비원의 멱살을 쥐었고, 알아들을 수 없는 자기 나라 말로 퍼부어대더니 거칠게 밀었다. 넘어진 경비원은 외국인이 도로로 뛰어들어 택시를 세우는 모습을 봤다.

경비실로 돌아온 경비원은 전화기를 잡아당겼다. 곧 경찰이 왔고, 아침 햇살에 드러난 늙은 청소부는 처참한 모습으로 화단 옆에 누워 있었다. 코가 닳은 군화 한 짝은 이미 벗겨져 달아났고, 남은 한 짝은 피투성이가 된 채로 반쯤 걸려 있었다. 젊은 경비원은 점심 무렵이 되어서야 비로소 집으로 돌아갈 수 있었다.

강남경찰서 외사계 신영식 경장은 이날 아침 다른 날에 비해 좀 늦게 잠자리에서 일어났다. 외사계 경찰관은 다른 부서 경찰관에 비해 시간을 다투어 처리해야 할 일이 비교적 적었다. 그렇지만 언제 무슨 일이 생길지는 알 수가 없었다. 야간 전화 대기조에 들어 있을 때는 집에 돌아와서도 공식적으로는 근무를 하고 있는 셈이었다. 최근 불법 체류하고 있는 동남아인들 때문에 다소 긴장이 되기도 했었다.

그는 늘 마음 한구석이 허전했다. 마흔세 살의 나이에 더 이상의 승진을 기대할 수도 없는 입장이었다. 승진 시험에 세 번째 누락된 뒤로는 아예 승진을 포기해 버렸다. 동기생들은 이미 경사로 진급해 있었고, 더러는 파출소장 자리를 찾아 떠났거나 본서에서도 반장이라는 직급에 앉아 있었다. 그러나 마음 한구석에 자라고 있는 허전함은 그보다 훨씬 더 현실적인 문제에서 비롯된 것이었다.

외사계 경찰관은 경찰과 접촉하게 되는 외국인들에게 통역할 사람을 주선해 주거나 연고자에게 연락을 해주는 임무, 그리고 더러는 외국인 혐의자를 심문하는 데 협조를 해야 했다. 이 기본적인 임무를 수행하기 위해서는 외국어를 어느 정도 구사할 수 있어야 했다. 그러나 신 경장은 영어권 국가 외국인들을 담당하고 있었지만, 그들과 의사소통에서 늘 한계를 느꼈다. 자신은 유능한 경찰관도 아니며, 더 이상 승진할 수 없을 것이라는 좌절감도 바로 자신이 외국인과 원활한 의사소통을 할 수 없는 외사계 경찰관이라는 사실에서 비롯된 것이었다.

신영식 경장이 전화 연락을 받은 것은 8시 무렵이었다. 전화를 건 사람은 강력계 김철규 반장이었다. 목소리를 듣는 순간 그의 벗겨진 이마와 떡 벌어진 어깨가 떠올랐다.

"또 무슨 사건이죠?"

"와보면 알아."

그의 목소리는 가라앉아 있었다.

신 경장은 서둘렀다. 아침 러시아워를 그나마 좀 피할 수 있는 시간이었다.

신 경장이 현장에 도착했을 때는 이미 현장 감식반이 와서 분주하게 움직이고 있었다.

그가 자동차에서 내리자 김 반장이 다가왔다. 그는 은밀하고도 심각한 표정으로 신 경장 귀에 대고 속삭였다.

"이건 보통 사건이 아니야. 알겠나?"

벗겨진 이마를 쓸어 올리면서 반장을 우울한 표정을 지었다. 지붕이 날아간 승용차가 시커멓게 그을린 채로 서 있었고, 5미터쯤 떨어진 화단 옆에는 피투성이의 늙은 청소부가 누워 있었다. 그는 토마토케첩을 바른 커다란 감자칩처럼 보였다. 그런 인식 때문에 오히려 아무런 감정도 일지 않았다. 김 반장은 승용차의 외교관 번호판을 손가락으로 가리켰다.

"미국 대사관 소속 차더군. 대사관에는 이미 연락을 했네. SSO를 대기시키라고 해서……, SSO가 특수과 경찰관(Special Service Officer)을 지칭하는 것을 몰라 시간을 좀 보냈지."

"어떻게 된 거죠?"

"폭발력이 엄청난 사제 폭탄이야. 운전석 시트 아래에 압력 지뢰로 설치돼 있었어. 이것 좀 보게."

김 반장은 주저앉은 승용차 밑에서 뭔가를 들어올렸다.

"이건 시트 아래에 있었던 특수 강판인데, 폭발하면서 그 압력이 아래가 아니라 위로 가해지도록 조립한 것이지. 파편으로 썼던 것은 수백 개의 나사못이었어. 피살자의 몸을 뚫고 차 지붕에 무수하게 박혀 있더군. 저길 봐, 말짱한 것은 얼굴뿐이야."

그러나 신 경장은 더 이상 볼 생각이 없었다. 비로소 가슴 밑바닥에서 이는 전율을 느꼈다.

"목격자는 있습니까?"

"최초 목격자는 경비원인데, 별로 도움이 될 건 없어. 이 주차장에 인적이 없던 시간에 나타난 차가 있었대. 거동이 수상한 차는 그 차뿐이야. 새벽 3시경인데, 차 색깔은 검정색, 차종은

레코드 로얄이야."

"다른 건 없습니까?"

"없어. 차가 폭발하던 상황만은 자세히 기억을 하고 있더군. 한 편의 영화야."

"차 안에서는 뭔가 단서가 될 만한 것이라도……."

"지금까지 알아낸 건, 폭탄 테러에 외교관으로 추정되는 미국인을 대신해서 죄 없는 환경미화원 하나가 죽었다는 사실뿐일세. 아, 이제 오는군. 자네 넥타이 좀 바로 맬 수 없나?"

서둘러 나오느라 옷매무시가 엉망이었다. 주차장으로 외제 세단 한 대가 들어서고 있었다. 검정색 벤틀리였다. 차에서 내린 젊은 백인 여자는 현장을 보는 순간 얼굴을 감쌌다. 여자를 감싸안은 건장한 금발의 외국인 하나가 주위를 둘러보면서 목소리를 높여 누군가를 찾았다.

"지금부터 자네 차례로군."

김 반장이 턱짓으로 건장한 미국 남자를 가리켰다. 신 경장이 다가가자 그 미국 남자는 더듬거리는 한국어로 미국 대사관 경제부 서기관 제임스 맥콜이라고 자신을 소개했다. 신 경장은 외사계 경찰관이라고 자신의 신분을 밝혔다. 그가 어떻게 된 거냐고 물었지만 신 경장이 얘기해 줄 사안이 아니었다. 맥콜이 다시 물었다.

"OIC가 누구죠? Officer in Charge……."

신 경장은 방금 미국 남자의 목소리를 똑같이 더듬거리면서 반복했다. 영어로 말한 것을 다시 더듬어 머릿속에서 단어 색인을 하고, 그것을 또다시 적당한 우리말을 찾아 조합하는 공정이 필요했다. 당연히 시간이 걸릴 수밖에 없었다.

이윽고 신 경장은 뒤따라온 김 반장을 돌아다보았다.

"담당 경찰관을 찾는데요. 지금부턴 김 반장님 차례입니다."

이번에는 김 반장이 곤혹스러운 표정을 지었다.

미 대사관 맥콜은 사건 내용을 물었고, 김 반장은 아는 대로 말했다. 맥콜은 당분간 보안을 유지해 줄 것을 요구했다. 죽을 뻔했던 그 미국인의 신원을 물었으나 맥콜은 대답하지 않았다. 그의 표정은 차가웠다. 돌아서면서 말끝에 짓씹어 뱉은 몇 마디가 더 있었다. 작은 목소리였지만 속속들이 가슴을 섬뜩하게 하는 적의가 묻어 있었다.

"저 친구 지금 뭐라고 한 거야?"

김 반장이 묻고 신 경장이 답했다.

"염병할 노랑둥이, 반드시 찾겠다……."

바로 그 시각, 구로동 자동차 정비 공장 사무실의 덩치 큰 사내는 전화를 받고 있었다. 그의 표정은 경직되어 있었고, 간간이 대꾸하는 목소리는 떨렸다. 늙은 청소부를 죽이다니, 목표물에서 화살은 엇나갔고, 게다가 엉뚱한 희생자를 냈다. 그러나 상대는 전혀 개의치 않는 목소리였다.

"죽이는 것만이 최선은 아니었으니까. ……괜찮아."

덩치 큰 사내는 며칠 전 자신을 찾아왔던 사내들을 기억하려 애를 썼다. 세 명이었다. 차 안에 앉아 자신을 불러들였던 사내들의 얼굴이 잘 떠오르지가 않았다. 그러나 승용차 조수석에 앉아 있던 사내는 낯이 익었다. 짧은 머리카락의 사내였다. 어디서 보았을까. 생각하는 사이 뒷좌석의 사내 하나가 차에서 내리더니 트렁크를 열고, 커다란 종이 상자를 차 안으로 가져와 그에게 내밀었다. 받아 든 상자 안에는 폭약과 각종 공구가 들어 있었다. 그것을 건넨 사내는 무라유어語를 유창하게 구사했다. 그러나 그는 동족이 아니었다. 무라유어를 유창하게 구사하는 것으로 보아 그가 어쩌면 중국계 말레이시아인일지도 모른다는 생각을 했다. 하지만 그의 발음은 완벽한 것이 아니었다. 잠시 혼돈이 일었다. 그가 한국어 역시 유창하게 구사했기 때문이었다. 어쩌면 말레이시아 사람이 아닐지도 몰랐다. 그가 말레이시아에서 살았다면 피부가 그렇게 하얗지는 않았을 것이었다.

어쨌든 조수석에 앉은 짧은 머리카락의 사내는 안면이 있었다. 하지만 그를 정확하게 기억해 낼 수는 없었다. 단지 그에게서 인상적이었던 것은 손등의 문신이었다. 그의 손등에는 작은 새 한 마리가 새겨져 있었다. 아주 앙증맞게 생긴.

그는 이번 일에 대해 불만을 가진 듯한 표정이었다. 그는 다소 흥분돼 보이는 두 사람에게 "좀 더 신중할 필요가 있다"고 계집애처럼 가느다란 목소리로 말했었다. 아니 정확히 그런 말인지는 알 수 없으나 그런 느낌을 받았었다. 그러나 운전석과 뒷좌석의 두 사람은 강경한 어조로 조수석의 사내를 다그쳤었다. "주사위는 던져졌다"라고 말하는 것을 들었다. 아니 정확하게는 알 수 없었으나, 그렇게 말하는 것처럼 느껴졌었다. 덩치에 어울리지 않게 계집애 목소리를 내던 사내는 신경질적으로 차에서 내린 뒤 한동안 밖에 서 있었다.

뒷좌석의 사내는 무려 한 시간 동안이나 그를 차 안에 붙잡고 있었다. 똑같은 얘기를 수없이 반복하고 알아들었는지 되묻곤 했었다. 운전석의 사내가 이제 그만하라는 제스처를 해 보일 때까지. 정말 지루한 시간이었다.

마지막으로 폭약과 공구를 가져다주었던 사내가 그에게 두툼한 지폐 다발을 안겨 주었었다.

세종로 미 대사관.

경제부 서기관 제임스 맥콜은 사건 현장에서 돌아와 부장에게 긴급 보고를 한 뒤 본국에 보낼 전문 작성에 들어갔다. 미합중국 상무부 관리가 테러를 당한 사건이었다. 작은 사건이 아닌 것이다. 하지만 아직 사건의 윤곽이 드러나지 않아 짧은 보고서가 될 수밖에 없었다. 요약하자면, 한국에 출장 왔던 미 상무부 관리 윌리엄 피그먼이 정체를 알 수 없는 괴한에게 테러를 당했으나 다행히 경상이라는 내용이었다.

그러나 맥콜은 이 짧은 전문에 성이 차지 않았다. 전문에 여백을 남겨 둔다는 것은 공직자로서 성실하지 못하다는 느낌을 줄 수도 있었다. 또한 본국에서 파견된 관리의 안전에 대해 당연히 책임감을 느껴야 할 자신이 아무런 견해도 없이 신문 기사투의 보고서만을 작성한다면 그 역시 비판의 여지를 남겨 놓는 것이었다.

맥콜은 한동안 고민에 빠져 있었다. 이미 점심시간이 지나 있었으나 식욕마저 일지 않았다. 이미 식어 버린 커피로 마른 입술을 적셨다. 자신의 판단이 경솔한 것일지도 모른다는 생각이 들었다. 그러나 흥분한 맥콜은 먼저 작성한 전문을 밀어 놓고 장황하게 자신의 의견을 곁들인 또 한 장의 전문을 작성하기 시작했다.

같은 시각, 강남경찰서의 신영식 경장은 사무실 책상 앞에 앉아 어수선해진 생각들을 정리하고 있었다.

늙은 청소부는 죽었다. 그런데 그의 영혼이 빠져나간 자리에는 엉뚱하게도 복잡한 문제들이 얽혀 있었다. 그 복잡한 문제들은 하나같이 '보안 유지'라는 꼬리표를 달고 있었다. 그러나 사건은 이미 피투성이가 되어 아무 데서나 나뒹굴고 있었다. 경찰서 내의 뒤숭숭한 분위기만 봐도 이미 짐작이 가는 일이었다. 그런데 보안 유지라니? 뭘 어떻게 하라는 얘긴가? 늙은 청소부의 가족들은 저렇게 나와 앉아 있는데. 눈에 쌍심지를 켜고 오늘 아침부터 갑자기 세상을 원수로 여기기 시작한 그의 아들에게 어떻게 아무런 무장도 없이 입만 가지고 아버지의 죽음을 비밀에 붙이라고 말할 수 있단 말인가? 신 경장은 들고 있던 볼펜을 책상 위로 던져 버렸다.

신 경장은 보안 유지를 하라는 지시를 본서에 들어와서도 거듭 들었다. 그렇지만 여전히 그 이유를 설명해 주는 사람은 없었다. 그러나 더욱 답답한 것은 이 황당한 사건에 더 이상 몰입이 되지 않는다는 점이었다. 피사체를 건성으로 포착한 3류 사진작가처럼 모든 것이 뒤죽박죽, 자신이 보고 들은 것마저 설명할 수 없는 그런 처지였다.

과연 누가 무엇 때문에 그 미국 남자를 죽이려고 했던 것일까? 그 엄청난 파괴력을 가진 폭탄이 목표로 했던 것은 과연 무엇일까? 폭약을 낚시 떡밥처럼 주물러서 그 안에 수백 개의 나사못으로 무장시켜 오차 없이 터지도록 정교한 뇌관을 심고, 거기다가 엉덩이를 내려놓자마자 터질 수 있도록 온갖 정성을 들여서, 보기만 해도 오금이 저릴 그 잘난 붉은색 페라리 운전석 시트 밑에 숨겨 놓은, 그 치밀한 살의는 과연 무엇 때문이었을까? 세상에 정성을 들여야 할 일이 수도 없이 많겠지만, 전쟁도 아닌데 누굴 죽이기 위해 이토록 연구하고 정성을 들였다면 그것에는 지금 상상할 수 없는 중대한 어떤 목적이 있었을 것이었다.

그러나 이번 사건과 관련해 명쾌한 해답을 가지고 있는 사람이 있었다. 그는 다름 아닌 미 대사관의 경제부 서기관 제임스 맥콜이었다. 아직 사건의 윤곽조차 드러나지 않았지만, 그는 부동의 심증을 굳히고 있었다. 따라서 그는 본국에 보고할 보고서에 여백을 남길 생각이 전혀 없었다.

그는 섬광처럼 떠오른 생각을 놓치지 않으려는 듯 서둘러 보고서를 쓰기 시작했다. 그의 얼굴은 흥분 때문에 가벼운 경련마저 일고 있었다. 천성이 너그럽지 못한 것도 여실히 그 표정에 드러나 있었다.

한국은 이미 달라졌다. 한국의 반도체 산업은 10년도 안 되는 짧은 기간 동안 미국을 위협할 정도로 급성장했다. 최근 한국은 램 제조기술 개발에 성공해 미국 일본과의 격차를 없애 버렸다. 한국의 급성장 추세는 얼마 있지 않아 인텔 등 미국의 대형 반도체가 지향하고 있는 컴퓨터의 중앙 연산 처리 장치나 마이크로 컴포넌트 분야에까지 위협을 주게 될 것이다. 한국의 계획은 치밀하며, 일본 못지않은 야심을 가지고 있다. 따라서 미합중국의 한국 반도체에 대한 덤핑 예비 판정은 중대한 위협이 되었을 것이다. 그러나 지금까지 양국의 통상 관례로 봤을 때 이 문제에 대한 해결 방법은 얼마든지 있었다. 하지만 한국은 끝내 침묵만 지키고 있었다. 결국 한국은 온건한 방법을 선택하지 않았다.

본인은 이번 사건이 단순한 사건이 아니라는 생각을 하고 있다. 어떤 사건이든 중요한 것은 그 배경이라고 생각한다. 돌발적인 사건도 그 저변에는 강력한 동기가 숨어 있게 마련이다. 본인은 이번 사건의 동기를 유발시킨 그 저변의 분위기를 주목하지 않을 수 없다. 이번 사건이 어떤 한 개인이 우발적으로 저지른 것이라고 할지라도 미국은 이에 대해 단호히 대처해야 할 것이다. 윌리엄 피그먼은 한국의 반도체 생산원가를 조사하기 위해 파견된 미합중국 상무부 관리였다. 일관된 침묵 속에서 일어난 이 사건은 미국의 판단에 대해 한국이 행동으로 보여 준 하나의 저속한 의사 표현이었다고 생각하지 않을 수 없다.

맥콜은 펜을 놓았다. 마지막 마침표를 찍는 순간 그는 까닭을 알 수 없는 초조감에 빠졌다. 가슴도 두근거렸다.

"미스 마핀! 미스 마아핀!"

전문 작성을 끝낸 맥콜은 발작적으로 소리를 질렀다. 붉은 머리띠를 한 마핀이 달려왔다. 그녀는 키가 컸다. 키가 큰 만큼 얼굴도 길었다. 얼굴은 좁고, 코는 높았으며, 탈색한 것처럼 흰 피부와 그리고 아름다운 블론드의 머리카락을 가지고 있었다. 그녀는 미국 땅에 가장 많이 살고 있다고 보고된 전형적인 게르만 인종의 특징을 가지고 있었다.

미스 마핀은 맥콜을 바라보았다. 얼굴에 홍조를 띤, 철없는 소년의 표정을 짓고 있는 제임스 맥콜. 미스 마핀은 맥콜을 이해하고 있었다. 그가 다소 무례한 행동을 하더라도 그것은 경박한 그의 인격과 관련이 있을 뿐이었다.

"미스 마핀, 내가 하나 물어볼 게 있는데, 당신의 조상은 히틀러를 낳았지, 안 그래 미스 마핀? 내 말이 맞지? 틀림없지, 안 그래? 말 좀 해봐, 미스 마피인."

의도적 적의는 숨어 있을래야 숨어 있을 수가 없는 토양을 가진, 척박하기 이를 데 없는 인격이었다. 언젠가 그는 자신의 그 무례한 행동에서 오히려 격앙된 정서의 배설감을 느끼는 경우가 많다고 고백한 적이 있었다. 따라서 미스 마핀은 맥콜에게 무슨 일이 일어나고 있음을 직감할 수 있었다. 상기된 얼굴과 까닭 없이 젖어 반짝이는 눈, 과장된 제스처와 목소리. 그는 천박하다는 느낌이 들 정도로 자신의 감정을 주체하지 못하고 있었다.

“또 시작이군요, 맥콜. 그러는 당신의 조상은 보스턴의 교살자 앨버트를 낳고도 부족해서 샘의 아들 데이비드를 낳았고, 그것도 부족해서 스물여덟 명의 여자를 죽인 테드까지 낳았다고 말씀드리지 않았던가요?”

“천만에. 그중 두 명은 아니야. 앵글로색슨이 아니라구.”

맥콜은 갑자기 바보가 돼 버린 것처럼 앙탈을 부리며 손가락을 입에 넣었다.

“그렇다면 나니 도스는 어떤가요? 완벽한 남편을 찾기 위해 네 명의 남편을 내리 독살한 그 여자 말예요. 자, 이제 말해 보세요. 필요한 게 뭐죠?”

미스 마핀은 맥콜이 주춤하는 사이를 놓치지 않았다.

맥콜의 책상 위에는 두 장의 전문이 놓여 있었다. 한 장은 간략하게 사건 내용만 작성한 것이고, 또 한 장은 자신의 의견을 곁들인 전문이었다. 맥콜은 잠시 망설였다.

“그러나 서두를 건 없어요. 당신은 늘 서두르는 것이 문제예요.”

“서두르는 것이 문제라고?”

그의 얼굴에 다시 초조한 빛이 떠올랐다. 마핀을 잠시 올려다본 맥콜은 풀이 죽은 표정으로 짧은 내용의 전문을 내밀었다.

“자, 이거 워싱턴으로 보내요, 서두를 건 없고.”

맥콜은 마핀이 엉덩이를 흔들고 사라지자 다시 홀가분한 기분이 들었다. 더 이상 가슴이 뛰는 일도 없었고, 뒷덜미를 짓누르던 긴장감도 사라졌다. 그러나 자신의 견해를 완전히 철회한 것은 아니었다. 맥콜은 책상 위에 놓여 있던 나머지 한 장의 전문을 대사에게 보고할 서류철에 끼워 넣었다.

신 경장이 몽땅 스무고개에 탕진한 아침 시간 동안 어디를 그리 바쁘게 다녔는지 막 문턱을 넘어선 김철규 반장의 얼굴은 온통 벌겋게 달아 있었다. 마치 겨울 야산의 굶주린 승냥이 같은 얼굴이었다. 살아 있는 짐승은 사냥도 못 하는 승냥이 주제에 피 냄새만 맡았다 하면 기갈이 들린 것이 눈빛에 어렸다. 죽음이 불러온 그 참혹한 피 냄새. 어쩌면 그것은 그가 경험한 월남전 때문인지도 몰랐다.

스물두 해를 어둠의 자식들만 쫓아다녔으니 그럴 만도 하겠지만, 김철규 반장은 어쨌든 타고난 경찰관이었다. 신 경장은 그렇게 여겼다.

추레한 차림으로 앉아 있는 늙은 청소부의 가족, 그 모자와 눈이 마주친 김 반장은 금세 그들이 누구라는 것을 눈치챈 모양이었다. 탁월한 탐지 능력을 팔자로 타고난 그였다. 뭔가 신 경장을 향해 입을 떼려다 말고, 손짓으로만 불렀다.

신 경장은 엉거주춤 엉덩이를 들었다.

"점심이나 같이 먹자고."

거리에는 눈발이 날리고 있었다. 잔뜩 흐려 있던 하늘이 서서히 무너져 내리고 있는 중이었다. 크리스마스가 사흘 남았다. 연말 분위기가 거리 구석구석에 끈끈하게 배어 있었다. 일 년 내내 외롭다가도 이때만 되면 갑자기 살맛을 느끼는 조무래기들이 거리를 메우고 있었다. 신 경장은 북적거리는 거리의 풍경이, 눈 내리는 하늘로 울려 퍼지는 크리스마스 캐럴이, 이유 없이 포근하게 느껴졌다.

"냉면 어때?"

역시 김 반장다운 발상이었다. 아침부터 참혹한 꼴을 봤지만 이상하게도 식욕만은 여전했다. 청사 구내식당에서 김치찌개나 먹을 걸 그랬다는 후회가 가슴 밑바닥으로부터 꿈틀거리면서 올라왔다. 이런 날은 복매운탕인데…… 미처 입도 떼기 전에 김 반장은 냉면집 문턱을 넘어서고 있었다.

겨울에 시린 냉면이라니. 그러나 냉면집에는 피가 뜨거운 사람들이 여럿 앉아 있었다.

"오늘 아침 현장에서 돌아와 한 시간쯤 됐을까 하는 시간인데 전화가 왔어. 미 대사관 제임스 맥콜, 현장에서 만났던 그 친구였지. 좀 만나자는 거야. 내가 대사관으로 갔지. 우리말을 아주 잘하더군."

"도대체 누구랍니까, 그 미국 남자?"

"윌리엄 피그먼. 마흔두 살. 미국 상무부 관리였어. 한국 반도체 생산원가를 조사하러 왔다더군. 우리 반도체 회사가 미국에 덤핑 수출한 혐의를 가지고."

"도대체 어떻게 된 거죠?"

"아직은 아무것도 알 수가 없네. 그러나 어쨌든 신원은 확인이 됐어."

"그렇지만 수사를 할 수는 없잖습니까? 아직 반장님이 수사하도록 배정을 받은 사건도 아니고. 위쪽에서는 여전히 침묵하고 있는데, 혹시 수사를 다른 특수 부서에 의뢰하려는지도 모르잖습니까?"

김 반장은 한동안 말없이 신 경장을 바라보다 무거운 입술을 뗐다.

"이보게, 경장. 나는 이 사건을 맨 처음 접한 경찰관이야. 내가 할 바를 하는 걸세. 이건 보통 사건이 아니야. 알겠나? 나는 오전에 또 한 통의 전화를 받았네."

오전 10시경, 김철규 반장은 이번 사건과 관련된 두 번째 전화를 받았다. 맥콜을 만나러 나가기 직전이었다. 합동정보위원회라는 곳이었다. 합동정보위원회 부장 황인기. 김 반장은 그곳이 어떤 일을 하는 곳인지 궁금했으나, 상대는 대답하지 않았다. 그러나 오후에 경찰서를 방문하겠다는 말은 사뭇 정중했다.

"합동정보위원회라니……, 피 냄새가 진해지고 있네."

김철규 반장은 맞은편의 신 경장을 바라보았다. 신 경장은 순간 승냥이의 눈빛을 보았다.

합동정보위원회의 제3부 미국 담당 부장 황인기.

그는 좀 어수선한 기분이 되어 있었다. 미국 대사관 제임스 맥콜은 유쾌한 상대가 아니었다. 필요에 의해 자주 만나야 할 처지였지만, 그의 경박한 언행은 언제나 떫은 뒷맛을 남겼다.

어쨌든 맥콜이 전화로 전해 준 사건 내용은 충격적이었다. 황인기는 테러를 당한 윌리엄 피그먼과 업무상 관련이 있었다. 미국에 수출하는 반도체 제조업체가 세 군데나 되었기 때문에 좀 더 효과적으로 피그먼의 조사에 대처하기 위해서는 조정자 역이 있어야 했다. 그 역할을 맡은 것이 황인기였다. 반도체 생산원가를 조사하는 업무는 지극히 단순했다. 특별히 황인기가 해야 할 일은 없었다. 각 업체에서 보내온 자료를 검토하고 일관된 주장을 하기 위한 골격을 세우는 것이 그의 일이었다.

피그먼이 피격됐다는 사실은 핫라인을 타고 이곳저곳 벌집을 쑤셔 놓은 것처럼 시끄럽게 하고 있었다. 물론 제임스 맥콜의 짓이었다. 사건 발생 직후 한국 상공부 차관은 아침 식탁에 앉아 제임스 맥콜로부터 걸려온 전화를 받았고, 국가정보국 국장은 출근길에 열어 놓은 비상 전화망을 통해 차 안에서 제임스 맥콜의 거친 목소리를 들었다. 제임스 맥콜의 마지막 말은 누구에게나 동일했다. 유감이라는 것이었다. 아직 사건의 내용도 제대로 파악하지 못하고 있었지만, 상공부 차관과 정보국 국장은 흥분한 맥콜의 기분을 맞추기에 급급했다.

국가정보국 국장은 출근하자마자 사건 보고를 들었고, 곧바로 청와대에 보고했다. 그리고 이날 아침 임시 경제 각료회의가 열렸다. 회의는 짧았으나 회의 참석자들은 침통한 표정들이었다. 회의에서 결정된 것은 두 가지, 절대로 언론에 새나가지 않게 할 것과 CIA 한국 지부와 공조 수사를 할 수 있는 특별수사팀을 만든다는 것이었다. 특별수사팀은 국가정보국에서 구성하기로 결정했다. 팀장으로 내정된 사람은 국가정보국의 계장급 베테랑 수사관이었다.

그러나 국가정보국과는 달리 합동정보위원회 쪽에서는 의외로 느긋한 모습을 보이고 있었다. 상공부 차관으로부터 연락을 받은 합동정보위원회의 부국장은 미국을 담당하고 있는 황인기 부장을 불러 사건 내용을 알아보라는 지시를 했을 뿐이었다. 부국장의 의례적인 태도에서 황인기는 일말의 불안감을 느꼈으나, 그는 오랜 군 수사대 경험이 있는 베테랑 지휘관이었다.

황인기가 먼저 미 대사관의 맥콜에게 전화를 걸었고, 맥콜은 퉁명스럽게 강남경찰서의 김철규 반장을 소개해 주었던 것이다.

점심을 먹고 난 김철규 반장은 외사계 신 경장만 대동하고 황인기와 약속한 경찰서 앞 카페로 나갔다. 김 반장은 황인기가 청사 안으로 들어오지 않고 카페에서 만나자고 한 사실이 다소 의아했지만, 합동정보위원회라는 생소한 기관이 주는 호기심 때문에 그 정도의 불만은 덮어 둘 수가 있었다. 그러나 김 반장은 황인기를 만나고서도 끝내 호기심을 충족시킬 수 없었다. 황인기는 김 반장의 호기심을 치밀하게 견제해 가면서 자기 용건을 마쳤다.

그들이 만난 시간은 불과 십 분 정도였다. 수사는 비밀리에 할 것, 그리고 테러를 당한 피그먼의 한국 내 업무와 관련한 수사 협조는 반드시 자신을 통해서 할 것 등 몇 가지 요청이 있었다. 정중한 말투였으나 지극히 사무적인 상대였다. 사건 내용을 묻는 그의 태도도 필요 이상으로 집요하다는 느낌을 주었다.

다시 경찰서로 돌아온 김철규 반장은 가슴을 짓누르는 압박감을 느꼈다. 민감한 통상 문제로 태평양을 건너온 미국 관리가 테러를 당한 사건이니 당연히 신경이 예민해질 수밖에 없었다. 그러나 꼭 그것 때문만은 아니었다. 스물두 해를 경찰관으로 살아오면서 체득한 육감은 이미 적색의 위기감을 접수하고 있었다.

김 반장은 담배를 피워 물었다. 걸핏하면 외사계 신 경장에게 전화를 걸어 고압적인 태도를 보이는 미 대사관의 그 엉뚱한 서기관 때문인가. 아니면 방금 만난 황인기 부장의 그 전략적이라고 느껴질 만큼 치밀하고도 냉정한 화술 때문인가. 그것도 아니면 황인기 부장이 속해 있다는 합동정보위원회라는 기관의 기밀성 때문인가. 어쩌면 그럴지도 모른다는 생각이 들었다. 정보에 민감한 경찰 생활을 이십 년 넘게 해왔지만, 아직 그는 합동정보위원회라는 이름조차 들어 본 일이 없었다.

그로부터 이십 분 후, 다시 전화벨 소리가 울렸다. 김 반장은 두 번쯤 더 울리기를 기다려 수화기를 집어 들었다. 상대는 김철규 반장을 찾고 있었다.

"접니다만."

김철규 반장임을 확인한 상대는 매우 조급했다.

"용건만 간단히 말하겠소. 이번 테러 사건은 이미 해결됐소. 이제 손 떼시오."

손을 떼라는 말에서 그는 자존심이 구겨지는 소리를 들었다. 그러나 미처 대꾸할 말이 떠오르지가 않았다. 머뭇거리고 있는 동안 상대의 말이 이어졌다.

"이미 끝났소. 곧 그 결과가 김 반장에게 전달될 거요. 그럼 이만."

황당했다. 세상에 이런 일을 경험하기가 그리 쉽지 않을 것이었다. 철커덕. 송수화기 내려놓는 소리를 들으면서 김 반장이 느낀 적색의 위기감은 더욱 짙어졌다.

이날 오후 3시경. 사건이 일어났던 콘도미니엄 주차장의 젊은 경비원은 자신의 집에서 뜻밖의 방문객을 맞았다. 방문객은 세 사람이었다. 그들은 사건 당시 상황을 물었다. 이미 경찰에게 한 얘기였지만, 그들의 질문은 사건 상황의 시작부터 집요했다. 경찰로부터 비밀을 지키라는 당부를 여러 번 받았지만, 젊은 경비원은 숨길 것이 없다고 생각했다. 물론 그런 생각을 하기까지 상대한 방문객의 영향이 전혀 없었던 것은 아니었다. 주로 말보다도 행동이 앞서는 방문객 중 하나가 시종일관 자신의 멱살을 쥐고 있었기 때문이었다.

그러나 젊은 경비원이 토해 놓은 상황은 사건의 실마리를 잡아내는 데에 전혀 도움이 되지 않았다. 한 편의 영화처럼 세부적인 묘사까지 곁들어 있었지만, 정작 자신이 경비하고 있는 콘도미니엄에 묵었던 미국인에 관련된 것마저 놓치고 있었다.

젊은 경비원이 윌리엄 피그먼에 대해 알고 있는 것은 거의 없었다. 그가 회전문을 밀고 나올 때 경비실에 앉아 봤던 것이 전부였다. 백인이었고, 갈색 오버, 붉은 머플러, 발목을 덮은 가죽부츠. 그뿐이었다. 늙은 청소부와 함께 지붕이 날아갔던 붉은색 페라리에 관련된 내용에 이르자, 그는 거의 백치에 가까운 표정을 지었다. 평범한 미국인의 형색 따위는 이 젊은 경비원의 기억

속에 그리 오래 남아 있지 않을 것이었다.

그러나 백치에 가까운 표정을 짓고 있던 젊은 경비원은 그 세 사람의 방문객이 자신의 진술에 실망하고 있지 않다는 사실을 분명히 간파했다. 오히려 그들은 안도의 표정을 짓고 있었다. 젊은 경비원은 그들의 얼굴에서 안도의 표정을 읽고 의아해했으나, 그들은 미처 그의 표정을 읽지 못했다.

황인기는 위원회로 돌아온 즉시 국장에게 보고를 했다. 부국장으로부터 지시를 받았으나 황인기의 보고를 기다리고 있었던 사람은 국장이었다. 국장은 부국장과는 달리 당혹스러운 표정을 지었다. 같은 사건을 접한 국장과 부국장의 최초 반응이 달랐다는 점이 인상적이었다.

"그렇지 않아도 차관에게 연락을 받았네. 경찰의 초동수사는 성과가 있었나?"

"경찰에서는 아직 아무런 단서도 잡지 못하고 있습니다."

"경찰이 해결할 일이 아닐세. 어쨌든 이 사건은 제5부에서 맡겠지. 그쪽이라면 그럴 만한 능력을 가졌으니까."

제5부는 부국장이 독립적으로 관장하는 특수부였다.

"알겠습니다."

국장은 다시 침울한 표정을 지었다.

그러나 그 후 황인기가 만난 제5부의 곽정환 부장은 부국장과 마찬가지로 느긋한 태도였다. 국장의 당혹스러움과 곽 부장의 느긋함의 대비가 다시 인상적이었다. 국장의 당혹스러움의 반대편에 부국장과 곽 부장의 느긋함이 놓였다. 곽 부장은 시큰둥하게 황인기의 말을 들었고, 뭔가 다 안다는 투로 고개만 주억거릴 뿐이었다. 혹시 이 사건에 대한 정보를 이미 얻은 것은 아닐까. 그렇더라도 그건 놀라운 일은 아니었다. 제5부가 군 수사대 출신으로 구성되어 있다는 사실은 이미 공공연한 비밀이었다. 또 그 민첩함은 이미 훌륭한 평가를 받고 있었다.

"알려 주어서 고맙습니다. 이미 국가정보국에서 특별수사팀을 꾸렸으니, 우리 도움이 필요하다면 연락이 올 겁니다. 수고하셨소, 황 형."

황 형. 곽 부장은 대수롭지 않다는 표정이었다. 그러나 곧이어 황인기를 올려다보는 그의 눈빛에서는 요기가 느껴졌다.

이건 단순한 사건이 아니었다. 만약 제5부에서 자신의 부서를 관장하는 부국장에게만 알리고, 국장에게 보고를 하지 않은 것이 있다면 그것은 보통 사안이 아닐 것이었다. 제5부는 합동정보위원회의 여섯 개 부서 가운데 유일하게 부국장이 관장하는 부서로 거의 독립되어 있는 것이나 다름이 없었다. 따라서 국장에게 보고하지 않았다고 해서 크게 문제될 것은 없었다. 그러나 문제가 되지 않는다는 것일 뿐 일반적인 관례는 아니었다.

'다른 방에서 하는 일은 알려고 하지 말라. 안다는 것이 얼마나 위험한 일인지를 우선 기억하라. 그러나 불행히도 그걸 알아버렸다면 모른 체하라.' 차단遮斷의 원칙.

황인기는 더 이상 호기심을 드러낼 수가 없었다.

그로부터 정확히 두 시간 후, 또다시 구로동에 있는 자동차 정비 공장. 미처 부동액을 갈아 넣지 못해 동파한 승용차가 들어와 있었다. 오늘 하루 일감으로 동파한 승용차 한 대면 족했다. 중년의 정비 공장 주인은 덩치 큰 외국인에게 손짓 발짓을 해가며 승용차의 고장 부위를 설명하느라 진땀을 흘리고 있었다.

겨울철이 되면 항상 일손이 부족했다. 그런데 때맞춰 소개소로부터 제법 능력을 갖춘 정비공이 있다는 전갈을 받았었다. 막상 만나고 보니 불법 체류하고 있는 동남아인이었다. 덩치가 큰 대신 동작이 굼떴으나 믿음직스러운 구석이 있었다. 3개월 전 일이었다.

큰 덩치에 비해서 말레이족은 순진했다. 시키는 대로 고분고분 못 해내는 일이 거의 없었다. 중년의 공장 주인이 설명하는 동안 덩치 큰 이방인은 자동차의 고장 부위를 들여다보고 있었다. 지난밤 추위에 동파한 승용차의 엔진은 푸른색의 부동액을 피처럼 흘렸다.

그때 승용차 한 대가 더 들어왔다. 가죽점퍼를 입은 사내가 운전석에서 내렸고, 뒷좌석에는 검정색 양복을 입은 사내가 앉아 있었다.

공장 주인이 다가가자 가죽점퍼의 사내가 갑자기 자동차 핸들이 떨린다고 호들갑스럽게 엄살을 부렸다. 핸들이 떨린다면 간단하게 조치할 수가 있었다. 공장 주인은 앞바퀴를 건성으로 들여다보고는 앞바퀴의 밸런스가 맞지 않기 때문이라고 말했다. 공장 주인은 덩치 큰 말레이족을 불러서 짧게 "휠 밸런스"라고만 말했다. 한국에 온 지 일 년째 됐지만 이 이방인은 한국말을 잘 알아듣지를 못했다. 대신 짧은 몇 마디의 영어는 할 줄 알았다. 그러나 호들갑스러운 고객은 그 처방에 불만을 표시했다.

"그게 아닌 것 같은데, 우선 시험 운전을 해봅시다."

가죽점퍼의 사내는 깨끗한 인상이 아니었다. 어딘지 모르게 범죄의 냄새가 나는, 그러나 중년의 정비 공장 주인은 개의치 않았다.

"시험 운전은 해볼 것도 없습니다. 자, 시속 몇 킬로에 핸들이 흔들렸는지나 말씀해 주쇼."

자신의 진단을 신뢰하지 않는 데 대해 공장 주인은 은근히 부아가 오르는 것을 느꼈다. 그러나 가죽점퍼는 막무가내였다.

"몇 킬로였더라? 그걸 알 수가 없네요. 그러니 시험 운전을 해봅시다."

정비 공장 주인은 한 발 물러섰다. 눈치를 보고 서 있던 젊은 말레이족이 운전석에 오르자, 가죽점퍼도 조수석에 올라앉았다. 핸들만 잡았다 하면 순진한 구석이 말짱 사라지는 젊은 말레이족은 타이어 타는 냄새를 남기며 정비 공장 문을 나섰다.

이날 이후 중년의 정비 공장 주인은 젊은 말레이족을 다시 볼 수가 없었다. 정비 공장 주인은 젊은 말레이족이 사내들과 함께 공장 문을 나선 지 두 시간이 되어서야 비로소 그가 사라졌다는 사실을 실감할 수 있었다. 그저 허탈한 기분이었다. 이날 밤 다시 두 사람이 찾아왔으나 낮에 봤던 사람들이 아니었다. 그들은 신분증도 보여주지 않고 말로만 경찰이라고 했다. 도난 차량

신고가 들어왔는데, 그 차가 이 공장에서 해체됐다는 것이었다. 수색영장이라는 것이 있어야 한다는 건 알았지만, 공장 주인은 그걸 보여 달라고 말할 수가 없었다. 그들의 얼굴에서는 시퍼런 날을 세운 칼처럼 냉기가 흘렀다.

그들이 공장 창고를 뒤지는 동안 주인은 물러서 있었다.

잠시 후 그들은 사무실 옆 창고에서 커다란 가방을 찾아냈다. 젊은 이방인이 올 때 가지고 왔던 옷가방이었다. 그러나 그 옷가방에서는 전혀 엉뚱한 물건들이 쏟아져 나왔다. 떡처럼 주물러진 흙덩이들과 이름을 알 수 없는 배선들, 몇 개의 건전지, 각종 자동차 공구들이었다.

강남경찰서 김철규 반장이 이번 사건과 관련된 네 번째 전화를 받은 것은 이날 저녁 9시경이었다. 전화를 걸어온 상대는 자신의 신원을 밝히지 않았다. 당신이 찾던 물건이 배달될 것이니 확인해 보라는 짧은 내용이었다.

그 물건은 경찰서에서 두 블록 떨어진 공터에 있었다. 커다란 나무 상자가 달빛에 드러나 있었다. 공작 기계나 기계 부품들을 넣어 옮기는, 공단에서 흔히 볼 수 있는 나무 상자였다. 김철규 반장은 손수 나무 상자를 열고 마취된 젊은 말레이족과 증거물들을 확인했다. 그리고 사건 수사 기록으로 보이는 메모지도 한 장 발견했다.

사건은 만 하루도 못 되어서 일사천리 해결된 셈이었다. 젊은 말레이족을 나무 상자에 포장을 해서 보낸 사람들은 누구였을까? 혹시 합동정보위원회인가? 이런 질문은 어리석은 질문이 될지도 모른다. 세상에는 경찰 말고도 경찰의 역할을 물밑에서 훌륭하게 해낼 수 있는 기관이 얼마든지 있었다. 어쩌면 자신도 미처 모르는 러시아의 특수 경찰 '오몬'과 같은 것이 있는지도 모른다. 붉은 마피아를 잡는.

그러나 그들은 왜 이 일을 비밀리에 해내고 그 끝마무리를 언론의 온갖 신경망에 노출된 경찰에 맡겼을까?

이제 막 마취에서 깨어나 눈을 껌벅이기 시작한 젊은 말레이족을 보면서 김철규 반장은 그런 의문 속으로 빠져들었다. 그러나 그것도 잠시였다. 더 이상의 의문은 오히려 자신의 신상을 번거롭게 할지도 모른다는 생각이 들었다. 이것도 역시 팔자로 타고난 감각 덕분이었다.

김철규 반장은 젊은 이방인을 외사계에 맡겨 놓고 얼이 나간 사람처럼 사무실 문턱을 넘어 사라져 버렸다.

외사계 신 경장은 묘한 기분이 되어 덩치 큰 말레이족을 바라보았다. 우묵 꺼져 들어간 이방인의 눈은 외로움 그 자체였다. 두렵고 거기다가 슬프고 지친, 그리고 고통스러운. 간헐적으로 이방인은 경련을 일으켰다.

외국어에 서툰 자신에 대해 늘 자격지심을 느끼고 있던 신 경장은, 그러나 이 말레이족의 말을 하지 못한다는 사실에 대해서는 위축감이 들지 않았다. 알고 있는 몇 마디 영어로 소리를 질렀다. 몇 살인가? 기진한 목소리로 이방인은 대답을 했다. 스물일곱 살. 왜 거기다가 폭발물 장치를 했나? 모른다. 나는 잘 모른다. 스물일곱 살의 이방인은 머리를 절레절레 흔들었다. 시키는 대로 했을 뿐.

"누가 시켰나?"

말레이족은 그렇게 묻고 있는 사내를 올려다보았다. 시야는 뿌옇게 흐려져 있었다. 마치 고무줄로 당기듯이 의식은 멀어졌다 다가섰다를 반복하고 있었다.

"누가 시켰나?"

그것은 마치 환청처럼 귓전에서 메아리로 부서지고 있었다. 삼림으로 뒤덮인 습지가 아지랑이 속에서 떠올랐다. 그가 자란 테렝가누의 습지대였다. 개미가 잔뜩 달라붙은 두리안을 들고 있는 누이가 보이고, 막상 먹기 전에는 역겨운 그 냄새도 느껴졌다.

"누가 시켰나?"

누가 시켰을까. 누구라고 해야 할까. 자신을 승용차로 불러들였던 세 명의 사내. 승용차 조수석에 앉아 있던 낯익은 사내. 누구였던가. 어디선가 본 듯한 얼굴이었는데.

망고와 난카, 크고 작은 열대수들이 눈앞에 어른거리면서 다시 새벽을 열던 코란을 외는 소리. 그리고 직업소개소. 손등에 문신을 하고 있었던 젊은 사내. 무라유어를 유창하게 구사하던 그 사내가 떠오르면서, 사원의 탑 위에 사방으로 달린 확성기를 통해 아스라이 들려오는, 무라유어로 코란을 낭독하는 모슬렘들의 목소리.

"에이전시."

"뭐라구? 다시 말해 봐. 방금 뭐라고 했지?"

경찰로 여겨지는 제복의 사내가 다시 외치는 것을 아련히 느꼈다.

"에이전시…… 엠플로이먼트……."

직업소개소. 신 경장은 갑자기 온몸을 내리훑는 전율을 느꼈다. 그게 어디에 있었나? 직업소개소가 어디에 있었느냐고? 다시 그는 머리를 흔들었다. 부질없는 일이었다.

"손등에 문신을 한, 바로 그 사람…… 새 한 마리…… 새 문신."

자신을 정비 공장에 소개했던 직업소개소에서 두 번쯤 보았을까. 바로 그 사내였다.

"뭐라고? 문신? 이봐 정신을 차려. 정신을 차리라고!"

그러나 말레이족은 고개를 꺾고 몇 차례 숨을 몰아쉬더니 다시 잠잠해졌다.

마지막으로 신 경장은 긴 나무 의자 위에 얼간 모습으로 앉아 있는 이방인의 국적과 이름을 물었다. 사내는 혼신의 힘을 다했다.

"말레, 말레이시아……. 이름은 모렝. 우리 영사…… 우리 영사를 만나게 해달라."

모렝은 경련을 일으키면서 다시 의식을 잃었다. 그러고는 그것으로 끝이었다. 모렝은 다시 깨어나지 못했다. 이튿날, 모렝의 작업복 윗주머니에서 물에 젖었다 마른 흔적이 있는 구로동의 한 자동차 정비 공장의 명함 몇 장이 나왔고, 그의 혈관 속에서는 잠들기만 하면 다시는 깨나지 못할 만큼의 알코올이 검출되었다.

그로부터 일주일 후 사건은 종결 처리되었고, 신 경장은 조사계에서 빌려온 타자기 앞에 앉아 있었다.

"뭐하는 건가?"

김철규 반장이었다.

"이번 사건 보도 자룝니다."

"그걸 왜 신 경장이…… 공보계는 뭘 하고."

"이걸 보세요."

신 경장은 팩시밀리 용지를 내밀었다. 젊은 말레이족에 관련한 내용이 빼곡하게 적혀 있었다.

"직접 보도 자료를 작성해서 배포하라는 겁니다. 여기서요."

신 경장은 팩시밀리 용지를 손가락으로 가리키며 덧붙였다. 신 경장의 손가락은 어느 기관의 것인지 알 수 없는, 고대 코린트의 페가수스를 닮은 말[馬] 문장紋章을 가리키고 있었다. 신 경장이 작성하고 있던 보도 자료를 들여다보던 김 반장은 돌아서면서 쓰게 한마디 뱉었다.

"소설 쓰고 앉았네."

이날 오후, 신 경장은 다시 미 대사관의 제임스 맥콜로부터 걸려온 전화를 받았다. 역시 그는 예절을 모르는 친구였다. 마치 하급자를 다루는 듯한 거친 말투로 뭔가를 물어왔다. 그러나 신 경장은 그가 묻는 말을 정확히 이해할 수가 없었다. 어렴풋이 이해한 것은 이번 사건과 관련하여 누가 찾아온 일이 있는지를 묻는다는 것 정도였다. 신 경장은 김 반장에게 들었던 내용을 기억나는 대로 대답해 주었다. 그리고 덧붙여 맥콜은 좌익 단체, 한국의 좌익 단체에 대해서 물었다. 한국에는 그런 단체가 없다고 대답하려고 했으나, 맥콜의 말을 제대로 알아들을 수 없었던 신 경장은 그게 운동권 학생 단체를 묻는 것이라고 나름대로 해석해 버렸다. 맥콜의 요구대로 신 경장은 기억나는 학생 운동 단체 하나를 말해주었다. 땡큐. 갑자기 맥콜의 음성이 밝아졌다.

합동정보위원회

여의도가 건너다보이는 원효로 강변의 회색 7층 건물. 세간에 드러나 화제가 될 만한 문제가 없었던 탓인지 현판조차 붙어 있지 않은 이 건물 역시 사람들에게는 관심 밖이었다. 원효로 4가가 시작되는 큰길에서 1차선 좁은 아스팔트 골목 안쪽에 들어서 있는 합동정보위원회. 이른바 JIC(Joint Intelligence Committe)로 알려진, 전국경제인연합회 산하 정보기구. 재벌 기업들이 독자적으로 운용해 오던 대내외 정세 분석팀을 통합하여 만든 경제정보 분석 기관이었다. 일본의 세계정경조사회와 비슷한 성격을 가진 이 정보기관이 만들어진 것은 불과 십 년 전이었다. 그러나 일본의 정경조사회는 내각 조사실의 통제를 받고 있었지만, 합동정보위원회는 공식 정보기관과는 별개의 독립 기구였다.

십 년 전, 한국 재벌 기업들의 정보 시스템은 마치 모사드처럼 통제되지 않고 있었다. 이스라엘 정부의 예산안 어디에서도 모사드에 대한 것은 찾아볼 수 없듯이, 기업의 정보 시스템 역시 그 실체를 확인할 수 없는 그림자 집단이었다. 모사드는 통제되지 않고 있었지만 이스라엘 국익에 배치될 위험은 적었다. 그러나 경쟁적으로 비대해진 한국 재벌 기업들의 정보 분석팀 활동은 보기에 따라서는 국익과 배치될 위험이 있다고 여겼던 모양이었다. 따라서 전경련 산하에 발목을 묶어 놓기로 한 제안에는 이견이 있을 수가 없었다.

이렇게 재벌 기업들의 정보 분석 시스템을 통합해서 합동정보위원회로 묶은 후, 적어도 세 가지의 문제점이 한꺼번에 해결됐다.

첫 번째로는 대외 경제 정보의 효율적인 운용이었다. JIC의 강점은 무엇보다도 세계 각국에 실핏줄처럼 연결된 종합상사들을 통해 흡입하는 대외 정보에 있었다. 55개국 765개 해외 지점 및 지사망을 통해 외국 기업의 재무 구조에서부터 그 나라의 통상 정책, 그 나라 정치인들이나 경제인들의 사소한 스캔들에 이르기까지 성능 좋은 청소기처럼 완벽하게 빨아들였다. 이렇게 무작위로 흡입한 정보들을 분석해서 질 좋은 정보를 취하는 것이다. 정제된 1급 정보들을 어느 한 기업이 독점하지 않고 공유할 수 있다는 것은 국가적으로도 큰 이익이었다. 바로 이 점이 JIC가 발족하게 된 가장 큰 명분으로 작용했다.

두 번째로 국가 정보기관이 보안 유지를 하는 데 예산을 줄일 수 있다는 점이었다. 국가 정보기관에서 누수된 정보가 돈줄을 타고 기업으로 흘러들어가는 데 각 기업의 정보 시스템이 창구가 됐었다. 이미 그 사례가 일부 공개된 적이 있는 공공연한 비밀이었다. 그러나 기업의 정보 시스템이 통합된 후로는 오히려 그들 기관과 공조 체제를 갖출 정도로 JIC는 막강한 능력을 갖추게 되었다.

셋째는 증권가에 떠도는 지하 유인물에 의한 정치권 루머가 현저히 줄었다는 점이었다.

그러나 정보 시스템이 통합됨으로써 기업 쪽에서는 큰 손실을 입었다. 해고 노동자의 동태를 파악하는 일, 노동 운동의 주동자를 색출하거나 노동 운동 단체를 해체하는 일을 전담할 새로운 부서가 필요하게 된 것이다. 기업의 정보 시스템이 합동정보위원회로 통합된 후에도 못된 일을 전담할 부서가 여전히 필요했던 것이다.

JIC는 여섯 개의 부서로 나누어져 있었다.

국내 정보 분석팀인 제1부. 위원회의 보안을 담당하며, 기업에 미치는 정치권의 바람을 막는 역할을 하고 있다. 현재는 정치 자금 양성화를 위한 물밑 작업이 최대의 현안이다.

러시아와 중국 그리고 북한의 정세를 분석하는 제2부. 최근에는 중국과 북한의 관계를 집중적으로 수집하고 분석하는 것이 이 부서의 주요 임무였다.

황인기가 속한 미국과 유럽 정보 분석팀인 제3부. 여섯 개의 부서 가운데 가장 방대한 정보 체계를 갖고 있는 부서다. 통합된 EC의 동정 분석이 제3부의 가장 핵심적인 현안이고, 더불어 미국의 동아시아 전략에 촉각을 세우고 있었다.

그다음은 부국장이 관장하고 곽 부장이 이끄는 제5부. 그러나 제5부의 임무 중 상당 부분은 알려진 바가 없었다. 제5부가 조직될 당시 이런 특수부서가 꼭 필요한지에 대한 논란이 있었다. 군 수사대 출신으로 조직되었다는 사실을 제외하고는 JIC 내에서도 제5부는 짙은 안개 속에 묻혀 있었다.

그리고 일본과 아세안 지역 정보 분석팀인 제6부. 중국을 제외한 동아시아 정세를 분석하고 있는 제6부가 최근 가장 예민한 촉수를 내밀고 있는 곳은 바로 동남아시아 지역이었다. 동남아시아 지역의 움직임은 아시아 전체의 판도를 바꾸어 놓을 만큼 영향력이 큰 것으로 판단되고 있다. 마지막으로 이 모든 부서를 지원하는 총무부서인 제7부. 제4부는 알 수 없는 이유로 존재하지 않았다.

JIC의 제6부 일본 지역 담당 부장 권유민은 마포대교를 건너 JIC가 있는 원효로 4가로 들어서기 위해 강북로로 진입한 자신의 승용차에 갇혀 있었다.

러시아워를 피해 일찍 집을 나섰지만 아침 출근길은 여전히 더뎠다. 앞뒤로 자동차들이 숨 막히게 들어차 있었다. 강북로와 마포를 지나온 차들이 만나 다시 원효로와 강북로를 선택하는 지점이었다. 마포 쪽에서 강북로를 선택하는 차들은 도로를 가로질러 오른쪽으로, 강북로에서 원효로를 선택한 차들은 다시 그 완강한 저지선을 뚫고 왼쪽으로 붙어야 했다. 바로 이 지점에 이르면 권유민은 자신의 의지가 얼마나 나약한지 실감할 수 있었다. 그는 매일 바로 이 지점에서 출근을 포기해 버리고 싶은 유혹에 시달렸다.

차는 이윽고 위원회의 정문에 도착했다. 위원회 정문을 장식하고 있는 것은 딱 한 가지, 하늘을 나는 모습을 한 말 문장이었다. 그 외에는 어떤 것도 이곳이 합동정보위원회라는 사실을 알려주는 것은 없었다.

하늘색 철문이 완강하게 닫혀 있는 입구에서 그는 자동차 경적을 짧게 울렸다. 유압 개폐식의 거대한 철문이 열리면서 다시 야트막한 쇠창살 문이 나타났다. 차가 들어서자, 뒤편의 문이 닫혔다. 권유민의 차는 그 순간 앞뒤의 완강한 철문에 갇힌 꼴이 되었다. 위편 위쪽에 자리 잡고 있는 경비실에서 청색 제복을 입은 경비원이 그를 향해 거수경례를 했다.

"이제 오십니까?"

경비원은 늘 하던 식으로 다시 권유민의 차 가까이 접근해서 다시 거수경례를 했고, 허리를 약간 구부린 상태에서 그의 시선은 차 안을 구석구석 뒤지고 있었다.

"트렁크 좀 열어 주시죠."

권유민은 언제나 그가 그렇게 말하기 전에 트렁크를 열었다. 그도 그 사실을 알고 있을 것이었다. 그러나 그는 한 번도 '트렁크 좀 열어 주시죠'를 잊어버린 일이 없었다.

경비원은 차의 트렁크를 닫았고, 경비실 쪽으로 문을 열라는 신호를 보냈다.

권유민은 위원회의 정문을 통과하면서 한숨을 내쉬었다. 큰 곤욕을 치르고 난 것처럼 머리가 어수선했다. 복잡한 감정의 얽힘, 자기 확신이 서지 않는 모호한 객관자의 심정이 되어 승용차를 세웠다.

그는 차 안에서 신분증을 꺼내 가슴에 달았다. 그리고 서류가방을 들고 차에서 내려 금속 탐지기와 엑스선 탐사기를 거친 뒤 승강기 버튼을 눌렀다. 그의 사무실은 3층이었다.

9시에 국장과의 면담이 약속되어 있었다. 십 분 전 9시. 국장은 신중하고 정확한 사람이었다. 부하들과의 약속도 어기는 법이 없었다. 판단력은 면도날처럼 날카롭고, 그의 시선이 포착한 것은 무엇이든지 의미가 있었다. 부하들은 그렇게 믿었다. 작달막한 키에 당당한 체구. 그의 명석한 판단력은 때로 비정한 면으로 오해되기도 했지만, 그 밖에는 불만이 있을 수 없는 상사였다.

권유민 부장은 사무실에 들러 잠시 몇 분의 시간을 보낸 뒤 정확히 9시 2분 전에 자리에서 일어섰다. 국장의 방은 5층이었다.

국장은 의자에서 일어나 따뜻한 표정으로 그를 맞았다. 국장의 나이는 예순하나. 그러나 나이보다는 훨씬 더 젊어 보였다.

"어서 오게. 자네 신문 봤나?"

"봤습니다. 아세안 여섯 나라가 경제 블록을 구축할 움직임을 보이고 있더군요."

"자, 앉게."

국장은 권유민에게 의자를 권했다. 초록색 카펫이 깔린 국장의 방은 계절에 따라 분위기가 달랐다. 그러나 초록색 카펫은 겨울 분위기에는 어울리지 않아 좀 을씨년스러운 느낌을 주었다.

"그래, 잘 봤어. 동남아 국가 연합이 역내 관세를 5% 이하로 내리겠다는 거야. 예정대로 아세안자유무역지대(AFTA)통합 경제권으로 밀어붙이겠다는 거지. 자, 피우겠나?"

권유민은 국장이 내민 시가를 사양했다. 국장은 애연가였다. 그의 서랍 속에는 세계 각국의 유명 담배가 가지런히 들어 있었다. 그중 가장 애용하는 담배는 미얀마제製 시가였다. 권유민은 국장이 권한다고 해서 감히 시가를 물고 마주 앉아 있을 수는 없다고 생각했다.

"그건 이미 보고를 드린 바 있습니다만."

"그랬었지. 그럴 움직임을 보인다고……. 그런데 자네는 이걸 어떻게 보나?"

국장이 탁자 위에 올려놓은 것은 싱가포르 주재원이 작성한 보고서였다. 싱가포르는 매우 중요한 지역이었다. 세계 각국의 많은 종합상사들이 들어와 각축전을 벌이고 있는 곳이어서 그들과 접촉하면 의외로 질 좋은 정보를 얻어낼 수도 있었다. 그래서 JIC는 종합상사 지점망 외에도 두 개의 정보 수집용 안테나숍을 더 운용하고 있었다.

그러나 탁자 위의 보고서는 일주일 전 자신이 아세안 지역을 담당할 당시 이미 검토를 끝낸 것이었다. 「동남아 지역에서의 일본의 경제적 영향력」. 자신은 그것을 B급 문건으로 분류를 했었다. 보고서 표지에는 B 자의 붉은 스탬프가 선명하게 찍혀 있었고, 그 아래에는 자신이 서명한 것이 보였다.

"주재원의 리포트는 B급으로 분류하는 것이 일반적인 관례입니다만……."

"B급으로 분류한 것을 탓하는 게 아닐세. 단지 난 현재의 아세안 지역 상황을 어떻게 보는지를 묻고 있는 거야. 태국 인도네시아 말레이시아 싱가포르 필리핀, 이 다섯 개 나라에는 많은 일본 현지 기업들이 있지 않나. 자네 지난 90년도 아세안 지역 통상 자료를 봤나?"

"봤습니다. 브루나이를 제외한 아세안 다섯 개 나라 총 수출액의 26%를 일본 현지 기업들이 차지하고 있더군요."

"그래. 지난 90년에 26%야. 현재 상황은 훨씬 더 진전돼 있지. 이제 일본 자본이 철수를 한다면 아세안 국가들의 경제는 위기 상황에 빠질 수밖에 없어. 게다가 일본은 지난 89년부터 약 14조 엔의 대외 원조를 해왔는데, 그중 78.6%, 무려 11조엔을 이 다섯 나라에 집중적으로 쏟아부었네. 11조 엔. 얼마나 큰돈인지 짐작이 가나? 기름을 먹인 가죽은 부드럽지. 일본은 지금 동남아 지역에 기름을 먹이고 있어. 이렇게 확대한 경제적 영향력은 이제 정치적 영향력으로 확대되고 있네. 이미 엄청난 힘으로 작용하고 있지. 아세안 국가들은 이제 행동하기 전에 일본의 두뇌를 빌려서 생각하게 됐다는 얘기가 나올 정도야. 그런데 이들 나라가 역내 관세를 5%까지 내리는 자유무역지대를 창설하겠다는 거야. 이게 도대체 뭘 의미하는지 알겠나?"

"물론 정황으로 본다면 일본의 영향력이 작용했다고 볼 수도 있겠습니다만……."

"좀 더 논리적인 사고가 필요하네."

말을 자른 국장의 표정이 굳어졌다. 그러나 목소리는 여전히 부드러웠다.

"물론 논리적이라고 해서 반드시 진실에 접근할 수 있는 건 아니지. 진실이라는 것이 늘 논리 정연한 모습을 하고 있지는 않으니까……. 그렇지만 이럴 때는 기초 산술로 풀어가는 것이 정확하지. 일본이 지금 무얼 하고 있는지, 우린 그걸 알아야 하네."

잠시 말을 멈춘 국장은 책상 서랍을 열고 안경을 꺼내 닦았다. 평소 국장은 안경을 끼지 않았었다. 유리알이 상당히 두꺼워 보이는 돋보기였다. 그도 이제는 늙었다.

"최근 들어 시력이 많이 약해졌어. 자, 계속할까? 일본은 지난 반세기 동안 아시아를 벗어나서 서방 세계의 일원이 되기를 강력히 희망해 왔네. 그래서 실제로 많은 투자를 했지. 전체 미국 자산의 10% 정도, 독일의 경우는 전체 자산의 17% 정도, 대단한 액수지. 그러나 최근 일본은 심각한 문화적 배경 차이로 서방 세계의 일원으로서 피갈이를 하는 일이 불가능하다는 사실을 깨달았네. 지난 반세기 동안의 노력이 얼마간 허사로 돌아간 거지. 그래서 이제 일본은 다시 아시아로 돌아오기를 강력하게 희망하고 있네. 그런데 자네는 이 탕자가 돌아온다면 어떤 모습으로 돌아올 것 같은가?"

탕자라. 회개하고 돌아온 탕자는 아니었다. 세련되긴 했으나 더욱 교활해진 탕자. 국장은 이 부분에서 분명하게 일본에 대한 적의를 드러냈다.

"돌아온다면……."

"아시아의 맹주지. 일본은 지금 금의환향을 하고 싶어 하네. 아시아의 왕이 되고 싶은 거야. 자넨 어떻게 생각하나? 전범국 일본이 다시 왕이 되어 아시아로 기어드는 것을."

권유민은 잠시 망설이다가 이윽고 입을 열었다.

"일본이 아시아로 돌아오는 것은 자유지만 맹주가 된다는 것은 가능한 일이 아니라고 생각합니다. 일본이 아시아에서 정치력을 확대하려는 이유를 주목해 볼 필요가 있겠죠. 일본은 동남아시아와 인도양의 광물 자원 공급로를 확보하고, 정치적으로 지배가 가능한 수출 시장을 확보할 목적을 가지고 있습니다. 그래서 반세기 동안 미국과 유럽 쪽에서 소외됐던 자신들의 입지를 강화시켜 보자는 겁니다. 그렇지만 중국은 동아시아의 아주 작은 부분이라 할지라도 결코 일본에게 내주려 하지 않을 겁니다."

권유민은 자신이 '결코'라는 말에 지나치게 힘을 주었다는 생각을 했다. 국장은 잠시 생각에 잠겼다가 다시 입을 뗐다.

"그렇다면 전쟁이 일어나겠군. 요즘 그런 얘기들을 많이 하잖나?"

권유민은 더 이상 자신의 견해를 피력해서는 안 된다고 생각했다. 국장의 생각은 이미 굳어 있었다. 권유민이 더 이상 자기 견해를 피력하지 않았던 것은 얼마간 국장의 의견에 공감하는 부분이 있었기 때문이다.

"일본은 이미 동남아 지역에서 왕 노릇을 시작했네. 미국을 등에 업은 채 말이야. 우려했던 엔화 경제권이 모습을 드러내고 있어. 중국은 그것에 민감하게 반응하고 있고."

국장은 안경을 벗었다. 그의 시선은 창밖으로 가 있었다.

"그런데 우린 지금 일본을 너무 얕잡아보고 있어. 그러나 일본은 우리에 대해 많은 것을 알고 있네. 그 정보는 정확하지. 지난 79년 일을 생각해보게. 서울 궁정동에서 총소리가 울려 퍼진 지 불과 일주일도 채 안 된 11월 1일, 일본의 마이니치신문은 그로부터 1개월 12일 이후에 발생한 이른바 '12·12사태'를 정확하게 예측했네. 더욱 놀라운 것은 그 주도 인물로 전두환 씨를 정확하게 짚어낸 사실이네. 전 씨가 언론에 공개된 것은 딱 한 번, 합동수사본부장 자격으로 사건 경위에 대한 원고지 여섯 장 분량의 짤막한 중간발표를 한 것이 전부였지. 그 민감한 정보의 촉수를 실감할 수 있겠나?"

국장의 목소리에는 아무런 감정도 묻어 있지 않았다. 그의 가라앉은 목소리는 오히려 설득력을 얻는 데 효력이 있었다. 국장은 반쯤 탄 시가를 재떨이 위에 올려놓았다.

"실감하고 있습니다."

"또 있네. 자네도 알고 있겠지만, 소련이 KAL기를 격추했던 사실을 인정할 수밖에 없었던 증거 말일세. 그것도 일본이 제공했지. 그 사실에 대해 세계의 언론들은 의아하게 생각했었네. 하지만 일본이 정보에 투자하고 있는 엄청난 돈의 액수를 안다면 그리 놀랄 일도 아니지. 일개 종합상사가 위성을 쏘아올린다면 믿어지나? 어쨌든 일본의 자위대는 왓카나이와 네무로에 있는 레이더 사이트의 전자 방수로 정확한 증거를 확보했네. KAL기를 추적했던 항공기가 수호이 15기와 미그 23기라는 사실까지 확인하고 있었지. 게다가 당시 소련 요격기가 지상과 통신한 기록까지도 가지고 있었다네."

국장은 잠시 말을 끊고 권유민을 바라보았다. 그의 눈빛은 뭔가 간절한 의미를 담고 있었다.

"일본은 세계 최고의 촉수를 가지고 우리의 뱃속을 들여다보고 있네. 그리고 뭔가를 하고 있지. 다시 말하지만 우린 그걸 알아야 하네. 일본이 지금 뭘 하고 있는지 말이야."

"최선을 다하겠습니다."

"고맙네."

국장은 굳은 표정으로 보고서에 서명을 했다.

자기 방으로 돌아온 권유민 부장은 오랫동안 심각한 표정으로 생각에 잠겨 있었다. 테이블 위에 놓인 보고서 표지에는 이 서류를 다시 A급으로 분류하라는 국장의 메모가 붙어 있었다.

최근 국장은 일본에 대해 민감한 반응을 보여 왔었다. 권유민 자신이 일본과 아세안 담당 부장으로 옮겨 온 것도 국장의 일본에 관한 각별한 관심 때문이라는 사실을 알고 있었다. 특히 국장은 아세안 지역에서 일본이 하는 일에 관심이 많았다.

창밖으로 한강이 내려다보였다. 올겨울도 한강은 얼지 않았다. 삼한사온이 사라져 버린 지 오래였다. 겨울은 겨울답지 못했고, 따라서 겨울의 끄트머리에서 화려하게 피어나던 봄 역시 실종된 지 오래였다. 서울의 봄은 더 이상 화려하지 않았고, 가을 역시 산뜻하게 영근 풍요의 계절이 아니었다. 지난가을은 황사에 시달려 병색이 완연했었다.

눈을 기다렸으나 끝내 내리지 않았다. 그러나 하늘은 며칠째 어둡게 가라앉아 있었다. 날씨 탓이라고는 할 수 없겠지만 며칠째 기분이 우울했다. 이렇게 또 한 해가 저무는구나. 모든 것이 계절처럼 불투명했다. 그는 명백한 전후 세대였다. 과도기적인 삶을 꾸려 온 전후 세대, 과연 언제 이런 과도기적인 삶을 청산할 수 있을 것인가.

매달 두 번째 토요일에는 '싱크탱크'라는 간부급 회합이 있었다. 오늘도 출신 성분이 다른 제5부를 제외한 다섯 개 부서의 간부들이 모였다. 제5부의 경우는 그들 스스로 제외되었다. 군 수사대 출신으로 구성된 그들 임무의 특수성 때문이라고 여겨졌다.

어쨌든 싱크탱크는 JIC를 이끌고 있는 견인차 그룹이라고 해도 과언이 아닐 것이다. 서로 필요한 정보를 공유하고 새로운 사안에 대한 의견을 청취하는 공적인 성격을 띠고 있었지만, 어디까지나 각 부서의 책임을 맡고 있는 부장급 간부들이 조성한 사적인 모임이었다.

그러나 갈수록 이 모임의 분위기는 침체되고 있었다. 체력을 국력이라고 기만해 왔던 시기에 손상됐던 조국의 품위에 대해 걱정하기도 하고, 정치와 전투를 동일시해서 절대 권력을 전리품으로 여기던 군인 정치 시대와 그에 대해 무기력할 수밖에 없었던 민간 엘리트로서의 처절한 자기혐오로 괴로워하기도 하고,

빌프레도 파레토가 말한 여우형形 인간들, 권모술수에 능한 정객과 그들의 밑을 닦는 법률가와 대중을 조작하는 궤변가들의 이름을 하나하나 떠올려 도마 위에 올려놓고 입에 거품을 물던 얼마 전까지의 열기는 사라지고 없었다.

사사로운 화제 속에 설렁탕 한 그릇씩을 나눠 먹고 회사—그들은 위원회를 그렇게 불렀다—지하 식당을 나왔다. 역시 하늘은 별 하나 없이 무겁게 내려앉아 있었다.

마지막까지 술자리를 지킨 것은 제6부의 일본 아세안 지역 담당 부장 권유민과 제1부의 국내 정보 분석팀 부장 전성길, 그리고 제3부의 미국 담당 부장 황인기, 세 사람이었다.

평소 활달한 성격이던 황인기 부장 역시 표정이 어두웠다. 난도질을 해도 시원찮은 적폐 공화국 때문만은 아닐 것이었다. 아마 그도 어쩌다 우리가 이렇게 됐나 하는 낭패감 때문일 것이었다. 권유민은 그렇게 여겼다. 권유민은 내내 그런 생각을 하며 앉아 있었다.

그들은 그렇게 한동안 침울했다. 먼저 입을 뗀 것은 전성길이었다.

"도대체 이렇게 불안한 이유가 뭐지? 뭐가 우릴 이렇게 만든 거야?"

세 사람은 싱크탱크가 무기력하게 변모한 사실에 공감하고 있었다. 비록 사적인 모임이긴 했지만 싱크탱크는 나라 형편에 가장 민감하게 반응하는 리트머스 시험지인 셈이었다. 그들이 번민하는 이유도 조국의 변방을 지키는 첨병으로서의 사명감 때문일 것이었다. 세상은 무섭게 변하고 있었다. 그러나 싱크탱크의 조국은 아직 미몽에서 깨어나지 못하고 있었다.

"그렇지만 국민들은 우리가 열강의 틈바구니에 끼어 불안한 처지에 놓여 있다는 사실마저 모르고 있지."

말을 끝낸 권유민은 잔에 반쯤 남은 술을 입안으로 털어 넣었다. 그 말끝에 전성길은 허탈하게 웃었고, 황인기는 눈을 감았다.

"미국은 서부 개척 시대의 용감무쌍한 정신력을 아직도 유지하고 있지. 그들은 한 자루의 권총으로는 만족하지 못해. 그들 허리에는 늘 두 자루의 권총이 매달려 있어. 그들은 권총도 구경이 큰 것만 좋아한단 말이야. 지금 미국의 허리에 매달린 권총은 URTS와 ITC야. 미 통상대표부, 그리고 미 국제무역위원회지. 사용하는 실탄도 하나는 철갑탄이고, 하나는 작약탄이야. 통상대표부에 쓰는 실탄은 통상법 제301조 '불공정 관행에 대한 대항 조치'고, 국제무역위원회에 쓰는 실탄은 관세법 제337조 '부당 경쟁, 부당 행위에 의한 수입 배제'지. 통상법 301조로는 시장개방 압력을 행사하면서, 관세법 337조로는 자국 산업을 보호한단 말이지. 철갑탄으로 뚫고, 그 구멍으로 작약탄을 쏘아 터트리지. 난 미국의 그 엄청난 힘이 싫고, 두렵네."

말을 마친 황인기는 다시 술잔을 들었다. 권유민은 그가 윌리엄 피그먼 사건에 시달리고 있다고 생각했다. 그러나 사건은 이미 황인기의 손을 떠났다.

권유민은 황인기의 빈 술잔에 술을 채우면서 말했다.

"국제 관계도 마찬가지라고 생각하네. 그게 바로 인간사 순리 아닌가?"

"힘의 논리로 보면 순리지. 법은 절대로 정의가 아니고, 아직도 강자의 것임을 입증하는 사례들이 얼마든지 많으니까……. 그렇게 이해해 버릴까……? 그런데도 왜 이렇게 서글프고 외롭지?"

황인기는 실제로 서글프고 외로운 표정이 되었다. 이미 전성길은 상당히 취해 있었다. 몸을 앞뒤로 흔들면서 알아들을 수 없는 목소리로 타령을 읊조리고 있었다.

"우리는 지금 어느 줄에 서 있는가?"

한동안 침묵을 지키고 있던 황인기가 눈을 감은 채로 다시 물었다.

"미국인가? 미국을 업은 일본인가? 또 중국이면 어떤가?"

전성길이 되물었다.

권유민은 갑자기 정신이 아뜩해지면서 구경꾼이 되었고, 전성길은 황인기를 노려보며 다시 입안으로 술을 털어 넣었다. 두 사람의 눈은 게슴츠레해졌고, 혀는 이미 말려 있었다.

"몸은 미국, 그 안에 도는 피는 일본이지."

"맞아. 5·16때까지 우리나라 법률이 아예 일본말로 되어 있었던 거 아냐? 헌법은 우리 손으로 만들었지만, 하위 법령은 조선총독부령을 그대로 쓰고 있었다는 거야. 5·16 이후에 이것들을 부지런히 우리말로 고쳤다는 거지, 이 년 동안이나. 솔직하게 말해봐. 대한민국이 조선총독부 연장이야? 일제 청산은 고사하고,

이게 도대체 뭐냐고?"

"눈물의 씨앗이지."

"그런데 지금 우리는 모든 것을 미국에 걸고 있지. 그들의 표정이 바뀌는 걸 두려워하면서 말이야."

전성길은 술잔을 소리 나게 내려놓았다. 황인기는 술잔이 위태롭게 흔들리는 것을 바라보면서 한국 땅에 출장 와 죽을 뻔했다는 윌리엄 피그먼이라는 미국인의 이름을 중얼거렸다.

잠시 후, 권유민은 두 친구를 택시에 태워 보낸 뒤 비로소 홀로 남았다. 문득 국장이 떠올랐다. 일본은 지금 미국을 업고 일을 하고 있지. 일본이 지금 뭘 하고 있는지, 우린 그걸 알아야 하네. 권유민은 목에 가시처럼 걸려 있는 숙제를 떠올렸다. 새벽 2시였다.

새벽 2시. 주한 일본 대사관 가케 히데키加計英機 참사관은 대사관 측이 비상용으로 빌려서 늘 비워두고 있는 호텔로 돌아왔다. 그의 임시 거처였다. 아직 동이 트려면 다섯 시간은 더 기다려야 했다. 잠시라도 눈을 붙이는 것이 일과를 위해서 좋을 듯싶었다. 그러나 그는 쉽게 잠들지 못했다.

컴퓨터 모니터를 너무 오랫동안 들여다보고 있었던 탓인지 눈이 아려왔다. 어제 아침 황련단黃聯團 본부로부터 공수된 정보 파일은 아주 흥미로웠다. 대사관 직원들이 다 퇴근한 뒤 그는 일곱 시간 동안이나 컴퓨터실에 갇혀 있었다. 그의 은밀한 행동을 눈치챈 동료는 없었다.

한국에서 활동하고 있는 45명의 일본 외교관 중 그는 유일하게 미혼이었다. 나이는 서른여덟 살. 방위청 출신으로 한국말을 완벽하게 구사하는 대사관 내 1급 정보통. 그가 수집한 정보는 본국에서도 1급으로 평가되고 있었다.

그가 수집한 양질의 정보는 대사를 통하지 않고 곧바로 본국의 방위청을 통해 내각 조사실로 올라갔다. 그의 정보 수집 활동은 거의 제약을 받지 않았다. 본국에서는 외무성을 통하지 않고 방위청 지시를 직접 받았고, 한국에서 그를 통제할 수 있는 사람은 딱 한 사람, 도시오 특별전권공사뿐이었다.

그가 주로 접촉하는 정보원은 한국 정보국과 검찰, JIC로 불리는 합동정보위원회, 그리고 군 보안 관계자들이었다. 그들은 히데키를 '소나'라고 불렀다. 처음에는 그게 무슨 말인지 몰랐지만, 얼마 후 수중 음파 탐지 장치를 그렇게 부른다는 것을 알았다. 그들이 히데키를 그렇게 부르는 이유가 있었다. 그것은 히데키의 정보 수집 능력 때문이었다.

히데키는 언제나 기본 탐색 자료를 가지고 있었다. 오다가다 걸려드는 그런 정보는 그에게 쓰레기와 마찬가지였다. 그는 최소한 무슨 일이 어디에서 있을 것이라는 사실을 예측하고 있었다. 문제는 그 일이 언제 어떻게 벌어지느냐는 것이었다. 그가 가진 기본 탐색 자료는 그것을 알기 위해 누구에게 어떻게 접근해야 하는지를 가르쳐 주었다.

그러나 그가 누구로부터 그렇게 많은 탐색 정보를 얻어내는지는 대사관의 동료들조차 알지 못했다. 소나. 물밑에서 들려오는 온갖 소리를 청취하는 능력을 가진 가케 히데키. 사실 그의 사생활은 많은 부분이 공개되어 있었지만, 바로 이 부분의 능력은 누구도 알 수 없는 수수께끼였다. 하지만 그가 황련단 간부였다는 사실을 알았다면 그들은 그 능력에 대해 전혀 놀라지 않았을 것이다.

히데키는 자리에서 일어났다. 시계는 4시를 가리키고 있었다. 그는 일과 관계되어 긴장하면 잠을 이루지 못했었다. 황련단 본부에서 알려온 작전의 '작은 실수' 때문이었다. 황련단과 연계된 단체 가운데 하나가 한국에 출장 온 미국 관리를 테러한 사건이었다. 그들은 한국 땅에서 일어난 미국인 테러 사건이 한국의 혐미嫌美 경향을 증폭시켜 미국인들을 자극할 것이고, 그것이 결국 압력으로 작용해서 워싱턴의 동아시아 정책에 영향을 줄 수 있을 것이라고 믿었던 것이다.

그러나 결과는 전혀 엉뚱했다. 미국인은 죽지 않았고, 엉뚱하게도 늙은 청소부가 대신 죽었다. 그리고 사건이 일어난 즉시 CIA가 개입해서 원하지 않았던 방향으로 사태는 급속히 전환됐다. 게다가 워싱턴이 먼저 나서서 모든 언론의 선을 차단해 버린 것이다. 사건은 결국 언론에 공개되지 않았고, 작전은 무위로 끝나 버렸다.

사건이 미국 신문에 대서특필되어 흥분한 미국인들이 백악관 주변에 몰려들어 주한 미군 철수를 주장하는 데모를 해야 할 시간이었지만, 워싱턴은 끝내 조용했다. 그 시간에 바빠진 것은 황련단 본부였다. 사태를 조기에 수습하지 않으면 황련단이 노출될 위기에 놓일지도 몰랐다.

결국 협조자로 포섭된 지 3개월이 채 되지 않았던 모렝이라는 말레이시아인을 희생시킬 수밖에 없었다. 모렝은 사건이 일어난 지 불과 열 시간 만에 경찰에 넘겨졌다. 그리고 경찰에 간 지 두 시간 만에 죽었다. 물론 이것은 가케 히데키의 공작이었다. 그러나 그가 체포된 지 두 시간 동안이나 살아 있었다는 것은 히데키의 실수였다.

하지만 히데키는 이제 테러 사건에서 떠나 있었다. 사건은 이미 정리되었다고 생각했다. 돌아다볼 여유가 없었다. 새로운 일감이 본부로부터 날아든 것이다.

히데키는 컴퓨터에서 프린트해 온 문건을 들여다보았다. 이번 일감은 대단히 단순하고 온건한 것이었다. 그러나 히데키는 지금까지 해온 일 중에 가장 매력적인 일로 여겼다.

히데키가 태어난 곳은 히로시마였다. 그러나 그가 자라난 곳은 후쿠오카였다. 자신이 히로시마에서 태어나 후쿠오카에서 자랐다는 사실에 긍지를 느꼈다.

히데키는 처음 한국으로 발령을 받아 왔을 때 전혀 이방異邦에 왔다는 느낌이 들지 않았다. 정확히 꼬집어 말할 수는 없지만, 그때 느낌은 오랜 방랑을 끝내고 이제야 고향으로 돌아온 느낌이었다. 자신을 일본인으로만 고집했던 것이 얼마나 어리석은 일이었던지, 그 사실을 깨우친 것은 불과 2년 전이었다.

서류철을 뒤적이다 잠시 엎드려 눈을 붙였던 히데키. 그러나 아침은 테러범처럼 빠르게 왔다. 창문 가득히 햇살이 쏟아지고 있었다. 8시 30분. 대사관으로 나가 봐야 할 시간이었다.

아침 9시. 원효로의 합동정보위원회.

창문을 가리고 있던 블라인드를 열었다. 그 소리에 놀란 창밖의 비둘기들이 한꺼번에 날아올랐다. 창밖에는 아래층 창문을 가리는 작은 지붕이 있었다. 비둘기들은 늘 거기에 앉아 있었다. 블라인드를 열 때마다 그 점을 염두에 두었으나 오늘은 그 사실을 잊었다. 황인기는 한강 쪽을 향해 날아가는 비둘기들을 한동안 바라보았다. 비둘기들이 영영 여의도로 건너가 버릴지도 모른다는 생각이 들었다. 그러나 그런 생각이 막 들었을 무렵 비둘기들은 커다란 원을 그리며 천천히 선회하기 시작했다.

책상 위에는 조간신문이 놓여 있었다. 사회면 귀퉁이에 죽은 늙은 청소부의 사진이 실려 있었다. 컬러 사진이 아닌 게 다행스러웠다. 사건 기사는 사진에 할애한 지면에 비해 짧았다. 강남구청 소속 미화원 김삼수 씨. 그리고 스스로 목숨을 끊은 젊은 말레이시아인. 불우한 인생을 살다 간 그들이 서로 나눠 가진 건, 증오와 관련 없는 운명적 인연이었다. 젊은 이방인이 세상을 향해 무차별 난사한 총탄, 직격탄도 아니고 그 유탄에 목숨을 잃은 비운의 늙은 청소부.

이 사건 기사의 내막에 대해 가장 정확히 알고 있는 사람은 제5부 부장 곽정환일 것이었다. 왠지 그런 느낌이 들었다. 그는 정확한 사람이었다. 물론 곽정환은 황인기에 대해 친절한 사람이 아니었다. 평소에도 가까운 사이가 아니었으며, 업무상 특별한 유대 관계도 없었다.

최근 곽정환은 큼직한 사건 하나를 해결했었다. 한 고위직 관리의 독직瀆職 사건이었다. 그것은 추잡한 뇌물 비리였다. 그대로 방치했다면 최고 통치자를 차기 정권의 첫 국회 소집 청문회에 불러내는 불상사가 일어났을 것이었다.

자신의 직권을 남용해서 재벌 기업의 땅 투기를 돕고, 뇌물을 받아 일부를 정치자금으로 조성한 뒤, 상당 액수의 금품을 자기 몫으로 챙긴 대담한 인물이었다. 그러나 그는 최고 통치자의 인맥으로 볼 때 서열 5위권의 막강한 실력자였다. 감히 그를 상대로 조사할 수 있는 수사기관은 없었다. 이미 역겨운 냄새가 그의 주변에 감돌고 있었으나, 거의 모든 수사기관이 입을 닫고 지내던 처지였다.

9시 30분. 권유민은 국장의 호출을 받았다. 주례 보고는 10시에 하도록 되어 있었다. 권유민이 국장실에 가기 위해 계단으로 통하는 문을 열었을 때, 계단참에 두 사람이 서 있는 것을 보았다. 제5부 부장 곽정환과 그의 직속 상관인 부국장이었다. 부국장은 계단실의 문을 연 권유민을 향해 손을 들어 보였었다. 그러나 권유민은 조금 전 계단실을 울렸던 부국장의 목소리를 기억했다.

—기다려야 하네. 서둘러서는 안 돼.

부국장은 육사 출신으로 정예의 군인이었다. 대령으로 예편한 그의 약력은 현역 시절부터 화려했다. 중령 때 이미 주일 대사관의 무관으로 활동했고, 그 이전에는 군 수사대의 요직에 있었다. 그 후 잠시 국가정보국에 몸을 담았다가 5년 전 JIC 창설과 함께 부국장으로 임명되었다.

그의 인상은 차가웠다. 차가웠지만 때로는 그것이 이지적으로 보이기도 했다. 그러나 그를 아는 사람들은 그의 이지적인 모습이 냉정한 그의 성격에서 비롯한다는 사실을 알았다. 명석한 판단력 또한 그의 비정한 일면을 보여 주는 데 부족함이 없었다. 설득력 있는 논리 구사력 역시 목표 달성을 방해하는 장애물을 무자비하게 제거하는 또 하나의 무기였다. 그의 모든 행동은 전략적 사고에 의해 제어되었다. 그에게 있어서 전략적이지 않은 것은 거의 없었다. 그가 책임지고 있는 모든 임무는 곧 전투였다. 이 모든 전투에서 반드시 승리해야 하고, 승리한 후에는 철저하게 장악해야 했다.

그는 또한 부하를 관리하는 능력이 탁월했다. 위원회의 가장 거친 일을 떠맡고 있는 제5부의 방대한 조직을 관리하는 데 그의 능력은 빈틈없이 발휘되고 있었다.

기름을 발라 올백으로 빗어 넘긴 머리카락과 창백하리만큼 흰 얼굴, 긴 코와 약간 끝이 치켜 올라갔다고 느껴지는 눈과 눈썹. 게다가 누구도 알 수 없는 사생활. 그의 이름은 비교적 수더분한데……, 민병선. 권유민은 가슴을 휘젓는 찬 기운을 느꼈다.

"어서 오게."

국장은 예의 그 따뜻한 표정으로 권유민을 맞았다. 먼저 와 있던 황인기 부장은 권유민을 보자 어깨를 으쓱해 보였다. 황인기 부장은 이미 주례 보고를 끝낸 뒤였다.

"지금 나한테는 당신들이 필요해. 젊고, 명석한 두뇌들이지. 미국과 일본의 생각을 알고 싶다는 얘길세. 자네들 술 한 잔 할 텐가?"

국장은 다소 흥분한 기색을 감추지 못했다. 평소 국장답지 않은 처신이었다. 국장은 서랍에서 술병을 꺼냈다.

"며칠 전 나는 조사부에 의뢰해서 최근 신문 자료들을 모았는데, 도대체 돼먹지 않은 인사들이 많더군. 우리는 더 이상 좌시해서는 안 되네."

국장은 세 개의 잔에 술을 따랐다, 얼굴에는 여전히 홍조를 띤 채.

"감사합니다."

술잔을 받아 든 두 사람은 국장을 주시했다. 국장이 흥분하고 있다면 그 이유에 대해 관심을 가질 필요가 있었다. 국장은 서류철을 열고 안경을 착용했다.

"미 케이토 연구소의 한 연구원 친구 얘기 좀 들어보게. '미국의 안보 이해관계에서 한국은 하나의 변두리적 존재다. 한국에 대한 안보 공약의 비용과 위험 부담을 정당화시킬 만큼 한국은 경제적으로나 전략적으로 미국에게는 중요하지 않다. 미국이 군사를 주둔시킬 만큼 한국은 결정적인 존재가 아니며, 그런 존재가 된 적은 단 한 번도 없다.' 이거 정말 우리를 비참하게 하는 얘기잖나? 한국이 미국에게 정말 그런 존재밖에 안 됐었나? 나는 왜 이 친구가 이런 얘기를 했는지 정말 궁금했네. 그런데 오늘 아침 그 이유를 찾아냈지. 같은 연구소에서 일하는 다른 친구의 얘긴데, 그 친구가 이렇게 말하고 나선 거야. '미군 철수로 인한 극동의 안보 공백을 일본이 메우지 못할 이유가 없다.' 말을 바꾸자면 극동의 안보 문제를 일본에 맡기자는 얘기 아닌가? 주한 미군을 철수하고 지금까지 주한 미군이 해왔던 역할을 일본의 자위대가 해도 괜찮다는 얘기인 거지. 이거 어떻게 생각하나, 황 부장?"

국장은 그게 마치 황인기 때문이라는 듯이 그를 노려보았다. 그러나 국장은 그에게 대답할 여유를 주지 않았다.

"나는 이 점에 있어서는 키신저를 믿네. 키신저는 일본의 군사대국화를 견제하기 위해서는 아시아에 미군이 필요하다고 역설했어. 나는 그가 옳은 생각을 하고 있다고 보네. 그런데 동아시아 안보 문제를 일본에게 맡기자는 이 엉뚱한 발상의 근거는 도대체 뭐지?"

"그에 대한 해명은 브루스 커밍스가 하고 있습니다."

황인기의 목소리는 다소 가라앉아 있었다. 하지만 그의 성격을 잘 아는 권유민은 그 역시 흥분하고 있음을 간파할 수 있었다. 그는 애써 침착할 필요가 있을 때 그런 목소리를 냈었다.

"브루스 커밍스는 미국의 패권주의에 주목하고 있습니다. 그는 미국이 제3세계 위험 국가의 존재를 과장하여 새로운 적대국의 부상을 봉쇄하고 있다고 보고 있습니다. 새로운 적대 국가란,

예컨대…….”

“예컨대 중국 혹은 독일, 일본 말이지?”

“그렇습니다. 냉전 기간 동안에는 미국이 우방에 안보를 제공하는 형식의 봉쇄 사업에 문제가 없었습니다. 그리고 경쟁 공업국이 확보하려고 하는 자원에 대해 미국이 지속적으로 영향력을 행사하는 데도 역시 문제가 없었습니다. 그러나 소련이 붕괴되고 냉전이 막을 내린 지금의 사정은 많이 달라졌습니다. 미국에 이익을 가져다줬던 패권주의에 위기가 온 것입니다. 이제 미국의 안보 우산에서 벗어나 독자적인 힘을 갖기를 원하는 국가들이 생겨나기 시작한 것이죠. 그래서 미국은 그들이 그와 같은 생각을 하지 못하도록 냉전 시대와 똑같은 분위기를 유지할 필요가 있게 된 것입니다.”

“냉전 시대와 똑같은 분위기라? 그런 분위기를 만들 수도 있나?”

“그렇습니다. 소련과 같이 세계의 평화를 위협할 분위기를 갖춘, 그러나 미국이 훨씬 더 유리한 입장에서 손쉽게 다룰 수 있는 ‘작은 악마’들이 필요하게 된 것이죠. 예컨대…….”

“북한이나 이라크 같은 나라 말이지?”

국장의 눈빛이 반짝하고 빛나는 것을 권유민은 보았다.

“그렇습니다. 미국은 세계 곳곳에 바로 그런 작은 악마들의 존재를 부각시켜 미군이 세계 각지에 존재할 수 있도록 명분을 확보한다는 것입니다.”

“그러니까 극동 지역에 미군이 주둔할 수 있는 명분을 제공하고 있는 작은 악마는 바로 북한이군. 그런데 작은 악마들의 존재를 부각시킨다는 얘기는 또 뭔가? 미국이 그런 분위기를 조작하고 있다는 느낌을 주는 얘긴데."

"그게 바로 북한의 호전성이라고 보는 시각이 있습니다."

"호오, 그래? 그러니까, 미국이 북한을 악마화하기 위해서 그들의 호전성을 과장하고 있다는 얘기군. 도대체 그런 억지가 어떻게 통용되는지 모르겠군. 나는 북한의 핵 문제에 대해 미국이 강경한 입장을 보이는 것은 세계 평화를 위한 일관된 노력이라고 보네. 그러나 어쨌든 브루스 커밍스는 미국의 그런 정책에 비판적이지. 좋아. 아무래도 나는 좋네. 하지만 나는 미국의 그런 패권주의가 마음에 들어. 일본이 아시아에서 군사적인 힘을 휘두르도록 놔둬서는 안 되지. 일본의 군국주의는 절대로 용납해서는 안 되네. 그건 이미 20세기 말에 검증이 끝났잖나?"

이때 듣고만 있던 권유민이 끼어들었다.

"그렇지만……."

"아, 권 부장도 의견이 있나?"

"네, 국장님. 북한 핵 문제에 관련한 미국의 전략에 일본이 실질적으로 동의를 하지 않았다는 데에 문제가 있습니다."

"실질적으로라니? 일본은 지금 충실하게 대북 압박 정책에 동참하고 있잖나? 그게 도대체 무슨 말이지?"

"최근 러시아와 중국마저 북한에 경제적인 지원을 줄이고 있는 상황으로 본다면 이 전략은 더욱 설득력이 있을 것입니다. 그런데 유독 일본만 물밑에서 북한과의 경제 교류를 확대해 나가고 있습니다. 우리는 이와 관련해서 민족 경제의 손실 평가를 해 봐야 할 때가 됐다는 생각이 듭니다."

"민족 경제의 손실 평가라? 역시 권 부장다운 말이군."

"현재 우리나라 기업과 일본 기업이 대북 합작 진출에서 경합 양상을 보이고 있는 것을 국장님도 잘 아실 겁니다."

"그래. 언젠가 보고를 받은 기억이 나는군."

"그러나 일본 기업들은 아무런 규제를 받지 않고 자유롭게 북한에 진출하고 있는 반면에 우리 기업들은 정부의 정책 보조에 맞춰야 하는 부담을 안고 있습니다."

"잠깐, 얘기를 좀 정리할 필요가 있을 것 같군. 그러니까 정부의 정책 보조라는 것은 아까 말한 핵 문제에 관련한 정책을 말하는 거겠지?"

"그렇습니다. 좀 더 정확하게 말하자면 미국이 주도하는 대북한 압박 정책이 되겠죠."

황인기가 끼어들었다.

"미국이 주도하는 압박 정책이라? 좋네. 계속해 보게, 권 부장."

"최근 우리 기업들이 북한과의 교역을 줄이는 동안, 일본의 동해상사는 새롭게 북한에서 철강 제품을 생산하고 수입할 계획을 추진하고 있고, 일본의 공화상사는 북한의 광산 개발에 착수했습니다. 그리고 임해 시멘트사는 해주에 시멘트 공장을 건설하기로 합의했습니다. 사쿠라그룹은 모란봉합작회사를 설립해서 2년간에 걸쳐 신사복을 총 삼십이만 벌을 만들어 일본으로 반입을 했습니다. 또한 일본의 파코사는 평양 피아노합작회사를 설립하고 연간 오천 대의 피아노를 생산하고 있습니다."

"역시 자네 기억력은 정말 놀라워. 여기 그 보고서가 있네."

국장은 다시 서류철을 들여다보았다.

"지난해까지는 주로 조총련계 기업들만 진출해 있었는데, 그게 백여 개쯤 되는군. 조총련 기업들이 북한에 진출한 것이야 이상할 것이 없지. 그런데 그 후 이백오십 개나 되는 순수한 일본인 기업들이 진출했네."

"그렇습니다. 그런데 여기에서 우리가 주목해야 할 것은 일본의 지원 투자 전략입니다. 이미 일본의 지원 투자 전략은 본 궤도에 들어선 것 같습니다."

"지원 투자 진략이라. 일본이 동남아와 중국에 진출할 때 써왔던 전략 아닌가? 무상 원조와 대규모 투자, 전대轉貸 차관 같은 것들 말이야. 진출 대상국에 일본의 생산 설비 원자재를 제공한 뒤에 일본의 경제권 아래로 흡수한다는 전략이지."

"우려되는 것은 북한의 생산 설비가 일본화되어 간다는 사실입니다. 북한의 값싸고 우수한 노동력과 일본의 자본기술 간의 경제 협력이 늘어날수록 북한이 일본 경제에 예속될 가능성이 커진다는 것이죠."

국장은 한동안 말없이 창밖을 바라보았다.

"그러니까, 이 모든 것이 다 미국의 패권주의 전략 때문이라는 얘기로군."

국장은 얘기를 중단하고 테이블 위에 놓여 있던 물을 들이켰다. 비서가 출근하자마자 가져다 뚜껑을 씌워 둔 물잔은 금세 바닥이 드러났다.

"그렇습니다."

다시 황인기가 끼어들었다. 그의 목소리에 감정이 실렸다.

"미국의 패권주의에 더 이상 끌려다녀서는 안 됩니다. 도대체 미국의 그런 전략이 우리에게 남겨 준 것이 뭡니까? 남한에서는 민주화를 방해했고, 북한에서는 군부 중심의 강경파들을 강화시킨 것 외에 우리에게 도움을 줬던 것이 있습니까?"

"결론만 말하게. 그래서 어떻단 말인가?"

국장의 목소리에 날이 섰다.

"문제는 우리 민족의 통일 과젭니다. 미국의 그런 전략이 과연 우리 민족의 장래에 도움이 되는 것인지, 그것을 냉정하게 따져 봐야 할 때가 됐다고 생각합니다. 특히 일본의 태도와 관련해서 말이죠."

국장은 잠시 말을 멈추고 탁자 위에 놓인 보고서를 바라보았다. 이윽고 국장이 입을 뗀 것은 방 안의 침묵이 약간 지루하다는 느낌을 줄 무렵이었다.

"그러나 나는 그렇게 보질 않네. 이건 모두 일본의 동물적 근성 때문이지. 이코노믹 애니멀. 일본은 지금 이성을 잃고 있네. 경제 일등국인 일본이 언제나 국제정치에서 열등국을 면할지 그것이 궁금하네. 돈벌이에 관한 한 일본은 너무 저급해."

국장을 제외한 두 사람은 다시 할 말을 잃었다. 국장은 일본에 관한 한 언제나 단호한 입장을 취했다. 아마 국장이 이렇게 흥분하게 된 데에는 미국의 한 연구소가 한국의 안보 상황을 가볍게 여겼기 때문만은 아닐 것이다. 아시아 안보에 있어서 일본이 미국을 대신할 수 있다는 가능성을 거론한 것이 국장의 심기를 건드려 놓은 게 분명했다.

"쓸데없는 논쟁이 너무 길었군. 사실 이런 논쟁 따위를 하자고 두 사람을 부른 것은 아니었네. 그럼 지금부터 본론을 말하겠네. 이미 권 부장에게는 부탁을 했네만, 나는 일본의 최근 동향이 궁금하네. 그런데 일본의 우익 단체들의 움직임이 심상치가 않아. 흑우회, 사쿠라회, 황풍뇌회, 혈맹단 같은 단체들인데, 이들은 아주 과격하지. 이들은 서로 정치적 이해관계가 달라 하나로 뭉치는 데는 문제가 많다고 여겨져 왔네. 하지만 최근 이들이 연합해서 하나의 행동 단체를 만들었다는 정보가 있었네. 정말 그랬다면 이건 소름 끼치는 일이야. 나는 이들의 정체를 알고 싶어. 구체적으로 말이지. 이 일을 권 부장이 맡아 주게."

국장은 권유민을 바라보았다. 권유민은 머뭇거렸다.

"하지만, 이건 제 소관이……."

"물론 제5부에서 나서준다면 일이 훨씬 수월하겠지. 그렇지만 나는 권 부장이 맡아 주길 원하네. 그리고 황 부장은 미국 쪽 동향을 살펴 주게. 미국에 진출해 있는 일본 자본이 바로 이들을 돕고 있다는 첩보가 있었네."

황인기는 가볍게 고개를 끄덕였다. 권유민 역시 더 이상 거부할 일이 아니라는 생각을 했다.

"빠른 시일 내에 활동 계획을 수립하게. 예산 문제는 걱정하지 말게. 자네들을 위한 특별 예산을 마련해 놓겠네. 기존의 안테나 숍을 이용하는 것도 좋겠지만, 따로 정보원을 고용해야 한다면 얼마든지 고용하게. 알겠나?"

"네."

두 사람의 대답은 간단했다.

그 후 권유민의 주례 보고는 형식적이었다. 국장은 건성으로 들었고, 권유민이 내민 보고서도 서류철에 끼워 서랍 깊숙이 던져 버렸다. 당장 급한 것은 국장 자신의 흥분을 가라앉히는 일이었다.

그 시각, 강남경찰서 김철규 반장은 구로동의 한 자동차 정비 공장에 있었다. 중년의 정비 공장 주인은 양지 바른 곳에 놓인 의자에 앉아 있었다. 사내는 김 반장을 보자 게으르게 일어섰다. 주인 사내가 일어서자 김 반장은 자신의 승용차를 가리켰다.

"엔진 오일 좀 갈아주슈."

사내는 말이 없었다. 김 반장은 창고 안으로 오일을 가지러 들어가는 사내의 뒤통수에 대고 물었다.

"왜 오늘은 혼자 하슈? 전에 여기 정비공이 하나 있는 것 같던데. 그 젊은 동남아인 말이우."

"갔어요. 어느 날 갑자기 사라졌는데, 소식도 없수다."

김 반장은 먹이를 본 굶주린 승냥이처럼 빨랐다. 그는 사내를 거칠게 창고 안으로 밀어 넣었다. 창고는 어두웠으나 사내의 겁먹은 얼굴은 식별할 수 있었다.

"또 뭐죠?"

사내는 이미 무엇이든 털어놓을 준비가 되어 있었다.

그러나 사내는 그 젊은 이방인을 자신에게 소개했던 직업소개소의 이름을 기억하지 못했다.

히데키의 싸늘한 미소

"아니, 사건을 문제 삼지 않겠다고? 오, 마이 갓."

제임스 맥콜은 다소 의아한 표정으로 정치참사관인 코널 윌슨을 바라보았다. 윌슨은 차량들이 질주하는 세종로를 배경으로 서 있었다. 맥콜은 아직도 미국 대사관이 한국의 정치계를 상대로 조정하거나 공작할 수 있다고 여기고 있었다.

"어쨌든 더 이상 사건이 확대되어서는 안 되네. 이보게 맥콜. 그들이 왜 한국 땅에 출장 온 미국 관리에 테러를 했다고 생각하나? 테러범 입장에서 한번 생각해보게. 그들은 이 사건이 언론에 공개되길 원하고 있어. 우리가 대대적으로 공개수사를 진행한다면 그게 그들을 돕는 게 돼. 알겠나?"

"오, 마이 갓."

늙은 청소부의 폭사 사건을 다룬 신문을 윌슨이 책상 위로 던져 버렸다.

"사정이 이렇게 되도록 나만 모르고 있었군."

윌슨은 맥콜이 대사에게 올렸던 보고서를 내밀었다. 맥콜은 사건 이후 부지런히 보고서들을 작성했었다. 윌슨이 내민 것은 이번 사건과 관련해 맥콜이 작성했던 두 번째 보고서였다. 맥콜은 머쓱한 표정이 되었다.

"이해하게. 비밀리에 이 사건을 수습하겠다는 워싱턴의 생각은 변함이 없어. 서둘러서 이번 사건을 수습하라는 지시가 내려졌네. 미국에서의 반한 감정이 한국에서의 반미 감정보다 훨씬 더 위험하다는 걸 인식한 거지. 아직 미국 의회에는 동아시아 전략의 초보적인 상식도 못 깨우친 의원 나리들이 수두룩하지 않은가. 이제 한국은 변방이 아니야. 자네도 그걸 곧 인정하게 될 걸세."

"그럼 이 사건은 영영 끝난 건가?"

"아니지. 이 사건은 CIA에서 담당하게 될 걸세. 그러나 CIA 생각은 자네 의견과는 달라. 자네가 말한 한국의 좌익 단체는 이 사건과 아무런 관계가 없다네."

"그 단체가 아니라고? 오, 마이 갓. 그렇다면 미국의 안전은 이제 끝났군. 내가 말한 단체가 아니라면 미국을 노리는 게 또 있다는 거 아닌가?"

"아직은 알 수 없네. 하지만 그들은 더 이상 그런 짓을 하진 못할 걸세."

"못 한다고? 그건 누가 책임지지? 그리고 도대체 그 빌어먹을 말레이시아 놈을 잡아들인 건 누구야?"

"아직 알 수가 없어. CIA도 지금 그걸 궁금해하고 있네."

"CIA에서 그걸 모르다니. 그 콘도미니엄 주차장의 젊은 경비원은 사건 다음날 자신을 찾아왔던 남자들에 대해 얘길 했다더군. 한국 경찰이 확인해 준 사실이야. 여보게, 윌슨. 나도 CIA 요원 중 한 사람쯤은 알고 있네. 그 사람 얘기로는 CIA에서 한국 정보국의 협조를 받아 요원을 파견했다더군. 그 경비원이 윌리엄 피그먼에 대해 혹시 뭔가를 알고 있는지 확인하려 했던 거지. 그 염병할 언론에 불어 댈 것을 염려해서 말이야. CIA는 사전에 모든 안전장치를 점검한 거지. 그리고 바로 그날 밤 그 말레이시아 놈은 나무 상자에 포장되어 한국 경찰에 보내졌네. 그런데 CIA가 그 사실을 몰랐다고? 내가 알고 있는 그 CIA 요원도 그 사실만은 잡아떼더군. 그러나 난 바보가 아닐세, 윌슨. CIA가 잡아떼는 이유는 그 말레이시아 놈이 비명횡사를 했기 때문이지. 만약에 CIA가 잡아들였다고 말하면, CIA는 그가 왜 죽었는지 설명을 해야 할 테니까."

"자네 마음대로 생각하게. 그건 자네의 자유니까. 그렇지만 제발 그 빌어먹을 입 좀 다물고 있어. 자네가 그렇게 설치고 냄새를 피우니까 그 얼간 셰퍼드들이 몰려들잖아."

"윌슨, 이 사건이 언론에 공개되는 게 그렇게도 겁이 나나. 이건 정말 웃기는군. 미합중국이 이런 일에 겁을 집어먹게 되다니. 이건 말도 안 돼. 자니 카슨이 이걸 알았다면 은퇴하지 않았을 걸세. 정말 웃기는 코미디군. 미국 관리가 한국 땅에 와서 테러를 당했는데, 그게 언론에 알려질까 봐 쉬쉬한다 그거지? 미국 땅에서 반한 감정이 일어날까봐? 야, 이거 정말 미치겠군. 혹시 자네 머리가 어떻게 된 거 아닌가?"

월슨은 아무 말 없이 맥콜의 얘기를 듣고 있었다. 모스크바에서 서울로 발령을 받은 것을 좌천이라고 생각하는 맥콜이었다. 그는 그 후 모든 일에 불만을 토로했다. 그 불만을 잠재울 수 있는 것은 오직 술밖에 없었다. 알코올중독자 프로그램에 참가했던 부끄러운 경력을 가지고 있었지만 그 술버릇 역시 여전했다.

"윌슨, 나에게도 방법은 있네. 미합중국 관리의 안전을 위해 내 나름대로 이 문제를 풀어 가겠어. 그러니 제발 내 앞에서 더 이상 그 망할 놈의 반한 감정 운운하지 말게."

윌슨은 맥콜이 더 이상 외교관으로 근무를 해서는 안 된다는 생각을 가지고 있었다. 그의 판단은 이미 알코올에 절어 있었다. 그가 대사에게 올렸던 첫 번째 보고서는 대사관 내의 화제가 됐었다. 화제가 됐었다는 사실을 모르는 사람은 맥콜 한 사람뿐이었다. 방금 돌려준 두 번째 보고서도 황당하긴 마찬가지였다. 맥콜이 보고서에 예상한 테러단체는 CIA 한국 지부에도 보고된 적이 없는 유명무실한 운동권 학생 단체였다.

세종로 미국 대사관에 비하면 다소 초라한 모습의 빨간색 벽돌의 5층 건물, 종로구 중학동의 주한 일본 대사관. 며칠 전 정신대 문제로 분노한 한국인들이 달걀을 던졌었다. 그 때문에 대사관 벽에 얼룩이 졌다. 지우긴 했지만 아직도 군데군데 그 흔적이 남아 있었다.

가케 히데키는 창틀에 낀 그 얼룩을 바라보고 있었다. 해방되고 반세기 동안 한국인들은 그 사실을 잊고 있었단 말인가. 수만 명의 징용자들이 보고 들었을 텐데, 반세기 동안이나 입 닫고 있다가 이제야……. 마당에는 몇 마리의 까치가 내려앉아 있었다.

"이런, 야만적인. 선배님 이것 좀 보세요."

하타 야츠키秦 天機였다. 그는 한국 조간신문의 한 귀퉁이를 가리켜 보였다. 꿩 사육장에 갇힌 꿩을 사냥한다는 기사였다. 한 마리에 삼만 원씩, 돈을 내고 울안으로 들어가서 갇힌 꿩을 향해 총질을 하고 그 비겁한 사냥에서 얻은 고기로 즉석 꿩탕을 즐긴다는 내용이었다. 그물에 갇혀 퍼덕이는 가엾은 꿩들, 그리고 그것들을 향해 총을 휘두르며 게걸스러운 웃음을 뿌리는 문명의 사냥꾼들이 떠올랐을 것이다.

"얼마 전에는 살아 있는 곰에서 쓸개를 빨더니……. 하긴 개고기도 먹으니까."

히데키는 야츠키의 말에 정색을 하고 되물었다.

"야츠키, 자네 바사시를 먹잖나? 말고기를 날로 먹는다면 그들도 경멸할 걸세."

야츠키가 분개하는 이유는 아마도 꿩 때문일 것이었다. 꿩은 일본의 국조였다.

"자네 고향이 어디라고 했지, 야츠키?"

가케 히데키는 한국의 일간지들을 모아 놓고 뒤적이는 야츠키를 향해 다시 물었다. 야츠키는 마흔다섯 명의 주한 일본 외교관 중 가장 젊었다. 스물여덟. 젊은 패기가 넘쳤다. 그러나 그는 이미 한 아이의 아버지였다. 홀몸인 히데키보다 환경은 훨씬 안정되어 있었다.

"오사캅니다. 도톤보리 근처에서 태어났죠."

"도톤보리라, 그렇다면 신사이바시 부근이군."

"신사이바시를 아십니까?"

"멋진 곳이지. 오사카 제일의 쇼핑가 아닌가? 도톤보리는 그 남쪽 끝에 있지, 아마."

히데키는 한국인들이 가장 많이 찾는다는 신사이바시 소니타워를 생각했다. 그곳에는 소니의 최신 기술들이 전시되어 있었다. 그러나 히데키의 기억에 더욱 여물게 박혀 있는 것은 신라교新羅橋였다. 그것은 신사이교心薺橋의 옛이름이었다. 신라, 신사이. 한국의 옛 나라 중 신라가 있었다는 사실을 안 것은 불과 몇 년 전이었다. 백제천百濟川, 백제역百濟驛, 백제왕百濟王 신사. 오사카가 옛 한국의 나라, 백제 땅이 아니었던가 의심이 들 정도로 그 흔적이 지천으로 널려 있었던 기억도 났다. 물론 히데키가 그에 대한 정보를 가지고 갔기 때문에 그런 생각이 더욱 진하게 들었을 것이다.

"자네 혹시, 하타……."

"하타 야츠킵니다, 선배님. 설마 제 이름을 잊어버리신 건 아니겠죠?"

"물론이지. 그런데 자네 조상이 혹시 규슈에서 오지 않았나?"

"그런 얘기를 들은 적이 있는 것 같은데요. 후쿠오카라는 말을 들었습니다. 그렇지만 벌써 이백 년도 넘은 일인걸요. 그런데 선배님이 그걸 어떻게."

"나도 후쿠오카 출신이지. 그곳에는 지금도 하타秦 씨가 많이 살고 있어."

갑자기 히데키는 가슴이 뜨거워져오는 것을 느꼈다. 702년 도요구니 지방 인구의 97%가 하타 씨였다는 기록을 본 적이 있었다.

고대 일본의 최대의 성씨이며, 권력자의 상징이었던 하타씨. 그들이 현해탄을 건너온 도래인 집단이었다는 것을 의심하는 학자는 없었다. 고야마 슈조小山修三 교수는 조몬 시대 말기에 7만 5천 명이던 일본 인구가 야요이 시대가 되면서 59만 4천 명으로 늘었다고 밝히고 있다. 고대 일본의 인구 증가는 자연 증가보다 도래인에 의한 증가가 훨씬 높았다는 사실을 방증하고 있는 것이다.

한반도에서 가장 가까운 후쿠오카 아리타 해안. 한반도에서 배를 띄우고 잠들면 밤새 해류를 타고 도착할 수 있는 곳이다. 히데키는 거기서 소년기를 보냈다. 히데키는 바닷가로 밀려든 이방의 쓰레기들을 집으로 가져오곤 했었다. 기억나는 것은 'BUSAN'이라는 영문자 표기가 되어 있던, 어선에서 쓰는 그물의 부기浮器였다.

바닷가에 서서 막연히 바다 저쪽에 있는 미지의 땅을 생각했었다. 온갖 쓰레기로 존재를 알려오는 그 미지의 땅, 한국. 어쩌면 그 아리타 해안에 군사 기지를 두었던 도요토미 히데요시도 그런 소년기를 보냈을 것이었다. 그리고 우치다 료헤이. 이완용과 함께 황국 건설을 위해 노력했던 우치다 료헤이도 바로 거기서 그런 소년기를 보냈을 것이었다.

히데키는 우치다 료헤이의 이름을 중얼거려 보았다. 일본의 국경선은 러시아 땅을 흐르는 흑룡강이 되어야 한다고 믿었던 우치다 료헤이. 일본 제국을 중심으로 아시아가 하나 되게 해야 한다는 사명감으로 아시아 전역에 비밀 요원을 심어 놓았던 흑룡회의 주역, 우치다 료헤이. 바로 그의 고향도 후쿠오카의 아리타 지방이었다. 다른 어떤 곳보다도 많은 대륙 팽창주의자를 탄생시킨 그곳이 바로 가케 히데키의 고향이었다.

야츠키가 방금 오려 놓은 신문 기사는 조선총독부의 청사와 관련된 것이었다. 한국의 보수주의자들은 옛 조선총독부 청사를 헐어 내야 한다고 주장하고 있었다.

"그건 왜?"

히데키가 신문 기사를 스크랩하는 야츠키에게 물었다.

"재미있잖아요. 헐어 내야 한다느니, 말아야 한다느니. 공방이 제법 심각한데요. 선배님은 이걸 어떻게 보십니까?"

"글쎄. 한국인들로서는 하루빨리 헐어 내고 싶겠지. 그게 바로 삼십육 년간이나 압제를 받았던 상징물 아닌가. 그러나 내가 한국인이라면 반대하겠네."

"그렇겠죠, 한국인들에게는 와신상담할 수 있는 상징체가 될 테니까. 헐지 말자고 주장하는 쪽은 그렇게 말하고 있어요."

"그게 아니야. 하루빨리 헐어내고 조선 왕조 육백 년의 왕궁터를 제대로 간직하는 것이 후대를 위해 좋겠지. 그러나 내가 보기엔 아직 헐어 낼 때가 안됐다는 얘기지. 난 그 시기를 말하는 걸세. 시기가 아직 안 됐어."

"시기가 아직 안 됐다뇨?"

"만약 그걸 헐어 내면 한국인들은 이제 더 이상 헐어 낼 것이 없다고 생각하겠지. 하지만 한국은 실제로 그 시대를 청산하지 못했어. 우리 황국에 봉사했던 귀족들은 여전히 한국에서 귀족 행세를 하고 있지. '반민족행위특별조사위원회'라는 것이 있었지만 정말 놀랍도록 아무 일도 안 했네. 일제 삼십육 년의 고통이라는 것은 그저 엄살일 뿐, 뼈에 사무치는 반성은 없었지. 그런데 보기 흉하다고 그것부터 헐어 내면 누가 더 이상 헐어 낼 것이 있다는 걸 기억하겠나. 눈에 보이는 것이 남아 있어야 사람들은 기억을 하지. 순서가 잘못됐다는 얘기네. 그런데 한국의 정책 입안자들은 그걸 무시하고 있어. 그렇지만 나는 절대로 그들에게 충고해 줄 생각은 없네. 그게 바로 그들 방식이니까."

히데키의 얼굴에는 싸늘한 미소가 번지고 있었다. 그게 바로 그들 방식이니까. 야츠키는 머리를 끄덕였다. 소나. 물밑의 온갖 소리를 청취할 수 있는 능력을 가진 소나, 가케 히데키. 그의 얼굴에서 번진 싸늘한 미소는 야츠키의 가슴을 서늘하게 했다.

"한국인들은 뒤가 무디지. 끝이 분명하지 않다는 얘기야. 무엇이든지 적당히 끝내는 것을 좋아해. 또 쉽게 잊어버리지. 기억력이 나빠서가 아니라, 좋지 않은 일은 빨리 잊어주는 게 미덕이라고 생각하기 때문이야. 한국 사람들에게 가장 큰 악덕이 뭔 줄 아나? 고발, 고발하는 거지. 법을 어기는 사람이 있어도 고발하는 것은 미덕이 아니야. 자동차 타고 국도를 가다 보면 그걸 금방 알 수 있지. 교통 경찰관이 있으면 서로 전조등을 깜박거려서 알려 주거든. 이게 한국식 미덕이야. 쓸데없는 험담이 길었군. 하지만 중요한 것은 한국인들이 이미 총독부 시대를 잊었다는 사실이야. 그들은 빨리 잊고 싶어 해. 피해자라기보다 패자라는 열등감에 사로잡혀 있거든. '우리는 일본에게 졌다' '우리가 강했다면 그런 일은 없었을 것이다.' 많은 한국인들은 그렇게 생각하고 있어. 지금 중요한 것은 그들의 이 열등의식을 어떻게 관리하느냐 하는 문제야. 야츠키, 우리 일본이 바로 그 점에 신경을 써야 한다고 생각하지 않나?"

맙소사, 열등의식이라니. 야츠키는 순간 머릿속이 텅 빈 느낌이었다.

"그렇지만 선배님. 우리 대사관은 며칠 전 분노한 한국인들에게 달걀 세례를 받았잖습니까?"

"분노했다고? 그들이 분노했었다?"

"달걀을 던졌잖습니까?"

"이보게, 야츠키. 분노와 달걀이 어울린다고 생각하나? 나는 그걸 투정이라고 생각하지. 그들은 지금 투정하고 있어. 설사 그게 분노라고 할지라도, 그런 식의 분노는 공포의 극적 반전에 불과해. 열등감이 축적되어 견딜 수 없게 되면 누구나 분노하지. 중요한 건 한국 정부 역시 그들의 투정을 이용하고 있다는 것이야."

야츠키는 히데키가 외교관으로서 분별력을 잃고 있다고 생각했다. 외교관은 늘 온건해야 하고 얼굴에서는 미소가 떠나서는 안 된다고 생각해 왔었다. 외교관은 가장 은근한 방법을 찾아서 결국 음흉하다고 지탄을 받게 되는 일을 하게 되는 것이다. 음흉하다고 지탄을 받게 되더라도 외교관은 언제나 진실하고 온건한 사람으로 보여야 하는 것이다. 어차피 진실을 말해도 통하지 않는 것이 국제 외교 무대이지만, 그래서 때로는 상대방에게 신뢰를 얻기 위해 거짓말을 하기도 하지만, 그래도 표정만은 따뜻해야 했다.

그러나 히데키는 차가웠다. 냉혈의 속성을 가지고 있었다. 차가운 미소가 번지는 그의 얼굴은 언제나 야츠키를 질리게 했다. 하지만 히데키는 사람을 잡아끄는 강한 흡인력을 가지고 있었다.

"그러나 야츠키. 이제 우리는 좀 더 높은 데서 내려다볼 줄 알아야 해. 한국을 신경질적으로 대해서는 안 된다는 거지. 도쿄의 노인네들처럼 말이야. 아까 자네 도쿄의 노인네들처럼 한국 사람들을 비난하더군. 비난만 해서는 안 되네. 목적의식을 가지고 대해야 해. 자네 조상들은 자네가 한국에 와 있다는 걸 알면 좋아할 걸세. 하타 야츠키, 혹시 자네 조상들이 한반도에서 왔다는 사실을 아나?"

점심시간이었다. 강남경찰서 김철규 반장은 냉면집에 신영식 경장과 앉아 있었다. 어제에 비해 날씨는 많이 풀렸으나 냉면은 역시 부담스러운 메뉴였다. 그러나 김철규 반장은 뜨거운 가슴을 식힐 수 있는 것이 필요했다.

김 반장은 갑자기 얼이 나간 표정을 한 신 경장의 시선을 피해 냉면 그릇을 들었다. 얼음을 띄운 냉면 국물을 남김없이 들이켰다.

"반장님, 이건 약속과 다르잖습니까?"

"약속이라니. 나는 누구와도 약속을 한 적이 없네."

신 경장이 따지려 들자 김 반장은 천연덕스럽게 시치미를 뗐다.

윌리엄 피그먼 사건은 모렝이라는 젊은 말레이시아인을 국가정보국에 넘겨주고, 단순 테러 사건으로 보도 자료를 작성해서 배포한 뒤 종결 처리가 된 셈이었다. 더 이상 경찰이 손댈 일은 아니라는 판단이 섰던 것이다. 그러나 김철규 반장은 아직 미련을 가지고 있었다. 그의 집요한 수사 근성을 모르는 것은 아니었지만, 서슬이 시퍼런 상급 기관의 지시를 귓등으로 날려 보낸 김 반장이 신 경장은 염려스러웠다.

처음부터 이 사건에 관련한 외부 기관과의 조정을 맡아 온 신 경장은 따라서 김 반장의 위험한 곡예를 지켜보고만 있을 수는 없었다.

"이미 이 사건은 끝났습니다. 우리 손을 떠났다고요. CIA가 개입했고, 또 거기에 공조 체계를 갖춘 국가정보국 특별수사팀이 있잖습니까?"

"그러나 그들이 모르는 걸 우리는 알고 있어. 그리고 이건 우리가 맡은 지역에서 일어난 강력 사건이야. 우린 아직 경찰이고, 알겠나? 경장."

"반장님이 알고 있는 단서쯤이야 저쪽에서도 가지고 있을 겁니다. 그리고 우리 관내에서 일어난 사건이지만 이건 민감한 국제 문젭니다. 반장님이 아직도 이 사건의 뒤를 쫓아다니는 걸 위에서도 모르고 있고요."

"그래서 자네 도움이 필요해. 자네는 외사계 경찰관 아닌가? 그 맥콜이라는 친구, 요즘에도 가끔 통화를 하는 것 같던데. 그 친구 핑계를 대자고. 어때, 도와줄 수 있겠지?"

신 경장은 김 반장과 같은 경찰서에서 5년째 함께 근무하고 있었다. 한때 강력계에서 같이 근무한 적도 있었기 때문에 신 경장은 누구보다 김 반장을 잘 알았다. 그는 사건에 관한 한 집요한 경찰관이었다. 사건 때문이라면 밤을 새우거나 끼니를 건너뛰는 일쯤은 예사였다. 사건이 없다면 그는 살맛을 잃을 것이었다.

"혹시, 제가 드린 그 명함…… 벌써 시작하신 건 아니겠죠?"

"그 명함이 아니었다면 나는 벌써 손을 뗐을 걸세. 이미 시작했네. 모렝이 근무했다는 정비 공장을 찾았지."

"뭐라고요?"

"흥분할 거 없어. 내 얘기 좀 들어 봐. 내가 궁금한 건 두 가지라고. 그 첫 번째는 당연히 모렝을 움직인 그 배후지. 그리고 두 번째는 우리에게 모렝을 포장해서 보낸 사람들이야. 아니, 그들이 누구인가 하는 것보다 왜 그랬을까 하는 것이 더 궁금해. 도대체 왜 그랬을까? 그들이 특별수사팀이었다면 우리와 마찬가지로 심문해서 검찰에 송치하면 그만이잖아. 그들에게도 수사권은 있으니까. 그런데 왜 붙잡아다가 하필 출입 기자들이 진을 치고 앉아 있는 경찰서로 압송을 했을까? 보안 유지라는 꼬리표까지 붙은 사건을 말이야."

“솔직하게 말해 보세요. 모렝의 배후보다 그게 더 궁금한 거죠?”

“맞아. 나는 그게 더 궁금해. 언론에 알려질까 봐 전전긍긍했으면서도 그들은 모렝을 우리에게 보냈단 말이야. 그것도 알코올에 절여서, 정확히 말하자면 죽여서 말이지. 용의주도한 것 같으면서도 뭔가 덜 떨어졌다는 생각이 들게 하는 부분이야. 죽음은 언제나 마지막 카드잖나?”

김 반장은 목소리를 죽였다. 죽음을 얘기하는 그는 아주 은밀해 보였다.

“반장님은 지금 너무 과민해 있어요. 그들이 모렝을 우리에게 보낸 것은 일을 평범하게 끝내고 싶어서였을 겁니다. 시작을 경찰에서 했으니, 경찰에서 일을 끝내는 것이 자연스럽다고 생각한 거겠죠.”

“그렇게 마무리까지 다 해서 말이지. 우린 그저 행정 처리만 하고. 그런데 한 가지 이상한 게 있어. 아주 이상해.”

“또 뭐가요?”

“이보게 경장. 며칠 전 누군가가 와서 모렝이 포장되어 있던 그 나무 상자를 실어 간 거 아나? 그들이 그 나무 상자를 왜 실어 갔을까? 난로에 지필 장작이 필요했던 것일까?”

김 반장은 이 부분에서 뜨악한 표정을 지었다.

“그랬겠죠. 인근에 장작이 필요한 사람이었거나…….”

“그랬을까? 고급 승용차에다가 따로 화물차까지 불러서 말이지. 그리고 그것을 줄자로 재고 사진도 찍고, 그것도 새벽에. 바로 앞에 있는 담배 가게 주인이 얘길 해주더군. 자넨 장작이 필요한 사람이 그랬으리라고 생각하나?"

"누구죠, 그들이?"

"자넨 누구라고 생각하나? 줄자로 재고, 사진을 찍는 건 자네도 많이 봐왔을 텐데."

"그럼……?"

"맞았어. 자네 생각이 옳아. 그리고 자네 서랍 속에 들어 있던 모렝에 관련한 신상 자료, 사진 따위들도 복사돼서 어디론가 갔네. 이건 서무계 김 양 얘기야. 정보과에서 시켰다는군. 아마 그것들도 나무 상자가 필요했던 사람들에게로 갔겠지. 자네가 내게 준 명함만 빼고."

"그렇다면 모렝을 나무 상자에 포장한 사람들은……."

"그래. 그 사람들은 우리처럼 정상적인 생활을 하는 사람들이 아니지. 그들은 특수팀이 아니었어. 따라서 사건에서 손을 떼라고 전화했던 사람도 나는 믿을 수가 없네. 특별수사팀도 지금 그들이 누구인지 궁금해하고 있어. 이제 이해할 수 있겠나, 경장?"

말을 마친 김 반장은 종업원을 불렀다.

"자네 냉면 한 그릇 더 할 텐가?"

신 경장은 머리를 저었다. 김 반장은 일을 시작하면 식욕이 왕성해지는 버릇이 있었다. 자꾸 늘어나는 체중을 걱정하면서도 그는 자꾸 먹었다.

CIA와 공조 체계를 갖추기 위한 특별수사본부. 국가정보국에서 안테나숍으로 사용되던 마포의 한 오피스텔이었다. 국가정보국과 군 수사대에서 파견된 수사관들이 사용하기에는 약간 비좁은 느낌이 드는 방이었다. 서쪽으로 창이 나 있었고, 창 아래에는 차량들이 물결처럼 흐르고 있었다.

특별수사팀에 모인 다섯 명의 요원은 경력 10년이 넘은 베테랑들이었다. 팀장은 국가정보국에서 파견된 김화영 계장이었다.

특별수사팀이 혐의를 두고 있는 것은 최근 반미 성향을 노골적으로 드러내고 있는 몇 개의 학생 단체와 노동 운동 단체였다. 밤잠을 설쳐 가면서 며칠째 이들 단체를 뒤지고 있었으나 아직 이렇다 할 단서는 없었다.

한반도 중부를 적시며 4백여 킬로미터를 흘러 서해로 흘러드는 아리수, 한강. 김화영은 창가에 서서 한강 가운데 떠 있는 작은 섬을 바라보았다. 한 무더기의 겨울 철새들이 내려앉은 모습이 보였다. 석양의 따스한 햇살이 얹힌 밤섬이었다.

문을 여는 소리가 들렸다. 임영호였다.

"그게 뭔지 알아내긴 했지만 이거 정말 막연한데요."

아침 일찍 그는 모렝이 포장됐던 나무 상자의 출처를 알아보러 나갔었다.

"자동차 부품 상자랍니다. 하청 업체에서 조립 라인으로 옮길 때 쓰는. 그런데 마음만 먹으면 얼마든지 구할 수가 있다는데요."

김화영의 얼굴에 낭패감이 어렸다.

"대답 한번 간단하군. 그 나무 상자를 만드는 델 한번 찾아가 봐. 얼마든지 구할 수 있다는 건 말이 안 돼."

"가봤지만 하루에 육백 개 정도를 일곱 개 업체에 공급하고 있는데 뒤져봤자 뭐가 나올 것 같지도 않고……."

"나, 이런! 출고 날짜라든가, 재고 번호 같은 것이라도 적혀 있을 거 아닌가?"

사건이 주는 중압감 때문인가, 김화영은 쉽게 흥분했다.

나무 상자의 출처를 추적하고, 반미 성향의 단체를 뒤지는 일은 정말이지 너무 원시적이었다. 그러나 이런 원시적인 방법 외에는 다른 방법이 없었다.

한국 땅에 출장 온 미국 관리의 피격 사건은 한때 거의 모든 수사 기관을 초긴장 상태로 몰아넣었다. 하지만 사건이 언론에 축소 보도되면서 상황은 급격히 바뀌었다. 사건은 아미 차갑게 식어 있었다.

모렝의 배후를 찾기보다는 지금까지 밝혀진 사실에 개연성을 불어넣는 일이 더 시급했다. 사건이 서둘러 마무리되기를 원하는 건 비단 한국의 책임자뿐만이 아니었다. 미국 측 책임자인 미 대사관의 코널 윌슨 역시 마찬가지였다. 윌슨이 고민하고 있는 것은 본국으로 보낼 자신의 보고서가 가져야 할 개연성이었다. 동아시아 전략에 초보적인 상식마저도 깨우치지 못하고 있는 의원 나리들이 의심을 품기 전에 그들이 납득할 수 있는 보고서를 작성해야 했다.

그럼에도 불구하고 김화영을 답답하게 하는 것은 아무도 나서서 그와 같은 얘기를 해주지 않는다는 점이었다. 누군가 나서서 '지금부터 하는 일은 뒷마무리를 깔끔히 하는 것'이라고 말하지 않는 것이었다. 자신 외에는 아무도 이 사건을 끝까지 책임지려 하는 사람이 없었다. 지금 그에게 요구되고 있는 것은 뛰어난 수사 능력이 아니라 탁월한 정치적 감각이었다.

'선택하기 어려울 때는 언제나 조국에 이로운 쪽을 택하라.' '그러나 도덕적인 일을 위해 비도덕적인 일은 하지 말라.' 현실에 충실해 보지 못한 이상주의자들의 궤변. 그러나 자신을 끝내 위험한 상황에 몰아넣곤 하던 음모는 늘 거기에서 시작되곤 했었다.

코널 윌슨이 '개연성' 있는 보고서를 작성하기 위해서는 이미 본국에 보고된 내용—범인은 한국인이 아니라 말레이시아 국적을 가진 모렝이라는 사실, 그리고 그는 그 사건 발생 열 시간 만에 압송됐다는 사실—을 앞뒤가 어긋나지 않게 재구성을 해야 했다. 그러나 그렇게 재구성하기 위해서는 꼭 필요한 것이 있었다. 그것은 모렝이라는 젊은 말레이시아인의 확실한 신원과 모렝을 나무 상자에 넣어 압송했다는 그들의 정체였다.

한국의 책임자나 미국 측의 윌슨은 일단 범인이 한국인이 아니라는 사실에 안도감을 느끼고 있었다. 그러나 그 배후에 한국인이 없으리라는 장담을 할 수는 없었다. 왜냐하면, 모렝이라는 말레이시아인이 한국에까지 와서 목숨을 내걸고 미국인을 테러할 일을 상상하기란 쉽지 않기 때문이었다.

특별수사팀은 아무런 상과도 없이 열흘이라는 시간을 흘려보냈다. 반미 성향의 단체를 조사하고, 과격한 행동을 보여 온 몇몇 인물들을 미행했지만, 특별한 혐의점을 발견할 수 없었다.

임영호가 문을 열고 나가고 잠시 후, 감시조로 파견됐던 이길

호가 들어왔다.

"어떻게 됐나?"

김화영이 물었다.

"오늘도 별 이상한 점은 발견하지 못했습니다. 그 친구 행동반경이 너무 커서 애를 먹었습니다. 약수동 집을 나온 시간이 열 시, 집 근처 커피숍에서 한 시간 반쯤, 그리고 명동에까지 따라붙었는데, 별로 만나는 사람은 없더군요. 친구로 보이는 이십대 후반의 남자와 동행하고 있었는데, 전혀 생소한 얼굴이었습니다. 명동의 한 카페에서 이십대 중반 정도의 여자를 만나는 것을 보고 민 선배와 교대했습니다."

"좋아. 그 친구에게 따라붙은 지가 며칠째지?"

"사흘째입니다."

"그럼 이제 그 친구에게서 손 떼기로 하지. 더 이상은 의미가 없잖아?"

"그 친구뿐만이 아니라 그 친구가 소속되어 있는 단체는 이제 접어 둬도 괜찮을 것 같습니다. 별로 눈에 띄는 활동도 없고요."

"좋아. 미 문화원에 화염병 던지는 것과 미국인 자동차 시트에 폭발물을 설치하는 것은 근본적으로 종류가 달라. 그리고 그런 일에 외국인을 고용할 만큼 치열한 증오심도 있을 리가 만무하잖나? 그 친구에게서는 이제 손을 떼자고. 하지만 구로동의 그 노동 운동 단체는 좀 더 두고 볼 필요가 있겠지?"

"아무래도 모렝을 고용했을 가능성으로 본다면 가장 용이했던 지역 아닙니까? 공단에 자리 잡고 있으니 동남아인들을 접촉하기가 가장 쉬운 곳이죠."

"그래, 맞았어. 내일부터는 B팀을 도와서 그쪽을 공략하기로 하지. 그리고 모렝이라는 친구가 어디서 뭘 했는지, 집중적으로 좀 캐봐. 경찰 얘기로는 그 친구가 자동차를 많이 아는 것 같았다는데 말이야. 시트를 뜯어내고 강판을 하체에 고정시켜 놓은 솜씨가 보통이 아니었다는 거야. 혹시 자동차 정비 계통에 있었는지, 좀 알아볼 필요가 있겠어."

"그렇지 않아도 A팀에서 모렝의 신원을 쫓고 있는데, 그게 쉽지가 않은 모양입니다. 국내에 눌러앉아 있는 동남아인들이 거의 불법 체류자여서 말이죠. 그 친구들을 고용한 공장주들이 영 협조를 안 한다는 겁니다."

"협조 받을 생각은 하지 말아야지. 뻔한 얘기 아닌가?"

다시 울컥 짜증이 치밀었다. 특별수사대에 파견된 요원들도 이미 분위기를 읽고 있었다. 사건은 이미 해결되었고, 그 뒤처리만 남았다는 것을 그들도 알고 있었다. 김빠진 사건의 뒤를 쫓는 일에 흥이 날 리가 없었다. 만약 군 수사대 요원이 합류하지 않았다면 김화영은 그와 같은 특별수사대의 입장을 털어놓았을 것이었다. 그러나 군 수사대 요원은 이번 사건을 마무리 짓는 임무와 함께 정보국 요원이 독주할 수 없도록 견제하는 역할까지 하고 있었다. 그들이 자신들의 역할을 미처 알지 못하고 있다 해도 결과는 마찬가지였다.

밤섬에 얹혀 있던 햇살만은 김화영의 가슴을 따뜻하게 했다. 철새들이 무리를 지어 날아오르거나 내려앉는 모습은 겨울 한강을 풍요롭게 하는 정경이었다. 저 작은 섬에 사람들이 살았던 사실을 기억하는 사람이 몇이나 될까? 김화영은 부질없는 생각에 빠져들었다. 물론 그때는 작은 섬이 아니었을 것이다. 여의도를 여의도답게 하기 위해 퍼낸 흙 때문에 밤섬은 그야말로 밤톨만 해져 있었다. 존재의 덧없음. 밤섬은 바로 그걸 말하고 있었다.

덧없는 존재라. 정치판이 그려지는 대로 그에 따라 뿌리까지 흔들리는 자신의 존재도 마찬가지일 것이다. 정보국에서 보낸 이십오 년은 은폐된 삶이었다. 그림자처럼 살았다. 때로는 위험했고, 때로는 자신을 인식할 수 없을 정도로 허전했다. 무아의 허탈함이란 정말 견딜 수 없는 고독이었다. 정작 자신을 인식했을 때는 외로웠다. 거친 싸움 끝에 돌아와 들여다보면 자신은 어느새 고독한 탐욕과 욕망의 포로가 되어 있었다. 뒤틀린 이상과 자기중심적인 현실주의. 그럴 때마다 자신에게 묻곤 했던 것이 있었다.

—네가 조국에 약속한 충성을 기억하느냐?

석양 무렵 김철규 반장은 영등포역 근처에서 서성거리고 있었다.

모렝을 고용했던 정비 공장 주인은 모렝을 소개했던 직업소개소를 정확하게 기억해 내지 못했었다. 정비공이 필요하다는 연락을 여기저기에 한 뒤, 일주일 후 젊은 사내 둘이 모렝을 데리고 왔었다. 그들이 어느 직업소개소에서 왔는지 확인해 볼 필요는 없었다. 기억에 남아 있던 것은 소개료를 터무니없이 많이 요구했었다는 사실뿐이었다.

정비 공장 주인이 정비공을 소개해 달라고 부탁한 곳은 모두 다섯 군데였다. 그러나 그 다섯 군데 중 한 곳에서 모렝을 소개했다고 장담할 수는 없었다. 그는 모렝이 오기 전 정비공을 구한다는 전단을 만들어 정비소 근처 전봇대들에 붙여 두었기 때문이었다.

정비 공장 주인이 김 반장에게 영등포역을 말한 것은 언젠가 모렝으로부터 얼핏 들었던 것이 기억났기 때문이었다. 모렝은 영등포역 근처의 한 직업소개소에서 일을 했다고 말했었다.

사실 김 반장은 모렝을 소개했던 직업소개소를 찾는 일이 그렇게 어려울 것이라고는 생각하지 않았었다. 그는 출근하자마자 영등포구청으로 가서 담당자를 만났다. 담당자는 친절하게 영등포역 근처 직업소개소의 전화번호와 약도를 상세하게 그려 주었다. 담당자가 적어준 직업소개소는 모두 여덟 군데였다.

그러나 김 반장은 이내 실망할 수밖에 없었다. 정확히 3개월 2주 전 구로동에 있는 한 자동차 정비 공장에 소개했던 동남아시아 정비공을 기억하는 소개소 직원은 없었다. 기억은 고사하고, 그 정비공이 동남아인었다고 말하자 한결같이 모두 펄쩍 뛰었다. 자기네들은 불법 체류하는 동남아인을 소개한 적이 없다는 것이었다. 한동안 직업소개소에서 일을 했다면 그를 기억하지 못할 리가 없었다. 그들 중 한 군데는 거짓말을 하고 있는 셈이었다.

여덟 군데의 직업소개소를 뒤지고 난 김철규 반장은 피곤했다. 영등포역 앞에 있는 한 카페 의자에 엉덩이를 내려놓은 것은 오후 6시 무렵이었다.

새로 지은 건물에 새로 단장한 카페였다. 분위기도 새로웠다. 단지 하나 실내가 너무 어두웠다. 종업원이 와서 주문하기를 청하자 김 반장은 커피 한 잔을 시켰다. 그의 시선이 여종업원의 아랫도리를 향해 절로 흘렀다. 실내를 검정색으로만 도배를 한 탓인지, 온통 시야가 꽉 막힌 기분이었다. 그런데 종업원의 아랫도리에서 갑자기 밝아졌던 것이다. 열일곱, 열여덟 살쯤 되었을까. 엉덩이 선을 아슬아슬하게 가렸을 뿐이었다. 종업원은 스타킹도 신지 않았다. 주인이 그렇게 입어 주길 원했을까. 종업원의 나이가 십대만 아니었어도 눈요기로 여겼을 텐데. 김 반장은 슬그머니 딸 생각이 났다. 가슴 밑바닥에서 잠시 출렁거렸던 춘사가 사라지고 대신에 묵직한 응어리가 올라왔다.

비로소 어둠에 적응한 시야에 들어온 카페의 정경은 자신이 잘못 찾아들었다는 사실을 분명하게 일깨워주고 있었다. 바로 건너편 테이블에는 십대가 분명해 뵈는 여자아이가 담배를 꼬나물고 자신을 노려보고 있었고, 그 옆 테이블에는 역시 십대로 보이는 짧은 머리카락을 한 젊은 사내가 그만한 또래의 여자아이를 아주 불편한 자세로 끌어안고 있었다. 그들은 오랫동안 그런 불편한 자세를 유지하고 있었다.

그러나 더욱 견딜 수가 없었던 것은 그곳의 장식품들이었다. 왜색倭色의 부채에다가 일본 여배우로 보이는 여자의 반라 사진, 고대 일본인들이 밥그릇이나 국그릇으로 썼던 스에키須惠器까지 장식품으로 동원되어 있었다. 건너편 천장 아래에 걸려 있던 일본도刀가 시야에 들어오자 김 반장의 기분은 엉망이 되어 버렸다. 김 반장은 일어섰다. 커피 값을 치르면서 한마디 해줄 생각이었다. 그러나 김 반장은 끝내 말을 할 수가 없었다. 그 커피 값을 받아 든 남자 뒤편을 장식하고 있었던 것 때문이었다. 일장기였다. 그것도 그저 일장기가 아니었고, 제2차 대전 이후로 공식적으로는 사라진, 햇살 무늬가 그려진 군국주의 시대의 욱일기였다.

일장기 앞에 서 있던 그 남자는 삼십대 후반쯤으로 보였으나, 헤어스타일이 독특했다. 좌우 뒷부분은 짧게 깎고 앞머리만 5센티 정도 남긴 스포츠 스타일이었다. 눈썹 위 이마에는 희미한 흉터가 있었고, 거스름돈을 탁자 위로 슬그머니 밀어 놓는 손등에는 작은 새 한 마리가 새겨져 있었다. 그 작은 새 한 마리가 매우 인상적이었다.

사내가 아무 말도 하지 않았기 때문에 김 반장은 그가 한국말을 할 줄 아는 사람인지 갑자기 궁금해졌다.

"장사가 잘되오?"

김 반장은 실없는 질문을 해서라도 그의 말을 듣고 싶었으나, 사내는 씩 웃는 것으로 대답을 대신했다.

김 반장이 모렝을 정비소에 소개한 직업소개소를 찾는 자신의 방법이 틀렸다는 사실을 안 것은 영등포역 광장에서였다. 관광 비자로 입국해서 주저앉은 불법 체류자를 정비 공장에 소개했다고 나설 직업소개소가 있을 리 만무했다. 새로운 방법을 찾아야 했다. 그러나 오늘은 더 이상 뒤질 생각이 없었다. 역 광장의 시계는 6시 반을 가리키고 있었다. 신 경장을 영등포로 불러내야겠다는 생각을 했다.

술 생각이 간절했다.

영등포역 광장 앞을 지나는 도로변에는 오래된 목조 건물들이 아직 많이 남아 있었다. 더러 헐려 나가고 새로운 건물들이 들어서긴 했지만, 일제강점기에 지어졌던 것으로 짐작되는 몇 개의 목조 건물은 질긴 생명력을 가지고 있었다.

영등포역 광장으로 통하는 지하도 입구, 그 모퉁이 목이 좋은 곳에 지어진 김철진 옹의 건물도 그중 하나였다. 밖에서 보아서는 목조 건물로 보이지 않았지만, 벽을 헐어 내고 타일을 바른 것만 빼고는 내부는 고스란히 목조였다. 본래는 2층이었지만, 5년 전 보수 공사를 하면서 고향집을 헐어 내온 목재로 한 층을 더 올려 3층이었다.

2층은 김철진 옹이 운영해 온 한의원이 자리를 잡고 있었다. 해방 무렵 그의 명성은 대단했었다. 그는 뛰어난 한의漢醫였다. 그 명성 덕분에 그는 귀족과 같은 생활을 했다. 젊은 나이에 어울리지 않게 총독부의 고위층 인사를 친구로 사귈 수도 있었다. 그리고 일본인 아내도 맞아들였다. 그러나 해방을 맞았을 때 그는 부자도 귀족도 아니었다. 그 많던 재산이 다 어디로 갔는지 아는 사람이 없었다. 덕분에 그는 해방이 되고서도 큰 피해를 입지 않았다. 친일파로 지목이 됐었지만, 그의 의술을 필요로 했던 사람들의 도움을 받아 난국을 헤쳐 나올 수 있었다.

지금은 여의도의 한 아파트에서 막내아들 부부와 함께 지내고 있었다. 해방이 되던 해에 일본인 아내는 세 아들을 데리고 일본으로 건너가 버렸다. 김철진 옹에게 남겨진 것은 홍역을 앓고 있던 두 살짜리 막내아들이었다.

막내아들은 사범학교를 졸업하고 일본으로 건너갔었다. 철들고 사범학교를 졸업하기까지 그는 자신의 몸에 흐르고 있는 일본인의 피를 혐오했었다. 주변에서 그가 그렇게 자신을 혐오하도록 분위기를 조성했었다. 친족들도 그랬고, 그의 친구들도 그랬고, 학교도 그랬고, 사회도 그랬고, 결국은 자기 스스로도 그랬다.

그러나 세월이 흐를수록 그에게는 친절이 베풀어졌다. 그러나 그들은 친절 속에 불쑥 가시를 드러내곤 했다. 불쑥 가시를 내민 것은 이해가 되지만, 앞선 친절은 끝내 이해가 되지 않았다. 그 친절로 인해서, 가시 때문에 난 상처는 더 깊고, 더 슬프고, 고통스러웠다.

사범학교를 졸업하고 대학에 진학하기를 포기한 아들은 더욱 좌절했다. 어느 날 갑자기 집에서 사라졌고, 사라진 지 석 달 만에 일본에서 연락이 왔었다.

노인은 아들이 일본에 건너간 것을 다행스럽게 여겼다. 어쩌면 일본에서는 아들의 고통이 덜할지도 모른다는 생각이 들기도 했었다. 한국인의 피가 반쯤 섞인 사실을 일본 사람들은 너그럽게 이해해 줄 것이라고 믿었다.

그러나 노인은 자신의 생각이 틀렸다는 것을 알았다. 돌아온 아들은 아무런 위로도 받지 못하고 있었다. 아들의 방황은 한동안 계속됐다. 아들은 돌아온 지 삼 년 만에 지금의 아내를 맞아 결혼을 했다. 서른다섯의 나이에. 그리고 무수히 세월은 지났다.

아들은 십 년 전 한의원 위층에 직업소개소를 열었다. 어느 날 갑자기 직업소개소를 하겠노라고 말했다. 무슨 일인가를 새로 시작하기에는 이미 늦은 나이였지만 노인은 반대하지 않았다. 그렇게 말한 일주일 후 공사를 시작했고, 공사를 시작한 지 3개월 만에 개업할 수 있었다. 아들은 의욕적이었다. 인상은 더욱 차가워지고 말수도 줄었으나, 모든 면에 의욕적이었다.

벌써 아흔을 넘겼지만, 노인은 아직 은퇴할 생각이 없었다. 김철진 옹은 창가에 의자를 놓고 석양을 바라보고 있었다. 매일 이맘때가 되면 그는 석양을 바라보았다. 석양을 바라보면 마음이 편안해지곤 했던 것이다. 그러나 오늘은 석양 대신 역 광장에서 서성거리는 중년의 한 사내를 바라보고 있었다. 그는 막 공중전화 부스에서 나와 광장 쪽으로 진입하는 차량들을 막기 위해 설치해 놓은 철제 바리케이드 위에 앉아 있었다.

그가 눈에 띄었던 것은 3층에 들어 있는 아들의 직업소개소 젊은 직원 때문이었다. 그 젊은 직원이 계단을 오르면서 3층에 있던 또 다른 직원에게 한 말을 들었기 때문이었다. 그러나 아들의 목소리는 들리지 않았다. 아들은 아침부터 외출 중이었다.

"아직 광장에 있어요. 아마 거기서도 보일 겁니다. 바바리를 입었어요. 베이지색. 한 손에는 신문을 들었고요."

노인은 환기를 시키기 위해 계단으로 통한 문을 열어 놓았기 때문에 위층의 소리를 또렷하게 들을 수 있었다. 천장이 낮은 탓도 있었지만, 아무리 작은 소리라도 허름한 문틈을 통해 얼마든지 빠져나올 수 있었다.

"저 사람이 틀림없어?"

"맞아요. 저 사람이에요. 바로 저 사람이 모렝을 찾았어요."

노인도 역 광장에 서 있는 그 사내를 바라보았다. 베이지색 바바리를 입은 사내는 입에 문 담배에 불을 붙이고 있었다. 모렝이라. 모렝은 몇 개월 전 위층에 머물고 있었던 동남아인이었다. 김철진 옹도 몇 차례 본 적이 있었다. 며칠 전 신문에서도 그에 관련한 기사를 읽었다. 그런 끔찍한 일을 저지르다니. 노인은 부르르 몸에 진저리가 이는 것을 느꼈다. 역 광장의 사내는 다시 지하도 쪽으로 사라져 갔다. 순간 누군가 목조 계단을 뛰어 내려가는 소리가 들렸다.

"놓치지 말아."

뒤따라 내려가는 박 군의 목소리도 들렸다. 잠시의 소란이 끝나자, 창밖의 요란한 자동차 소리에도 불구하고 주변이 한적한 느낌이 들었다. 노인이 앉아 있는 창가에서는 역 광장 앞 세 개의 지하도 입구가 보였다. 광장 중앙에 있는 입구와 노인이 앉아 있는 창 밑의 입구, 그리고 맞은편 우체국 앞으로 난 입구였다.

새로 온 젊은 직원과 박 군이 지하도로 뛰어 내려가는 모습이 보였다. 이십 초쯤 되었을까. 역 광장에서 그들은 모습을 드러냈다. 두리번거리는 것이 사내를 찾지 못한 모양이었다. 그들의 모습이 초조해 보였다. 역 광장을 여전히 두리번거리는 것이 사내가 지하도로 내려간 사실을 모르는 모양이었다. 한동안 서성거리던 그들은 다시 지하도 안으로 사라졌다.

이번에는 우체국 쪽에서 모습을 드러냈다. 그러나 이내 젊은 직원은 도로를 따라 뛰어갔고, 박 군은 다시 지하도로 내려가는 것이 보였다.

그런데 그 사내는 노인이 앉아 있는 창 밑 입구에서 모습을 드러냈다. 어깨가 넓고, 다부진 모습이었다. 오십대 중반쯤이나 되었을까. 사내는 입구의 턱에 올라서면서 흘긋 노인 쪽을 올려다보았다. 훔쳐보고 있었다는 생각 때문에 노인은 순간적으로 몸을 움츠렸다.

김철진 옹의 아들 김영목이 돌아온 것은 그로부터 두 시간쯤 후였다. 돌아와서 박 군으로부터 낮에 있었던 일에 대해 들었다. 의외로 김영목은 마음이 편했다. 본부에서는 자신의 실수를 질타하고 있었지만, 자신이 벌인 일을 후회하지 않았다. 그것으로 인해 작은 문제가 생겼지만 그것도 멀지 않아 해결될 것이었다.

그는 김철진 옹을 닮아서 골격이 컸다. 눈썹이 짙었고, 광대뼈가 없이 길쭉한 얼굴은 우울해 보였다. 그는 철저하게 말을 아낄 줄 아는 지혜를 가졌다. 그 때문에 차가운 인상을 주었으나, 오히려 일하는 데는 도움이 되었다.

박 군은 그 중년의 사내가 모렝을 찾아온 것이 마치 자신의 실수로 그렇게 된 것처럼 풀이 죽어 있었다.

"우리는 아무것도 몰라. 단지 모렝을 추천했을 뿐이지. 그렇게 정리해."

"그렇지만 모렝이 죽은 건……."

"그것도 우리는 모르는 일이야. 신문을 보고 알았잖아?"

"경찰일까요?"

김영목은 피곤했다. 겁을 집어먹은 박 군을 달래 줄 마음의 여유가 없었다. 내일은 책임자를 만나야겠다고 생각했다. 어떻게 된 일인지 그도 알아야 했다.

그는 최근 외출이 잦았다. 바빴으나 자신이 하는 일에 긍지를 느꼈다. 태어나서 이만큼 자부심이 느껴지는 일을 해본 적이 없었다. 시간이 흐를수록 가슴은 더욱 뜨거워졌고, 열정 때문에 그는 행복했다.

여직원과 민 군은 이미 퇴근하고 없었다.

"박 군도 이제 퇴근해. 걱정하지 말고."

"알겠습니다, 선생님."

박 군은 평소 그를 선생님이라고 불렀다. 그런 호칭이 싫지 않았다. 일본에서 돌아와 공단에 설치된 야학에서 일 년 동안 학생을 가르친 일이 있었다. 박 군은 그때의 제자였다.

그가 하는 일은 자신의 역사를 복원하는 일이기도 했다. 그는 그렇게 믿었다. 아무도 그 사실을 인정하지 않을지 모르지만, 복원되는 역사는 분명히 자신의 존재 당위성을 확보해 줄 것이었다. 설혹 역사가 당대에 복원되지 못하더라도 자신과 같은 일을 하고 있는, 아시아 각국에 흩어져 있는 5천 명의 요원들이 있었다. 그들은 형제였다. 반세기 전으로 시간을 돌려놓는 일에 동참한 형제들을 그는 믿었다.

이날 밤, 가케 히데키는 자신의 숙소에서 전화를 받았다. 전화벨 소리에 놀라 깨어 시계를 보니, 새벽 2시. 가케 히데키는 순간적으로 긴장했다. 정각 새벽 2시에 걸려온 전화라면 상대가 누구인지 의심할 이유가 없었다. 상대는 히데키임을 확인한 뒤, 침착하게 자신의 용건을 털어놓았다.

"모렝을 찾고 있는 사람이 있습니다. 그가 누구인지 알아야겠어요."

히데키는 한동안 침묵을 지켰다. 전화 상대도 말이 없었다.

"누군지 알아보겠소. 하지만…… 이번엔 직접 처리하시오."

"……알겠소."

히데키는 목구멍으로 치받쳐 오르는 감정을 눌러 삼켰다.

"다시는 그와 같은 실수는 하지 마시오. 당신 팀의 행동은 너무 어리석었어."

사내는 말없이 수화기를 내려놓았다. 히데키는 다시 잠을 이루지 못했다.

황색 새 문신

원효로 4가, 합동정보위원회. 계단을 오르던 황인기는 계단참에서 부국장과 마주쳤다.

"황 부장은 미국 담당인데, 미국을 좋아하지 않더군."

미국을 좋아하지 않다니, 이게 무슨 말인지? 미국을 좋아하지 않는다는 것은 오해라고, 그런 변명 따위는 할 생각도 없었지만, 그게 무슨 부국장 입에 오를 만한 화제란 말인가. 그런 개인적인 취향 따위도 사상 문제가 되는 것일까.

"아, 그리고 내가 부탁한 자료, 그거 준비됐으면 내 방으로 좀 보내 주지."

계단을 오르고 내려가는 상황에서 불쑥 한마디 아는 척을 해온 부국장의 말이 황인기의 가슴에 얹혔다. 황인기는 입에 쓴물이 고이는 것을 느꼈다.

그는 밑도 끝도 없이 그런 말을 불쑥 내던지고 지하 식당 쪽으로 사라져 가는 부국장의 뒤통수를 계단참에 서서 한동안 바라보았다. 물론 미국 담당이 미국을 싫어한다면 업무에도 지장이 있을 것이었다. 숫제 반푼이처럼 오지랖을 넓히고 쓸개를 빼놔도 좀처럼 경계심을 늦추지 않는 미국 측 정보원들이었다. JIC 미국 담당자가 제 나라를 싫어한다는 걸 알면 그 앞에서는 당연히 말수를 줄일 것이었다. 그렇게 된다면 JIC로서도 좋을 것이 없었다.

미처 부국장의 표정은 읽지 못했지만 황인기는 그것을 경고의 의미로 접수했다. 목소리에까지 스며들 감정조차도 없이 메말라 버린 부국장이었지만, 농담이 아닌 것만은 분명했다.

사무실로 돌아온 황인기는 책상 서랍 속에 챙겨두었던 자료들을 꺼내 부국장 방으로 향했다. 부국장의 방은 북쪽을 향해 창이 나 있었다. 그래서 늘 어두웠다. 국장의 방에 비해 좁았으나, 국장 방에는 딸려 있지 않은 부속실이 있었다. 말이 부속실이지, 그곳은 비서조차도 드나들 수 없는 부국장만의 성역이었다.

황인기가 들어서자 부국장은 바로 집무용 책상 뒤편에 있는 그 골방에서 머리를 내밀었다. 부국장 앞에는 작은 램프가 서류 위를 밝히고 있었고, 컴퓨터가 작동 중이었다.

"왔나? 거기 좀 앉게."

부국장은 다시 하던 일에 몰두했다. 부국장이 부속실에서 몰두하는 일이 무엇인지 아는 사람은 거의 없을 것이었다. 부국장은 공식적인 약속 이외에는 누구와도 식사를 같이하지 않았다. 골프 실력도 상당한 것으로 알려져 있었지만, 그와 함께 골프를

쳤다는 사람을 만나기란 쉽지 않았다. 술을 함께 마셨다는 사람도 그의 집을 방문했다는 사람도 없었다. 위원회 밖의 부국장 사생활은 거의 알려진 것이 없었다.

그러나 골방에서의 일을 마치고 황인기 앞에 나와 앉은 부국장의 표정은 그지없이 따뜻했다. 미소를 머금은 그의 표정은 전혀 생소한 것이었다.

"나는 담배를 피우지 않네만……."

그렇게 말하면서 그는 탁자 위에 놓여 있던 담배 상자를 황인기 앞으로 밀어 놓았다. 하얗고 긴 손가락, 푸른빛이 선명하게 드러나 있는 손등의 핏줄. 섬약해 보였으나 반면에 병적으로 갈앉은, 덧없는 평화가 느껴지는 손이었다. 창백한 그의 얼굴에서 빛나는 눈처럼.

"고맙습니다."

황인기가 상자에서 담배 한 개비를 꺼내 물자 부국장은 라이터를 켜서 내밀었다. 황송한 표정으로 잠시 망설일 법도 했지만 황인기는 사양하지 않고 불을 붙였다. 그가 국장이었다면 황인기는 사양했을 것이었다.

"나는 황 부장에게 관심이 많은데, 황 부장은 나에 대해 그렇지가 않더군."

부국장은 내밀었던 라이터를 거두어 가면서 불쑥 그렇게 말했다. 부국장이 나에 대해 관심이 많다고? 황인기는 순간적으로 교활한 빛을 그의 눈에서 읽었다. 그의 화법에는 정교한 복선이 깔려 있었다. 또한 상대에게 변명할 기회를 주지도 않았고, 늘 단정적이었다. '나는 황 부장에게 관심이 있으나, 황 부장은 나에게 그렇지가 않다'는 투정 역시 마찬가지였다.

그러나 그가 투정할 사람이 아니란 것을 황인기는 잘 알고 있었다. 그것은 결코 투정이 아닐 것이었다. 그의 말에 전략적인 복선이 깔려 있는 것을 느끼지 못할 바보는 없었다. 하지만 정말 지겨운 것은 부국장이 이미 그것까지 계산에 넣고 있다는 사실이었다. 부국장의 입술에 물려 있는 희미한 냉소가 그걸 말해 주고 있었다.

황인기는 부국장이 '황 부장은 미국 담당인데, 미국을 좋아하지 않더군'이라고 말했던 것을 비로소 이해할 수 있었다. 그것은 적어도 상관으로서 할 수 있는 업무상의 경고는 아니었다. 어쩌면 전혀 다른 의미일 수도 있었다.

"이게 바로 그 자룐가?"

부국장은 황인기가 내민 자료를 받아 탁자 위에 내려놓았다.

"황 부장이 이것들에 대해 많은 의견을 가지고 있다는 것을 알았지. 나는 황 부장의 능력을 믿네. 역시 분석력이 뛰어나."

기분 나쁜 칭찬. 면전에서 이렇게 말하는 것을 좋아하는 사람이 있다면, 그는 대단히 천진한 성품을 가졌을 것이다. 황인기는 대꾸할 생각이 없었다.

"나는 황 부장의 분석력을 높게 평가하고 있지. 이 자료들을 분석한 황 부장의 보고서를 봤네. 이미 국장께서도 읽어 보셨더군. 국장께서는 화를 내셨지만, 나는 그럴 생각이 전혀 없었다네. 자넬 믿기 때문이지."

남북경제협력문제에 관련한 의견서. 그 보고서라면 이미 한 달이 지난 얘기였다. 물론 부국장이 요청한 자료들은 대부분 그 보고서에 인용된 것들이었다. 황인기는 비로소 부국장이 궁금해하는 것이 무엇인지 알 수가 있었다.

"저도 그 보고서에 관해서는 후회할 것이 없습니다. 다만, 반대 의견을 가진 사람들의 견해를 보고서에 수용하지 않았다는 평가에는 변명할 생각이 없습니다. 그러나 당시 그 보고서의 목적상 반대 의견을 수용할 입장이 아니었던 것을 이해해 주시기 바랍니다."

부국장은 미소를 머금었다. 충분히 이해한다는 표정이었다.

"좋아. 나는 황 부장의 그 뚝심이 마음에 든단 말이야. 그런데 그 보고서가 기각된 걸 아나?"

"나중에야 들었습니다."

"'기각'이라는 시뻘건 스탬프가 찍혀 문서 보관 창고에서 썩고 있지."

이 부분에서 황인기는 얼굴이 붉어졌다. 정보 분석관으로서 자신이 분석한 정보가 기각당했다는 사실만큼 부끄러운 일은 없을 것이었다. 잠시 말을 멈추고 황인기의 표정을 읽던 부국장은 다시 입을 열었다.

"기각당한 보고서는 생명력이 없지. 문서 보관 창고를 뒤져 그걸 찾아서 읽어줄 사람도 없을 테니까. 문서 목록에서도 빠져 있더군. 그런데 자네는 그 보고서의 내용이 지나치게 자극적이라는 생각은 해보지 않았나? 자네 위치라면 그 정도 분위기는 읽을 수 있었을 텐데 말이야."

"그런 생각이 전혀 들지 않았던 것은 아니었습니다만, 정보는 정직해야 한다고 생각했습니다. 저는 나름대로 그런 원칙을 지켰다고 봅니다."

"역시 황 부장 뚝심은 대단해. 나는 그 점이 마음에 들어. 차 한 잔 하겠나?"

부국장은 인터폰을 눌러 비서를 불렀다.

부국장의 비서 미스 문. 그녀의 인상은 평소에 느낀 바 그대로였다. 그녀의 얼굴에도 표정이 없었다. 그녀 역시 군 수사대에서 근무를 했었고, 부국장을 따라 국가정보국을 거쳐 JIC까지 왔다. 그녀의 모든 언행은 지극히 절제되어 있었다. 차가웠고, 바늘 틈이 없을 정도로 견고했다. 따라서 그녀에게서는 여성으로서의 체취도 느낄 수가 없었다.

"부르셨습니까?"

"그래. 우리 차 좀 주지. 뭐가 좋겠나? 커피 괜찮겠나?"

황인기는 가볍게 머리를 끄덕였다.

"커피로 주지."

"알겠습니다."

그녀의 태도는 간결했다.

"그리고…… 우린 지금 긴요한 얘길 하고 있어. 방해가 되지 않도록."

"알겠습니다."

그녀가 문을 나서면서 거수경례를 안 하는 것이 이상할 정도였다. 그녀는 하얀색 블라우스와 검정색 치마를 입었고, 신발 역시 굽이 낮은 검정색을 신고 있었다. 걸어 나갈 때 인조 대리석 바닥에서 절도라는 것이 뭔지 따로 설명하지 않아도 좋을 그런 소리가 울려났다.

미스 문이 나가자 부국장은 황인기가 가져온 자료들을 읽기 시작했다. 그는 그것들을 빠르게 읽어 나갔다.

부국장이 자료를 읽는 동안 황인기는 무료한 시간을 견뎌 내기 위해 탁자 위에 놓여 있던 신문을 집어 들었다. 신문에는 군데군데 줄이 그어져 있었다. 간혹 별표가 된 곳도 있었다. 입시생의 교과서와 같은 모양을 하고 있었다. 정말 지독하군.

"나는 신문을 그렇게 읽네. 정독을 하지."

그러나 부국장의 시선은 여전히 자료에 가 있었다. 그는 보지 않고도 상대의 감정을 읽는 능력을 가졌다. 역시 북한의 핵 관련 기사에는 굵은 줄이 그어져 있었다.

"별로 새로울 것이 없는 자료들이군. 그렇지만 자네가 보고서를 작성했던 한 달 전만 하더라도 이건 대단한 자료였어. 세상은 정말 무섭게 변하지. 빨라. 잠시 눈 감고 졸면 봄은 이미 가고 없어. 하지만 우리처럼 이런 일에 종사하는 사람들은 세상이 어떻게 변하는지, 그 변화하는 모습을 놓쳐서는 안 되지. 변화하는 모습을 놓치면 세상은 우리를 간단히 먹어치우니까."

다시 미스 문이 들어왔다. 커피 잔을 내려놓고 나가기까지 그녀는 한마디도 하지 않았다. 말만 하지 않은 것이 아니라 탁자 위에 내려놓은 커피 잔의 소리까지도 완벽하게 지워 냈다. 그녀가 들어왔다 나갔다는 것을 증명할 수 있는 것은 방금 그녀가 내려놓은 커피 잔뿐이었다.

"커피는 몸에 해롭지. 특히 위장에 좋지가 않더군. 그리고 나는 이것 때문에 잠을 못자는 경우가 많다네. 그러나 일을 하는 데는 다소 도움이 되지. 정신을 맑게 해주니까. 자, 들지. 그럼 우리 얘기를 한번 시작해 볼까."

부국장은 다시 담배 상자를 황인기 앞으로 내밀었다. 그러나 황인기는 사양했다.

"미국을 왜 싫어하지? 자네가 접촉하는 미국 측 정보원들이 자네의 입에서 나는 마늘 냄새를 싫어하던가?"

부국장은 소리를 내어 웃었다. 그러나 황인기는 웃지 않았다.

"좋아. 하지만 난 그런 황 부장을 탓할 생각은 없네. 탓할 생각이 없다기보다 황 부장의 그런 감정을 추호도 훼손시키고 싶은 생각이 없다네. 그러나 싫어할 때는 그 이유가 분명해야 해. 이유가 분명하지 않으면 그게 바로 함정이 되지. 위험한 자충수야."

비로소 국장의 표정은 진지해졌다.

"최근 나는 강한 호기심에 사로잡혀 있네. 나는 어쩌면 황 부장이 이 궁금증을 풀어 줄 수 있을 것이라고 생각했지. 물론 자네의 그 보고서도 읽었네. 우리는 경제 관련 정보를 취급하고 있어서 군사 문제나 정치 문제에 대해서는 대체로 소홀한 편이지. 그러나 이제 우리는 군사적인 것, 정치적인 것이 모두 경제 논리에 따라 선택되고 있다는 사실을 알게 됐지. 한마디로 '돈이 말하는 세상'이 됐네. 누군가 이상한 짓을 하는데, 그게 뭔지 잘 모르겠을 때는 우선 돈줄의 방향을 보면 되네. 돈줄이 바로 이정표지. 이제 국제정치도 마찬가지야. 이념은 없어. 돈이 말하는 것이 곧 이념이 되지."

부국장은 찻잔을 들었다. 황인기는 말을 아꼈다.

"미국은 한때 북한을 공격하겠다는 의사를 밝힌 일도 있지. 그렇지만 미국이 북한을 공격한다면 그건 미국만의 전쟁이 아니잖나? 그런데도 미국은 우리의 의사를 묻지도 않았어. 여긴 아직 우리 땅 아닌가?"

부국장은 잠시 말을 중단하고 창밖을 응시했다. 뭔가 생각하는 듯한 표정이었다. 한동안 무표정하게 창밖을 응시하던 부국장이 이윽고 입을 열었다.

"난 전쟁이 어떤 것인지 알지……. 포탄이 쏟아지는 피난길에서 방금 전까지 같이 있던 아버지의 주검을 본 어린 아이의 심정을 이해할 수 있겠나? ……황 부장은 전쟁이 어떤 것인지 아나?"

황인기는 부국장의 눈에 물기가 어리는 것을 보았다. 그의 눈자위는 실제로 붉은빛을 띠고 있었다. 이것도 그의 비밀 중의 하나일까.

"만약에 최악의 경우를 상상한다면, 그건 스커드 미사일에 실린 화생 무기지. 신경가스 5톤이면 수소폭탄의 20메가톤과 맞먹는다는 것을 아나? 30톤 정도면 서울을 유령의 도시로 만들어 버릴 수도 있네. 그걸 이미 북한은 250톤이나 가지고 있지. 그런데 미국은 북한의 핵무기 개발을 막기 위해 북한을 공격하겠다는 거야. 화생 무기는 핵무기보다 오히려 반인륜적이지. 포악스럽기는 핵무기가 더하겠지만, 그 끈질기고 집요한 잔인성은 화생 무기를 따라갈 게 있겠나? 그러나 만약 북한이 핵무기를 개발해서 우리에게 사용한다면 유엔이 당장 개입하겠지. 하지만 화생 무기를 사용한다면 국제적 비난에 그칠 수도 있네. 이라크가 쿠르드족에게 사용했을 때처럼. 현실적으로 본다면 우리에게 위협이 될 수 있는 것은 핵무기가 아니라 화생 무기라는 것을 이해하겠나?"

황인기는 대답 대신 머리를 끄덕여 보였다. 그의 목소리는 가라앉아 있었고, 그래서 더욱 강한 호소력을 지니고 있었다.

"따라서 나는 북한이 핵무기 하나를 더 추가한다고 해서 우리가 초조해할 필요는 없다고 생각했다네. 정작 두려운 것은 그들이 이성을 잃는 거지. 이성을 잃으면 무슨 짓을 못 하겠나? 나는 북한의 핵을 저지하기 위해서 그들을 무모하게 자극할 필요는 없다고 생각하네. 다시 동족상잔의 비극을 되풀이할 필요는, 정말 그런 미련한 짓은 결코 없어야 한다고 생각하네."

이 부분에 이르면서 부국장은 조금씩 흥분하게 시작했다. 황인기는 그의 흥분을 가라앉혀야 한다고 생각했다. 그러나 황인기의 입에서 나온 말은 다소 엉뚱한 것이었다.

"그렇지만 지금 문제가 되고 있는 것은 핵무기의 전쟁 수행 능력보다도 그것이 가지고 있는 정치적 의미 아닐까요? 북한은 지금 핵무기를 이용해 고립에서 탈피해 보자는 것이겠죠. 특히 일본을 겨냥해서 말이죠. 일본이 흔히 말하는 단도 논리라는 것이 있잖습니까? 한반도가 일본의 옆구리에 단도를 들이대고 있다고 생각하는."

"천만에, 나는 그렇게 생각하지 않네. 적어도 북한이 개발한 핵무기의 실험을 끝낼 때까지는 일본도 우리와 입장이 다를 바가 없다고 생각하네. 북한은 이미 사정거리가 수천 킬로미터가 넘는 스커드 미사일을 실전 배치했네. 일본 땅에 신경가스를 나를 미사일은 이미 충분한 거지. 일본이 북한의 핵무기 개발에 겉으로는 호들갑을 떨면서도 미국만큼 공격적인 반응을 보이지 않고 있는 이유가 무엇이라고 생각하나? 그 이유에 대해 생각해 본 적이 있나?"

부국장의 목소리는 다소 격앙되어 있었다. 그는 이미 자제력을 잃고 있었다.

"하지만 일본은 미국의 입장을 지지하고 있잖습니까?"

"그것도 역시 우리와 다를 바가 없지. 나는 북한이 화생 무기에 핵무기 하나를 더 추가해서 가지고 있다고 해도 일본의 상황이 크게 달라질 것이 없다고 생각하네. 일본 역시 외교 구도상 미국이 이끌고 있는 국제 여론에 호응할 수밖에 없을 뿐이지."

"그렇더라고 북한이 핵무장을 하게 되면 일본도 이로울 게 없겠지요."

황인기는 말을 바꿔 가면서 똑같은 질문을 일관되게 하고 있었다. 상대의 생각을 알아내기 위해서는 이보다 나은 방법이 없을 것이었다.

"날 테스트하는군, 황 부장. 좋아. 하지만 북한이 핵무장을 하게 되면 일본 역시 핵무장을 할 수 있는 명분을 갖게 될 것이네. 어쩌면 일본은 지금 그걸 기다리고 있을 것이네. 미국과 일본 사이는 지금 겉보기는 좋아 보일지 몰라도 물밑에서는 이해관계가 복잡하지. 언제라고 단언할 수는 없지만, 미군이 일본에 주둔하고 있는 것을 일본인들이 귀찮게 여기는 날이 오게 되겠지. 미국의 핵우산이 일본의 안보에 도움을 주었던 시대는 이제 끝나가고 있거든. 일본은 이제 그것도 귀찮게 여기기 시작했어."

"귀찮다?"

"그렇네. 그것이 주는 혜택보다도 그것 때문에 받아야 하는 부담이 더 크거든. 일본은 벌써 그런 반응을 보이고 있잖나? 주일 미군의 철수가 시작된다면 바로 그 시점이 미국과 일본의 오랜 우호 관계를 대립 관계로 전환시키는 뚜렷한 이정표가 되겠지. 일본은 그날을 위해 준비하고 있다네. 일본은 지금 대량의 플루토늄을 도입하고 있지 않은가? 마음만 먹으면 언제든지 핵무장을 할 수 있는 만반의 준비가 끝났지. 핵무기를 보유한 군사력은 그것이 상징적이긴 해도 마음먹기에 따라서는 그 한계가 없다고 봐야겠지? 황 부장도 잘 알다시피 미국은 유럽에서 소외되기 시작했네. 또한 아시아에서 중국과 일본에게 자리를 뺏길까봐 전전긍긍할 날도 머지않았지. 일본이 핵무장을 하게 된다면 아시아의 군사력 판도가 바뀌게 될지도 몰라. 미국이 북한의 핵에 대해 저토록 공격적인 이유는 일본에게 핵무장의 명분을 주지 않기 위해서라는 생각은 들지 않나?"

부국장은 한동안 말을 멈추고 황인기를 바라보았다. 짧은 시간이었지만 황인기로서는 견디기가 힘들었다.

"그러니 지금 우리는 뭔가를 해야 하네."

다시 그렇게 말한 부국장은 여전히 황인기의 얼굴을 들여다보고 있었다. 정확히 말하자면 그는 황인기의 눈을 보고 있었다. 차갑고 집요한 시선, 그리고 계속되는 한동안의 침묵.

이윽고 침묵을 깨는 부국장 민병선.

"내 생각은 분명하네. '북한의 핵 문제는 한반도 문제가 아니다. 한반도 문제이기 이전에 핵 확산에 관련한 문제이다. 따라서 이건 세계인의 문제이며, 이에 대한 제재 역시 유엔의 이름으로 하거나 미국이 해야 할 일이지, 한국이 거기에 외교력을 소모할 필요는 없다.' 지금 우리에게는 이런 독립성이 요구되고 있네. 자네는 그것을 간파했고. 이 땅에서 다시 전쟁이 일어나는 걸 두고 볼 수는 없잖은가?"

부국장은 여전히 황인기를 노려봤고, 황인기는 그의 시선을 피해 찻잔을 들었다. 부국장이 방금 한 얘기는 황인기가 위원회에 제출했다가 기각당했던 보고서의 요지였다. 부국장은 역시 뛰어난 자기 방어 능력을 가진 사람이었다.

"그런데 우리는 지금 잘못 가고 있네. 언젠가는 후회하게 될 걸세. 그렇지만 나는 아직도 늦지는 않았다고 생각하네. 물론 남북한 문제에 관한 한 최선의 해결 의지를 보여야겠지. 그러나 핵 문제는 우리가 주도해서 풀어 갈 문제는 아니었다고 보네. 나는 그걸 좀 더 분명하게 해놓았어야 했었다고 생각하는 편이지. 그걸 분명히 해놓았어야 미국으로부터 좀 더 자유스러워질 수가 있었을 테니까."

황인기는 여전히 침묵했다.

"자네는 아무 말도 하지 않는군. 할 얘기가 많을 텐데."

황인기는 그를 똑바로 바라보았다.

"부국장님은 미국을 싫어하시는군요."

"천만에. 그러나 굳이 표현한다면 애증이라고 하는 편이 맞겠지. 미국 경제는 우방에 무기를 팔아야 지탱할 수 있네. 미국 경제가 좋아지는 것과 상관없이 미국인들은 지금 자신감을 잃고 있네. 그런데 미국 정부는 신경질만 늘었지. 미국은 반세기 동안 사회주의와 싸워 왔고, 그동안 그 싸움에 엄청난 투자를 했지. 그런데 미국은 그 싸움에서 이겼잖나? 싸움에서 이긴 미국은 파티를 열고 축배를 들었지. 그런데 파티가 끝나고 잠자리에 들어 계산을 해보니, 남은 게 하나도 없었던 거지. 반세기 동안 밑지는 장사를 했다는 것을 비로소 깨달은 거야. 바로 그다음 날부터 그 커다란 덩치로 세계를 누비면서 슈퍼 301조를 휘두르기 시작한 거지. 미국은 덩치는 크지만 계산에는 좀 둔하잖나? 나는 미국의 그 신경질이 싫네. 갱년기 마누라 같아."

부국장은 황인기를 바라보고 웃었다. 그 웃음 띤 얼굴은 기묘한 자신감에 가득 차 있었다. 약간 흥분한 듯 그러나 용의주도한 면을 잃지 않으려 애쓰면서.

"미국이 앞으로 어떻게 움직일지, 나는 그게 궁금하네. 워낙 예측을 불허하니까, 그 신경질이. 황 부장이 좀 도와주겠나? 나는 지금 미국이 세계정세를 어떻게 바꿔 놓을지 그게 궁금하네."

황인기는 뒷덜미가 땅기는 것을 느꼈다. 피곤했다. 집요한 부국장의 눈빛을 더 이상 감당할 수 없었다.

"필요한 것이 있다면 연락을 주시죠. 도움이 될지 모르겠습니다만."

황인기는 그가 새로운 프로젝트에 손을 대려는 것으로 생각했다.

황인기는 부국장실의 문을 열고 나가면서 문밖에 앉아 있는 미스 문을 보았다. 그녀는 문을 열고 나서는 황인기를 향해 짧은 미소를 지어 보였다.

강 영감이라고 불리는 식당 주인이 텔레비전 쪽으로 덤벼들더니 곧 실내는 조용해졌다.

"에이, 염병할 세상. 똥구린내가 나서 견딜 수가 있어야지. 온통 구린 놈투성이니, 세상 꼴이 이래서야."

가케 히데키는 방금 전까지 귀가 따갑게 울려 퍼지던 뉴스 앵커의 목소리가 사라지고 나자 오히려 허전했다. 그러나 식당 주인은 여전히 흥분한 표정이었다.

"돈은 처먹었다는데, 도대체 어느 놈이 얼마쯤 처먹었는지, 밝혀내야 할 거 아니야. 그런데 추상같았던 애초의 그 위엄은 다 어떠허구 이제 와서 배후가 없다는 게 말이 되는 소리야. 그리고 이왕 처먹은 게 들통이 나서 붙잡아갔으면 그놈이라도 본때를 보여줘야 딴 놈들도 정신을 차릴 거 아니야. 그런데 그놈조차도 기소를 안 한다니, 도대체 이게 말이 되느냐구. 아무리 눈 가리고 아웅한다지만 백성들은 온통 백치를 만들 작정이야 뭐야?"

추악한 뇌물 사건. 꼬리를 감추는 건 어쩌면 그렇게 닮았는지. 쪽바리와 요보. '비서가 한 일이라서'. 사건이 터지면 둘러대는 수법까지 어쩌면 그렇게 똑같은지.

조선造船 의혹 사건으로 기소됐던 사토 에이사쿠 대장상, 와타나베 부총리, 오자와 이치로 자민당 간사장. 그리고 도쿄 사가와규빈사로부터 5억 엔의 뇌물을 받았던 가네마루 신 자민당 부총재. "비서가 한 일이라서, 나는 토옹." 그들은 한결같이 머리를 좌우로 흔들고 오리발을 내밀었었다.

그런데 일본인과 한국인이 정말 비슷한 것은 '그 정도는 그냥 봐준다'는 사실이었다. 국회 청문회까지 불려 나가서 야단을 맞은 사람들이 다시 국회의원에 출마해서 당선되어 당당하게 행세를 하는 것이다. 국회의원에 당선되면 그게 곧 면죄부니 당당하지 못할 이유도 없을 것이었다.

그러나 한국인들이야 '서둘러 잊어 주는 것이 미덕'이라는 뿌리 깊은 전통 속에 살아가고 있으니까 그렇다고 치고, 일본 사람들은 뭔가? 조선 의혹 사건의 사토 에이사쿠는 사건 이후 일본의 총리로서 최장수를 누리는 기록을 세웠고, 미야자와는 리쿠르트 사건 이후 총리가 됐다.

한국인과 일본인은 비슷하다. '잘 봐준다'는 것. 훗날 그게 덫이 되어 물고를 치르는 한이 있더라도 무슨 일이든, 언제든지 잘 봐주는 것이다. 오랫동안 미워하면 옹졸하다는 말을 들을 수도 있어서일까.

히데키는 뚝배기를 들고 국물까지 남김없이 마셔 버렸다. 시장기가 사라진 대신 노곤한 식곤증이 밀려들었다. 어젯밤을 꼬박 새우고, 게다가 뜨거운 난로 옆에 앉아 있으니. 우윳빛 국물에 고기가 몇 점 들어 있는 이게 설렁탕이라던가. 아예 주방에서부터 뚝배기에 밥까지 말아서 나오는. 히데키의 입맛에는 별미였다. 비빔밥이라는 것도 그렇고, 갈비탕이라는 것도 그렇고, 국밥이니 순대국밥, 전쟁 통에 빨리 해치우고 도망가기 딱 좋은 음식이었다. 이 땅이 반세기 동안 휴전 중이니 그것도 전쟁의 연장으로 친다면 이 땅의 사람들이 전쟁의 위협을 느끼지 않고 지낸 것이 몇 해나 될까.

식당 주인이 다시 제정신을 차린 모양이었다. 덕수궁 쪽을 망연히 바라보고 있던 그는 다시 히데키 쪽을 바라보았다.

"어떻게 생각하우? 내 말이 틀렸수?"

"뭐가요?"

히데키는 되물었다. 그의 갑작스러운 질문이 뭘 의미하는지 얼른 알 수가 없었다.

"돈 먹어치운, 백성들의 혈세를 꿀꺽한 저 불한당 같은 놈들을 어떻게 생각하느냐고? 젊은이가 생각 같잖게 영 뜨네."

"아, 그거요? 당연히 나쁜 사람들이죠."

"아이구, 순진하기는. 당신 순 서울 토박이 숙맥이지? 나도 젊었을 땐 그랬지."

유창한 서울 말씨를 구사할 수 있는 히데키. 단골 삼아 드나든 지가 일 년이 넘었지만, 식당 주인은 아직 히데키가 일본인이라는 것을 몰랐다. 발음이 좀 엉성한 부분이 없진 않았지만, 혀가 좀 짧은 것으로 치면 이상할 것도 없었다.

히데키는 저녁에 한국에 진출해 있는 한 일본 전자 업체의 홍보 책임자와 만나기로 되어 있었다. 한국과 일본의 TV방송국에서 동시에 방영할 다큐멘터리 제작과 관련한 협찬 문제를 협의하기로 되어 있었다. 이미 한차례 접촉을 가졌지만 만족할 만한 결과를 얻어 내지는 못했었다.

홍보 책임자는 그 프로그램이 일본의 협찬 기업에 얼마나 이익을 줄 것인가에 골몰하고 있었다. 한국 TV방송에 직접 광고를 할 수 없는 업체였기 때문에 히데키가 제의한 다큐멘터리 제작에 협찬을 한다면 기업 이미지 제고에 상당한 효과가 있을 것이었다.

그러나 히데키가 요구한 협찬 금액은 상상을 넘어선 거액이었다. 일본에서 내로라하는 광고 업체에서 기업 홍보 영화를 열 편쯤 만들 수 있는 액수였다. 일개 지사의 홍보 책임자가 결정하기에는 무리한 금액이었다.

그렇지만 히데키는 그 정도의 돈은 마련되어 있어야 한다고 생각했다. 단순 제작비는 그 금액의 3분의 1 정도면 충분하겠지만, 막상 제작 단계에 들어가면 전혀 예기치 못한 상황이 벌어질 수도 있었다. 만약 자신이 계획하고 있는 TV 다큐멘터리가 가지고 있는 '전략적' 요소를 설명할 수 있다면 문제는 간단할 것이었다. 그러나 그런 말을 할 수는 없었다. 히데키는 수단과 방법을 가리지 않고 이 일을 관철시켜야만 했다. 자신이 하는 일이 얼마나 중요한 일인지 일본은 그것을 알아야 했다.

히데키는 길가에 서서 택시를 기다렸다. 시청 앞에서 대사관이 있는 중학동까지는 거리는 그리 멀지 않았으나 택시를 타기로 했다. 마음이 조급했기 때문이었다.

대사관으로 돌아온 히데키는 홍보 책임자에게 보여 줄 기획서 초안을 다시 한번 점검해 보았다. 아직 부장에게 공식적인 보고를 하지 않았기 때문에 보고서도 따로 작성해야 했다. 그러나 시간이 걸리는 일은 아니었다. 이미 히데키는 부장이 흡족해 할 완벽한 보고서를 꾸밀 준비가 되어 있었다. 물론 겉으로 보기엔 그저 평범한 일이었다.

"'일본 열도에 흐르는 대륙혼'이라. 이게 뭐죠?"

하타 야츠키가 그의 등 뒤에서 물었다.

"그냥, 가제假題야. 어때, 제목이 그럴듯해 보이지 않나?"

"한일 공동 제작 다큐멘터리……. 내용이 우선 궁금한데요."

"당연히 궁금해야지. 자넨 이걸 알아야 해. 이게 자네의 뿌리이니까."

"또 그 얘깁니까?"

"왜? 지겹나?"

"선배님, 그건 벌써 천오백 년 전 일입니다. 그리고 지금은 21세기 문턱에 들어서 있구요. '역사는 전설로 퇴색한다. 사실은 의심과 이론異論으로 안개에 가린다. 비석의 비문은 삭아가고, 조상彫像은 대좌臺座에서 굴러떨어진다. 대원주大圓柱이건, 아치

이건, 피라미드이건 모래 위에 쌓아 올린 것밖에 더 되느냐. 거기에 새겨진 묘비명도 결국은 먼지 위에 쓴 글에 지나지 않는다'. 저는 역사의 그 허망한 종말을 잘 알고 있습니다. 우리 조상이 어디에서 왔건, 21세기를 사는 저에게는 별 의미가 없어요."

"야츠키."

그는 목소리를 가라앉혔다. 히데키는 야츠키가 자신의 음성에서 위엄을 느끼기를 진심으로 바랐다.

"나는 역사가 어떻게 쓰이느냐 하는 문제에 관심이 있을 뿐이네. 어느 시점에서 어떻게 사용되느냐 하는 문제가 내게는 중요하지. 나는 지금 역사에 임무를 부여하고 있는 중이야. 가치 있는 일이라고 생각하네."

"그러나 어쨌든 일본은 일본입니다. 지금에 와서 한국인과 일본인의 핏줄을 말한다는 것은 의미가 없다는 생각이 드는데요. 저는 저의 조상들이 한반도에서 왔다는 걸 자랑스럽게 생각해야 할 이유를 찾지 못했습니다."

히데키는 야츠키를 노려보았다. 야츠키가 흥분하고 있다는 것을 감지했기 때문이었다. 그가 흥분했다면 그걸 가라앉혀 줄 필요가 있었다.

"나는 그게 자랑스럽네."

"자랑스럽다고요?"

"그래. 나는 히로시마 야마가타군 가케마치에서 태어났지. 그곳에서 두 살 때까지 살았네. 내가 가진 성씨가 태어난 곳의 지명 가케마치와 이름이 같다는 사실을 인식한 건 그로부터 십오 년쯤 후였지. 가케 히데키. 가케加計. 이걸 한국말로 읽으면 '가계'가 되지. 고대 한국어로는 '갈게'가 되고. 갈게, 즉 '가는 사람'이라는 말이지. 가는 사람, 바로 대장장이를 뜻하지. 그런데 놀랍게도 고대의 우리 조상들은 대장장이었다네. 무쇠를 다루는 장인이었던 거지. 그리고 내가 태어난 가케마치는 고대 제철 지역이었다네. 어때? 놀라운 일 아닌가?"

"그렇다면 선배님 조상도 한반도에서……."

"하지만 가케라는 성씨는 고대 한국어로 풀이되는 건 모순이 있어. 왜냐하면 우리 성씨가 최초로 붙여진 것은 14세기 무렵이었거든. 그렇지만 나는 우리 집 가보로 물려진 그림들을 보았지. 바로 대장간의 모습을 그린 그림이었다네. 풀무질을 하고, 화로에 사철을 갖다 붓고, 시뻘건 무쇠를 두드리는 우리 조상들을 볼 수 있었지. 고대의 제철 과정이 상세하게 그려져 있더군. 자네는 무쇠를 다루는 그 장인들이 어디에서 왔다고 생각하나?"

"그게 선배님에게 의미가 있습니까?"

"있지, 분명히. 내가 그 역사적 사실에 의무를 부여하고 있다고 하지 않았나? 그 가치가 우리 시대의 정신적 원동력이 될 수 있다고 믿네."

"이를테면, 임나일본부 같은?"

"그럴지도 모르지. 그러나 나는 임나일본부 따위의 어설픈 조작은 믿지 않네. 이미 임나일본부는 역사적 가치를 잃었지. 그건 쓰레기야. 한때의 코미디였지. 그걸 믿고 일본이 한반도를 지배했었다고 기고만장했던 시절이 나는 부끄럽네. 그건 우리 조상을 욕되게 하는 일이었어. 임나일본부설을 주장했던 일본의 학자들이 갑자기 침묵하고 있잖나. 그들은 지금 부끄러워하고 있어. 한국 땅을 아무리 파헤쳐 봐도 그걸 주장할 수 있는 증거가 나오지 않았거든. 오히려 파헤치면 파헤칠수록 한반도 문화가 일본 열도의 문화보다 앞서 있었다는 사실만 확인될 뿐이었지."

야츠키의 표정은 상기되어 있었다. 뭔가 반박을 하고 싶은 표정이었다. 그러나 야츠키에게는 그에 반박할 아무런 지식이 없었다.

"그렇다면 이건 뭐죠?"

야츠키는 히데키가 들고 있던 기획서 초안을 가리켰다.

"이건 일본 땅에 흘러 들어온 대륙의 문화를 조명해 보자는 것이지. 그러나 단순히 대륙의 문화만을 조명하자는 건 아니야. 여기에는 아주 중요한 비밀이 숨어 있어. 이걸 알면 놀라게 될 걸세."

강남경찰서 강력계 김철규 반장은 하루 일과 중 오후 시간은 영등포 일대를 뒤지는 시간으로 아예 정해 두고 있었다. 벌써 사흘째였다.

그러나 그는 방법을 바꿨다. 불법 체류한 동남아인을 소개한 사실을 직접적으로 묻고 다녔던 것이 불찰이었다. 경찰이라고 신분을 밝힌 자신에게 그 사실을 곧이곧대로 털어놓을 직업소개소는 없을 것이었다.

유치하긴 했지만, 허름한 점퍼에 수염을 며칠 동안 거칠게 길러 자신의 모습을 바꿨다. 그리고 도수가 높은 것처럼 가장자리를 두껍게 하고, 시선이 가 닿는 중앙 부분을 평유리로 한 무대 소품용 안경도 하나 구해 착용했다. 완벽한 변신은 아니었지만, 스스로도 놀랄 만큼 첫인상은 달라 보였다. 아무리 기억력이 좋은 사람이라고 할지라도 한 번 본 그를 다시 알아보기는 쉽지 않을 것이었다.

오늘 목표로 정한 곳은 영등포역 일대 여덟 군데의 직업소개소 중 세 곳이었다. 두 곳은 이미 순례를 끝냈다. 마지막으로 남은 곳은 영등포역 앞 지하도 입구에 있는 한의원 건물 3층이었다. 허름한 3층 목조 건물. 뭔가 단정해 뵈지 않는 느낌이 김 반장의 호기심을 불러일으켰었다. 처음 갔던 날, 다소 당황한 표정을 감추지 못했던 젊은 직원의 표정도 기억에 남아 있었다.

김 반장은 자신의 변신이 쑥스러웠지만, 행동까지도 완벽하지 않으면 의심을 살 수 있다는 사실을 의식했다. 하지만 그는 의혹을 불식시키는 최선의 방법을 알고 있었다. 대부분의 사람들이 초면에 그러하듯이 부끄러워하는 모습을 보였다. 의사 앞에서처럼 약간 두려워하면서도 미심쩍어하는 표정을 지었다. 먼저 순례했던 일곱 군데의 직업소개소에서 그것이 통했다.

삐걱거리는 목조 계단을 올라서니, 2층에서는 한의원이 나타났다. 문을 열어 놓은 채 한 노인이 창가에 앉아 있는 모습이 보였다. 노인은 창가에 단정하게 앉아 거리를 내려다보고 있었다. 계단은 가팔랐다. 새파란 천을 깔아 장식을 하긴 했으나, 청소를 안 한 탓인지 오히려 더 지저분해 보였다.

3층 입구 문에는 검정색 페인트로 '관허 2307호. 직업소개'라고 씌어 있었다. 2층 한의원 출입문이 목재로 되어 있었던 것과는 달리 3층 출입문은 육중한 철문이었다. 전당포쯤이면 그런 문을 할까. 그 완강한 모습이 오히려 거부감을 불러일으켰다. 철문에는 손잡이에 달린 자물쇠 외에도 두 개의 보조 자물쇠가 달려 있었다.

문을 열고 들어서자, 꽤 넓은 로비 공간이 나타났다. 이십 평 정도는 되어 보였다.

"어떻게 오셨죠?"

책상이 두 개, 소파가 한 조. 사무실 분위기는 단조로웠다. 소파 옆에는 큼지막한 난로가 기세 좋게 타오르고 있었다.

"저어……."

김 반장은 천천히 그러면서도 용의주도하게 손을 비볐다. 눈은 내리뜨고. 상대는 서른 살 남짓한 여사무원이었다. 사무실 안에는 여사무원 외에 다른 사람은 보이지 않았다.

"경비 자리가 좋겠는디."

김 반장은 무턱대고 그렇게 말했다. 그렇게 말한 추레한 중년 남자가 그녀에게는 천진하게 느껴졌을 것이다.

"이쪽으로 앉으시죠."

여사무원은 소파에 앉기를 권했다. 그녀가 컵에 뜨거운 보리차를 따르는 동안 김 반장은 사무실을 둘러보았다. 안쪽으로 문이 하나 더 있었다.

"아파트 경비 자리는 더러 나오는데. 경비원 경력은 있으세요?"

"아니, 경력은 없고…… 아, 그 공사판 현장 경비는 해본 일이 있는디. 그것도 경력이라믄 경력일 것이고……. 글고 자동차 정비 공장에서……."

"정비 기술 있으세요?"

시선이 자꾸 안쪽 문으로만 갔다. 직업소개소 중에는 거처가 없는 구직자들을 위해 잠자리를 제공하는 곳도 있다는 얘기를 들었었다.

"아니, 기술이 있는 것은 아니고…… 심부름을 했었는디…… 안 그래도 정비 공장에 있음서…… 여그를 소개해 주등만."

"여길 소개해요? 누가요?"

"모렝이라고…… 지금은 어디서 뭘 허능가 몰러."

"모렝이요?"

"그려. 말레이시안가, 동남아 사람인디. 여그서 소개 받었다고…… 아가씨도 모렝 알어?"

갑자기 여사무원 시선이 흔들렸다.

"아가씨도 아나벼? 모렝을……."

"아니요, 몰라요. 동남아시아인이라고…… 그래서…… 몰라요……."

여사무원이 이 사무실에 취업한 것은 한 달 전이었다. 따라서 모렝을 알 리가 없었다. 하지만 여사무원은 며칠 전 사장과 미스터 박이 당황해하면서 '모렝'을 얘기하는 걸 들었었다. 모렝이라는 사람은 알 수 없었지만, 사장과 미스터 박의 태도로 봐서 입에 올려서는 안 되는 이름인 것만은 알고 있었던 것이다.

그렇지만 이십오 년째 경찰 생활을 해온 김 반장은 길게 한숨을 내쉬었다. 아, 이제야 끝나는구나, 그런 생각. 그는 자신의 직감을 믿었다.

"그런디, 나 잘 데가 없구먼. 잠잘 데가 없어. 직업소개소에서 잠도 재워주고 그런다고 허등만, 여그는 어쩐지 모르겄네? 숙박비는 취직허믄 낼 것이고."

화제가 바뀌자 여사무원의 표정도 안정을 되찾았다.

"여기는 잠자는 데 없어요. 하지만 여인숙은 있어요. 거기서 외상으로 자고, 나중에 돈 내면 돼요. 여기서 갚겠다는 보증을 써 드리면요. 그렇게 하실래요?"

"좋지. 감사헌 일이제. 고맙구먼, 아가씨. 그런디 저기는 뭐여? 저기가 잠자는 데 아녀?"

김 반장은 턱으로 안쪽 문을 가리켰다. 안쪽 문 역시 보조 자물쇠가 붙어 있었다.

"아니에요."

여사무원은 볼우물을 만들며 가볍게 웃었다.

"거긴 선생님 집무실이에요."

"선상님?"

"우리 사장님요. 피곤하세요? 그럼 지금 주무실 데를 소개해 드릴까요?"

"아녀. 짐부터 갖고 와야제. 갖고 오믄 소개해 주드라고."

김 반장은 일어섰다. 그때 철문이 열렸다. 젊은 사내였다. 김 반장은 순간적으로 낯익은 느낌을 받았다. 어디서 봤더라. 얼른 떠오르지가 않았다. 그러나 그 사내는 스스로 자신의 정체를 드러내고 있었다.

"미스 정 오랜만이야." 사내는 손을 내밀었고, "뭘요? 어제도 봤잖아요." 하면서 여사무원은 못 이긴 척 사내의 손을 잡았다. 그가 내민 손을 보는 순간 김 반장은 기억을 되살렸다. 사내의 손등에는 작은 새 한 마리가 문신이 되어 있었다. 그는 햇살무늬 일장기 앞에 서 있던 아래층 카페 주인이었다.

원효로 4가, 합동정보위원회의 국장실.

"이걸 한번 보게."

일본 보수 우익 단체의 동향을 파악하기 위한 정보 수집 계획서를 가지고 들어간 제6부 부장 권유민에게 국장이 내민 것은 싱가포르 주재원의 2차 보고서였다. 권유민은 그것을 받아 들었다.

"지난번에 보내온 보고서를 보완한 것이지. 일본이 동남아시아에 엔화 경제권을 구축하려는 구체적인 시도가 포착된 거군. 아직 아무도 그런 말을 하지 않지만 내가 보기엔 일본의 의도는 분명해. 대동아공영권의 망령을 되살릴 준비를 하고 있는 거야."

보고서에는 담당 부장의 서명이 있었고, A급 스탬프가 찍혀 있었다. 국장의 집요한 관심사가 흡반 동물처럼 살아 꿈틀거리는 문서였다. 제출 날짜로 보아서 이미 보관 창고 신세를 지고 있어야 할 문서였다.

국장은 보고서에 대해 만족한 표정이었다. 그러나 국장의 형색은 다소 초라했다. 늘 깔끔한 인상을 주던 국장이 초췌해 보이는 것은 누적된 피로 때문일 것이었다. 그의 최근 귀가 시간은 늦었다.

전경련 회장이 형식적인 JIC의 위원장이었고, 실무 책임자는 총괄 국장이었다. 모든 권한은 총괄 국장에게 위임되어 있었기 때문에 권한만큼 그의 책임 또한 막중했다. 그러나 그는 공식 정보기관에 근무한 적이 없었다. 그는 일찍이 신문기자였고, 그다음에는 정치가였고, 그 후로는 종합상사의 월급 받는 사장이었다. 하지만 그는 명석했다. 사명감도 있었고, 뜨거운 열정도 가지고 있었다. 또한 민완기자 출신답게 탁월한 정보 분석가였다. 그리고 조직을 목적에 따라 착오 없이 움직이게 하는 뛰어난 전략가였다. 작달막한 체구였지만 그의 집요한 공략을 이겨 낼 사람은 없었다.

그는 경제계보다 정치하는 사람들 쪽에서 더욱 신임을 받았다. 그가 가져간 정보는 언제나 환영을 받았다. 그의 서류철은 실리적인 정보로 가득 차 있었다. 국제정치에 다소 둔한 정치인들일수록 그와 친하게 지내게 되기를 원했다. 그가 장악하고 있는 53개국 765개의 해외 정보망은 상상 이상의 위력을 가지고 있었다.

그러나 그는 최근 위기를 느끼고 있었다. 그게 뭔지 분명하진 않지만 그는 불안해하고 있었다.

"어제도 '작은 정치 모임'에 나가서 최근 일본의 움직임에 대해 얘길 했지. 아무도 내 얘기에 귀를 기울이지 않더군."

그는 권유민을 잠시 바라보고는 창밖으로 시선을 돌렸다. 권유민을 외면한 채 그는 말을 이었다.

"내가 과민하다는 거야. 그들의 관심이 쏠려 있는 것은 오직 집권당의 사무총장 자리에 누굴 앉힐 것이냐 였네. 지난달 모임에서는 정무장관 자리를 두고 얘길 했고, 그전 모임에서는 국회의원 세비 문제로 티격태격했었지. 그들에게는 오직 돈과 명예뿐이야."

국장이 외로워 보였다. 그러나 권유민은 그를 위로할 수가 없었다. 오늘따라 그의 흰 머리카락이 많아 보였다.

"어때? 자네도 내가 과민하다고 생각하나?"

권유민이 보고서에서 시선을 떼자 국장은 기다렸다는 듯이 물어왔다.

"이번 보고서는……."

"보고서 얘기가 아닐세. 난 지금 내가 과민해 보이느냐고 물었네."

국장의 목소리에는 일말의 감정이 얹혀 있었다. 권유민은 당혹감이 들었다. 국장은 언제나 자기 관리에 완벽했다. 그가 흐트러진 감정을 보이는 일은 결코 없었다. 권유민은 국장의 질문에 대답하지 않았다.

"자네도 날 그렇게 생각하는군. 좋아."

국장의 감정을 다치게 하고 싶지는 않았다. 그러나 권유민은 그럴 수 있는 방법을 미처 생각해 낼 겨를이 없었다.

"그렇지 않습니다. 다만…… 그런 견해는 아직 보편적인 설득력을 갖지 못했다고 봅니다. 그리고 확실한 정보 분석 결과가 나오기 전까지는 어떠한 선입견도 가져서는 안 된다는 생각을 가지고 있습니다."

"자넨 지금 날 책망하고 있군."

"이미 일을 착수할 때 우리는 일본의 움직임이 심상치 않다는 심증을 가지고 시작했습니다. 하지만 막상 일을 시작한 뒤에는 그것조차도 잊어야 한다고 생각합니다. 우리가 어떤 선입견을 가지게 되면……."

"자넨 마치 말총 가발을 쓴 영국 법관처럼 말을 하는군. 덜떨어진 원칙주의자 같으니라고. 이보게 권 부장. 자넨 지금부터 수사관이 되어야 하네. 자네 마음속에 어떤 심증이 있지 않으면 자네는 아무것도 해낼 수가 없어. 제발 일을 어렵게 만들지 말게. 이미 일본의 움직임에 대해서는 짐작한 바가 있지 않은가? 이건 내 얘기가 아닐세. 이미 알려진 상식적인 예상이야. 나는 상식을 믿네. 세상의 상식들은 이렇게 말했었지. '중국이 일본에 대해 경제적인 압력을 정치적인 압력으로 바꾸는 시기에 도달했다. 일본은 이에 대항해서 미국과 더욱 공고한 동맹을 과시하며, 급기야는 중국과 이해관계가 선명히 갈리는 동남아시아 지역을 확보하기 위해 대동아공영권 정책을 다시 부활시킬 것이고, 일본과 아세안을 하나로 묶는 동맹으로 석유 수송로를 확보하려 할 것이다'. 자넨 세상의 언론들이 이렇게 떠들 때 귀를 막고 있었나?"

권유민은 다시 할 말을 잊었다.

"그리고 이미 91년에 일본은 아세안 확대 외무장관 회의실에서 '아시아 안보 포럼'을 창설할 것을 제의했네. 이게 뭔가? 일본이 아시아 지역 안보 문제에 적극적으로 나서겠다는 신호탄이지. 일본은 지금 엄청난 군사비를 지출하고 있네. 이 모든 것이 일관된 목적하에 진행되고 있는 일들이라는 생각은 들지 않나?"

국장은 자리에서 일어나 창가로 가 섰다. 눈부신 햇살이 국장을 실루엣으로 포장했다. 그리고 한동안의 침묵. 국장이 다시 침묵을 걷어 내기까지 방 안은 너무 고요했다.

"자넨 끝내 아무 말도 안 하는군. 좋아. 하지만 임무는 임무야. 내가 지시한 기획서는 어떻게 됐나?"

"여기 가져왔습니다."

국장은 권유민의 손에서 그것을 낚아채듯 가져갔다.

권유민은 그 기획서에 지난 일주일 동안 매달려 있었다. 가장 효율적인 그러면서도 가장 은밀한 정보 수집 활동을 위해 만들어진 기획서였다.

"도쿄와 교토, 오사카 안테나숍 세 곳에 정보원은 각각 세 명씩이군. 그렇다면 현재 가동 중인 안테나숍은 가담시키지 않겠다는 건가?"

"그렇습니다."

"좋아. 그러는 게 좋겠지. 아무래도 기존의 안테나숍은 정보 수집에 한계가 있어. 정보 제공자가 바뀌지 않는 한 나아질 것이 없겠지. 일본의 우익 단체들 깊숙이 들어가야 하네. 그들이 연합해서 행동 단체를 만들었다면 이제 뭔가를 하지 않겠나? 그게 뭔지 우리는 알아야 해. 그런데 엊그제 태국의 한 주재원 보고서를 보니까, 어떤 단체가 방콕에서 시위를 했는데, 그 단체의 이름이 재미있더군. 그 단체 이름이 황색인해방연합단이었다는 거야. 황인종의 나라에서 황색인해방연합단이라니……."

"아세안 지역 담당에게 협조를 구해 알아보겠습니다."

비로소 국장의 얼굴에는 생기가 돌았다

"그래 주겠나? 뭔가 냄새가 나."

황색인해방연합단

며칠째 계속해서 추위가 매웠다. 실제 기온은 예년과 크게 다르지 않았지만, 바람이 불어 온도는 낮았다. 날씨는 추웠지만, 강남경찰서 외사계 신영식 경장의 가슴은 불덩어리가 들어앉은 것처럼 화끈거렸다.

그는 거의 매일 미 대사관의 맥콜에게 수사 상황 보고를 하고 있었다. 마치 미 대사관 소속 경찰관인 것처럼. 맥콜은 항상 고압적이었고, 전혀 친절한 구석이라곤 없었다. 그가 능숙하게 구사하는 한국어 사이사이로 짧은 영어가 섞였다. 그가 제 나라 말로 내뱉는 것들은 대체로 한국 경찰의 무능함을 비아냥거리는 것들이었다. 그러나 신 경장은 매일 오후 맥콜에게 전화를 걸어 수사 진척 상황을 보고하기를 잊지 않았다.

신 경장이 그렇게 해야만 하는 데는 따로 이유가 있었다. 강력계 김철규 반장은 끝내 윌리엄 피그먼 사건을 포기하지 않고 수사가 종결 처리된 이후에도 줄기차게 쫓고 있었기 때문이었다. 그가 그렇게 마음껏 사건을 뒤쫓을 수 있도록 배려해 준 사람이 바로 맥콜이었다. 맥콜이 경찰서 윗분에게 걸어 준 전화 한 통화는 엄청난 위력을 발휘한 것이다. 대신에 김 반장의 모든 수사 일지는 신 경장을 통해 맥콜에게 전달되기로 약속이 되어 있었다.

그러나 며칠째 신 경장은 맥콜에게 해줄 얘기가 없었다. 벌써 나흘째 그는 김 반장을 만나지 못했기 때문이었다. 따라서 맥콜의 거친 말투는 길어졌다.

맥콜 쪽에서 먼저 일방적으로 수화기를 내려놓자 신 경장은 수화기를 내던져 버렸다. 맥콜이 경찰에 매달리는 이유가 있었다. 윌리엄 피그먼 사건은 특별수사대에서 수사를 진행하고 있었다. 미국 대사관이라면 당연히 CIA와 공조 체계를 갖춘 바로 그 특별수사대의 보고를 받을 수 있을 것이었다. 그러나 맥콜은 그 공식적인 보고 라인에서 소외되어 있었다. 그러므로 호기심이 많은 맥콜의 의문을 풀어 줄 수 있는 사람은 오로지 김 반장밖에 없었던 것이다.

신 경장 역시 한국에 출장 왔던 미국 관리의 테러 사건이니 당연히 미 대사관에 보고를 해야 할 것으로 여기고 있었다. 그 점에 있어서는 피차간 문제는 없었다.

신 경장이 수화기를 내던지고 격한 감정을 다스리고 있는 동안 김 반장은 여전히 부재중이었다. 퇴근 시간이었다. 외근자들이 돌아오기 시작하자 신 경장도 퇴근 채비를 했다. 오늘은 여권을 분실한 영국인에게 여권 분실 증명서를 발급해 주고, 여권과 함께 잃어버린 여행자 수표를 다시 발급받을 수 있도록 조치해 준 일이 전부였다.

서랍 속에 넣어 두었던 무선 호출기를 다시 옆구리에 차고, 자리에서 막 일어서려 하는데, 추레한 모습을 한 중년의 사내가 출입구 쪽에 서서 자신을 향해 손짓하고 있었다. 두꺼운 검정 테 안경을 낀 사내였다. 가까이 다가갔으나 신 경장은 그가 김철규 반장이라는 것을 눈치채지 못했다.

"이제 퇴근하나?"

"아니 반장님, 도대체 어떻게 된 거예요? 저한테는 연락을 주셨어야죠."

"자, 나가지. 우선 저녁부터 먹어야겠어."

신 경장은 직감적으로 김 반장의 수사에 진전이 있다는 사실을 알 수 있었다. 다소 흥분한 듯한 김 반장의 태도에서 그것을 읽었다.

"자네 오늘 밤 나 좀 도와줘야겠어."

"저는 오늘 밤 전화 대기조에 들어 있는데요."

"오래 걸리진 않아. 그리고 무선호출기가 있잖나?"

"좋습니다. 그렇지만 먼저 무슨 일인지부터 말씀해 주시죠."

"제발 조급하게 굴지 좀 말게. 자넨 서두르는 게 문제야."

어쩌면 이건 자신에게 하는 말인지도 몰랐다. 김 반장은 자신이 계획한 오늘 밤의 일을 떠올리면서 갑자기 아드레날린이 솟구치는 것을 느꼈다.

김 반장과 신 경장이 저녁 식사를 하는 동안 주한 일본 대사관의 가케 히데키는 소공동에 있는 작은 카페에서 한 사내를 만나고 있었다. 물밑의 온갖 소리를 청취하는 소나, 가케 히데키. 사내는 히데키보다 나이가 들어 보이는 중년의 사내였다.

그는 완벽한 일본어를 구사하고 있었다. 그러나 일본인은 아니었다. 김영목, 반세기 전으로 시계바늘을 돌려 자신의 역사를 복원하고자 하는 황련단 점조직의 팀장이었다.

"모렝을 찾는 사람이 누구인지 아직 알아내지 못했소. 이미 경찰에서는 수사를 종결했고, CIA와 공조하는 특별수사팀은 비공식적인 수사를 계속하고 있지만, 내가 알아본 바로는 그들은 아직 당신 근처에도 가지 못하고 있소."

사내의 표정이 일그러졌다.

"그렇다면 제 사무실에 왔던 자는 도대체 누굽니까?"

"지금으로선 알 수가 없어요."

히데키는 난감하다는 표정을 지어 보이며 덧붙였다.

"그런데 한 가지 물어봅시다. 도대체 말레이시아인을 고용해서 일을 저지른 이유가 뭐요?"

사내는 황당하다는 표정을 지었다. 그러나 그는 곧바로 대답을 했다.

"첫째는 만약의 경우 우리 요원을 희생시킬 수 없다는 것 때문이었고, 두 번째로는 노출이 되었을 경우, 외국인을 고용하게 되면 연고 파악이 쉽지 않으리라는 생각을 했었소. 그리고 세 번째로는 그를 돈으로 쉽게 살 수가 있었기 때문이오."

히데키는 머리를 저었다.

"그게 아니라, 내 얘기는 왜 그 미국인을 죽이려 했느냐는 거요."

"그걸 몰라서 묻습니까?"

"그러니까, 미국 언론을 움직여 한국 내 반미 성향을 증폭시켜서 미국의 얼간 외교 정책 입안자들의 생각을 바꿔 보자는 것이었겠지. 그러나 틀렸소. 사건 이후에 미국에서는 아무런 반응이 없었소. 보시오. 놀랍도록 조용하지 않소?"

사내의 표정이 다시 일그러졌다. 뭔가 못마땅하다는 표정이었다.

"물론 사건은 무위로 돌아갔소. 하지만 그게 우리 책임이라고는 생각하지 않습니다. 책임을 져야 한다면 모렝을 경찰에 넘긴 조직이 책임을 져야 할 거요. 만약 모렝이 경찰에 넘겨지지 않았다면 그 누구도 이 사건을 한국인이 아닌 외국인이 저질렀으리라는 생각을 하진 못했을 거요. 그런데 모렝이 경찰에 넘겨지면서 사건에 대한 해석은 왜곡되었소. 범인이 외국인으로 드러난 이상 이 사건을 한국 땅에서 일어난 반미 운동의 사건으로 여길 사람은 없게 되었소. 모렝을 경찰에 넘겼기 때문이오. 그렇게 돼서 의도한 핵심이 흐려진 거란 말입니다."

"이보시오, 김 상. 당신은 지금 뭔가 잘못 생각하고 있어요. 이건 당신네 혈맹단 사람들만의 일이 아니오. 혈맹단의 이번 행동은 황련단 본부가 원하는 일이 아니었소. 앞으로 모든 행동은 황련단이 직접 할 겁니다. 당신네 혈맹단의 이번 계획은 황련단을 노출시킬 수도 있었다는 사실을 아직도 모르고 있소? 본부에서는 지금 그걸 걱정하고 있습니다. 아시겠습니까, 김 상?"

그러나 사내의 표정은 달라지지 않았다. 히데키의 말에 수긍할 수 없다는 표정이었다. 히데키는 말을 이었다.

"잘 들어 두시오. 현재 고위급 황련단 간부들은 당신들의 이번 행동에 대해 우려하고 있소. 우리가 황련단을 따로 조직한 이유는 우리 계획의 기밀성 때문이었어요. 우리 조직 안에 우리 계획을 노출시킬 수 있는 위험인물들이 많다는 걸 아직 모르오? 그들은 외부로부터 자극을 받으면 얼마든지 우리의 정보를 팔아넘길 것이오. 우리가 모렝을 서둘러 경찰에 넘긴 것은 바로 그들이 관심을 쏟기 전에 사건을 마무리 지어야 했기 때문입니다. 아시겠소?"

사내는 비로소 눈을 내리뜨고 침묵했다. 김영목. 그 역시 혈맹단에서 선발된 황련단의 일원이었다. 이번 사건은 황련단에서 계획한 것이 아니었다. 따라서 이 계획이 실행되기 전에 이미 상당 부분 황련단 밖으로 노출된 상태였다. 김영목으로서도 그 사실을 시인하지 않을 수가 없었다.

"그렇다면 혹시 모렝을 찾고 있는 사람도……."

"그럴지도 모르죠. 아마 황련단에 소속되어 있지 않은 다른 조직의 사람일 수도 있을 겁니다. 어쨌든 지금으로선 알 수가 없어요. 기다려 봅시다. 그리고 다시 모렝을 찾는 사람이 있다면 이번엔 놓쳐서는 안 되오."

저녁 식사를 마친 김 반장이 신 경장을 데리고 간 곳은 경찰서에서 두 블록 떨어져 있는 한 자물쇠 가게였다. 겉보기에는 초라한 가게였지만, 가게의 주인은 한때 금고털이 전문가였다. 그가 열 수 없는 자물쇠는 거의 없다고 해도 과언이 아닐 것이었다. 김 반장과 가게 주인은 상당히 친숙해 보였다.

"그런데 아직 경찰입니까?"

가게 주인은 김 반장의 행색을 훑어보고는 그렇게 물었다. 안경은 벗었지만, 얼굴을 덮고 있는 수염과 헝클어진 머리카락은 아직 그대로였다.

"그래, 아직은 경찰이지."

가게 입구에 신 경장을 세워놓고 들어간 김 반장은 한동안 가게 주인과 잡담을 나누었다. 서로 안부를 묻고, 과거 얘기를 몇 마디 주고받는 것 같았다. 그러나 얘기들은 황당한 것들뿐이었다. 신 경장은 곧 흥미를 잃었다.

가게 안에는 온갖 자물쇠들로 가득했다. 소형 금고도 보였다.

"가게를 털어요……? 저하고 김 형사님하고?"

신 경장이 그들의 대화에 관심을 갖기 시작한 것은 바로 이 대목에서였다.

"그래, 오늘 밤에 나하고 함께 가게 하날 터는 거야."

가게 주인은 김 반장의 말을 농담으로 여겼다. 그러나 그는 곧 그게 농담이 아님을 알았다.

"도대체 무슨 일이죠?"

"영장은 청구할 수 없지만, 매우 중요한 일이야. 뒷일은 내가 책임을 지지."

신 경장은 가게 안에 고개를 디밀고 그들이 하는 얘기를 들었다. 그러고는 가게 주인보다 더 황당한 표정이 되었다. 그러나 나설 형편은 아니었다.

"우선 어디 가서 한잔하지. 아직 시간은 충분하니까."

가게 주인이 문을 닫는 동안 김 반장과 신 경장은 오 분쯤 기다렸다. 그동안 도대체 일이 어떻게 되어가는 것인지 물어볼 수도 있었으나, 신 경장은 끝내 입을 열지 않았다. 문단속을 하고 나온 사내의 손에는 작은 손가방이 하나 들려 있었다.

그로부터 세 시간 후, 세 사람은 영등포역 앞 지하도에서 모습을 드러냈다. 그들의 모습은 정말이지 어울리지 않았다. 추레한 모습의 중년 사내 하나와 넥타이까지 맨 말쑥한 젊은 신사, 그리고 다소 어색해 보이는 두꺼운 오버 차림의 사내. 그러나 그들을 눈여겨볼 만큼 한가한 사람은 없었다. 밤 11시. 추위를 피해 귀가를 서두르는 사람들로 거리는 북적였다. 신 경장은 좀 더 거리가 한산해질 때까지 기다리자고 했으나 김 반장의 생각은 달랐다. 사람들로 붐비는 거리가 오히려 사람들의 시선을 피하기가 좋다는 것이었다.

다행스럽게도 계단 쪽으로 난 입구에는 셔터가 내려져 있지 않았다. 건물의 외벽만 벽돌로 치장했을 뿐, 건물 내부는 여전히 목조 건물의 구조물 그대로였다. 김 반장이 예상했던 대로 건물 안은 비어 있었다. 김 반장과 사내가 삐걱거리는 계단 쪽으로 사라지자, 신 경장은 팔짱을 끼고 입구에 몸을 비스듬하게 기대어 섰다. 그는 망 보기인 셈이었다.

한의원 계단참을 돌아 계단 몇 개를 더 올라간 곳에 직업소개소의 육중한 철문이 나타났다. 손전등을 꺼내든 사내가 철문에 붙어 있는 두 개의 보조 자물쇠를 비춰 보더니 미소를 지었다. 그의 실력에 비하면 그것은 유치한 수준의 것이었다. 두 개의 가느다란 철사를 밀어 넣고 돌리자 전혀 저항감 없이 열렸다. 나머지 손잡이 자물쇠도 역시 간단하게 해결이 됐다.

난로는 이미 꺼져 있었으나 사무실 안은 아직 온기가 남아 있었다. 낮에 봤던 그대로였다. 김 반장이 사무실 책상 서랍들과 사물함을 뒤지는 동안 사내는 안쪽 문을 들여다보았다. 안쪽 문 자물쇠 역시 입구의 철문과 다를 바가 없었다. 자물쇠는 쉽게 열렸다. 그러나 문 주위를 살피던 사내는 가느다란 신음 소리를 냈다.

"이것 좀 보세요."

김 반장은 사내가 가리키는 문의 윗부분을 보았다. 작은 격침이 문틈으로 삐죽이 드러나 있었다. 자세히 보지 않았다면 실수를 했을 것이었다.

"나, 이런. 어떻게 안 되겠나?"

김 반장은 다급한 목소리로 물었다.

사내는 손전등으로 문 주변을 샅샅이 훑어 나갔다. 그러나 그것으로부터 이어진 전선은 보이지 않았다. 보통 경보 장치를 설치할 때, 밖에서 경보 장치를 차단할 수 있도록 스위치를 만들어놓는 것이 상례였다. 스위치가 없다면 문을 열고 닫을 때마다 경보음이 울릴 것이었다.

"차단 장치가 안에 있어요. 하루에 두 번 경보음이 울리는 것을 견딘다면 이게 훨씬 더 안전한 방법이죠. 대단한데요. 그렇지만 방법은 있어요."

사내는 손가방에서 끝이 가느다란 집게를 꺼내면서 김 반장을 향해 말했다.

"두꺼비집을 한번 찾아보시죠. 전기를 차단해야겠어요."

두꺼비집은 계단참에 있었다. 스위치를 찾아 내리자, 한의원임을 알리는 작은 네온등도 함께 꺼졌다. 김 반장이 전기 스위치를 내리고 돌아왔을 때 사내는 문틈으로 삐죽이 드러나 있던 격침을 가느다란 집게를 이용해 비틀어 쥐고 있었다.

"경보 장치의 전원이 밖에서 오는 거라면 문제는 없겠죠. 하지만 별도의 배터리를 사용하는 것이라면 이런 방법으로 대비할 수밖에 없어요. 자, 문을 한 번에 힘껏 열어 보시죠."

김 반장은 사내의 말대로 힘껏 문을 열어젖혔다. 격침이 문과 분리되면서 약간의 저항감은 느껴졌지만, 경보음은 울리지 않았다. 사내는 두 쪽의 격침을 까만 테이프로 감고는 한숨을 내쉬었다.

"됐습니다."

문을 들어서자, 바깥쪽 사무실과는 전혀 다른 분위기가 느껴졌다. 창문 쪽에는 컴퓨터가 놓여 있었고, 검붉은 카펫 위에는 대형 목재 책상과 가죽 응접 세트가 놓여 있었다. 래커 칠을 한 탁자와 사물함, 그리고 벽에 붙은 대형 세계 지도. 단조로웠지만 품위가 느껴지는 방이었다.

김 반장은 책상 서랍을 뒤지기 시작했다. 서랍 안에서 그가 찾아낸 것은 컴퓨터 디스켓이었다. 그것의 목록에는 직업소개소와 전혀 관계가 없을 듯한 것들이 적혀 있었다. 김 반장은 일단 그것들을 챙겨 넣었다.

사내는 책상 뒤에 놓여 있던 소형 금고를 들여다보고 있었다. 독일제 자물쇠를 사용한 일제 금고였다.

"독일제 브리만데요. 이건 열 수가 없어요."

사내는 다시 가방에서 소형 드릴을 꺼냈다.

"그렇지만 이것으로는 가능하죠. 소음이 좀 날 텐데."

"염려하지 말게. 밖은 아직 시끄러우니까."

"그렇지만 옆 건물에서는 들릴 겁니다."

"기다리게. 내가 한번 보고 오지."

짐작했던 대로 거리는 자동차 소음 덕분에 전혀 염려할 상태가 아니었다. 그리고 좌측 옆은 골목이 나 있었고, 우측에는 요란스러운 음악이 흘러나오는 생맥줏집이 있었다.

건물 입구에서 좀 떨어진 가로수에 기대어 서 있던 신 경장은 김 반장과 시선이 마주치자 시큰둥한 표정을 지어 보였다. 김 반장은 다시 계단참에 있는 전기 스위치를 올리고, 곧바로 사무실로 돌아왔다.

"자, 시작하지."

사내는 신중하게 금고의 자물쇠 부분을 살폈다. 자를 꺼내 자물쇠 주변을 재어 보던 사내는 이윽고 자물쇠 아래쪽 중앙 부분, 정확히 15cm 부분에 백묵으로 표시를 했다. 사내의 얼굴은 확신에 차 있었다.

그곳에 구멍을 뚫는 데는 불과 20초 정도 소요되었을 뿐이었다. 그러나 두 사람에게는 엄청나게 긴 시간이었다. 금고 문이 열리자 사내는 물러섰다. 금고 안에는 김 반장이 전혀 상상하지 못했던 것들이 들어 있었다. 하지만 김 반장은 그것들이 정확하게 무엇을 의미하는지는 알 수가 없었다.

최초로 김 반장의 눈에 띄었을 때, 그것은 단순한 서류 봉투에 불과했다. 그러나 그것은 단순한 서류 봉투가 아니었다. 밀봉된 봉투 안에는 기밀문서로 보이는 것들이 들어 있었던 것이다. 하지만 발견된 장소에 비해 너무나 엉뚱한 것들이었기 때문에, 김 반장은 그것들이 직업소개소하고는 어울리지 않는다는 생각을 잠시 했을 뿐이었다.

그러나 그다음 김 반장의 시선을 끌었던 것은 소형 카메라 클램퍼였다. 표지에 '秘' 자가 찍힌 문서는 직업소개소와 전혀 어울리지 않았지만, 소형 카메라 클램퍼와 비밀문서 사본은 대단한 조화였다. 김 반장은 다시 한번 온몸을 내리훑는 긴장감을 느꼈다.

일을 끝낸 뒤는 오히려 허전했다. 긴장감이 사라지고 난 뒤, 그것을 대신해서 나른한 평화가 찾아왔다. 김 반장은 자물쇠 가게 주인을 돌려보낸 뒤, 신 경장과 함께 경찰서로 돌아왔다. 경찰서에는 각 부서의 당직 근무자들만 남아 있었다.

영문도 모르고 뒤따라갔던 신 경장 역시 긴장감과 나른한 평화가 교차하는 느낌은 김 반장과 다를 바가 없었다. 외사계의 빈 책상에 마주 앉은 두 사람은 한동안 말이 없었지만, 신 경장은 계속해서 김 반장을 노려보고 있었고, 김 반장은 신 경장의 그 눈빛에서 '도대체 어떻게 된 일이냐'는 질문을 읽어 내고 있었다.

"자, 일어서지. 지금 난 몹시 피곤해. 우리 목욕이나 하면서 얘기하자고."

김 반장이 먼저 일어섰다. 신 경장은 김 반장이 건네준 서류가방 위에 '촉수엄금'이라고 써서 사물함에 넣고는 따라 일어섰다. 그 가방 안에 무엇이 들어 있는지 살펴보고도 싶었지만, 신 경장은 참았다. 영장도 없이 용의자 사무실에 침입해서 물건을 훔쳐 냈다는 사실이 신 경장에게 당장의 큰 부담이었다.

이십 분 후, 그들은 목욕탕의 사우나실에 들어가 있었다. 김 반장은 온통과 냉탕을 번갈아 드나들면서 긴장을 풀었다. 온탕에서는 뜨거운 것을 몸이 눈치채지 못하도록 서서히 기어들었고, 냉탕에서는 집어던지듯 몸을 학대했다. 그 짓을 이삼 분 간격으로 계속하던 김 반장이 신 경장을 따라 사우나실로 들어선 것이다. 사우나실에는 그들뿐이었다.

"자넨 날 미워하기로 한 모양이군. 영등포에서부터 줄곧 아무 말이 없는데, 자네 나에게 무슨 불만 있나?"

신 경장은 그렇게 묻는 김 반장을 다시 한동안 노려보았다. 불빛이 약했기 때문에 김 반장 얼굴의 윤곽이 뚜렷하지 않았으나, 오히려 그것 때문에 신 경장은 자신의 의사 표현을 보다 분명하게 할 수 있었다. 그에게 화가 났다기보다 김 반장의 그 집요한 수사 의지에 신물이 났다고 표현해야 맞을 것이었다.

"도대체 어떻게 된 거죠? 지난 나흘 동안 제가 맥콜에게 당한 얘기를 해드릴까요?"

"미안하네."

김 반장은 천장을 올려다보며 딴청을 피우고 있었다. 그것이 더욱 신 경장의 부아를 돋우었다.

"나흘 동안 어디서 무엇을 했는지부터 말씀해 주시죠."

"물론 얘기해 주지. 어렵지 않네. 그런데 우선 그 화부터 좀 풀게."

"좋습니다. 화내지 않을 테니, 말씀하시죠. 어디서 뭘 하셨죠?"

"자넨 아직도 그 조사관 시절의 버릇을 고치지 못했군. 그러니까 외국 손님들이 외사계 경찰관이 불친절하다는 말을 하지 않나? 좋아, 얘기하지. 간단하네. 무대는 딱 한 군데. 영등포였네. 영등포 일대를 뒤지면서 나흘을 보냈지. 첫날은 저인망식으로 바닥을 훑었지. 그렇지만 성과가 전혀 없었네. 그 후 방법이 틀렸다는 것을 알았지. 그래서 이렇게 변신을 했네. 효과가 있더군. 성과가 있었네. 나흘째 되던 어제, 바로 그 직업소개소가 심상치 않다는 것을 알았지. 다른 데에 비해서 필요 이상으로 중무장을 하고 있었거든. 직업소개소가 그렇게 대단한 시건장치를 할 필요는 없잖나?"

"하나가 빠진 것 같은데요. 마포에는 왜 가셨죠? 마포에서 김 반장님을 본 사람이 있던데."

"아, 들켰군. 그러나 그것도 사실은 별일 아니었네. 사실 첫날 맥클로부터 전화를 받았는데, 특별수사대가 마포의 한 오피스텔에 있다는 것을 얘기해 주더군. 나는 그곳 상황이 궁금했네. 그래서 그곳으로 가서 요원 하나를 만났지. 내가 의정부에서 근무할 때 접촉이 있었던 군 수사대 요원이었어. 그뿐이었네."

"그러니까. 그쪽 상황을 염탐하러 가셨군요."

"염탐이라니. 말 함부로 하지 말게. 내가 가장 먼저 수사를 시작한 사건이니까, 그쪽에 도움이 될까 해서 찾아간 거지. 그러나 그쪽은 내 호의에 시큰둥하더군. 그렇지만 이제는 입장이 다르지. 그렇지 않나, 경장?"

그의 얼굴에 미소가 번졌다. 김 반장은 수사에 대한 자신감을 늘 그렇게 표현하곤 했다.

"자, 그러면 지금부터 다시 한번 정리해 볼까? 내 기억이 잘못됐다면 즉시 바로잡아 주게. 나는 사실 지금 내가 파악해 낸 상황이 어떤 상황인지 잘 모르고 있어. 그래서 한번 생각을 정리해 보고 싶네. 잘 들어보게. 우리는 먼저 한국에 출장 온 미국 관리를 대신해서 청소부 한 사람이 죽은 폭발물 테러 사건을 접했네. 이게 바로 사건의 시작이었지."

"사건의 시작이었다고요? 사건은 그것뿐이었습니다."

"천만에, 그건 사건의 시작에 불과했네. 계속 들어 보게. 곧 이해할 수 있을 테니까. 사건이 일어난 다음 날, 그러니까 모렝이라는 젊은 말레이시아인이 우리에게 인도될 때까지 상당히 복잡한 상황들이 벌어졌네. 사건이 일어나고 열 시간 동안이나 우리는 그것을 눈치채지 못했지만, 그건 분명히 복잡한 상황이었지. 우선 사건이 일어나자 즉각 보도 통제를 했고, 살벌했었지. 특별수사대가 구성된 것은 사건이 일어난 지 일곱 시간이나 흐른 뒤였어. 그런데 그로부터 세 시간쯤 후, 범인이 나무 상자에 아주 곱게 포장이 돼서 우리에게 보내졌네. 우리는 도대체 누가 왜 그랬을까, 그게 궁금했었지. 그러나 우리는 이 점에 대해서 아주 단순한 생각을 했었네. 당연히 우리와 같은 일을 하는 사람들, 존재는 합법적이지만 일은 합법적으로 하지는 않는 사람들이 모렝을 우리에게 보냈을 것이라고 생각했지. 그런데 우리가 바보였어. 구성된 지 세 시간 만에 특별수사대가 그런 일을 할 수 있다고 생각하나?"

"그건 지난번에 이미……."

"얘길 했었지. 그러나 확신할 수는 없었지. 그런데 지금은 확신할 수 있네."

"그걸 확인하러 마포엘 갔었군요?"

"맞아. 그걸 확인해 보고 싶었지."

"그렇다면 그들은 누구죠?"

"자넨 누구라고 생각하나? 그런 비밀스러운 사건을 단 열 시간 만에 해결할 수 있는 사람이. 세상에 어디에도 그럴 수 있는 수사력은 존재하지 않아. 테러를 위해 외국인까지 고용한 치밀한 계획을 세운 사건이 그렇게 맥없이 해결될 수는 없지. 그런데 딱 한 군데, 바로 그 외국인을 고용한 곳이라면, 바로 그 조직이라면 그럴 수가 있지."

"조직이라고요?"

"그래. 자넨 오늘 우리가 가져온 물건들을 보지도 않았는데, 그건 아주 대단한 것들이었어. 자네도 보면 놀랄 걸세. 꿩을 쫓다가 봉을 만난 셈이지. 어쩌면 그것들은 이번 테러 사건보다 더 중요한 것일지도 몰라. 따라서 윌리엄 피그먼 사건은 이제 시작에 불과하네. 그 직업소개소에서 모렝을 자동차 정비 공장에 소개를 했었다는 것을 확인했네. 나는 그들이 모렝을 고용해서 윌리엄 피그먼을 테러했을 것으로 확신하고 있네."

"그렇다면 이렇게 있을 때가 아니지 않습니까?"

"그래. 그렇지만 아직 그들은 우리가 자신들의 정체를 파악했다는 것을 눈치채지 못하고 있어. 내일 새벽, 그곳에 잠복하고 있다가 덮쳐도 늦지 않아. 그때까지는 좀 쉬게."

휴게실의 빈 간이침대에 가 누웠으나 잠을 이룰 수가 없었다. 신 경장은 계속해서 담배를 피워 댔고, 김 반장은 뜬눈으로 천장만 바라보고 있었다. 목욕탕 휴게실의 시계가 5시 반을 가리키기를 기다려 그들은 옷을 찾아 입었다.

김철진 옹의 아침은 다른 사람들에 비해 이른 편이었다. 그가 여의도의 집에서 영등포역 앞에 있는 한의원으로 출근하는 시간은 새벽 6시. 아침 식사를 거르고 한의원까지 걸어서 출근을 시작한 지 벌써 이십 년이 넘었다. 간염 때문에 고생했던 재작년

한 해만 빼놓고는 새벽 6시 출근을 지키지 못한 적이 없었다. 아흔을 넘기고도 이런 건강을 유지할 수 있는 비결이었다.

새벽 공기 역시 탁해서 상쾌한 기분을 느낄 수는 없었지만, 하루를 남보다 일찍 시작한다는 건 어쨌든 기분이 좋은 일이었다. 여생이 얼마 남지 않아서인지, 시간을 아껴 써야 한다는 신조도 날이 갈수록 굳었다.

아파트를 나설 때 아들이 운동복을 입고 먼저 나가는 것을 보았다. 그 숱한 친일 귀족들은 해방된 조국에서도 여전히 귀족다운 생활을 잘도 하더만, 왜 그는 그런 재주는 타고나지 못했는지. 큰 피해는 없었지만, 과거를 숨기고 변신하는 것이 둔해서 매국노 소리를 지천으로 듣고 견디어 왔었다. 그 바람에 이 땅에 함께 남은 아들의 가슴에 멍이 들게 했었다. 아들도 이제 초로의 나이에 접어들어 있었다. 다행히도 나이가 들면서 중심을 잡고 안정을 누리는 것 같아 마음이 놓였다.

한의원 계단을 오르던 김철진 옹은 방금 지나쳐 온 건물 입구에 서 있던 두 명의 사내를 돌아보았다. 그들도 노인을 보았으나 무심한 표정이었다. 그러나 김철진 옹에게는 그들이 예사롭게 보이지 않았다. 영등포 거리가 하루 중 가장 한가한 시간이었다. 밤새도록 북적거리다가 이른 아침이 되면 썰물 빠지듯이 사람들이 빠져나가고, 다시 출근 시간이 되기까지 거리는 비교적 한가했다. 그들이 노인의 시선을 끌었던 것도 바로 그 때문이었을 것이었다. 마침 그곳에 택시 승강장이 있었기 때문에 택시를 타려는가 생각도 했었지만, 앞에 빈 택시가 늘어서 있었다. 그들은 움직이지 않았다.

젊은 사내는 신문을 들고 있었고, 그보다 나이가 들어 보이는 사내는 곁눈질로 노인을 살피더니 딴청을 피웠다. 저들은 저곳에서 누굴 기다리는 것일까. 노인이 험난한 시대를 겪지 않았었다면 무심코 넘길 수도 있었을 것이었다.

그것 때문이었을까. 노인은 문득 아들의 사무실이 궁금해졌다. 계단 몇 개만 올라서면 아들의 사무실이었다. 아침 이 시간은 자스민차를 마실 시간이었지만, 뭔가 불길한 예감은 노인을 초조하게 했다.

아들의 사무실 철문은 놀랍게도 열려 있었다. 사무실 책상 서랍들 단정하게 닫혀 있었으나, 아들이 사용해 온 안쪽 방문 역시 자물쇠가 풀려 있었다. 지난밤 침입자가 있었던 흔적이었다.

황급히 한의원으로 돌아온 노인은 전화 수화기를 들었다. 다행히도 아들은 아침 운동을 끝내고 집에 돌아와 있었다. 노인은 다급한 목소리로 사무실에 도둑이 든 것 같으니 빨리 나오라고 말했다. 아들 역시 침착한 목소리가 아니었다. 노인은 두 번씩이나 똑같은 말을 반복했다. 하지만 아들은 그 후 한동안 말이 없었다.

노인은 수화기를 내려놓고 기다렸으나, 이미 도착할 시간이 지나서도 아들은 나타나지 않았다. 아들뿐만이 아니라 아들의 일을 거드는 박 군과 새로 온 젊은 직원, 그리고 여직원도 출근하지 않았다. 다시 집으로 전화를 했으나 아들은 이미 나가고 없었다.

9시 30분경. 건물 입구에서 보았던 두 명의 사내가 계단을 올라왔다. 노인이 문을 열고 앉아 있는 한의원을 잠시 들여다봤으나, 이내 3층으로 올라갔다. 노인은 계단참에서 사내들이 작은 소리로 투덜거리는 소리를 들었다.

그 시각 주한 일본 대사관 접견실.

JIC의 일본 담당 부장 권유민은 접시에 놓인 연두색 땅콩을 만지작거리고 있었다. 일본차茶와 함께 내온 와사비를 발라 구운 콩이었다. 일본 대사관의 일본인들은 한국인들에게 언제나 깍듯한 예절을 지켰다. 그러한 행동을 이중적 처세라고 폄하하는 사람들도 많았으나 권유민은 그렇게 여기지 않았다. 오히려 그렇게 하지 못하는 자신을 반성할 일이었다.

일본 외무성 내 경제통을 많이 배출한 것으로 유명한 릿쿄대立教大 출신인 후쿠다 참사관이 자료들을 찾으러 아래층으로 내려간 뒤, 권유민은 탁자 위에 놓여 있던 아사히신문을 집어 들었다. 글자만 일본 것이었지 판을 짜놓은 것은 한국 신문과 다를 바가 없었다. '상자 기사'의 내용도 한국 신문의 것과 크게 다를 바 없었고, 정치면 맨 아래쪽에 1단으로 처리된, 여적餘滴으로 쓰는 기사 또한 논조에서 글의 구성까지 한국 신문과 크게 다르지 않았다. 지명과 인명을 우리의 것으로 바꾸고 기사 또한 우리말로 번역을 해놓는다면, 그 모든 사건을 한국화하는 데 무리가 없어 보였다.

그것은 결코 낯설지 않았다. 그것은 낯선 신문이 아니었으며,

거기에 담긴 내용도 낯선 것이 아니었다. 그러나 권유민에게 일본이라는 나라는 낯설었다. '한국통'이라고 불리고 한국 정치에 대한 판단력이 한국 신문의 정치부장 수준이라고 일컬어지는 후쿠다 참사 역시 한국인의 옛 상처에 대해서 말을 할 때면 바보 같은 표정을 지었다. 제국주의 시대에 살지 않았던 일본인들은 그 시절 한국의 상처에 대해 말을 할 때 지나치게 조심스러워했다. 그들에게도 대한민국이라는 나라는 낯선 나라인 것이다.

"아이구, 이거 오랜만입니다, 권 형."

혀 짧은 소리이긴 하지만 유창한 한국어를 구사하는 가케 히데키였다. 한국어만 잘하는 게 아니라 그는 한국식 인사법까지 알고 있었다. 그는 무턱대고 허리를 90도로 굽히는 일본식 인사는 하지 않았다. 깍듯한 인사보다도 좀 허풍스럽게 너스레를 떠는 쪽이 더욱 친밀감을 느끼게 해준다는 사실을 그는 알고 있었다.

"오랜만이오, 히데키 참사."

"권 형이 아세안 업무 통합으로 일본 담당 부장이 되셨다는 얘기 들었습니다. 아무래도 서로 도움이 많이 필요하겠죠?"

"그럼요. 오늘도 후쿠다 참사 신세를 지고 있습니다."

히데키는 차가운 인상을 가졌으나 사람을 대하는 요령은 탁월했다.

"JIC에 대해서는 저희 정성이 아주 각별합니다. 그럴 수밖에 없죠. JIC와의 인연은 보통 인연이 아니지 않습니까? JIC가 하루에 처리하는 정보량이 무려 만 이천 건이라고 하더군요. 일본의 세계정경조사회와 비교를 한다고 해도 전혀 손색이 없어요. 정말 가슴이 뿌듯합니다."

JIC 창설 당시 일본의 도움을 받았었다. 세계정경조사회 구조를 그대로 베껴 왔다고 해도 과언이 아니었다. 히데키는 바로 그곳에서 한국의 JIC 창설을 도왔었다.

그러나 그의 뛰어난 처세는 역겨울 때가 있었다. 그는 적당히 견제하고 끌어당기는 화술과 상대방의 약점을 교묘하게 짚어 분위기를 장악하는 뛰어난 기술을 가지고 있었다.

그때 누군가 복도 쪽에서 히데키를 부르는 소리가 들렸고, 권유민은 그 목소리가 귀에 익다는 느낌을 받았다. 불쑥 문을 들어선 사람은 JIC의 부국장 민병선이었다. 그가 일본 대사관에 와 있다는 사실은 전혀 이상할 것이 없었다. 그러나 권유민과 시선을 마주친 다음 평정을 잃은 그의 태도는 분명히 정상은 아니었다. 눈이 마주쳤는데도 그는 끝내 외면했다. 히데키는 권유민과 부국장을 흥미롭다는 듯이 바라보았다.

히데키와 부국장이 나가고, 후쿠다 참사가 복사된 자료들을 들고 들어왔다.

"우리 부국장 여기 자주 옵니까?"

후쿠다의 대답은 명쾌했다.

"그럼요. 히데키 참사와는 단짝인걸요. 술도 같이 마시고, 골프도 하고. 목욕도 같이 다니고."

후쿠다는 천진하게 웃었다. 그러나 권유민은 웃을 기분이 아니었다. 부국장과 술을 마시고 골프를 쳤다는 사람을 여기 와서 딱 한 사람 만난 것이다.

"요즘 히데키 참사는 한국과 일본이 공동으로 제작하는 텔레비전 방송용 다큐멘터리를 기획하고 있어요. 역사물인데, 당신네 부국장이 거기에 도움을 주고 있는 것 같아요. 좋은 일이죠. 자, 여기 부탁하신 자료들이……."

후쿠다는 복사된 자료들을 내밀었다. 후쿠다가 부탁한 한국 자료들을 권유민이 구해 주는 대신 후쿠다는 권유민의 이런 부탁을 들어주게 되어 있었다. 그러나 자료들을 어느 수준까지 구해 주느냐 하는 것은 전적으로 자신들의 판단에 따랐다. 이러한 정보 교류는 공정한 거래였다. 후쿠다가 건네준 자료들은 일본의 보수 우익 단체와 관련된 사건 기록들이었지만, 그는 어디에 이용할 것인지에 대해서는 묻지 않았다. 그것은 이미 묵계된 것이었다.

마포의 특별수사팀은 반미 성향의 단체들을 사찰하는 한편 모렝의 신원 파악에 주력하고 있었다. 외무부에는 말레이시아 주재 한국 대사관에서 발급한 입국 사증을 조사해 주도록 협조를 구했고, 다른 한편으로는 동남아시아계 취업 브로커를 상대로 수사를 하고 있었다.

그러나 모렝의 신원 파악을 한다고 해도 사건의 배후를 밝히기는 어려울 것이었다. 팀을 이끌고 있는 계장 김화영도 그 사실을 잘 알고 있었다. 하지만 사건을 제대로 확실하게 마무리하기 위해서는 모렝의 개인 신상 파악은 중요했다.

사건을 뒤탈 없이 마무리한다는 것은 특별수사팀으로서는 대단히 중요한 일이었다. 현재로서는 그것이 최선이었다. 최초로 사건을 맡았을 때 위로부터 최단시간 내에 배후를 밝히라는 강력한 지시를 받았었다. 그러나 그 강력한 촉구는 불과 며칠 만에 사그라들었다. 아니, 불과 몇 시간이라고 말해야 옳을지도 모른다. 지휘 계통의 수사 의지가 식었다는 사실을 김화영이 안 것은 사건 발생 며칠 후였지만, 좀 더 그 사정을 자세히 들여다볼 수 있었다면 그것은 불과 몇 시간에 불과했다는 사실을 알 수 있었을 것이다. 정확하게 말한다면 모렝이 경찰에 인도되고 난 후 세 시간 동안 지휘 계통의 혼선이 있었다.

김화영이 명령 계통을 따라 판단하고 움직여 온 것은 이미 오래된 일이었다. 명령 계통이 바로 서 있었다면 김화영이 자신의 생각을 정리하는 데 그렇게 많은 시간을 소모하지 않았을지도 모른다. 직속상관인 과장으로부터 '배후를 밝히는 것보다도 모렝의 신원 파악에 주력'하라는 통보를 받기까지 여기저기 숱한 라인을 타고 산발적인 지시들이 한동안 쏟아졌었다.

그러나 그로부터 세 시간쯤 지난 뒤, 뭔가 위에서 갈팡질팡하고 있다는 느낌이 들었다. 명확한 지시가 없었다. 지시 라인이 숫제 입을 닫았다고 말하는 편이 정확할 것이었다. 하지만 이번 사건을 마무리해야 할 입장에 선 김화영은 자신의 행동선을 분명하게 그어 놓을 필요가 있었다.

사건을 비교적 명쾌하게 정리한 것은 미국 측 책임자인 코널 윌슨이었다. 그의 말대로 미합중국 상무부 관리가 통상 문제로 한국에 파견되었다가 피격된 이 사건은 단순히 사건 그 자체로만 본다면 한·미 관계에 치명적인 상처를 입힐 수도 있는 사건이었다. 최근 한·미 간의 통상 문제는 대단히 예민한 문제였다. 그런 면에서 윌리엄 피그먼은 특별한 의미를 갖는 미국인이었다.

그럼에도 불구하고 코널 윌슨은 두 가지 점에서 낙관적인 생각을 가지고 있었다. 첫째로, 그동안의 한·미 관계로 미루어봤을 때, 이번 사건이 너무도 엉뚱했다는 점이었다. 통상 문제로 다소 냉각된 분위기이긴 했지만, 그런 과격한 사건을 불러일으킬 만한 분위기는 아니었다. 따라서 이번 사건이 미국에 대한 한국인의 일반적인 정서를 대변했다고 볼 만한 근거는 어디에도 없었다. 둘째로는 범인이 외국인이었다는 점이었다. 범인이 한국인이 아니었다는 점은 결정적으로 우려했던 문제의 핵심을 희석시키고 있었던 것이다.

코널 윌슨이 이렇게 느슨한 판단을 하고 있는 점은 한국 측 입장에서 보면 대단히 고무적인 일이었다. 그러나 한국 측 입장에서는 누구도 그것을 입 밖으로 표현할 수는 없을 것이었다. 특히 김화영에게 '지금부터 하는 일은 뒷마무리를 깔끔하게 하는 것'이라고 대놓고 말해 줄 사람이 있을 리 만무했다.

그러나 김화영은 한 가지 강한 의문을 품고 있었다. 그것은 바로 어제 과장이 전한 한 정치인의 요구 때문이었다. 그의 요구는 '사건을 빨리 묻어 버리라'는 것이었다. 그가 이 사건에 관여할 이유가 없었다. 그는 상공위원회 위원도 아니었고, 외무위원회 소속 국회의원도 아니었다. 그는 전혀 엉뚱한 국방위원회 소속 국회의원이었다.

그는 현 정권의 실세 중 한 사람이었지만, 김화영은 좋지 않은 인상을 갖고 있었다. 삼 년 전 그는 일본 정치인들을 초청해서 요정 파티를 열고 그들의 기분을 맞추기 위해서 일본 노래를 불러 구설수에 오른 적이 있었다. 한때 그의 정치 자금이 일본에서 건너온다는 첩보도 있었다.

그러나 더욱 난해한 점은 과장이 그 요구에 걸맞은 구체적인 지시를 하지 않았다는 점이었다. 그가 그런 요구를 해왔으니 빨리 사건을 해결하라는 지시를 덧붙일 만도 한데 과장은 그냥 그의 말을 날것으로 전하고는 전화를 끊었다.

과장이 뭔가 남긴 것이 있다면, '왜 그 정치인이 그런 엉뚱한 주문을 해왔을까'라는 의문을 김화영에게 심어 준 것뿐이었다. 이쯤 되면 김화영은 직속상관의 심중을 헤아려봐야만 하는 것이다. 과연 과장이 원하는 것은 무엇일까? 무엇 때문에 전화를 걸어서 은밀하게 그런 얘기들을 했을까? 위로부터 받은 지시라면 상관으로서 명령만 하면 될 텐데 왜 그는 지루하게 그 정치인의 목소리까지 흉내 내면서 단순한 전달자 노릇만 했을까?

김화영은 창가에 선채 이미 식어 버린 커피를 들이켰다. 상념에 잠기기에는 창밖 풍경이 너무 어수선한 오후였다.

영등포역 앞에서 잠복근무로 하루를 보낸 김 반장과 신 경장은 그 시각 경찰서로 돌아와 있었다. 영등포경찰서의 협조를 받아 두 명의 경찰관과 교대한 그들은 허탈한 심정으로 영등포를 벗어났었다.

김 반장은 차 안에서도 말이 없었다. 말은 없었으나 운전하는 태도로 봐서 신경이 날카로워져 있다는 것을 알 수 있었다. 경찰서로 돌아와서도 김 반장은 입을 열지 않았다.

강력계 민 경장을 구청으로 보내 직업소개소의 사업자 등록 서류를 확인한 결과 소개소의 소장으로 등록되어 있는 김영목이라는 사람이 건물주의 아들이라는 사실까지 밝혀냈지만, 바로 그 아래층에서 한의원을 개업하고 있는 그의 아버지는 아들에 대해 아는 것이 거의 없었다. 그를 경찰서로 데려와 신문을 할까도 싶었지만, 그럴 필요는 없었다. 관내 경찰서에서 확인해 준 바에 의하면 그는 관내 유지였으며, 경찰에 거짓말을 하면서까지 숨길 그의 사생활이란 거의 없다는 것이었다. 그 역시 한때 경찰의 사찰 대상이었던 것이다. 그러나 담당 정보과에서도 그의 아들 김영목에 대해서는 아는 것이 없었다.

김 반장은 경찰서로 돌아온 즉시 김영목의 사무실에서 가져온 기밀문서들을 확인하기 시작했다. 하나같이 '秘' 자의 스탬프가 찍혀 있긴 했지만, 기관 명칭은 적혀 있지 않았다. 다만 '秘' 자와 함께 찍힌 문장은 눈에 익은 것이었다. 페가수스를 닮은 말[馬] 문장이었다.

"이제 끝났군."

김 반장은 길게 한숨을 내쉬며 말했다. 그러고는 마주 앉아 문서를 뒤적이던 신 경장을 향해 쏘아붙였다.

"그렇게 마구 만지지 말게. 자네도 조사받고 싶나?"

신 경장은 놀란 표정으로 문서에서 손을 뗐다.

"끝났다니, 무슨 말씀이시죠?"

"이제 이 사건은 우리 손을 떠났네. 이건 경찰이 관여할 문제가 아니야. 정보과에 연락하게. 그쪽에서 특별수사팀에 연락을 해줄 거야."

김 반장은 허탈한 표정을 지었다.

그러나 정보과에서는 김 반장이 직접 특별수사팀에 연락하기를 원했다. 특별수사팀이 구성된 후로 공식적으로는 경찰이 간여하지 않기로 되어 있던 사건이었다. 정보과에서도 여러 차례 김 반장에게 그와 같은 사실을 상기시켜 준 일이 있었다.

"좋아. 더 이상 방패 노릇은 안 하겠다는 얘기군."

그때 전화벨 소리가 울렸다. 수화기를 집어 든 신 경장은 당혹스러운 표정을 지었다. 그는 수화기 부분을 움켜쥐고 조그맣게 말했다.

"맥클인데, 화가 나 있어요. 어떻게 하죠?"

"아직 나를 만나지 못했다고 해."

"왜죠? 수사에 진전이 있었잖습니까?"

김 반장은 간곡하게 다시 말했다.

"제발 그렇게 하게, 경장."

"또 당하란 말입니까? 못 합니다."

김 반장은 다가와 신 경장의 멱살을 쥐었다. 그는 정말 화가 났다는 표정을 지어 보였다.

"그렇게 말하지 않으면, 난 지금 자네 목을 조를지도 몰라."

신 경장은 '졌다'는 제스처로 김 반장을 밀쳐 냈다. 그러고는 김 반장을 아직 만나지 못했다는 말을 수화기에 밀어 넣었다. 그러고는 다시 말할 겨를이 없었다. 맥콜이 "한국 경찰은 그렇게 연락 없이 며칠씩 사라져도 괜찮냐" "당장 윗사람에게 연락을 해서 물고를 내놓겠다" "실망했다" "염병할" 등을 지껄여 대기 시작했기 때문이었다.

수화기를 내려놓은 신 경장의 인상이 험악해졌다.

"그렇게 노려볼 것 없네."

"그나마 수사에 진전이 있었잖습니까? 왜 얘길 하면 안 된다는 거죠?"

"이것들을 보게. 자넨 이것들이 아무렇게나 공개되어도 괜찮다고 생각하나?"

김 반장은 책상 위에 놓여 있던 기밀문서들을 가리켰다.

그로부터 삼십 분 후, 특별수사팀의 김화영은 강남경찰서의 김철규 반장이 내놓은 기밀문서를 보고 경악에 가까운 표정을 지었다.

"이게 도대체 어떻게 된 거죠?"

"간단히 말씀드리자면, 모렝이 사건 당시 근무했던 자동차 정비 공장을 찾아냈습니다. 그리고 그 정비 공장에 모렝을 소개했던 직업소개소를 찾아냈죠. 바로 그 직업소개소 금고에서 발견된 것들입니다."

이어서 김 반장은 다시 사건을 맨 처음 접했던 상황에서부터 기밀문서를 발견하게 되기까지 비교적 상세하게 털어놓았다. 김화영은 잠시 불쾌하다는 표정을 지었다.

"경찰에서는 이 사건에서 손을 뗀 걸로 알고 있는데요?"

"물론 처음엔 그랬습니다. 그렇지만 이 사건을 맨 처음 접한 건 우리였고……."

"알겠소. 하지만 우리였다면 그 친구들을 놓치지 않았을 겁니다. 그에 대한 책임을 지시겠습니까?"

"책임을 묻는다면 저희로선 피할 길이 없겠죠. 그러나 김 계장께서 그런 상황에 직면했다면 어떻게 하셨겠습니까? 그러니까, 심증은 있지만 물증을 확보하지 못한 상태, 그러나 목전에 혐의점을 가진 사람을 두고 있는 상황에서 김 계장이라면 손을 떼고 다른 수사 기관에 사건을 이첩할 수 있었겠습니까?"

김화영은 더 이상 김철규 반장에게 책임 추궁을 하고 있을 입장이 아니라는 것을 깨달았다. 기밀문서에 찍힌 문장은 합동정보위원회 JIC의 페가수스 문장이었다. 그러나 다행히도 기밀문서에는 기관의 명칭이 씌어 있지 않았다.

"이 시간부로 김 반장께서는 이 문서에 대해서는 기억을 못하시는 겁니다. 협조해 주시겠죠?"

"알겠습니다."

김화영은 일어서서 김 반장에게 손을 내밀었다.

"어쨌든 고맙습니다. 필요한 게 있으면 연락드리죠."

김철규 반장이 방을 나간 뒤 김화영은 멍하니 한강을 내려다보았다. 한강을 내려다보는 동안에도 그의 마음은 어수선했다. 다만 한 가지 분명하게 짚여오는 것은 이 사건이 '뒷마무리를 깔끔히 하는 것'으로 끝날 사건이 아니라는 점이었다. '적당히 묻어버릴 사건'은 더욱 아니었다.

김화영은 책상 위에 놓여 있던 전화기를 당겼다.

이날 밤 가케 히데키는 오랜만에 야행夜行을 했다. 모렝이 희생되던 날 밤 이후로 처음 있는 일이었다. 따로 인사동 근처에 하숙을 정해 놓고 있었지만, 그는 특별한 일이 없으면 대사관에서 비상용으로 빌려 둔 호텔을 이용했다. 호텔을 이용하는 것이 행동반경을 넓히는 데 비교적 제약이 적었다.

새벽 2시. 거리는 한적했다.

새벽 2시의 가케 히데키는 전혀 다른 성격의 인물이 되어 있었다. 지킬 박사와 하이드 씨처럼 그의 변신은 놀라운 것이었다.

검정색의 두툼한 오버를 입은 그는 어둠에 투영된, 말 그대로 그림자에 불과했다. 그를 확인할 수 있는 곳은 하얗게 빛나는 인조 대리석의 보도블록 위 뿐이었다.

큰길에는 아직도 택시를 잡기 위한 사람들이 눈에 띄었으나, 종로의 뒷골목으로 들어서자 인적이 끊겼다. 거기에서 그는 두 명의 사내를 만났다. 십 분 전 그에게 전화를 걸어왔던 사내는 다소 흥분한 모습이었다. 두툼한 솜 점퍼를 입은 사내는 심하게 떨고 있었다.

김영목의 조직이 노출되었다는 얘기를 하는 동안 사내는 공포에 사로잡혀 계속해서 말을 더듬었다. 그는 아주 순진한 연락책이었다.

그러나 가케 히데키는 침착했다. 사내가 지껄여 놓은 얘기들은 실로 충격적인 일들이었으나, 그는 덤덤하게 받아들였다. 그에게는 시간이 필요했다. 당장 아무것도 결정할 수가 없었다.

'대륙혼'의 망령

JIC 일본 담당 부장 권유민은 오랜만에 한가한 시간을 가졌다. 지난 일주일 동안 국장이 지시한 일본의 우익단체와 관련한 정보 수집 계획을 세우느라 그는 매우 바빴었다. 그것은 결코 간단한 일이 아니었다. 물론 쉽게 할 수도 있었을 것이었다. 공식 정보기관에 협조를 요청해 방대하게 모을 수도 있었다. 그러나 권유민은 극히 기초가 되는 자료 외에는 의뢰하지 않았다. 국장의 태도로 봐서 어쩌면 지극히 사적인 정보활동이 될지도 모른다는 생각 때문이었다.

일본 대사관을 통해 얻어온 자료들은 대개 2천년대 이후 자료들이었다. 대동아공영권을 위해 활동했던 단체 중 지금까지 활동하고 있는 단체도 있었다. 그들의 행동 강령은 그 당시의 것과 크게 다르지 않았다. 행동 강령이 바뀌지 않았다는 것은, 지난 1세기 동안 그들의 목표가 수정되지 않았다는 것을 말해 주는 것이었다. 다만 그들은 자중하고 있었을 뿐이었다. 가끔 자신들의 생각을 언론을 통해 말하기도 했지만, 그것은 어디까지나 온건한 의견 제시일 뿐이었다.

일본 지역에 설정해 둔 세 개의 안테나숍은 최근 그들의 변화를 알려 줄 것이었다. 이들 안테나숍은 기존의 안테나숍과는 그 내용상 판이했다. 우선 본부에서 파견된 주재원이 전혀 없다는 것이 가장 특이했다.

권유민은 최근 기존의 안테나숍에서 일했던 유능한 협조자 한 사람을 은밀하게 한국으로 불렀다. 그의 조부는 동경유학생 학우회의 일원이었고, 1919년 조선기독교청년회관에서 독립선언 실행 방침이 논의되던 당시 핵심 인물이었던 것으로 알려져 있었다. 그 후 그의 부친 역시 1942년 『성서 조선』 사건으로 피검됐던 기독교도 중 한 사람이었다. 그의 조부와 부친의 삶은 그에게 막대한 영향을 끼쳤다.

그는 무려 이십 년 동안이나 정보기관의 협조자로 일해 오고 있었다. 그의 경험은 다양했다. 한때 CIA의 협조자로 일하기도 했었고, 홍콩 특별국의 정보원으로 활동하기도 했었다. 한때 일본의 한 종합상사에 고용되어 유럽에서 산업 스파이로 일한 부끄러운 경력만 제외한다면 정보원으로서 손색이 없는 인물이었다.

그는 권유민의 이번 제의를 흔쾌하게 받아들였다. 그가 일본으로 떠난 지 사흘째 되던 날 보내온 활동 계획서는 대단히 만족할 만한 것이었다. 도쿄와 교토, 오사카 세 곳의 안테나숍에 배치된 아홉 명의 정보원들은 그의 수족과 같이 움직일 수 있는 인물들이었다. 그는 그들을 가리켜 '자신의 입속에 든 혀'라고 표현했었다.

국장은 이번 일을 JIC 내부에서조차도 비밀로 하기를 원했다. 만약 이 계획이 밖으로 누설되었을 경우 자신에게 쏟아질 비난 때문일 것이었다. 아직 아무도 일본 우익 단체들의 활동에 대해 적대감을 가질 만한 정보를 갖지 못했다. 더구나 그들은 지난 반세기 동안 북한을 견제하고 남한을 지지해 온 '우리 편'이었다. 일본의 우익 단체들은 한국에도 상당한 동조 인맥을 가지고 있는 것으로 알려져 있었다. 더러 지일파로 분류되는 한국의 정객들 중에도 그들의 입장을 옹호하는 사람들이 있었다. 그리고 그들 중 극히 제한된 일부이긴 하지만 지한파 인물로 한국 편에 서서 일본의 정가에 입김을 불어넣는 거물급도 있었다. 권유민은 지난 일주일 내내 살얼음을 밟는 기분이었다.

권유민은 망중한을 즐기기 위해 방을 나섰다. 5층에는 한강을 내려다볼 수 있는 전망이 좋은 간부들의 휴식 공간이 있었다.

호화스러운 플러시 카펫이 깔린 이 방은, JIC 창설 당시 운영기금을 제공한 재벌 기업 총수들로 구성된 운영위원회가 쓰던 방이었다. 그들은 이 방에서 JIC가 수집한 정보들을 나누어 가졌다. 그러나 일 년 후, JIC의 정보를 그들이 독점하는 데에 대한 전경련 회원사들의 강력한 반발이 있었고, 정부의 중재로 운영위원회는 곧 해체되었다.

널찍한 공간에 놓인 다섯 조의 가죽 소파와 잔잔한 음악은 늘 권유민의 마음을 넉넉하게 비워냈다. 권유민은 창가에 놓인 소파에 몸을 내려놓고 등을 기댔다.

블로흐의 「기도」가 첼로의 선율을 타고 흘렀다. 모사드의 카트사(정보관)로 이름이 알려진 키브츠라는 사람은 자신이 위기에 처했을 때마다 구원해주었던 것이 바로 블로흐의 「기도」였다고 말했었다. 신에게 드리는 간절한 기도. 신이 들을 수 있는 기도란 어떤 것이냐는 질문에 블로흐는 첼로의 선율로 답하고 있었다. 인간이 만들어 낼 수 있는 가장 간절한 선율로. 한강에는 따뜻한 겨울 오후의 햇살이 어지럽게 부서지고 있었다. 평안한 오후였다, 그가 나타나기 전까지는.

"여어, 권 부장. 오랜만이군."

뜻밖의 틈입자, 부국장 민병선이었다. 권유민에게 그는 유쾌한 상대가 아니었다. 그러나 직접 보고할 사안이 많지 않았기 때문에 자주 만나는 사이는 아니었다. 하지만 그저께 일본 대사관에서 봤지 않은가. 오랜만이라는 말은 그저 버릇처럼 나왔을 것이라고 생각했다. 권유민은 반쯤 누워 있던 자세를 고쳐 앉는 것으로 인사를 대신했다.

"차 한 잔 할까? 이봐 정 군. 나도 커피 한 잔 주지."

간부들의 휴식을 돕는 정 군이 물러가자, 부국장은 권유민의 맞은편에 앉았다.

"나 여기 좀 앉아도 되겠지?"

"아, 그럼요."

"요즘은 무슨 일을 하나? 늦게까지 방에 불이 켜져 있던데. 바쁜가 보지?"

"일본 담당으로 부서가 통합된 후에 업무 파악을 아직 제대로 못 했습니다. 그래서……."

"그날은 미안하게 됐네. 나도 일본 대사관에는 자주 가지. 얻어올 것이 더러 있거든. 그리고 그 친구…… 그 친구 이름이 뭐였더라?"

"후쿠다……."

"아니, 후쿠다가 아니고…… 그렇지, 가케 히데키. 그 친구 참 똑똑한 친구더군."

맙소사. 권유민은 순간적으로 부국장이 감추려 하는 것이 무엇인지 알 수 있었다. 그날 부국장은 권유민 앞에서 히데키와 함께 사라졌었다. 그리고 후쿠다 참사는 부국장과 히데키가 단짝이라고 말했었다. 권유민은 그날 히데키를 부르면서 들어서던 부국장이 자신을 발견하고 당황해하던 표정을 떠올렸다.

"일본 담당 부장이라. 책임이 막중한 자리에 앉았군. 일본은 흡인력이 대단한 나라가 됐네. 이제 세계는 일본을 빼놓곤 아무런 일도 할 수가 없어. 어쨌든 축하하네."

"고맙습니다. 부국장님께서 많이 도와주십시오."

"물론이지. 미국은 이제 아시아에서는 일본을 위해 들러리나 설 뿐이지."

부국장은 그렇게 말했다. 권유민은 입에서 쓴맛을 느꼈다. 그러나 권유민을 바라보는 부국장의 얼굴에는 미소가 어려 있었다.

"일본에 관한 정보라면 내가 도움을 줄 수 있을 걸세. 일본의 내각 정보 조사실에 접촉할 수 있는 선이 있네. 훌륭한 정보 제공처지. 언제든지 말만 하게. 연락해 줄 테니까. 난 자네를 돕고 싶네."

이럴 때 황송하다는 표정을 지어야 상대가 좋아할 것이었다. 그러나 권유민은 그런 표정을 지을 수가 없었다. 무표정하게 입을 열어 답례를 했다.

"고맙습니다."

"일본에 대한 우리의 시각이 너무 경직되어 있어. 그게 문제야. 우리는 이제 21세기에 들어서 있네. 과거에 집착하면 발전을 할 수가 없지. 이제 일본을 인정해야 한다고 생각하네. 특히 북한과 동맹 관계에 있는 중국을 견제하려면 더욱 일본의 힘이 필요하지. 제 발등에 떨어진 불 때문에 정신이 나가 있는 미국에만 매달려 있을 이유가 없다고 생각하네. 미국은 지금 초조해하고 있어. 미국이 통상 문제로 일본을 압박하고 있지만, 사실 일본만 압박하고 있는 것이 아니야. 아시아 전체에 대한 압박이지. 옐로우 페릴, 황색 공포감. 그들이 하던 말 아닌가? 그들은 지금 불안해하고 있네."

부국장은 탁자 위에 놓여 있던 찻잔을 들어 입으로 가져가며 이마에 주름살을 만들었다.

"17세기 문호 개방 이래 일본은 전통적인 서구 콤플렉스에 빠져 있었지. 그래서 그걸 극복하느라 20세기까지 3세기 동안 서구의 일원이 되기 위해 몸부림을 쳤네. 미국과 유럽에 엄청난 투자를 해가면서 백인종의 줄에 서려 애를 썼지. 그런데 왜 실패한 줄 아나? 그건 바로 피부 색깔만큼이나 다른 문화적 배경 때문이었네. 문화적으로 유대감을 느끼지 못하는 관계는 늘 삭막하지. 일본과 협상 테이블에 앉은 미국이 '권투 글러브를 끼고 씨름을 하는 것과 같다'고 투덜거렸다는데, 말을 바꿔 그때 일본의 심정은 이랬겠지. '살바를 차고 권투를 하는 것과 같다.' 미국의 어느 군사 전문가는 '미국이 동아시아 지역 분쟁을 방지하는 중재자로서 한계가 있다'고 했네. 그 이유가 뭔지 아나? '이 지역에서 정치적 중재자 노릇은 할 수 있을지 몰라도 문화적 중재자 역할은 할 수 없기 때문'이라는 것이지. 문화적 유대감, 나는 이게 21세기 외교의 밑돌이라고 생각하네. 그런 의미에서 최근 일고 있는 동아시아 연대 의식은 대단히 고무적인 현상이지. 한국과 일본과 그리고 중화권의 문화적 유대감은 분명히 21세기의 세계를 변화시킬 거라고 믿네."

동아시아 연대 의식. 생소한 말이었지만, 한번 들으면 잊어버릴 수 없는 말이었다. JIC 부국장이 이런 말을 하다니. 권유민은 식어 버린 찻잔에 시선을 고정시킨 채로 호주머니를 뒤졌다. 담배를 피워 물고서도 권유민의 시선은 여전히 찻잔에 가 있었다.

"이미 아시아 연대는 현실적으로 상당히 진척되어 있네. 동남아시아 지역의 아세안 그룹과 인도차이나의 바트 경제권, 중국의 연안성시를 포함한 화남 경제권, 양안 경제권, 환環황해 경제권, 두만 경제권, 발해 경제권. 이런 소지역 경제권들이 이미 실질적으로는 일본의 엔화 영향력 아래에 있네. 어떤 사람들은 바다로 가로막혀 하나로 묶기 어려울 것이라고 하던데, 사실은 그렇지가 않아. 이들 소지역권 주요 도시 간 비행 거리는 멀어야 두 시간이지. 앞으로 상호 의존도는 더욱 커질 것이네. 동아시아가 연대해서 이제 아시아인들도 힘을 좀 써야 하지 않겠나?"

대동아공영권의 부활인가. 권유민은 시선을 창밖으로 돌렸다. 한강에는 여전히 겨울 햇살이 부서지고 있었다. 한가롭게 유람선이 떠 있었고, 강남 쪽 둔치에서 날린 연이 하늘을 날고 있었다. 부국장은 일어서서 권유민에게로 다가왔다. 그리고 그의 손은 권유민의 어깨에 얹혔다. 따뜻하고 부드러운 느낌. 권유민은 그에게 이런 여유가 있었던가 싶었다.

"언제 시간 내서 저녁이나 함께하지."

권유민은 이로써 JIC를 이끌고 있는 수뇌부 두 실세 국장과 부국장의 시각차를 분명하게 느낄 수 있었다. 그들의 시각차는 앞으로 JIC에 닥쳐 올 시련을 예고하고 있는 것이기도 했다. JIC 창설 당시 일본의 세계정경조사회의 도움을 받았다. JIC가 정경조사회와 유사하게 지구촌에 흩어져 있는 종합상사 지부 지사를 통한 정보 수집 체계를 갖게 된 것도 그 때문이었다. 실제로 JIC 창설 당시 일본의 현역 정보 전문가들이 직접 참여하기도 했었다.

그러나 실제 활동에 있어서는 미국 정보기관의 도움을 많이 받고 있었다. 따라서 같은 정보를 분석하더라도 미국 측 시각에서 분석하는 경우가 많았다. 동북아시아 지역의 미군 주둔 문제에 관련한 것이나 북한의 핵 문제는 물론이고 미국과 이해관계가 얽혀 있는 것은 거의 미국 측 입장에 충실했다.

협상이 결렬 위기에 봉착해 있던 우루과이라운드 협상이 '곧 타결될 것'으로 분석됐던 보고서, 북미자유무역지대(NAFTA) 창설도 '미국이 폐쇄주의 정책을 쓰려는 것이 아니고, 아시아 태평양 경제권을 하나로 묶기 위한 전 단계 전략인 것'인 것으로만 강조되었던 보고서, 러시아의 경제는 늘 파탄 지경이었고, EC 통합 역시 원만한 통합 쪽으로 부추겨 주기보다는 EC 회원국 사이의 분열상만 강조되었던 보고서들을 권유민은 기억하고 있었다.

그 시각, 정동貞洞의 한 안가에서는 특별수사팀의 김화영 계장과 그의 상관인 신유식 과장, 그리고 JIC의 제1부 국내 담당 부장 전성길이 만나고 있었다. JIC의 보안 담당 전성길은 침통한 표정이었다.

강남경찰서 김철규 반장이 영등포 직업소개소 금고에서 찾아 들고 온 비밀문서는 모두 다섯 건이었다. 그중 두 건은 '마샬 계획Ⅱ'라는 제목을 달고 있었고, 나머지 세 건 중 두 건은 '아시아 안보 포럼 창설에 관련한 보고서', 그리고 한 건은 한국 내에 정치적 영향력을 가지고 있는 미국인 로비스트 명단이었다. 전성길은 그것들이 모두 JIC에서 유출된 기밀문서인 것을 확인했다.

'마샬 계획Ⅱ'는 동서 냉전이 끝나자 가장 먼저 꿈틀거리기 시작한 두만강 유역 개발과 관련된 문서였다. 두만강 유역은 한반도와 러시아, 중국의 국경이 마주하고 있는 동북아시아의 핵이라고 해도 과언이 아닐 것이었다. 중국은 만주 개발 계획을 세워

놓고 있었고, 러시아는 극동 시베리아 개발 계획을 세우고 있어서 두만강 유역은 차세대 동북아 경제권의 관문인 셈이었다.

여기에 가장 군침을 흘리고 있는 나라가 바로 '환일본해環日本海 경제권'을 구상하고 있는 일본이었다. 일본은 2차 대전 후 미국이 유럽에 그랬던 것처럼, 방대한 생산 능력과 과잉 자본의 배출구로서 두만강 지역을 탐내고 있었다. 일본은 중국과 한국에 앞서 개발권을 선점하려 하고 있는 것이다. 그에 대한 대응책을 마련한 것이 '마샬 계획Ⅱ'였다.

'아시아 안보 포럼 창설에 관련한 보고서'는 최근 군사 강국으로 부상하고 있는 일본의 움직임을 주목해 작성된 문건이었다. 일본은 최근 지역 안보 협력 기구를 창설하자는 주장을 하고 있었다. 아시아 지역 안보 협의체 구상에는 다자간 안보 협의체를 구성하여 아시아 안보 문제를 독점적으로 장악하고 있는 미국의 장악력을 와해시키려는 의도가 있었다. 물론 미국은 이에 대해 분명하게 반대했다. '아시아 안보 포럼 창설과 관련한 보고서'는 이에 대해 반대하는 한국과 미국의 긴밀한 협의 사항이 담겨 있는 비밀 문건이었다.

'아시아 안보 포럼 창설에 관련한 보고서'와 미국인 로비스트 명단은 신유식 과장과 김화영 계장을 자극하기에 충분한 문건이었다.

"이것들이 모두 JIC에서 유출된 것이라는 얘기죠?"

신유식 과장이 물었다.

"그렇습니다."

JIC의 전성길 부장은 짧게 대답했다.

"그렇지만 이 문서들이 모두 JIC에서 작성된 것은 아니었습니다."

김화영 계장이 나섰다. 그랬다. '마샬 계획Ⅱ'는 JIC에서 작성된 것이었지만, 문제가 되고 있는 나머지 두 건은 국가정보국에서 작성한 것으로 일선 정보기관의 필요에 따라 배포된 것들이었다. 그것들 역시 1급 기밀문서였다.

전성길 부장은 말없이 고개만 끄덕여 보였다.

"자, 그러면 사건을 한번 정리해 보죠. 김 계장?"

신유식 과장은 김화영을 바라보았다.

"알겠습니다. 그러니까 지금으로부터 한 달 전, 윌리엄 피그먼이라고 하는 미 상무부 관리가 강남의 한 콘도미니엄 주차장에서 테러를 당했습니다. 다행히 윌리엄 피그먼은 화를 면했지만, 청소부 한 사람이 목숨을 잃었습니다. 그로부터 열 시간 후, 범인이 경찰에 넘겨졌습니다. 범인은 말레이시아 국적을 가진 불법 체류자였습니다. 그러나 누가 범인을 경찰에 넘겼는지에 대해서는 밝혀지지 않았습니다. 그 후 경찰은 모렝이 근무했던 자동차 정비업소와 그를 그 정비업소에 소개했던 직업소개소를 찾아냈습니다. 바로 그 직업소개소를 수색하는 과정에서 사무실 금고 안에 있던 이 비밀 문서들이 발견된 것입니다."

신 과장은 문서를 들어 보이며 말했다.

"그러니까 이것들이 시사하는 바가 굉장하군. 테러가 단순한 테러가 아니라는 것. 알 수 없지만 그 뒤엔 상당한 조직이 있을 것이라는 추론엔 이견이 없겠지?"

"그들은 분명한 목적을 가지고 있고, 또한 오랫동안 계획해 왔을 것입니다. 조직 또한 방대할 것이고요."

"반미 단체도 아니고, 북한을 위해 일하는 좌익분자들의 소행도 아니라면, 도대체 이들은 뭐야?"

"그게…… 지금 단계에서는 말씀드리기는 뭣하지만……."

"뭐지?"

신유식 과장이 김화영 계장을 다그쳤다.

김화영 계장은 한동안 머뭇거렸다. 그가 갑자기 태도를 바꾸었기 때문에 신유식 과장과 JIC의 전성길 부장은 덩달아 긴장하지 않을 수 없었다.

"확신할 수는 없습니다만……, 이 기밀문서들이 모두 일본과 관련이 있다는 점입니다. 다시 말하자면 이 기밀문서들이 누군가에게 도움을 준다면, 그것은 일본이라는 것이죠."

"일본의 짓이란 얘긴가? 이건 위험한 얘기군."

"'일본의 짓'이라고는 확신할 수 없습니다. 그렇지만 일본의 목표에 도움을 주기 위한 조직이 했을 가능성이 높다는 것입니다. 일본의 종합상사 직원이 산업 스파이로 기소된 사례들은 수도 없이 많습니다. 얼마 전 영국의 브리티시 석유 기밀문서 반출 사건, 범인은 일본의 이토추 상사 영국 법인 금속 부문 책임자였습니다. 수개국어에 능통한 도쿄 법대 출신의 초엘리트 사원이었죠. 일본 유수의 종합상사 간부 사원이 산업 스파이로 기소가 됐습니다. 그가 빼낸 기밀 서류는 특수 펌프에 관련한 것이었는데, 그것은 이번 사건에서 유출된 기밀문서에 비하면 정말 하찮은 것들이었습니다. 정리를 해서 말씀을 드리자면, 전문적인 첩보 기관이 아니라 할지라도 얼마든지 이런 일은 가능하다는 것입니다."

신유식 과장은 머리를 끄덕였다.

"특히 JIC는 일본의 종합상사들과 접촉이 빈번하지 않습니까? 그렇죠, 전 부장?"

신유식 과장의 말에 전성길 부장은 낭패한 표정을 지었다.

"그렇지만 기밀문서를 보여주진 않습니다."

전성길 부장의 표정이 일그러졌다.

"미안합니다. JIC를 의심하고 싶지는 않습니다. 그렇지만 JIC의 누군가가 이번 사건에 관여하고 있다는 사실은 부인하지 않으시겠죠?"

잠시의 침묵. 전성길은 착잡한 심정을 가눌 길이 없었다. 그는 JIC내에서 국내 정보분석팀을 이끌고 있었지만, 기밀문서를 관리하는 보안 책임도 함께 지고 있었다. 그러나 JIC 직원이라면 거의 모두가 기밀문서를 취급할 수 있는 자격이 있었다. 위원회 건물 안에서라면 누구든지 기밀문서를 열람하고, 필요한 기간 동안 보관할 수 있는 것이다.

"그렇습니다. 제가 생각하기에는 분명히 JIC의 누군가가 그 서류들을 외부로 유출시켰을 것입니다. 이 서류에 찍혀 있는 위원회 문장이 그걸 말해 주고 있어요. 그러나 이번 사건이 단순한 기밀문서 유출 사건이 아니라는 사실에 주목하고 싶습니다. 누군가 미국 관리를 테러했습니다. 뉴스가 보여 준 청소부의 죽음은 아주 참혹했습니다. 단순히 죽이기 위해서라면 그렇게까지 하지는 않았을 것입니다. 이것은 어느 한 개인의 증오심이 일으킨 범죄가 아닙니다. 조직이라면 대단히 이성적으로 계산했을 것입니다. 따라서 뉴스에서 보여 준 그 참혹한 장면은 기획된 것이라고 보아야 할 것입니다."

"보여 주기 위한 것이다? 분노를 자아내기 위해?"

"분명히 말씀드리지만, 우리가 접촉하는 일본 종합상사 직원이나, 그 밖에 우리에게 협조하는 일본인들이 그런 참혹한 사건을 저질렀을 가능성은 전혀 없습니다. 그들이 미국인에 대해 증오심을 가질 만한 이유도 없고, 그런 엄청난 일을 저질러서 주목받아야 할 아무런 이유도 없을 것입니다. 만약 그들에게 필요한 것이 있었다면 그것은 기밀문서였겠죠. 결코 미국인의 목숨은 아닐 것입니다. 따라서 이번 사건은 좀 더 과격한 어떤 지하조직이 저질렀을 것이라고 봐야 할 것입니다."

"지하조직이라……."

신유식 과장은 의자에 앉은 채로 몸을 뒤로 젖혔다. 끔찍한 일이었다. 그는 무려 이십오 년 동안 정보기관에서 근무해 왔지만, 누군가를 폭발물 위에 앉혀 날려 버리는 끔찍한 계획을 세운 지하조직을 상대해 본 일이 없었다.

그러나 만약 전성길 부장 말대로 이번 사건이 알 수 없는 지하조직에 의한 것이라면 신유식 과장은 새로운 각오를 해야 할 것이었다.

"그렇겠군. 일본 종합상사 직원이었다면, 이 문서들이 직업소개소에서 발견되었을 리가 없지. 그렇지만 그 직업소개소는 직업소개소로 위장한 지하조직의 한 거점이었다고 봐야겠지?"

"그렇습니다."

김화영 계장이 대답했다.

"그런데 그들은 어떤 목적을 가졌을까? 훈련된 첩보 기관이 했다고 보기에는 너무 엉성하고, 산업 스파이 정도의 종합상사 직원이 저지른 것으로 보기에는 너무 과격하단 말이지? 그런데 이건 뭔가?"

신유식 과장은 기밀문서에 첨부되어 있던 확대된 지문指紋을 들어 보였다.

"그건 문서에서 채취한 지문인데…… 확인해 본 결과 이 사건을 담당했던 경찰관의 것들이라고 하더군요. 기밀문서에서 발견된 지문은 그것 두 조뿐이었습니다."

김화영 계장이었다.

"놀랍군. 어떻게 지문이 이것뿐일 수가 있나?"

"아마 기밀문서를 발송해 온 쪽에서 미리 지운 것으로 생각됩니다. 그리고 직업소개소에서 발견되었을 당시에는 밀봉된 상태였습니다."

"그렇다면 직업소개소는 단순한 전달자 역할이었다는 것인가? 직업소개소에서는 그것이 무엇인지 알지 못했을 수도 있겠군."

"그렇습니다."

"그렇다면 JIC 내부에서 수사하는 것이 맞겠지. 아니, 수사라기보다는 조사라고 해야겠죠?"

신유식 과장은 전성길 부장을 바라보면서 의미 있는 미소를 지었다. 국내의 정보기관 가운데 수사권이 없는 유일한 곳이 JIC였다. 그것 때문에 가장 방대한 조직 체계를 가지고 있으면서도 '권력 기관' 노릇은 할 수가 없었다. 그 사실에 대해 가장 안타까워하는 부서가 바로 제5부였다. 그들은 실질적으로 수사기관과 같은 역할을 하고 있었으나, 수사권이 없었다. 따라서 보호막이 없는 위험한 일들을 더러 해야 하는 경우도 있었다. JIC의 정보에 대해 견제 심리를 가지고 있는 기관의 입장에서 보자면 그것은 꼬집어보고 싶은 최대의 약점일 것이었다.

"JIC 내부를 조사하는 일은 전성길 부장께서 맡아 주시겠습니까?"

예상대로였다. 그것이 전성길을 이 자리에 불렀던 이유였을 것이다.

"그렇게 하겠습니다."

전성길은 착잡한 심정을 누르며 그렇게 대답했다.

"특별수사팀은 외부에서 전 부장을 지원하고……, 그리고 그 직업소개소를 집중적으로 추적해 보도록 하지. 더 나올 것이 있을지도 모르니까."

"알겠습니다."

"자, 그럼 끝냅시다."

세 사람은 자리에서 일어섰다. 안가의 작은 뜰에는 겨울이 아직 완강한 모습으로 버티고 있었다. 북쪽으로 면한 담 아래에 잔설이 남아 있었고, 그 곁에 앙상한 가지만 남은 활엽수 한 그루가 을씨년스럽게 서 있었다.

"아 참, 부국장 크렘린 민병선 씨께서는 잘 계시오? 내가 따로 전화를 걸어 협조를 구하겠지만, 만나면 안부 좀 전해 주시오."

신유식 과장이 뜰로 내려서면서 전성길 부장에게 손을 내밀었다. 다시 그가 덧붙였다.

"그 친구, 군 수사대 시절 내 동기요."

"전해드리겠습니다."

크렘린 민병선 씨라. 정말 잘 어울리는 별명이군. 신유식 과장이 내민 손을 잡으며 전성길 부장은 그렇게 생각했다.

그 시각 주한 일본 대사관. 가케 히데키의 심정은 착잡했다. 오랜만의 밤 외출은 그의 생활을 헝클어 놓기에 충분했다. 하부조직 하나가 노출된 사실은 그에게 적지 않은 부담을 안겨주고 있었다. 하지만 밤의 일을 밤으로 돌려놓는 데는 비교적 무리가 없었다. 어둠의 일은 어둠 속에서만 해결한다는 것이 그의 신조였다.

따라서 그가 지금 추진하고 있는 기마민족 정복설 프로젝트 '일본 열도에 흐르는 대륙혼'에 관련한 일은 그 영향을 거의 받지 않고 있었다. 그것은 그가 낮에 하는 일이었다.

히데키 참사는 계획했던 대로 그의 후배인 하타 야츠키의 마음을 움직이는 데 어느 정도 성공을 한 것 같았다. 하타 야츠키를 황련단의 일원으로 만드는 데는 오랜 시간이 걸릴 것 같지는 않았다. 만약 야츠키를 포섭하는 데 성공한다면 히데키는 좀 더 자유롭게 활동할 수 있을 것이었다.

히데키는 우선 이번 일부터 야츠키를 활용할 생각을 가지고 있었다. 어쩌면 야츠키는 이번 일에 동참을 함으로써 황련단의 일원으로 활동하는 데 필요한 정신적 배경을 갖게 될지도 모를 일이었다. 그것이 히데키가 바라는 일이었다.

"선배님."

야츠키였다. 계동에 있는 광보문화원 2층 자료실에 막 들어서려던 히데키는 한쪽 구석에서 신문철을 뒤적이던 야츠키를 만났다. 다른 동료들에 비해 그들은 상당히 친숙한 관계를 갖게 되었다. 히데키의 집요한 공략 때문이었지만, 야츠키는 아직 그것을 눈치채지 못하고 있었다.

"여어, 야츠키. 뭘 하나, 거기서?"

"이번 주 신문 스크랩을 게을리했더니 빠진 게 있어서요."

훤칠한 키에 지적인 용모를 가진 야츠키 역시 한국어를 완벽하게 구사했다. 그는 도쿄대에서 중국어를 전공했으나, 본국에서 파견되기 전에는 일 년 동안 한국어를 익혔고, 파견된 후로도 연세대학교 학당에서 열심히 익힌 덕분에 발음상의 약점을 제외한다면 그가 구사하는 한국말은 흠잡을 데가 없었다.

"웬일이십니까, 여기는?"

야츠키가 덧붙여 물었다.

"음, 이번 일에 필요한 영상 자료를 좀 얻을까 하고. 스폰서를 설득하는 데 자료가 너무 빈약해서 말이야. 말로만 해서는 설득력이 너무 약하거든."

"우연히 이번 주 사업 승인 내역을 봤습니다만, 그런데 이번 일은 아직 기획서 결재조차 안 됐더군요. 어떻게 된 거죠?"

야츠키는 의아스럽다는 듯이 히데키를 바라보았다.

"그래. 아직 내 수중에 있지. 아무에게도 말하지 않았네, 자네 빼곤."

"아, 그렇군요. 그것도 모르고 저는……, 하지만 누구에게도 말하지 않았습니다."

야츠키는 계면쩍은 표정을 지어보였다.

"그래? 고맙네. 그렇지만 말해도 괜찮아. 언젠가는 알려질 테니까. 그리고 이번 일은 기밀을 요하는 사업도 아니고……, 그저 일·한 친선을 위한 것이지. 일 한 관계가 좀 더 대중적으로 접근되려면 대중 매체를 통한 교류가 있어야 한다고 생각한 거야. 얼마 전 일본의 한 프로덕션과 한국의 국영방송사가 프로그램 독점 방영권 계약을 맺었다더군. 정말 바람직한 일 아닌가? 이번 일도 크게 다르지 않네. 일본과 한국에서 동시에 방송될 수 있는 다큐멘터리를 만들자는 것이지. 공동의 관심사를 가지고……."

히데키는 컴퓨터 단말기를 두들겨서 영상 자료 목록을 찾았다. 그리 많지 않은 자료였으나, 도움이 될 만한 것이 있는지 확인해 보기 위해서였다.

"자네 일 아직 멀었나?"

"아뇨. 이제 막 끝났습니다."

"그러면 좀 기다리지. 내가 차 한 잔 살 테니."

예상대로 쓸 만한 자료는 없었다. 그러나 어쩌면 도움이 될지도 모른다고 생각된 중국 만주 지역 고고학 자료와 한반도 북단의 한사군漢四郡에 관련된 짧은 뉴스 자료 몇 개를 목차만 확인해 메모했다. 오래전 NHK에서 방송했던 다큐멘터리와 그에 앞서서 뉴스 시간에 스파트로 소개되었던 3분짜리 영상 자료였다.

그때 히데키의 시선을 끄는 메모 한 장이 있었다. 두툼한 목록책 사이에 끼어 있었던 것이었다. '倭人(왜인)들의 고향'이라고 연필로 휘갈겨 씌어 있었다. 왜인들의 고향이라고? 이게 뭐지. 전혀 짐작이 가지 않는 건 아니었지만, 이런 것이 자료실에 있으리라고는 생각하지 못했던 것이다. 색인 번호가 적혀 있었으나, 목록에서는 눈에 띄지 않았던 것으로 봐서 그것은 제목이 아닐 것이었다. 다시 목록책의 색인 번호를 찾아보니 '中國史料(중국사료)'라고만 되어 있었다. 히데키는 메모지에 색인 번호를 적어 들고 일어섰다.

"그게 뭐죠?"

야츠키가 물었다.

"잠깐만 기다리게."

잠시 후, 영상 자료실에서 나온 히데키의 손에 베타 맥스 테이프 하나가 들려 있었다.

"이거 한번 보겠나? 거기 좀 앉지."

낡은 재생기에 테이프를 집어넣으며 히데키는 손가락으로 소파를 가리켰다. 야츠키는 상기되어 있는 히데키의 표정을 놓치지 않았다.

모니터에 떠오른 것은 한자로 쓰인 책자였다. '漢書地理志(한서지리지)'라는 자막이 붙어 있었으나, 내레이션은 없었다. 영상의 색조가 선명하지 않은 걸로 봐서 방송용 카메라로 찍은 것은 아닐 것이었다. 8mm 소형 카메라로 찍어 베타 맥스로 옮긴 것이 분명했다. 자막의 글씨도 조악스러웠다.

그러나 모니터에 떠오른 일본어 자막만은 선명했다.

'낙랑樂浪의 해중海中에 왜인이 있고, 갈라져 백여 나라가 된다. 그들은 세시歲時를 가지고 오거나, 헌견獻見을 하기도 한다.' 히데키는 영상에 떠오른 글자들을 풀이해서 읽었다.

카메라 다루는 실력이 능숙하지 못했던 탓인지 영상에 떠오른 글자들이 심하게 흔들렸다. 책을 넘겨 가면서 찍기도 하고, 히데키가 읽어 내렸던 글자들을 내리훑기도 했으며, 문장 전체가 다 보일 수 있도록 촬영한 부분도 있었다.

낙락의 해중이라. 왜인이 있었던 곳이 낙랑의 해중이라면 어디를 두고 하는 말일까. 그러나 히데키의 그 궁금증도 곧 풀렸다. 그것을 해명하는 자막이 다시 떠올랐기 때문이었다.

'그 후세 사람들이 일본 열도로 온 것은 확실하다. 하지만 『한서漢書』가 말하고 있듯이 당시 왜인의 거주지를 일본 열도로 한정하는 것은 불합리하다. 가령, 평양시에 군치君治가 있던 낙랑군에서 생각해 보면 그 해중에 왜인이 있다는 것은 일본 열도를 지칭하는 것이 아닐 것이다. 낙랑의 남쪽이라고 할지라도 거기에는 3천 리에 달하는 조선 반도가 있고, 그 서해안과 남해안에는 수많은 섬들이 있는데, 그 즐비한 섬들을 지나 북규슈만을 왜인들의 거주 지역으로 국한하는 것은 옳지 못하다. 따라서 '해중에 왜인이 있다'고 말하지만, 그곳은 낙랑에서 그리 멀지 않은 곳임이 분명하다. 『한서』에 '조선이 해중에 있다'는 기사가 나오는 것으로 봐서 '해중'이라는 중국 사서의 표현이 꼭 바다를 건너야 하는 곳을 말하는 것이 아님을 알려 주고 있다.'

"이게 도대체 무슨 말이죠? 그렇다면 우리 조상이 조선 땅, 그러니까 한반도에 살았다는 말입니까?"

야츠키가 의아한 표정을 지었다. 이해를 못 하겠다는 얼굴이었다.

"신사고新思考가 따로 없지. 야츠키, 세상에는 많은 진리가 선입견에 가려져 있다네. 우선 고정관념을 버리는 것이 중요하지."

영상에서 자막이 사라지자, 이번에는 다른 글자체의 책이 떠올랐다. '山海經(산해경)'이라는 자막이 나왔다. 이번에도 역시 페이지를 넘기면서 찍기도 하고, 접사 촬영을 한 것도 있었다. 글자가 선명히 떠오르자, 히데키는 '정지'버튼을 눌렀다.

'蓋國在鉅燕南(개국재거연남), 倭北(왜북), 倭屬燕(왜속연).'

"개국은 대연국 남쪽, 왜의 북쪽에 있다. 왜는 연국에 속한다."

히데키는 그것들을 다시 풀이해서 읽었다. 역시 모니터에 자막이 펼쳐졌다.

'현재의 지도에서는 어디에 개국蓋國과 대연국鉅燕이 있었는지 알 수가 없다. 그러나 종래의 설에 의해 추측해 보면, 왜의 위치는 크게 두 곳으로 말할 수 있다. 첫째, 연국이 현재의 중국 하북성이고, 개국은 산동성 북부라고 볼 때, 그 남쪽에 있는 왜는 산동성 남부에서 강소성 지역에 이르는 어딘가에 있었을 가능성이 크다. 또 하나의 해석은 『산해경』의 첫머리에서 말하고 있듯이 대연국이 동북의 모퉁이에 있었다고 한다면, 왜의 위치는 하북성의 연에 가장 가까운 요녕성의 북서부, 혹은 내몽고 동부라고 볼 수 있는 것이다. 일본에서는 옛날의 '왜'를 북규슈로 보고, '개국'을 현재의 한국이라고 보는 설이 있지만, 이것은 『산해경』의 내용으로 볼 때 설득력이 약하다.'

"어, 이거. 그렇다면 옛날 우리 조상들이 대륙에 있었다는 얘기 아닙니까?"

야츠키는 도저히 방 안의 침묵을 견딜 수가 없었다.

"그렇다네. 우리는 본래 섬사람들이 아니라 대륙에서 철기문명을 일으킨 기품 있는 기마민족이었다는 얘기지. 어떤가, 놀랍지 않나?"

비록 『한서지리지』의 해석이 다소 억지스러웠고, 『산해경』 역시 현지 조사에 의해 쓰인 것이 아니라 설화 투의 관념적인 사서史書라는 점에서 작위설이 파다한 터였지만, 히데키에게는 대단한 역사적 근거였다.

그는 중요한 자료를 얻은 셈이었다. 이미 본국에서 보내온 자료에도 언급이 되어 있었던 내용이었지만, 직접 확인할 수 있었다는 것이 수확이라면 수확이었다.

"우리 일본 민족은 결코 일본 열도에 갇혀 살 민족이 아니네.

이 사실을 역사가 말해 주고 있어. 그렇지만 이것을 아는 사람은 그리 많지 않지. 일본 사람들에게도 알리고, 세계에도 알려야 하지 않겠나?"

모니터에는 자막이 정지되어 있었다. 왜인의 고향이 중국 산동성 남부의 강소성 지역이거나, 요녕성 북서부 혹은 내몽고 동부 지역이라는 사실. 기품 있는 대륙의 기마민족 왜倭. 야츠키의 가슴도 비로소 더워지기 시작했다. 이것이 바로 히데키가 기획하고 있는 '일본 열도에 흐르는 대륙혼'이라는 다큐멘터리에 담길 내용이었다.

광보문화원을 나섰다. 날씨가 많이 풀려 있었다. 그런 탓인지 거리의 사람들 표정도 밝았다.

히데키가 야츠키를 데리고 간 곳은 인사동의 작은 찻집이었다. 골동품 가게들이 즐비하게 들어선 인사동 거리가 야츠키에게는 낯설지 않았다.

찻집 내부도 맷돌이나 갓, 장승 같은 것들로 장식되어 있었다. 흐르는 음악은 클래식이었지만, 전혀 이질감이 느껴지지 않았다.

"나는 이곳이 좋네. 향수가 느껴지거든. 그런데 자네는 일본의 보수 우익 단체들에 대해서 어떻게 생각하나?"

히데키는 다짜고짜 그런 질문을 던졌다. 야츠키는 갑작스러운 질문에 당황한 얼굴이었다.

"글쎄요. 그들이 군국주의 시대의 사고방식을 고집하는 것은 시대착오적이라는 생각이 들어요. 하지만 어느 사회나 그런 집단이 있게 마련이죠. 그래야 균형이 이뤄지지 않겠습니까?"

히데키는 못마땅하다는 표정을 지었다.

"자넨 늘 정답만 말하는군. 요즘 우리 젊은이들은 열정이 없어. 그게 마음에 들지 않아. 나 역시 신세대지만 이제 우리의 생각은 달라져야 한다고 생각하네. 물론 군국주의 시대로 되돌아가자는 것은 말이 안 되지. 그러나 일본이 이제 뭔가를 해야 할 때가 됐다는 생각은 들지 않나? 세계에서 두 번째로 큰 경제 대국 일본이 지금 뭔가 하지 않는다면 지구촌은 더 이상 희망이 없지. 우리도 이제 입을 열어 말할 때가 됐다고 생각하네."

그때 뒤쪽에서 쪽발이 어쩌고 하는 소리가 들렸다. 잔잔한 음악에 섞여 히데키의 말이 거기까지 간 모양이었다. 일본어를 사용하고 있으니, 일본 관광객 정도로 생각한 모양이었다. 야츠키는 갑자기 자리가 불편해졌다. 그들이 더 이상 공격적인 태도는 취하진 않았으나 야츠키는 괜히 불안했다.

"신경 쓰지 말게. 저 사람들은 우리가 한국어를 알아들을 수 없다고 믿기 때문에 저렇게 말하는 걸세. 만약 지금이라도 우리가 한국어를 사용한다면, 우리가 일어서기 전에 저들이 먼저 나갈 걸세. 저들은 생각보다 뒤가 무르지."

처음에는 정겹게 느껴지던 나무 의자가 갑자기 불편하게 느껴지기 시작하고, 차 향기도 싹 가시는 기분이었으나, 히데키는 전혀 아무렇지도 않다는 표정이었다. 관음죽을 심은 커다란 화분이 사이에 가려 있어서 그나마 다행으로 여겨졌다.

야츠키는 다시 하던 얘기로 되돌아갔다.

"그렇지만 일본은 지금 세계정세에 막강한 영향력을 행사하고 있지 않습니까?”

“돈의 위력으로는 그렇지. 하지만 그게 궁색해 보이잖나? 한국의 경제력은 우리에 비해 많이 뒤지고 있지만, 외교 면에서는 거의 차이가 나지 않거든. 이걸 가지고 불공평하다고 말하면 비난을 받게 되겠지. 하지만 태평양 전쟁이 끝난 지 반세기가 지났는데도 일본은 아직 죄인 취급을 당하고 있잖나? 그리고 말이 나왔으니 말인데, 태평양 전쟁의 책임이 일본에만 있다고 봐서는 안 되지. 백인들이 아시아를 점령해 오는 와중에 일본은 아시아를 그들로부터 지켜야겠다는 생각을 한 거지. 백색 인종들이 황색 인종의 세계를 먹어치우도록 구경만 할 수는 없는 것 아닌가? 그렇잖나?”

야츠키는 도대체 히데키가 하고 있는 말이 무엇을 의미하는지 종잡을 수가 없었다. 히데키는 말꼬리를 올려 야츠키에게 질문하는 투로 말했지만, 결코 대답을 요구하는 질문은 아니었다. 그러나 야츠키는 무슨 말로든 그 질문에 대꾸를 해줘야 할 것 같은 강박감에 사로잡혔다. 야츠키는 식어 버린 찻잔을 집어 들었다.

다시 뒤쪽의 남자가 ‘더러운 쪽발이’라고 말했다. 술이 좀 과했다 싶었다. 그를 상대하는 남자는 그를 진정시키려 애를 쓰고 있었으나, 그 역시 혀가 말려 있었다.

“나는 지금의 사정도 크게 다르다고 생각하지 않네. 지금의 세계정세는 태평양 전쟁 직전과 너무나 닮아 있어. 미국의 어떤 학자는 태평양 전쟁 이후 지금까지를 일본과 미국의 휴전 기간이었다고 보더군. 이제 미국과 소련의 동서 냉전이 끝나면서 그 휴전도 끝났다는 거지. 이미 경제 전쟁은 시작되지 않았나? 경제 전쟁은 정치적 대립을 불러올 것이고, 그걸 정치적으로 풀지 못한다면 군사 분쟁으로 이어지겠지. 태평양 전쟁도 그렇게 돼서 일어난 거 아닌가? 미국이 최근 싱가포르에 제7함대 기지를 두려 했던 이유가 뭔지 아나? 명목상의 이유는 필리핀의 수빅만과 클라크 공군 기지를 잃어 군사 전략 거점이 상실됐기 때문이라고 둘러댔지. 그러나 그보다 더 현실적인 이유는 싱가포르가 호르무즈 해협에서 일본을 잇는 최단 루트의 생명선이라는 사실을 알기 때문이야. 그곳이 바로 일본의 목줄이거든. 목줄을 누르고 있는 한 일본은 기가 죽어 지낼 수밖에 없잖나?"

그 점은 야츠키도 공감하는 부분이었다. 야츠키는 고개를 끄덕여주었다. 그것은 세계정세에 조금이라도 관심이 있는 사람이라면 누구나 가질 수 있는 보편적인 인식이었다. 다만 그것에서 위기의식을 느끼게 되기까지 민감성의 차이는 있을 것이었다. 국제간의 우호 관계를 믿는다는 것이 얼마나 위험한 것인지를 깨닫게 해주는 일면이었다.

"미국은 일본의 동맹이지. 세계는 그렇게 믿고 있네. 하지만 중국을 견제하는 도구로서 그렇지. 그들은 이미 일본에 대해 우호적이지 않네. 1973년, 석유 파동이 일어났을 때 미국은 일본에 대해 많은 걱정을 해줬지. 그런데 1990년 사정은 전혀 달랐잖나? 페르시아만 위기 때 일본에 필요한 석유의 60%가 움직이는 호르무즈 해협을 전략적으로 통제하면서도 전혀 배려해 주지 않았거든. 미국은 냉정하게 일본의 입장을 무시했지. 우리는 지금 이 시점에서 태평양 전쟁 직전 미국이 일본의 해양 공급선을 차단했던 일을 상기해야만 한다고 생각하네. 일본도 이제 힘을 길러야 할 때가 온 거야. 힘을 기르려면 일본은 우선 아시아 경영에서 성공을 해야 하지 않겠나?"

아시아 경영이라고? 야츠키는 마음속으로 그런 반문을 해봤지만, 여전히 히데키의 말에 반론을 펼 마땅한 논리를 찾을 수가 없었다. 그러나 야츠키의 가슴으로 고여 드는 것은 반론을 펼 수 없다는 낭패감보다 외교관으로서 세계정세에 너무 둔감했다는 자책이었다.

"지금 일본의 보수 우익 단체들은 그 점에 대해 많은 노력을 하고 있네. 그들의 그런 태도는 오히려 진보적이지. 나도 그들과 생각이 같다네."

"선배님도 생각이 같다고요?"

"생각만 같은 게 아니라, 내가 외교관으로서 뭔가 선택해야 할 상황이 된다면 바로 그 점을 염두에 둘 걸세."

히데키는 그저 덤덤한 표정으로 말했으나, 야츠키에게는 상당한 충격을 안겨다 주었다. 어쩌면 당연한 태도인지도 모를 히데키의 자세가 이토록 위태롭게 느껴지는 것은 무엇 때문일까. 야츠키는 잠시 혼돈을 느꼈다.

늘 검정색 양복에 흰 와이셔츠만을 고집하는 '소나' 가케 히데키. 그만큼 그는 색깔이 분명했다. 그의 탁월한 정보 수집 능력과 정보 분석력. 그리고 한국 정가와 언론계 학계에 이르기까지

구석구석 끈끈한 인맥을 가지고 있는 가케 히데키. 다소 불안한 감은 없지 않았지만, 야츠키는 외교관으로서의 그를 믿을 수밖에 없었다.

"그런데 선배님 결혼은……?"

히데키는 대답 대신 소리 내어 웃었다.

"갑자기 웬 결혼인가?"

야츠키는 정색을 하고 되묻는 그의 반응에 머쓱해졌다.

"이제 결혼을 하셔야 안정이 되실 것 아닙니까?"

"글쎄. 결혼도 해야겠지. 어디 좋은 사람 없나? 그런데 갑자기 그 얘길 하니까 배가 고프군. 어디 가서 뭘 좀 먹지."

히데키가 먼저 일어섰다.

관음죽 화분에 가려 있어서 앉아서는 쪽발이 운운하던 사람들을 볼 수 없었으나, 일어서서 보니 취객이 분명했다. 히데키는 계산대로 가려다 말고 그들에게 다가갔다.

"실례지만, 담뱃불 좀 빌려주쇼."

유창한 한국어. 다소 시비조로 그렇게 말한 히데키를 올려다 보는 그들의 당황한 표정. 엉거주춤 반쯤 일어서서 두 손에 공손히 든 성냥을 내미는 취객 하나. 대학생쯤 되었을까. 젊은 사람들이었다. 술에 취하긴 했으나 겉보기에는 선량해 보였다.

찻집에서 나서자마자 야츠키는 낄낄거리는 기묘한 웃음소리를 냈다.

"그 친구들 혼이 났겠는데요."

"그게 재미있나?"

"재밌잖아요? 얼마나 놀랐겠어요. 한국말을 모르는 일본인으로 알았다가……."

그러나 히데키의 표정은 굳어 있었다.

"바로 저게 일본이 넘어야 할 벽이지. 아시아 지역에서 일본은 저런 벽들을 숱하게 넘어야 해. 저걸 넘지 못하면 일본은 아시아 경영에 실패할 수밖에 없지. 야츠키, 자네는 한국에 근무하면서 아시아 속의 일본이 외롭다는 생각 안 드나? 아시아에는 심정적으로 일본의 편을 드는 나라는 거의 없다고 봐도 과언이 아니지. 일본에 우호적인 나라들도 사실은 일본이 가지고 있는 돈과 기술 때문에 가깝게 지내려 할 뿐이야. 그러나 그들은 일본을 시기하지. 만약 일본이 벼랑에 서서 한눈을 팔고 있다면 그들은 주저 없이 밀어 버릴 걸세. 아직 원한이 풀리지 않았거든."

히데키는 우울해 보였다.

"그러나 일본은 그것에 굴복해서는 안 되네. 왜곡된 근대사가 우리를 괴롭히고 있지만, 언젠가는 그것을 해명할 수 있는 날이 오겠지. 미국이 쓴 도덕책을 보고 길들여진 아시아인들을 깨워야 하네. 아시아는 결국 일어날 걸세. 난 그날이 올 것이라고 믿고 있지. 우리 당대에. 나는 그날을 기다리네. 물론 일본은 지금보다 훨씬 겸허해져야 하겠지. 그리고 목적의식을 가져야 한다고 생각하네. 목적을 위해서는 작은 희생을 감수할 수 있는 결단력도 필요하지. 그래서 우리는 이걸 '투쟁'이라고 부르고 있지. 우리는 지금 투쟁하고 있는 거야."

야츠키는 다시 눈을 커다랗게 떴다.

"우리라고요? 그게 누구죠?"

"곧 알게 될 걸세."

히데키는 다시 입을 열지 않았다. 야츠키는 갈피를 잡을 수가 없었다.

싱크탱크

JIC 국내 담당 부장 전성길은 이튿날 아침 서류 유출 사건과 관련한 특별수사팀과의 협의 내용을 국장에게 보고했다. 전성길의 보고를 들은 국장 역시 어두운 표정이었다. JIC 창설 이래 이런 불미스러운 사건은 처음 있는 일이었다.

정보기관에서 분석된 정보 자료들이 유출된다는 것은 위험한 일이었다. 정보가 날것으로 유출되는 경우는 더러 있었다. 그러나 그것으로 인해 관련 기관에 피해를 주는 일은 거의 없었다. 날것으로 유출된 정보라면 그것은 단순한 손실일 뿐이었다. 하지만 분석되어서 정보의 활용 방안이 명시된 보고서라면 그것은 이미 JIC만이 일이 아니었다.

"철저하게 조사를 하게. 그러나 비밀리에 해야겠지."

"알겠습니다."

국장은 이미 꺼져 버린 시가를 물고 있었다. 침을 잔뜩 묻힌 채로. 그는 비교적 깔끔한 성격이었다. 일도 그렇게 했지만, 몸을 단정하게 하는 것도 그런 성격 때문이었다. 하지만 최근 국장은 깔끔하지 않았다. 그렇다고 성격이 바뀌어 수더분해졌다고도 말할 수 없었다. 갑자기 형색이 초라해졌다고 말하는 편이 옳은 표현일 것이었다.

"그래, 조사는 어떻게 할 텐가?"

"우선 문서들을 대출해 간 사람들부터 살펴볼까 합니다. 그러나 큰 기대는 할 수가 없습니다. '마샬 계획Ⅱ' 경우는 이미 관련 기업들에 제공된 것이고, '아시아 안보 포럼 창설에 관련한 보고서'는 다섯 개 부서에서 대출해 간 것으로 확인이 됐습니다. 대출 인원수는 무려 열세 명이었습니다. 미국인 로비스트 명단 역시 삼 년 전에 작성된 것이라 언제 유출되었는지 확인하기가 쉽지 않을 것 같습니다."

국장은 못마땅하다는 표정을 지었다.

"미국인 로비스트 명단 따위를 만든 이유가 뭐지? 미국 정부에 영향력이 있는 인사들의 명단이라면 우리 기업들에게 필요하겠지. 그렇지만 한국 정부에 영향력이 있는 미국인 로비스트 명단이 도대체 왜 작성이 됐었는지 모르겠군."

"그건 아마 정보국에서 작성했을 것입니다."

"그런데 왜 거기에 JIC의 문장이 찍혀 밖으로 나도나? 이해할 수가 없구먼. 이런 따위로 일을 하려면 차라리 사표를 쓰는 게 맞지."

국장은 한동안 신경질적인 반응을 보였다.

전성길은 예의가 바른 사람이었다. 국장 앞에 부동자세로 서서 그의 짜증을 무리 없이 견디고 있었다. 그러나 국장의 태도를 이해할 수 없었다. 그는 결코 짜증을 부릴 사람이 아니었다. 그는 부하들을 책망할 때 늘 엄격했었다. 신경질을 부리는 일은 없었던 것이다. 엄격한 것과 신경질을 부리는 것은 다른 것이다. 근엄했던 사람이 어느 날 갑자기 신경질을 부리기 시작했다면 그것은 무엇을 의미하는 것일까. 전성길은 갑자기 자신이 리듬을 깬 국장을 불안한 마음으로 주시하고 있었다.

이미 꺼져 버린 시가는 몽당연필처럼 국장의 입술에 물려 있었다. 짓씹어 놓은 끝이 그가 말을 할 때마다 조금씩 드러나 보였다.

"그런데 일본 얘기는 또 뭐지?"

"아, 그건……, 만약 그 문서들이 누군가에게 도움을 주었다면, 그 수혜자는 일본일 것이라는 견해입니다. 하지만 아직 확증은 없습니다."

"좋아. 이 사실은 자네와 나만이 아는 것이네. 철저히 비밀로 하게. JIC 내부에 그런 인사가 있다면 그를 꼭 잡아야 하네."

"알겠습니다."

대답은 그렇게 했지만 전성길의 마음은 답답했다. 지금으로선 '그'가 손들고 나서지 않는 이상 찾아낼 도리가 없었다.

이미 직업소개소를 경찰이 덮쳤으니 아무리 비밀로 한다고 해도 조사에 착수한 사실이 문서 유출자에게 알려질 것은 뻔한 일이었다. 그러나 철저하게 그를 기만할 수 있는 역공작이 가능하다면 승부수가 전혀 없는 것도 아니었다.

"그리고 그 기밀문서들, 특히 아시아 안보 포럼에 관련한 보고서 말일세. 그걸 대출해 간 사람들 명단을 보고 싶구먼."

"알겠습니다. 퇴근 전에 보실 수 있도록 하겠습니다."

"아니야. 내일 보겠네. 오후에는 빌어먹을 파티가 있거든."

국장 방에서 나와 자신의 사무실로 돌아간 전성길은 우선 문제의 서류들을 대출해 간 열세 명을 1차 수사 대상자로 분류하고, 명단을 정리해 서랍 깊숙이 간직했다.

그에게는 덫을 준비할 시간이 필요했다.

같은 시각, 강남경찰서 김철규 반장은 경찰서 내 컴퓨터실에 있었다. 문제의 그 영등포 직업소개소에서 가져온 컴퓨터 디스켓 때문이었다. 기밀문서들은 특별수사대에 넘겼지만, 그 컴퓨터 디스켓들은 아직 그의 수중에 있었던 것이다.

윌리엄 피그먼 사건에서 손을 털었다고 생각했었다. 이미 자신의 손을 떠난 사건이었으므로 김 반장은 더 이상 그 사건에 골똘할 필요가 없었다. 그러나 그의 집요한 수사 근성은 운명적인 것이었을까. 아침에 출근해서 서랍을 열었을 때, 거기에서 그 디스켓들을 발견한 것이다. 운명이 그의 집요한 근성에 다시 불씨를 당겨 주었다. 그것을 보는 순간 아랫배로부터 뜨거운 기운이 치솟아 올라왔었다. 그는 그 기운에 쫓겨 그것들을 들고 컴퓨터실에 온 것이다.

그러나 다섯 장의 디스켓 중 석 장은 아직 사용하지 않은 공디스켓이었다. 김 반장이 컴퓨터실의 노처녀 황 순경에게 가져간 것은 파일 이름이 적혀 있는 두 장의 디스켓이었다. 김 반장은 그 두 장의 디스켓에 잔뜩 기대를 걸고 있었다.

하지만 황 순경의 말은 그를 실망시켰다.

"이거 빈 건데요."

황 순경은 김 반장의 상기된 얼굴을 올려다보며 그렇게 말했던 것이다. 김 반장의 얼굴에 낭패감이 어렸다. 마흔 살이 다 되도록 경찰서 컴퓨터실에 앉아 있는 노처녀 황 순경이 실수했을 리는 없었다. 그러나 김 반장은 무턱대고 다그쳤다.

"비어 있다니? 이렇게 파일 이름들이 적혀 있잖아."

김 반장은 디스켓을 들어 황 순경 눈앞에 들어 보였다.

"모두 지워졌어요. 깨끗해요."

노처녀는 간단히 말했다.

"지워졌다고?"

파일 이름이 적힌 디스켓 한 장에는 일본어로 무슨 '綱領(강령)'이라고 적혀 있었고, 나머지 한 장에는 '指示文(지시문)'이라고 씌어 있었다. 직업소개소에서 나온 물건치고는 희한한 것이라고 여겼었다. 이미 특별수사대로 넘어간 기밀문서와는 비교할 수 없겠지만, 문제의 그 직업소개소에 대한 자신의 호기심을 마무리하는 데는 다소 도움이 될 것이라고 믿었던 것이었다.

특별수사대에 문제의 문서들을 넘겨주고 난 뒤, 한동안 김 반장은 그 허전함 때문에 우울했었다. 오늘 아침 그 우울에서 김 반장을 구원해 준 것이 바로 이 디스켓들이었던 것이다. 김 반장은 참담한 기분이 되었다. 조금 전까지 뜨거운 기운이 솟구치던 아랫배가 허전하게 비어 버린 느낌을 받았다.

"다시 한번 해볼까요?"

노처녀는 다시 김 반장에게 희망을 불어넣었다.

"제발, 그렇게 해주겠어?"

다시 디스켓을 집어넣고 컴퓨터를 조작하는 황 순경의 가느다란 손가락들이 인상적이었다. 김 반장에게는 그랬다. 그것들이 무슨 요술이라도 부려 주길 기대하는 그런 심정이었다. 그러나 역시 모니터는 디스켓이 비어 있다는 메시지를 알려왔다.

김 반장은 담배를 피워 물었다. 황 순경이 이곳에서는 금연이라고 짜증스럽게 말했으나, 그 말이 귀에 들어올 형편이 아니었다.

나머지 한 장의 디스켓에서도 컴퓨터는 역시 똑같은 반응을 보였다. 디스켓을 빼 내민 황 순경을 한동안 안타깝게 내려다보던 김 반장은 그것들을 고스란히 쓰레기통에 집어넣어 버렸다. 하지만 황 순경은 곧 그것들을 쓰레기통에서 집어 냈다.

"이게 도대체 뭐죠? 중요한 거예요?"

"그래. 몇 사람 목이 걸려 있다고 해도 과언이 아니지."

그냥 그렇게 터무니없는 배수진을 한번 쳐본 것뿐이었다. 그런데 그때 황 순경의 얼굴에 슬며시 미소가 떠올랐다.

"방법이 전혀 없는 것은 아니에요. 장담할 수는 없지만, 지워진 것을 되살릴 방법은 있어요."

그 순간 김 반장 눈에는 황 순경의 얼굴에서 오래 묵은 기미가 사라져 보였다.

"농담하는 거 아니겠지?"

"농담 아니에요. 가끔 실수로 파일을 지워 버리는 바보들을 위해 지워진 파일을 되살리는 프로그램이 개발되어 있어요. 지금 여긴 없지만, 컴퓨터 상가에 나가면 그런 능력을 가진 박사들을 만날 수 있을 거예요. 소개해 드릴 수도 있고요. 우선 담배 좀 끄시죠."

김 반장은 황송한 얼굴이 되어 담배를 끌 곳을 찾았다. 마침 마시다 만 커피 잔이 탁자 위에 있었다.

강남경찰서 김철규 반장이 황 순경으로부터 소개받은 컴퓨터 박사를 만나기 위해 주차장에서 승용차를 운전하고 나오던 그 시각, 국가정보국 특별수사대 요원인 임영호는 영등포의 직업소개소 사무실을 뒤지고 있었다. 그러나 그곳은 이미 김철규 반장이 뒤진 곳이었다. 그가 만약 김 반장의 치밀한 성격을 알았다면 그런 부질없는 일은 하지 않았을 것이었다.

역시 그는 빈손으로 그곳을 나왔다. 하지만 아직 할 일이 더 남아 있었다. 최근 3개월간 직업소개소에서 걸려 나갔던 상대 전화번호들을 확인하는 일이었다. 전화번호들을 추적하면서 뭔가 걸려들 것 같은 생각이 들었던 것이다.

그는 사무실 내근자에게 통신 회사에 통화 기록을 신청하라는 지시를 했다.

그 시각, 김철규 반장은 용산 전자 상가에 도착해 있었다. 황순경이 소개해 준 컴퓨터 박사는 이십대 후반의 젊은 사내였다.

감출 것은 두루 감추면서도 사안의 중대성을 강조해야 성의 있는 도움을 받을 것이라는 강박관념 때문이었는지, 김 반장의 말이 자꾸 헛나왔다. 그러나 김 반장의 말이 채 끝나기도 전에 사내는 곧 '아, 그거요?' 하는 표정을 지었다.

좁은 복도 양쪽으로 늘어선 컴퓨터 가게 중 하나였다. 한 평 반쯤이나 될까. 김 반장은 우선 그 규모에서 실망감을 느꼈다. '아, 그거요?' 하는 표정도 너무나 쉬워 보였기 때문에 김 반장의 마음은 여전히 불편했다.

"이리 한번 줘보시죠. 지워진 지 오래됐다면 어렵겠지만, 최근에 지워진 것이라면 다시 되살릴 수가 있거든요. 경찰이신가요?"

사내는 그렇게 물었다. 김 반장은 대답을 대신해서 고개를 끄덕여주었다. 황 순경 얘기를 이미 했기 때문에 부인할 수도 없었다.

"중요한 문선데, 실수로 지워 버렸거든요."

"알겠습니다. 한번 해보죠. 컴퓨터를 다루는 사람이라면 누구나 한번쯤 겪는 일이에요. 그렇지만 오래됐다면 백 퍼센트 복구하긴 힘듭니다."

사내는 김 반장이 건네준 디스켓을 받아들고 돌아앉았다. 비좁은 가게 안에서 운신하기란 쉽지가 않았다. 김 반장은 사내 뒤편에 놓여 있는 작은 의자 위에 엉덩이를 내려놓았다.

"이런, 디렉터리까지 지워졌군요."

김 반장은 사실 컴퓨터에 관해서는 아는 것이 없었다. 따라서 모니터에 나오는 메시지보다도 사내가 보이는 반응에 온 신경을 집중시키고 있었다. 김 반장의 입술을 비집고 가느다란 신음소리가 터져 나왔다.

"왜, 그러면 불가능합니까?"

"그렇지는 않아요. 디렉터리가 지워졌다는 얘기죠. 디렉터리가 지워졌으니, 도스 명령 가지고는 복구할 수가 없어요. 그렇지만 염려하지 마십쇼. 노턴 유틸리티 명령이라는 것이 있거든요."

사내는 다시 시도했다. 사내의 진지한 표정이 돋보였다.

"이게 바로 요물단지죠. 사실 이건 지워진 게 아니거든요. 보통 우리가 파일을 지우는 건, 파일의 내용을 지우는 것이 아니라, 그 파일 이름의 첫 글자만 지우는 거예요. 첫 글자만 지우고는 다 지웠다고 시치미를 딱 떼거든요. 귀엽죠?"

징그러웠다. 살아 있는 생물체도 아닌 것이 별 해괴한 요변을 떠는데 그게 어찌 귀엽겠는가.

"그런데 만약 지워진 파일의 위치에 다른 파일이 덧 쓰이게 되면 복구가 어렵죠. 그렇지만 않았다면 간단해요. 자, 보시죠."

모니터에는 '綱領'이라는 커다란 글자가 떠올랐다. 놀라운 일이었다. 그것은 이 문서의 표지에 해당할 것이었다. 김 반장은 길게 한숨을 내쉬었다. 사내가 컴퓨터를 조작해서 문서를 뒷장으로 넘기려 하자 김 반장은 다급하게 그것을 제지했다.

"뒤쪽까지 다 살아났겠죠?"

"물론이죠. 그런데 이게 무슨 기밀문섭니까?"

김 반장은 사내를 향해 한번 싱긋 웃는 것으로 대답을 대신했다. 사내는 컴퓨터에서 디스켓을 꺼내 김 반장에게 넘겨주었다.

"고맙소. 이 은혜는 잊지 않겠소."

김 반장이 그런 인사말을 남기고 총총히 사라졌다.

그가 가게를 떠나자, 사내는 강한 호기심에 사로잡혔다. 컴퓨터에는 아직 디스켓에서 불러낸 문서가 사라지지 않고 남아 있었다. 사내는 그것을 자신의 컴퓨터에 저장했다. 그는 호기심이 유달리도 강한 청년이었다.

김 반장이 용산 전자 상가의 그 좁다란 가게 골목을 빠져나오던 시각, 국가정보국 특별수사대 요원 임영호도 부탁해 두었던 통화 기록 사본을 들여다보고 있었다. 두 사람 다 만족한 표정이었다.

겨울 날씨치고는 화창했다. 화창하긴 했으나 어디까지나 겨울 날씨였다. 귓등을 스치는 바람의 올마다 시린 기운이 배어 있었다. 거리는 비교적 한산한 편이었다. JIC 일본 담당 부장 권유민은 운전석 옆자리에 허리를 세우고 앉아 있었다. 승용차가 원효로를 빠져나와 마포로 접어들자 어수선한 공사판이 길을 막고 있었다. 차선이 줄어든 병목 지점에 이르자 차들이 뒤엉키기 시작했다.

뒷좌석의 국장은 여선히 침묵을 지키고 앉아 있었다. 그 '빌어먹을' 파티에 수행해 줄 것을 고집했던 국장의 침묵은 권유민의 뒤통수를 어지럽혔다. 모 재벌 기업의 창업 50주년 기념 파티였다. 국장이 '빌어먹을'이라고 투덜거렸던 것은 그 기업 때문이 아니었을 것이다. 국장은 천성적으로 사람들이 모여 있는 곳을 싫어했다. 얼굴 근육이 당기도록 미소를 지으며 두어 시간을 견뎌야 하는 건 정말이지 고역이라는 것이었다.

"권 부장, 일찍 들어가서 쉬는 건데 공연히 내가 고집을 부렸군."

차들이 뒤엉켜 잠시 서 있는 중에 국장이 침묵을 걷어냈다.

"괜찮습니다."

대꾸할 마땅한 말이 생각나지 않아 우물거리고 있던 권유민은 정작 마음에도 없는 말을 내뱉어 버렸다.

"막상 가보면 후회하게 될 걸세. 이것도 일종의 세 과시거든. 누가 더 센지는 알 수 있을 걸세. 왕성한 금배지 동원 능력에다가…… 세계정세를 두루 꿰는 지한파 외국인들도 득실거릴 테지. 안 봐도 눈에 훤하네. '돈'이 세상을 얼마나 시끄럽게 할 수 있는지, 거기 가보면 알게 되지. 빌어먹을, 돈이라는 것은 만능이란 말이야. 못 해내는 게 없어."

차가 다시 움직이기 시작하자 국장은 다시 입을 다물어버렸다. 차는 공덕동 로터리를 지나 서부역 쪽으로 달리고 있었다. 날씨가 비교적 화창한 편이었으나, 공해에 찌든 서울의 하늘은 맑지가 않았다.

승용차가 서울역 앞 고가도로 밑에서 좌회전을 하자, 정면에 남대문이 보였다. 남대문 건너편 건물 옥상에는 '소니' 광고 간판이 보였다. 경제 대국 일본을 가장 상징적으로 알리는 것이었다. 미국의 코카콜라처럼. 그것은 아카시아 뿌리처럼 아주 집요한 적응 능력을 가지고 있었다.

대한민국의 국보 1호를 내려다보고 있는 그것이 다름 아닌 일본의 소니였다는 사실이 국장의 심기를 다시 불편하게 만들었다.

"얼마 전 미국 친구 하나를 만났는데, 한국이 부럽다고 하더군. 세계에서 일본 자동차를 만나기 어려운 도시는 서울밖에 없을 거라고. 그리고 일본 기업 광고판이 눈에 띄지 않는 것도 놀랍다고. 세계가 온통 일본 공해에 시달리는데, 한국만 무공해 지대라고 말이야. 그런데도 우리가 일본에서 사 오는 물건은 일 년에 얼만가? 이게 다 한국인들의 대일 감정을 계산에 넣은 일본 기업들의 전략이지. 소비재 상품 수출은 억제하면서 산업 시설은 모조리 장악해 버렸잖나? 한국인들의 대일 감정을 교묘하게 피해 가면서 산업 시설들을 장악한 거지. 소비재 상품을 마구 수출해 대겠다고 문을 열라고 하면 우리가 덤빌 거거든. 그래서 소비재 상품은 제쳐두고 뒷구멍으로 기계들부터 판 거지. 그렇게 장악한 것이 80%가 넘잖나. 우리나라 산업 시설의 80%가 일제예요. 경제 예속화가 따로 없지. 그런데 서울의 한복판에 '소니'가 들어선 것을 보니까, 이제 눈치 보는 것도 끝낸 것 같군. 그것도 물렁하다는 것을 눈치챈 거지."

국장은 차창을 열었다. 차가운 공기가 차 안을 한바탕 휘젓고 나자 권유민은 가슴이 좀 트이는 기분이었다.

파티장은 호텔 20층에 마련되어 있었다. 승강기에서 내리자

붉은 카펫이 파티장 입구에까지 깔려 있었다. 붉은 카펫이 끝난 곳에 테니스 코트 세 개쯤 되는 넓은 공간이 나타났다.

발목이 빠질까 겁이 날 정도로 푹신한 카펫에 아늑한 조명, 높은 천장과 그 가운데 걸린 거대한 샹들리에, 군데군데 놓인 커다란 화분들. 많은 사람들이 제각각 모여 얘기를 나누고 있었으나, 소음은 이내 잔잔히 흐르는 스윙 음악에 흡수되어 부드럽게 녹아들고 있었다.

권유민은 국장이 소개한 몇몇 재계 인물들과 인사를 나눈 뒤 샴페인 한 잔을 들고 창가 쪽으로 물러나 있었다. 세 개의 얼음 조각들을 기준선으로 해서 중앙부에 대단한 성찬이 놓여 있었으나, 좀체 식욕이 일지 않았다.

건물 외벽을 대신한 거대한 유리창 아래엔 이제 막 어둠이 내리기 시작한 도시가 엎드려 있었다. 권유민은 한동안 시가지를 내려다보며 서 있었다.

그러다가 그는 문득 국장을 바라보았다. 그는 비교적 이 '빌어먹을 파티'에 잘 적응하고 있는 듯 보였다. 건장한 사내 하나가 국장에게 손을 내밀어 악수를 청하더니, 다정스럽게 오른팔을 국장의 어깨 위에 올려놓는 것이 보였다. 권유민은 그 장년의 사내가 일본 대사관의 도시오 전권공사라는 것을 한눈에 알아보았다. 국장은 그를 향해 활짝 웃고 있었다. 국장의 키가 너무 작았기 때문에 심한 불균형을 이루고 있었다.

도시오와 마주 서 있던 국장 박성수는 내심 불쾌했다. 도시오도 한국인들의 습성을 잘 알고 있을 것이었다. 어깨에 손을 올리는 것은 아랫사람에게나 하는 행동이었다. 그가 어깨에 손을 올려놨다는 사실에 앞서 그가 그런 한국인의 습성을 잘 알고 있을 것이라는 사실이 더 견디기 힘들었다. 그러나 국장 박성수는 상대를 올려다보면서 다시 활짝 웃었다.

"오랜만이오, 도시오 공사."

도시오 공사 역시 한국에 부임한 지 오 년째 되는 대단한 한국통으로 알려져 있었다. 행동이 다소 거칠어 술자리에서는 피하고 싶은 인물이었지만, 술자리 외에는 늘 환영을 받는 편이었다. 목소리가 유별나게 큰 사람, 그래서 상대를 쉽게 피곤하게 했지만, 그가 간간이 흘려놓는 정보는 값을 따질 수 없을 정도로 귀한 것이기 때문이었다.

창가에 서 있던 권유민은 국장이 두리번거리는 것을 보고 손을 들어 자신의 존재를 알렸다. 국장은 권유민을 발견하고 오라는 손짓을 했다.

권유민이 다가가자 국장은 그를 도시오 공사에게 소개했다.

"우리 일본 담당 부장, 권유민씨. 자, 인사하게. 도시오 공살세. 많이 도와주실 거야."

권유민이 도시오가 내민 손을 잡자, 국장은 다시 덧붙였다.

"그러나 조심하게. 아주 여우거든. 덩치는 크지만 하는 짓은 여우라네."

국장의 말끝에 도시오는 호탕하게 웃었다. 도시오 특명전권 공사. 그는 한국에서 수집되는 모든 정보를 관리하고 정제하는 정보 관련 책임자였다. 한국에 파견되기 전 내각 정보실의 핵심 간부였던 것으로 알려져 있었다.

그는 수집된 정보를 세탁하는 데 뛰어난 재주를 가지고 있었다. 정보를 잃은 쪽에서 아무리 기를 쓰고 역추적을 해도 어느 구멍에서 흘러나갔는지 알 수 없도록 연막을 피우는 데 탁월한 재주를 가지고 있는 것이다. 그의 손에서 깨끗하게 탈색된 정보는 본국의 내각 조사실로 보내져 요긴하게 쓰였다.

"국장 말을 믿지 마시오. 국장은 날 미워해요. 내가 정신대 문제를 왜곡시키고 있다고 믿고 있거든. 하지만 내겐 그럴 능력이 없어요. 난 그 문제로 한 번도 한국 정치인들을 만난 적이 없는데, 당신네 이 땅딸보 국장은 그걸 믿지 않아요. 내가 한국 정치인들을 만나 전후 보상 문제를 놓고 압력을 넣고 있다는 거야. 이제 조금 있으면 당신네 이 못난 국장 입에서 내가 한국 정치인들에게 로비 자금을 뿌리고 있다는 험담이 나올걸."

이번에는 국장이 호탕하게 웃었다.

"그 말 믿지 말게, 권 부장. 이 늙은 여우가 일본 내 지한파 인사입네 하면서 한국을 돕는 것처럼 하지만, 사실은 한국의 피를 빠는 흡혈귀라네."

권유민은 국장의 서슴없는 무례함이 섬뜩했으나 도시오는 호탕하게 웃었다. 그는 호인처럼 보였다.

"국장이 이렇게 말하는 것도 무리가 아니지. 일전에 만났을 때 나와 논쟁을 벌였거든. 나는 일본인 아니오? 국장은 한국인이고. 직책을 떠나서 우리는 일본과 한국 편에 서서 논쟁을 벌인 거지. 일본의 사과와 보상 문제는 65년에 다 끝난 얘기다, 나는 그렇게 말했고, 이 못난 국장은 그게 아니라는 거야."

국장이 말을 받았다.

"그게 아니고말고. 우선 '사과'와 '보상'이라는 말부터 말이 안 되지. 아무리 한국말이 서툴다고는 하지만, '사과'라는 말과 '사죄'를 구분 못 하고, '보상'이라는 말과 '배상'이라는 말을 구분 못 한다면 한국에서 근무할 외교관 자격이 없지. 안 그런가, 권 부장?"

권 부장은 대답 대신 희미하게 웃었다.

"웃지만 말고, 대답을 하게. 그래야 이 친구가 알아듣지. 도시오 공사는 무디거든. 눈치만 무딘 게 아니라, 양심마저 무뎌요."

도시오는 다시 허리를 꺾었다. 겨우 웃음을 수습한 도시오가 다시 입을 열었다.

"또 30만 명, 2만 명 그 얘긴가? 그러니까 당신네 국장은 65년 협정 당시 일본이 보상해 준 것은 징병 한인 2만 명 몫인데, 실제 징병 한인은 30만 명이었다는 거지. 그러니까 28만 명 몫을 일본이 더 내놔야 한다는 거야. 당신네 국장이 이렇게 덜떨어진 인물인지는 권 부장 당신도 몰랐겠지? 권 부장이라면 일본 정부가 '국가 간의 보상은 끝났으나, 개인적인 청구권은 유효하다' 이렇게 해결책을 열어놓은 것을 충분히 이해하고도 남을 텐데, 이 늙다리 국장께서는 그걸 이해하지 못한단 말이야. 그러니 답답할밖에."

"그렇지만 국제법상 '사정 변경의 원칙'이라는 것이 있다네. '조약 당사자가 조약 체결 당시 예견할 수 있었다면, 그 조약을 체결하지 않았을 만한 중대한 사정의 변화가 생긴 경우, 당사국은 일방적으로 그 조약을 무시할 수 있다'. 아마 도시오 공사는 처음 듣는 얘길 거야. 외교관이 국제법을 모르면 도대체 그 외교관 자격증은 마작하다 딴 거야, 뭐야?"

이번엔 도시오 공사의 손에 들려 있던 잔이 흔들려 샴페인이 넘쳤다. 그는 한동안 웃음을 참지 못했다. 가까스로 웃음을 그친 도시오가 말했다.

"이보시오, 박성수 국장. 돈 액수 때문이라면 나도 할 말이 있소. 65년 당시 돈 가치를 생각해야지. 당시 일본의 경제 규모가 수출 총액이 20억 달러, 외환 보유고가 18억 달러였소. 그런데 한국에 보상해 준 돈이 무려 5억 달러였단 말이오. 이거 왜 이래요? 소위 정보기관의 국장이라는 양반이 가지고 있는 상황 인식이라는 것이 이 정도니, 에끼 이보슈. 권 부장, 당신네 국장이 국장 자리 화투 쳐서 딴 거 알아요?"

권유민을 제외한 두 사람이 다시 배를 쥐었다.

"그리고 말이 나왔으니까 하는 말인데, 그때 징용자들, 징병자들, 법적으로 따지자면 황국 신민 아니었소? 이렇게 말하면 권 부장도 기분이 나쁠지도 몰라요. 그렇지만 당신네 국장은 그 잘난 법을 들고 나왔으니, 우리 법대로 합시다. 당시 그 사람들은 일본 의회가 제정한 '국가 총동원법'에 적용받아 나갔던 것인데, 일본 국적을 가지고 있는 일본 국민이면, 내지인이든 조선인이든 모두 그 법에 적용됐을 것 아니겠소? 지금이야 일본이다, 한국이다 따지면서 배상이다, 보상이다 말들을 하지만 당시는 법적으로 엄연히 한배에 실린 같은 나라 국민인데, 그걸 어떻게 일방적으로 '피해'라고만 할 수 있는지 도대체 이해가 안 돼요."

말을 끝내면서 도시오는 미소를 지었다. 다소 피곤한 얼굴이었다. 이제 논쟁은 제발 그만하자는 하소연이 얼굴에 그려져 있었다. 그러나 국장은 그만둘 생각이 없어 보였다. 다시 한번 빙그레 웃던 국장이 다시 입을 열었다.

"내지인이든, 조선인이든 법 아래에서 공평하게 똑같은 의무를 진 것이다, 그 말씀이지? 법대로 말이지."

"그렇소, 땅딸보 국장."

"이런, 여우 같은 사람허구는. 이보시오, 공사. 한일합방이 강제라는 것은 귀에 못이 박이게 들었을 테니까, 그 얘긴 그만둡시다. 강제로 합방을 했든, 합의로 했든 한 나라가 되어 같은 법 아래 살게 됐으니, 그건 그렇다고 치고, 그 법이라는 것이 말이오, 의무가 공평하려면, 권리도 공평해야 되는 것 아니오? 그래야 그게 소위 법 아니겠소? 그런데, 당시 조선인들에게는 법률이 인정하는 참정권, 당신은 무식하니 참정권이라는 것을 아는지 몰라. 선거도 하고, 선거에 출마도 할 수 있는 권리, 이것이 참정권이오. 그런데 조선인들에게는 법률이 인정하는 이 참정권이 없었다는 것은 도대체 어떻게 설명하겠소?"

이 부분에서는 도시오도 정색을 했다.

"아니, 참정권이 없었다니 그게 말이나 되오? 조선총독부가 작성한 '내선 일체 실현 방책 요강'이라는 것을 보면 조선인에게 참정권이 있었다는 사실을 알리는 내용이 씌어 있는데, 이거 도대체 무슨 말인지 알 수가 없구먼."

"아, 맞소. 그렇지. 그런데 그게 아마 이렇게 되어 있지? '조선인의 황국 신민화 정도를 보아 적당한 수준에 이를 경우, 식견이 있고 국가관이 투철한 대표자를 골라 귀족원과 중의원에 보내는 것도 가능하다'. 그리고 전쟁 말기에 선거권도 줬죠? 중의원법을 개정해서. 국세 15엔 이상 내는 사람들만 골라서 말이오."

논쟁은 여기서 끝났다. 도시오는 우물거리면서 국장이 시대착오적인 주장을 하고 있다고 나무랐다. 그리고 웃었다.

"이보시오, 국장. 지금은 21세기요."

21세기에 살면서 그렇게 꽉 막혀 살면 어떡하느냐는 말은 제법 설득력마저 있었다. 그는 다시 국장의 어깨에 손을 올려놓고 호탕하게 웃었다. 국장도 호탕하게 웃었다. 권유민만 그저 민망한 표정을 짓고 있었다.

도시오 공사와의 논쟁을 끝낸 국장은 잠시 후 파티장을 빠져나갔다. 권유민은 '이제 그만 가자'는 얘길 듣지 못했기 때문에 한동안 창가에 서 있었다. 화장실 갔겠거니 생각했던 국장이 한동안 돌아오지 않자 권유민도 서둘러 파티장을 빠져나왔다. 국장은 이미 대기시켜 둔 차 안에 앉아 있었다.

돌아오는 차 안에서 국장은 우울한 표정을 지우지 못하고 있었다. 도시오 공사와 마주 보고 웃느라 기진해 버린 것일까. 한동안 말이 없었다.

권유민이 궁금증을 견디지 못하고 먼저 입을 열었다.

"도시오 공사와는 상당히 가까운 사이처럼 느껴지던데요. 그런 농담을 다 하시고."

"피차 허물없이 지내는 편이지. 그 사람 행동이 워낙 파격이 심해서 그런 식으로 대하지 않으면 압도당하고 말지. 처음부터 그렇게 사귀었으니 그렇게 대할밖에. 사람은 좋은 사람이지. 그러나 하는 짓이 마음에 안 들어. 한국 땅에서 그만큼 기 펴고 사는 일본인도 없을 걸세. 아주 당당하지. 하지만 나는 그것도 마음에 안 들어."

국장이 다시 침묵하자, 차 안에서 들을 수 있는 것은 오직 운전하는 장 기사의 밭은기침 소리뿐이었다. 권유민은 슬그머니 머리를 등받이에 기댔다. 국장이 뒤에 앉아 있었기 때문에 줄곧 허리를 세우고 있었으나, 파티장에서 연거푸 마셔 댄 샴페인 탓인지 몸이 무거워져 왔다.

"권 부장은 다시 위원회로 돌아가야겠지?"

"예, 국장님."

"오늘은 일찍 들어가게. 좀 쉬어야지. 그러나 야마토 고코로大和心, '야마토 고코로'라는 말을 염두에 두게. 일본인이 가진 부드러운 마음이라는 말이지. 야마토 다마시大和魂. 이것이 바로 일본의 정신일세. 그런데 이게 생활의 지혜, 재능이라고도 풀이된다는 사실을 알게. 그 부드러운 표정 속에 감춰진 일본인들의 본심을 꿰뚫어봐야 하네. 야마토 고코로, 알겠나? 그런데 권 부장, 아까 내가 조선인 참정권 얘기를 했었지?"

"네, 국장님."

"그때가 강점기 말이었네. 전쟁 중이었지. 결국 전쟁에서 일본이 져서 패망하는 바람에 단 한 명의 조선인도 의회에 진출하지 못했다네. 걸핏하면 들고 나오는 조선인의 참정권 운운하는 데 인용되는 그 '내선 일체 실현 방책 요강'이라는 것도 실은 빈껍데기였다는 거지. 사기꾼이 따로 없어. 내 말을 명심하게. 호메 고로시. 상대방을 칭찬하는 척하면서 골탕을 먹이는 데 속아서는 절대 안 되네. 알겠나?"

"네, 국장님."

차는 이윽고 위원회 정문 앞에서 멈췄다. 차에서 내린 권유민이 뒷좌석에 앉은 국장에게 인사를 하려고 허리를 굽혔다. 그러나 국장은 이미 깊은 잠에 빠져 있었다.

이튿날 아침, JIC의 국내 담당 부장 전성길은 문서 유출 사건을 본격적으로 조사하기 위한 준비 작업에 골몰하고 있었다. 그로서는 함께 일하는 동료를 조사한다는 것이 쉬운 일이 아니었다. 착잡한 기분이었다. 조금 전 그는 화장실을 다녀오다가 일본 담당 부장 권유민을 만났었다.

"오늘 모임 있는 거 아나?"

그가 그렇게 물어왔을 때 전성길은 그의 얼굴을 바라보고 있었으나, 미처 그 얘기가 무슨 얘긴지 알아듣지 못했었다.

"오늘 싱크탱크 모임 있잖나?"

그 순간 전성길은 그가 일본 담당 부장이고, 이번에 유출된 문서들이 일본과 관련이 있는 것들이라는 사실을 상기하고 있었던 것이다. 그러나 권유민이 일본 담당으로 자리를 옮긴 것은 최근이었다.

“그래? 벌써 날짜가 그렇게 됐군. 그럼 이따 보세.”

사무실로 돌아온 전성길은 우선 특별수사대로부터 넘겨받은 문서 사본들을 검토할 필요를 느꼈다.

겨울이 되면 방이 더욱 을씨년스러웠다. 종일 햇볕이 들지 않았기 때문이었다. 하지만 한 가지 위안이 되는 것은 야트막한 산 위에 빼곡하게 들어찬 작고 붉은 기와집들 위로 따뜻한 햇볕이 내리쬐는 것을 볼 수 있다는 것이었다. 양지 바른 작은 기와지붕 위로 비둘기들이 내려앉는 황인기의 방에 비한다면 전혀 운치라고 말할 수도 없는 것이었지만, 바라보고 사색하기에는 부족함이 없는 따뜻한 정경이었다. 소방 도로마저 뚫리지 않아 위태롭게 보이지만, 오밀조밀 그 안에서 꾸리는 작은 삶들은 얼마나 아기자기하겠는가. 게다가 저런 풍성한 햇살이라니.

전성길은 책상 위에 놓인 기밀문서 사본들을 다시 들여다보기 시작했다.

문서의 복사 용지는 평범한 것이었다. 시중에서 얼마든지 구할 수 있는 것들이어서 그것은 아무런 단서가 되지 않을 것이었다. 단지 한 가지 알 수 있었던 것은, 복사된 형태가 모두 같다는 점이었다. 오른쪽 윗부분에 흐릿하게 잉크가 번진 자국이 각 페이지마다 있었고, 아래쪽에 나 있는 깨알 반점들 역시 모든 페이지에 공통적으로 찍혀 있었다. 세 건의 문서가 가지고 있는 그런 공통점은 모두 같은 장소에서 복사되었다는 사실을 알려 주는 단서였다.

전성길은 문서들을 놓고 방을 나섰다.

문서 보관실은 지하에 있었다.

JIC에서 처리되는 정보는 하루에 일만 이천 건 정도였다. 53개국 765개 종합상사 지사들과 따로 운영되는 안테나숍을 통해 들어오는 이 엄청난 양의 정보들은 각 부서로 배당되어 처리되었다. 마지막 정제 작업을 통해 보관되는 정보는 약 백여 건. 그 중에서 따로 분석되어 보고되는 정보는 오십 건 정도였다. 그러나 보고서 표지에 '秘' 자가 찍히는 문서는 불과 손가락으로 꼽을 수 있는 몇 건에 불과했다.

문서 보관실은 안전을 위해 지하에 있었지만, 보관되는 문서들을 위해서는 거대한 환풍기가 필요했다. 습기를 말리는 환풍기 소리 때문에 무슨 공장에 들어선 기분이었다.

입구에는 완강한 철문이 있었고, 철문을 통과하면 문서보관실의 작은 사무실이 있었다. 바로 이곳에서 JIC의 모든 문서들이 출납되고 있는 것이다. 사무실에는 복사기가 있었지만 그 사용을 엄격하게 제한하고 있었다.

"별일 없나?"

전성길 부장이 들어서는 것을 본 김동수 반장이 일어섰다.

"여기에 별일이 있겠습니까? 전쟁이나 일어나면 모를까."

"그렇겠지. 나 이것 좀 찾아 복사해 주게."

전성길은 문서 목록을 뒤져 페이지 수가 비교적 적은 문서 하나를 골라 번호를 적어 내밀었다. '달러의 가치 하락과 관련한 보고서'였다.

"잠깐만 기다리시죠."

잠시 후 문서를 찾아 가지고 나온 김동수 반장은 문서 관리 대장을 꺼내 대출을 요구한 전성길 차장의 이름과 대출일시, 문서 제목 등을 적어 넣었다.

"서명해 주시죠."

전성길은 짜증스럽다는 표정을 지었다.

"그거 꼭 그렇게 기입하고 서명해야 되나? 귀찮지도 않아?"

김동수는 이해할 수 없다는 표정을 지었다. 문서 관리 책임자의 입에서 그런 얘길 듣다니 의외라는 생각도 들었을 것이었다.

"규정인데, 이걸 귀찮게 여기면 제가 여기 있을 필요가 없지요. 죄송합니다."

김동수의 반응이 워낙 완강했기 때문에 전성길은 더 이상 그의 업무 태도를 의심할 이유가 없었다.

"그래. 서명하지. 그런데 두 장씩 필요해."

"좋습니다. 얼마든지 해드리죠."

김동수는 관리 대장에 복사 매수를 다시 적어 넣었다.

"복사 매수도 적는군?"

"당연히 그래야죠."

대부분 문서 원본을 대출해 갔다. 복사를 요구하는 경우는 그리 흔하지 않았다. 원본인 경우에는 퇴근 전까지 다시 반납하게 되어 있었다. 사본의 경우는 최고 일주일까지 대출이 가능했다. 사본이 돌아오면 즉시 문서 파쇄기에 넣어 처리했고, 분쇄 처리했다는 사실을 문서 관리 대장에 기입하도록 되어 있었다. 물샐

틈없는 거의 완벽한 문서 관리였다.

김동수가 복사해서 내민 사본을 받아 든 전성길은 다시 자기 사무실로 돌아왔다.

방금 복사해 온 문서와 유출된 문서 사본을 비교해 보았지만, 복사된 형태가 전혀 달랐다. 새로 복사한 사본에는 잉크가 번진 흔적이 없었고, 아래쪽의 검은 반점도 보이지 않았다. 전성길은 얼마 전 복사기를 새로 들여왔던 사실을 깜박 잊고 있었던 것이다. 일단 문서 보관실의 복사기는 혐의를 벗은 셈이었다.

그렇다면 누군가 문서를 가지고 외부로 나갔을 가능성을 생각해 볼 수밖에 없었다. 그러나 그것도 쉬운 일은 아니었다. 그것이 만약 원본이었다면 표지에 붙어 있는 전자파 감응 테이프 때문에 건물 출입구의 탐지기를 통과할 수 없었을 것이었다. 물론 탐지기 통과를 위해서 전자파를 차단하는 포장을 했을 가능성도 있었다. 하지만 그렇게 했더라도 엑스선 탐사기를 통과하기는 어려웠을 것이다. 따라서 만약 문서가 밖에서 복사되었다면, 밖으로 유출된 그것은 원본이 아니라 사본일 것이었다.

문서 사본의 복사 형태가 같다는 점은 세 건의 문서가 모두 같은 복사기에서 복사되었다는 사실을 말해주고 있다.

누군가 문서 보관실에서 복사한 세 건의 문서를 가지고 밖으로 나가 같은 장소에서 그것들을 복사한 뒤, 다시 원래의 사본은 문서보관실에 반납했을 것이다. 세 건의 문서를 따로 하나씩 가지고 나갔을 가능성은 적었다. 엑스선 탐사기를 거쳐야 하는 위험한 행동을 세 번씩이나 반복할 바보는 없을 것이었다.

그렇다면……, 전성길은 생각했다. 그렇다면, 그 '누군가'는 일주일이라는 시간의 범위 내에서 그 세 건의 문서를 대출받았을 것이었다. 한꺼번에 세 건을 모두 대출했을 수도 있고, 차례로 시간 간격을 두고 대출받았을 가능성도 있었다. 그러나 그 세 건의 문서 중 첫 번째 것을 대출하고 난 뒤 마지막 세 번째 문서를 대출하기까지 일주일을 넘기지는 않았을 것이었다. 왜냐하면 문서 사본인 경우 대출 기간이 일주일을 넘겨서는 안 되기 때문이었다.

그렇다면 범인은 그 세 건의 문서 사본을 한꺼번에, 혹은 일주일이라는 시간 내에 차례대로 대출한 인물이 될 것이었다. 대출 명부를 확인하는 일이 가장 시급했다.

하지만 대출인 명부에서 확인할 수 있는 것은 '아시아 안보 포럼에 관련한 보고서' 대출인 명단뿐이었다. '마샬 계획Ⅱ'의 경우는 이미 관련 기업에 배포한 것이었고, 미국인 로비스트 명단은 이미 삼 년 전에 작성된 것이었기 때문이었다. 생각이 여기에 이르자 전성길은 머리가 터질 듯한 긴장감에 사로잡혔다.

그러나 시계를 올려다본 전성길은 곧 맥이 풀렸다. 문서보관실은 이미 퇴근하고 없을 것이었다. 시간은 6시를 십 분이나 지나고 있었다. 문서보관실의 출퇴근 시간은 아주 엄격했다. 누구도 그 방에 혼자 남아 있어서는 안 되었다. 9시에 출근하고 정확히 6시면 방을 비워야 하는 것이다.

창밖 산동네 위로 쏟아지던 햇살은 이미 걷히고, 그곳은 다시 싸늘하고도 을씨년스러운 분위기로 바뀌어 있었다. 전성길은 탁자 위에 놓여 있던 싸늘하게 식어 버린 커피 잔을 집어 들었다. 싱크탱크 모임에 나가봐야 할 시간이었다. 그러나 잠시 머리를 식혀야 했다. 전성길은 소파에 몸을 깊숙이 묻었다.

그 시각, 일본 담당 부장 권유민은 미국 지역을 담당하고 있는 황인기를 기다리고 있었다. 권유민은 황인기로부터 자료 한 건을 받기로 되어 있었다. 일본 내 보수 우익 단체의 활동 자금을 조달하고 있는 것으로 보이는 미국 내 일본 기업과 관련한 자료였다. 그들 기업들은 세계 기축 통화인 달러를 흔적 없이 가장 완벽하게 빼돌릴 수 있는 위치에 있었다. 그들이라면 따로 복잡한 세탁 과정을 거치지 않더라도 자금 추적을 피할 수 있을 것이었다.

그러나 그들 기업이 일본 보수 우익 단체들의 국제적인 활동을 위하여 자금을 조달하고 있다는 확증은 없었다.

권유민이 퇴근 채비를 하던 그 시각, 황인기는 그에게 전달할 자료들을 챙겨 방을 나섰다. 그의 방 맞은편에는 국내 담당부장 전성길의 방이 있었다.

그의 방에는 아직 불이 켜져 있었다. 잠시 들러 오늘 모임이 있다는 사실을 상기시켜 줄 생각으로 문을 두들겼으나 반응이 없었다. 황인기는 문의 손잡이를 돌려 문이 잠겨 있음을 확인했다. 그는 혼자 있는 시간에 문을 잠그고 있는 경우가 더러 있었다. 사람이란 때로 세상을 떠나 혼자만의 시간을 갖고 싶을 때가 있는 것이다.

권유민의 방은 같은 층의 맨 끝에 있었다.

"싱크탱크는 또 지하 식당인가?"

황인기는 들어서면서 권유민을 향해 그렇게 물었다.

"늘 그랬잖나? 새삼스럽기는……. 자료는?"

"여기 가져왔네. 그러나 다시 분명히 다시 말하지만, 이 자료들을 너무 믿지 말게. 미국의 현지 일본 기업들이 돈을 빼돌려 우파 단체를 돕고 있다는 증거는 어디에서도 찾지 못했으니까."

"그럼 도대체 이 자료들은 뭐지?"

"그야, 국장이 알아보라는 지시를 했으니 도리가 없잖나? 그래서 현지 기업들의 경영주 성향을 고려해 분류했지. 하지만 그들이 우파적 성향을 가졌다는 확증도 없네. 굳이 성격을 분류하자면 그렇게 분류될 수도 있다는 것이지."

황인기는 양팔을 벌려들고 어깨를 으쓱 치켜올렸다.

"이번 일이 별로 재미있을 것 같지는 않군."

"솔직히 국장의 개인적인 취향에 이끌려 일하고 싶은 생각은 없네. 일본의 극우 단체는 이제 이름뿐이잖나? 그들이 국제적으로 무슨 일을 꾸밀 것이라는 국장 생각은 옳지 않아. 일본에서마저 지지를 얻지 못하고 있는 그들이 국제적으로 무슨 일을 할 수 있다는 건지……."

권유민은 JIC 내의 많은 동기생 가운데 황인기에게 가장 큰 신뢰감을 느끼고 있었다. 그는 능력도 있었고, 특히 탁월한 판단력을 가지고 있었다. 그러나 권유민은 지금 그의 의견에 전적으로 동의할 생각이 없었다.

"물론 나도 국장의 과민한 반응에 전혀 불만이 없는 것은 아니네. 그렇지만 국장이 우려하고 있는 상황만은 주목해 볼 필요가 있다는 생각을 했지. 실제로 일본은 교역 문제에 있어서 미국과 상당한 견해차를 보이고 있잖나? 그 견해차가 커지면 커질수록 태평양 전쟁 때 미국에게 맛본 굴욕감이 비운 자리에 더욱 격렬한 국가 의식에 자리 잡을 가능성이 커질 테고, 태평양 전쟁 이후로 미국에 '당했다'는 굴욕감이 격렬한 국가 의식으로 전이될 수 있도록 불씨를 키워 온 사람들, 바로 그 우파 단체들은 강력한 신군국주의의 전위대로 떠오르게 되겠지. 국장은 그 점에 있어서 대단히 상식적인 판단을 하고 있다고 보네."

황인기는 가볍게 웃었다.

"자넨 그 상식적인 판단을 믿는군. 그런데 자넨 국장이 일본을 미워하게 된 배경에 대해서는 관심이 없나? 그것이 전혀 감정이 개입하지 않은 순수한 판단이라고 생각하나?"

"일본을 미워하게 된 배경이라니?"

"그래. 그건 좀 엉뚱한 데서 시작됐지. 국장 집 대문에 붙어 있는 '독립 유공자' 스티커에 대해서 아는 거 좀 있나?"

"국장의 부친 얘기로군. 하지만 황 부장, 국장은 53개국 765개의 안테나숍을 거느린 대한민국 최대 정보기관의 수장일세. 부친이 일본 헌병대에 끌려가 맞아 숨졌다고 해서 그것 때문에 일본에 감정을 가지고 대하고 있다고 생각하기에는 그 자리가 너무 엄청난 자리 아닌가?"

"만약 그렇다면 국장은 더 이상 그 자리에 앉아 있을 자격이 없지. 나는 그 양반이 지나치게 흑백 논리에 치우치는 것이 마땅치가 않네. 도대체 미국에 대해서는 왜 그렇게 호의적인지도 이해할 수 없고."

황인기는 권유민을 바라보면서 활짝 웃어 보였다. 권유민 역시 이쯤에서 논쟁을 끝내고 싶다는 표정을 지었다.

그때 들어선 사람은 전성길이었다. 그의 머리는 헝클어져 있었고, 표정은 지쳐 보였다.

"왜 어디 아픈가?"

황인기가 물었다.

"어디가 아파 보이나? 지금 내 얼굴이 그런가? 그렇다면 마음이 아픈 거겠지."

"자네 또 사랑에 빠졌군? 이번엔 누구지?"

권유민이 장난스럽게 물었다.

"이봐, 권유민. 내가 조강지처 외에 한 여자의 사랑을 더 받고 있다고 해서 그렇게도 배가 아픈가? 제발 그러지 말게."

"그렇다면 미스 박과 사랑싸움을 하는 중이로군. 그거 볼만하겠는데. 오늘 2차는 그 집으로 가는 것이 어떤가?"

권유민은 황인기를 바라보며 물었다.

"좋지. 자, 일어들 서지. 모두들 기다리겠는데."

지하 식당에는 싱크탱크 구성원들이 이미 모여 있었다. 같은 건물 내에 있으면서도 일주일 내내 모습을 볼 수 없는 사람들이 대부분이었다. 그들은 자신들에게 배당된 구석진 방에 앉아 일주일 동안 담당 지역으로부터 공수된 정보들을 검토하며, 어떻게 분석해야 윗분들이 좋아할지 고민했을 것이다. 부서원들이 일차로 검토한 자료들을 넘겨받아 최종적으로 보고서를 작성하는 일은 그들 몫이었다.

"여어, 어서들 오게."

대부분 동기생들이었기 때문에 비교적 허물이 없는 편이었다. 나이도 모두 엇비슷했고, 사는 형편도 크게 다르지 않아 이질감은 없는 편이었다.

JIC가 창설된 그해와 그 이듬해는 굉장했었다. 새로 창설된 이 정보기관이 마치 기존의 국가 정보기관과는 차별화가 되어야 하는 것처럼 윗사람들이 '떠벌렸기' 때문에 그 말이 정말인 것으로 믿었고, 그래서 몇 명이 다쳐 초라하게 실려 나가기까지, 왕성하게 죄 썩은 집단에 칼을 대는 굉장한 이단자 노릇을 했던 것이다.

하지만 용감한 일에는 항상 위험이 따른다는 사실을 알게 된 후로는 누구도 용감해지기를 원하지 않았다. 그런 가운데 싱크탱크는 구원의 처소였다. 여기에 모여 그들은 '배설'을 했다. 그들을 리모트 컨트롤하고 있는 저 저급한 집단들을 향해 그들은 여기에 모여 토설을 하기 시작한 것이다.

그러나 그것도 오래가진 않았다. 어느 날 문득 그들은 깨달은 것이다. 자신들이 비겁하다는 사실을. 행동으로 옮기지 못할 불평불만을 늘어놓는 자신들이 문득 초라하게 여겨져 더 이상 '배설'할 자유마저 스스로 놓아 버린 것이었다.

그 후로는 증권 시세를 말했으며, 날씨 얘기를 했다. 연애 얘기를 했으며, 술집 얘기를 했다. 어느 술집에 가면 여자가 옷 벗고 춤을 추는지, 몇 시쯤 되면 문을 걸어 잠그고 남녀가 나와 실연을 해 보이는지, 위원회 골목 입구에 있는 작은 카페 '청실'의 여주인이 누구누구와 잤는지, 텔레비전 드라마 「여자의 계절」에서 주인공 소영의 친부가 왕 회장일 것이라느니 아니라느니, 탤런트 아무개가 국회의원 아무개의 첩이라느니 아니라느니…….

JIC를 이끄는 견인차 그룹 싱크탱크, 조국의 형편에 가장 민감한 반응을 보여야 할 리트머스 시험지인 엘리트 그룹 싱크탱크의 초라하기만 한 변모였다. 그들은 더 이상 책임감도 없었고, 사명감도 없어 보였다. 숫제 친목 단체 비슷했다. 원래 모임의 명분이 그랬으니 누굴 탓할 이유가 없었다.

지하 식당에서 설렁탕 한 그릇에 깍두기를 그런 얘기들에 반죽해서 해치우고, 그들은 2차를 향해 떠났다. 2차를 가던 중에 전성길은 권유민의 옆구리를 찔렀다.

"빠지자."

전성길이 권유민과 황인기를 끌고 간 곳은 예의 그 단골 카페 '창고'였다. 카페 '창고'는 위원회에서 멀지 않은 곳에 있었다. 작고 위태로운 계단을 올라간 2층이었다. 열 평쯤 될까, 온통 까맣게 칠한 어두운 실내는 조명마저도 시원찮아 면전에 앉은 상대의 표정을 읽기도 어려운 그런 분위기였다. 한쪽 구석 주방을 겸한 곳에 좁고 기다란 테이블이 놓여 있었고, 그 아래에는 테이블이 대여섯 개쯤 놓여 있었다. 모두 칸이 막혀 있었기 때문에 앉아서는 다른 테이블에 앉은 사람들을 볼 수가 없었다.

카페 여주인은 아름다웠으나 표정이 어두웠다. 표정이 어두운 여자가 아름다우면 대체로 그 어두움은 그 아름다움과 무관하지 않았다. 권유민은 그런 생각을 잠시 했다.

그녀는 다가와 먼저 전성길에게 알은체를 했다. 권유민은 전성길과 여주인의 관계가 친밀하다는 것을 느꼈다. 상술이 배인 호들갑스러운 인사가 아니라 밀도 있는 정이 은근하게 배어나는 그런 알은체였다.

전성길이 일행을 소개하고 나자 그녀가 물었다.

"고민하시던 일은 해결하셨나요?"

그녀가 묻자 전성길은 난처한 표정을 지었다. 그녀가 눈치를 차리고 주방 쪽으로 사라지자 황인기가 물었다.

"자넨 여기 와서도 일을 하나? 고민하던 거라니, 그게 뭐지?"

"저 여자, 저래 봬도 국제정치학을 전공한 재원이라네."

전성길이 변명하듯 덧붙였다. 그리고 술판이 벌어졌다. 그리고 한 시간을 채 넘기기도 전에 제법 취한 상태가 됐다. 카페 여주인은 생각보다 말이 많은 여인이었다. 평소에 말이 없던 사람이 술에 취하면 말이 많아지는 것을 보았었다. 권유민은 어쩌면 이 여인도 그런 종류의 술버릇을 가졌을지도 모르겠다는 생각을 했다.

권유민은 훗날 이날 밤 여인이 했던 말들을 다시 떠올릴 기회가 있었다. 그녀가 이날 밤 보여줬던 언행은 인상적이었다. 주로 미국에 관련된 얘기였다.

"어제 저녁 텔레비전 뉴스에서 한국의 외무장관이 '북한이 만약 국제원자력기구 탈퇴를 철회한다면, 팀 스피리트 훈련을 영구 중단할 수 있다는 것은 검토된 방안'이라고 말했는데, 오늘 아침 신문에서 외무부가 공식 발표를 통해 그것을 부인했어요. 그런 일 없다는 거죠. 밤새 무슨 일이 벌어졌을까요?"

여주인은 권유민을 향해 따지듯 물었었다. 그러나 권유민은 눈만 커다랗게 떴을 뿐 말이 없었다.

"무슨 일이 벌어졌을까요?"

황인기가 여자에게 되물었다.

"미 대사관이 손을 썼겠죠. 뉴스를 자세히 들여다보면 그게 보여요. 손쓰는 미국이 보인답니다. 한국이 기업인들의 방북 신청을 허가할 것이라는 발표를 하거나, 남북 회담에서 의견 접근을 보았다는 발표 뒤에는 대개 반응이 오죠."

"어떤 반응이죠?"

"여러 가지죠. 시장 개방 압력을 가중시킨다든지, 한국 주둔 미군 병력을 증강 배치한다든가, 미국 내 한반도 전문가로 하여금 전쟁 발발 가능성을 흘리게 한다든지, 북한 정권이 곧 붕괴할 것이라는 발표를 하게 하는 거죠."

"우리를 조종한다는 거네? 누가 그렇게 한다는 거죠?"

누군가가 그녀에게 물었다. 그녀가 대답했다.

"미국이요."

역사는 되풀이된다

일본 대사관의 하타 야츠키는 이틀 동안에 걸쳐 선배인 가케 히데키 참사가 건네준 자료들을 읽었다. 자료를 읽은 그 이틀 동안 그에게서 일어난 변화는 스스로도 정말 놀라운 것이었다. 역사는 살아 있는 하나의 유기체였다. 세월에 묻혀 사라져 버린 것처럼 보이나 그것은 사라지지 않았고, 선조들의 시신과 함께 그들 몫으로 땅속에 묻혀 버린 듯했으나, 그것은 끈질긴 생명력으로 다시 부활하는 불사조와 같은 것이었다.

더불어 자신에게 대륙의 철기문명을 일으킨 기마민족의 후손으로서 긍지를 갖게 한 선배, 가케 히데키에게 진심으로 감사했다. 무려 이천 년이 넘는 세월 동안 만초蔓草 속에 묻혀 동면하고 있던 잃어버린 역사가 히데키의 손에서 새로운 생명력을 얻게 된 것이다.

새벽 2시였다.

이즈음 야츠키도 히데키에게 새벽 2시에 연락을 취하도록 요구받은 사람 중 한 사람이 되어 있었다. 야츠키는 눈시울을 뜨겁게 하고 가슴을 벅차게 했던 자료들을 거두어 옆구리에 끼고 일어섰다. 잠시 전 히데키와의 통화에서 만나기로 했던 것이다.

어둡고 텅 빈 거리를 달려, 히데키가 묵고 있는 호텔까지는 불과 십 분 정도밖에 걸리지 않았다. 새벽 2시에 누군가를 만난다는 것은 경이로운 일이었다. 그것은 정말이지 은밀한 느낌을 주었다.

여전한 감동 속에서 마치 마법에 걸린 것처럼 머릿속이 텅 비어버린 느낌이었다. 호텔 지하 주차장에 차를 세우고 승강기의 버튼을 누를 때까지 야츠키는 아무것도 생각할 수가 없었다.

"어서 오게."

승강기에서 내리자, 히데키는 문 앞에 서 있었다.

히데키가 묵고 있는 호텔 방은 일본의 호텔 방에 비해 상당히 큰 편이었다. 특급 호텔이긴 했지만, 두 개의 커다란 침대가 놓여 있었고, 침대가 놓인 침실 곁에는 작은 거실이 딸려 있었다. 거실에는 냉장고와 커다란 가죽 소파가 놓여 있었다.

"우리 지금부터 술을 마시는 거야. 어떤가, 괜찮지?"

히데키는 냉장고 문을 열면서 그렇게 물었다. 반대할 이유가 없었다. 내일은 일요일이 아닌가.

"좋습니다. 마시죠."

히데키가 술을 꺼내 잔에 따르는 동안 야츠키는 가져온 자료들을 펼쳐 놓았다. 그중에는 아직 상부에 보고되지 않은 기획서도 포함되어 있었다.

"읽어 본 소감은 어떤가? 표정은 아주 밝은데."

히데키는 야츠키에게 술잔을 내밀며 물었다.

"정말 감명 깊었습니다. 우리 민족이 이렇게 대단한지 몰랐거든요."

히데키는 만족한 표정이었다.

"그런데 한 가지……, 이런 내용의 다큐멘터리가 한국에서 무리 없이 방영될 수 있을지 그게 궁금했습니다."

"그것이라면 염려하지 말게. 내게 생각이 있으니까. 한국인들이 민감하게 여기는 것은 임나일본부지. 이미 일본에서는 공식적으로 NHK와 아사히신문이 임나일본부의 허구성을 인정하고 털어버렸지만, 한국인들은 아직도 임나일본부에 대한 경계심을 풀지 못하고 있거든. 한반도 남부를 고대 일본이 지배했다는 사실이 일본에서 이미 부정되고, 다시는 미련을 가질 수 없게 되었다는 사실을 한국인들은 믿지 못하고 있는 거야. 그래서 이번 한일 공동 제작 다큐멘터리에서는 그걸 집중적으로 말할 작정이네. 임나일본부의 허구성에 대해. 그 거짓말에 대해. 그 후에 본격적으로 이걸 선보일 생각이지. 조심스럽게. 전체 90분 중에 10분이면 충분하다고 생각하네. 10분이면 충분하지. 나는 단지 '왜'가 일본 열도에만 존재한 민족이 아니었다는 사실만 알릴 생각이니까. 그거면 충분하지 않겠나?"

"그런데 선배님."

야츠키는 한동안 망설였다. 가슴속 저 깊은 곳에서 꿈틀거리며 올라오는 정체 모를 불안감 때문이었다. 그러나 야츠키는 그 실체가 무엇인지 잘 알지 못했다.

"뭔가? 망설이지 말고 묻게."

언젠가 한번은 묻고 지나가야 할 의문이었다.

"선배님이 지금 하시는 일이 어떤 일인지 알고 싶습니다."

어렵게 물었으나 히데키의 반응은 의외로 선선했다.

"나는 대일본국의 외교관일세. 그런데 다른 외교관들과 다른 점이 있다면 일본의 가능성을 믿는다는 거지. 나는 우리 민족의 가능성을 믿는 외교관일세. 내가 하는 일이 무엇이냐고? 어렵지 않은 질문이지. 야츠키, 우리 민족은 저 중앙아시아에서 비롯되었네. 자네도 이제 그걸 알겠지? 철기문명으로 대륙을 지배하고, 기마민족으로 바람처럼 달려와 조선반도를 점령했지. 그리고 바다를 건너가 일본을 건국했네. 그 후 우리 민족은 오랜 세월동안 다시 대륙을 꿈꾸며 도전했지. 하지만 그것은 침략이 아니라, 오랜 세월 잊고 지냈던 고토회복, 실지 회복의 꿈을 실현하기 위한 노력이었네. 우리는 원래 대륙 민족이었으니까. 이제 21세기, 우리 민족은 아시아의 주인으로서 21세기를 대비해야 하지 않겠나?"

"결국 그렇군요. 선배님이 지금 하시는 이 일은……."

"그렇네. 전쟁을 통해 아시아를 하나로 묶는 일은 가능하지 않지. 하지만 우리가 하나일 수밖에 없는 운명인 것을 나는 바로 이 기마민족 한반도 정복설에서 확인했네. 다루이 도키치는 이렇게 말했지. '조선과 만주는 일본이 취할 수 있는 유일한 식민

지다. 조선을 위하여, 일본을 위하여, 그리고 동아시아의 백년지 대계를 위하여, 일본은 조선을 하루속히 통합하여 식민지 기틀을 굳건히 해야 할 것이다. 조선은 빈약한 국가이고, 문화는 미개하며, 정치는 부패하고, 기후는 불순하며, 국민들은 독립심이 결여된 민족이다. 그러므로 아시아의 선각자인 일본은 이웃 국가의 어리석음을 깨우쳐 주고, 구국개명의 영역으로 이끌어 줄 의무가 있다. 조선이 일본에 합방됨으로써 조선인들은 비로소 행복을 누릴 수 있게 될 것이다. 합방의 이익은 일본이 받는 것보다 조선이 받는 것이 훨씬 크다'. 이게 무슨 말인지 알겠나?"

야츠키는 머리를 저었다. 히데키는 지금 임나일본부설이 지난 시대에 그랬던 것처럼 기마민족 정복설로 새로운 사상적 배경과 역사적 명분을 조직해 내려 하고 있는 것이다.

"선배님, 그건 백 년이 넘은 얘깁니다. 지금은 21세기구요."

"그러나 야츠키, 지금 세계는 정확히 그때의 상황으로 돌아가 있네. 자넨 아직 그걸 실감하지 못하겠나?"

히데키는 한동안 야츠키를 바라보았다. 야츠키는 자신을 바라보고 있는 히데키의 눈이 시뻘겋게 달아오른 질화로와 닮았다는 느낌을 받았다. 히데키의 얼굴에 가벼운 경련이 일었다.

"소련이 붕괴하면서 냉전 시대는 끝났네. 바야흐로 칼과 창을 녹여 보습을 만들어야 할 탈냉전 시대지. 지구촌의 쪽빛 하늘에는 비둘기가 날고, 평화의 노래를 부르며, 온 인류가 하나 되어 춤을 춰야 할 시대가 도래한 거지. 그러나 야츠키. 이렇게 새 세계 질서가 무르익었는데도 미국은 냉전 시대에 전체 무기 생산의 15%를 차지하고 있던 대외 무기 판매를 정작 냉전이 끝난 후에 25%로 늘렸네. 이게 뭘 의미하는지 알겠나? 이제 지구상에서 미국을 견제할 힘은 없다는 뜻이지. 미국은 이제 부담 없이 그 의사를 냉혹하게 실천에 옮길 수 있게 된 거야. 이미 세월이 흘렀지만, 북한의 핵 개발 문제가 전혀 거론되지 않았을 때도 미국의 생각은 같았지. 당시 미 국방장관이 만든 '와인버거 비밀 작전 계획서'를 보면, 중동 지역에서 전쟁이 일어날 경우, 러시아의 군사력을 분산시키기 위해 북한에 대한 지상 공격을 전개한다고 되어 있었네. 이것이 이른바 '제2전선' 전략이지. 그런데 지상 공격은 미국이 수행하는 것이 아니라 아시아의 동맹국이 한다고 되어 있었네. 아시아 동맹국이라면 어느 나라겠나? 이때도 미국은 한국의 의사를 묻지 않았지."

야츠키는 한숨을 내 쉬었다.

"어떤가? 우리가 한국을 도와줘야 하지 않겠나? 우리가 앞으로 주목해야 할 것은 미국의 아시아 분열 책동이네. 그러나 단호하게 말하건대, 아시아의 어느 나라든 더 이상 미국의 꼭두각시가 되는 불행한 일은 없어야 하네. 그 교훈은 유럽에 있지. 세계대전 이후, 미국은 유럽을 불안정한 상태로 두기 위해 세력 균형을 이루었네. 결코 유럽을 지배할 힘 있는 세력이 등장해서는 안 되니까. 이를테면 독일 같은 나라 말이야. 대서양에서 전쟁이 일어났을 때 미국은 그냥 구경꾼이었지. 하지만 독일이 대서양에서 승리할 기미를 보이자 비로소 참전했네. 유럽의 중심이 될 강력한 나라가 탄생하지 못하도록 손을 쓴 거지. 그래야 미국이 유럽을 조정할 수 있을 테니까. 미국은 지금 아시아의 평화를 가져올 강력한 국가가 탄생하는 것을 원하지 않아. 아시아를 불안정한 상태로 두고 싶은 거지. 지금 그 불안정을 위해 제물로 쓰고 있는 것이 한반도네. 무슨 말인지 알겠나? 그런데 한국은 그걸 깨닫지 못하고 있어. 이 문제는 한국의 불행만으로 끝나지 않을 걸세. 어쩌면 이 일로 아시아가 함께 불행해질 것이네."

히데키는 말을 멈추고 다시 술잔을 채웠다. 어지간히 취한 상태였다. 술잔에 기울어진 술병은 안정감을 잃고 있었다. 담배를 피워 물고 물끄러미 창밖을 바라보던 히데키가 다시 입을 열었다.

"야츠키, 지금 미국의 꿈이 뭔지 아나? 세계를 미국의 지배하에 두려는 이른바 '신세계 질서 구상'이지. 그러나 유럽이 한 덩어리로 뭉쳤고, 미국은 그에 대응해 아시아 태평양권을 하나로 묶으려 하고 있네. 간단한 일차 방정식 아닌가? 그렇게 되면 일본의 자유는 어떻게 되는 거지? 아시아의 자유, 아시아인의 자유는 어떻게 되는 건가?"

다시 침묵. 야츠키를 정면으로 바라보는 히데키의 눈. 밤은 깊었고, 주위는 너무나 적막했다.

"아시아는 무서운 속도로 발전하고 있네. 무려 3조 6천억 달러의 자체 시장을 가지고 있어. 일본은 이에 대비를 해야 하지 않겠나? 이것 보게, 야츠키. 이 사람 누군지 알겠나?"

히데키는 지갑에서 일만 엔짜리 지폐를 꺼내 탁자 위에 올려놓았다.

"후쿠자와 유키치."

"맞았네, 후쿠자와 유키치지. 그는 이렇게 말했지. '아시아 국가들은 서양 세력의 침략을 막기 위해 한 마음으로 뭉쳐야 한다'. 그리고 스기다 준잔이 누군지 아나?"

"아시아 연대주의자?"

"맞아. 아시아 연대주의자지. 그는 또 이렇게 말했지. '아시아의 공동 연합이 이루어지지 않을 경우에는 일본은 지체 없이 이들 동양 국가들을 취함이 옳다. 만일 우리가 취하지 않으면 동양국가들은 하나하나 백인종 국가들의 뱃속에 장사 지내지게 될 것이다'. 이 말을 이해할 수 있겠나?"

히데키의 얼굴은 붉게 달아올라 있었다. 야츠키는 눈을 감았다. 비로소 모든 것이 분명해졌다. 야츠키는 약간 취기가 올랐으나, 정신은 오히려 더욱 명징해진 느낌이었다.

대륙의 기마민족 '왜'. 야츠키는 그 사실이 가슴에 안겨들면서 이틀 동안 대단한 충격을 받았었다. 이천 년 동안 땅속에 묻혀 동면하고 있던 잃어버린 역사가 되살아나면서 야츠키의 세계관을 변화시켰다.

그러나 불행하게도 히데키가 지금 말하고 있는 것에는 동의할 수 없었다. 야츠키는 진심으로 동의할 수 없었다. 어떻게 21세기 일본의 신세대가 군국주의 망령의 속삭임에 동의할 수 있겠는가. 히데키가 새벽 2시에 자신을 불렀던 이유를 비로소 알 것 같았다. 새벽 2시라는 그 은밀한 시간적 의미도 비로소 분명해졌다.

히데키는 신들린 듯이 후쿠자와 유키치가 되고, 스기다 준잔이 되고, 다루이 도키치가 되었다. 낮에는 대단히 이성적이고 냉철한 판단력을 가졌던 히데키가 새벽 2시에 보이는 이 엄청난 '광기'는 과연 무엇인가. 야츠키는 두려운 마음으로 그것을 지켜보고 있었다.

"나는 더 이상 아시아가 백인종 국가들의 뱃속에 장사 지내게 되는 걸 보고 있을 수는 없네. 내 마음을 알겠나? 나는 진심으로 자네가 날 도와주길 바라네. 도와주게, 야츠키. 사실 지금 나는 굉장히 복잡한 일에 휘말려 있다네."

히데키가 휘말린 복잡한 일. 그것은 직업소개소로 위장해 지난 오 년 동안 황련단의 일원으로 활약해 왔던 영등포 김영목 팀이 벌인 사건 때문일 것이다. 그 작은 거점에서 번지기 시작한 사건의 파장은 걷잡을 수 없이 확대되고 있었다. 그러나 야츠키가 그 사정을 알 리 없었다.

"설명할 수는 없지만, 지금 내 마음을 알겠나?"

야츠키가 다시 호텔 주차장에 내려왔을 때 시계는 4시를 가리키고 있었다. 두 시간 전 히데키를 찾아왔을 때는 머릿속이 텅 비어 있는 느낌이었으나 지금은 가슴이 텅 비어 버린 느낌이었다. 가슴에 커다란 구멍이 나고, 그 사이를 겨울의 시린 바람이 관통하는 고통을 느꼈다.

허공 속의 히데키는 계속해서 자신을 향해 묻고 있었다. '내 마음을 알겠나?' 야츠키는 악몽을 꾸고 있는 느낌이었다.

대동아공영권과 아시아 연대. 백인종 국가들의 뱃속에 장사 지내게 될 황인종의 아시아. 집요한 정신력을 가진 아시아 연대주의자와 정한론자 그리고 대륙 팽창주의자. 그들의 정신적 에너지가 되고 있는 위대한 대륙의 기마민족 '왜'. 일본 열도에 흐르는 대륙혼과 히데키의 광기 어린 눈빛. 그가 휘말려 있다는 복잡한 일. '도와주게, 야츠키'. 간절한 히데키의 목소리. 그리고 새벽 2시.

이날 아침, 국가정보국 특별수사팀은 요원 임영호가 확인한 통화기록을 분석하고 있었다. 최근 3개월간 직업소개소에서 걸려 나간 상대의 전화번호는 모두 127개였다. 그중에서 통화 빈도가 높은 순서대로 조사를 하고 있는 중이었다.

지금까지는 특별한 혐의점을 가진 전화번호는 없었다. 가장 통화 빈도가 높았던 전화번호는 직업소개소 근처의 중국집의 것이었다. 두 번째로 통화 빈도가 높았던 전화번호는 김영목의 여의도 자택이었고, 세 번째 것은 영등포의 작은 커피숍이었다.

특별수사팀은 이 작은 커피숍 전화번호를 그냥 지나쳤다. 중국집과 마찬가지로 자주 차를 배달시켜 마시는 단골 다방쯤으로 생각했던 것이다. 그러나 그것은 특별수사대의 중대한 실수였다.

그 시각, 강남경찰서의 강력계 반장 김철규는 경찰서 내 컴퓨터실에 있었다. 황 순경의 친절한 배려 속에 용산 전자 상가에서 되살려온 파일을 살펴보고 있는 중이었다. 그러나 유감스럽게도 그는 모니터에 떠오른 문자들을 하나도 읽을 수가 없었다.

"맙소사. 이게 다 뭐지?"

김 반장의 표정이 일그러졌다.

용산 전자 상가에서 파일을 되살리면서도 그 괴상망측한 부호로 연결이 된 기다란 문장들을 잠깐 본 적이 있었지만, 전체가 다 그런 부호로 채워져 있으리라고는 생각하지 못했었다.

"황 순경, 이런 글자 본 적 있어?"

황 순경은 머리를 저었다.

"알파벳 필기체도 아니고, 일본어도 아니고, 아랍어야?"

김 반장은 전화기를 신경질적으로 끌어당겼다. 이런 일에 도움을 줄 수 있는 곳은 외사계뿐이었다.

"이봐, 신 경장. 컴퓨터실로 빨리 오게. 바빠? 웃기지 말게. 1분 내로 오게. 1분이야, 알겠나?"

앞 뒤 없이 우격다짐으로 김 반장은 통화를 끝냈다.

잠시 후, 외사계 경찰관인 신 경장이 컴퓨터실 안으로 고개를 디밀었다.

"뭡니까, 또?"

"이리 와봐, 이게 도대체 어느 나라 글자지?"

신 경장은 허리를 구부리고 모니터를 들여다보았다. 그러나 신 경장도 그것을 알아볼 수가 없었다.

"자알 헌다. 외사계 경찰이라는 것이."

그 후로도 몇 사람이 더 모여들었지만 결과는 마찬가지였다. 전혀 생소한 이 문자를 두고 아랍어일 것이라고 말하는 쪽이 단연 수적으로 우세했다. 그러나 그건 아랍어가 아니었다. 아랍어와 비슷한 형태를 띠고 있을 뿐이었다.

이미 특별수사대에 넘긴 기밀문서들과 마찬가지로 이것 역시 중요한 물건일 것이었다. 직업소개소로 위장한 그 조직이 도대체 어떤 일을 하고 있었는지, 무엇을 위해 일하고 있었는지를 알려 줄 귀중한 물건일 것이었다. 그러나 거기에 기록된 글자가 무엇을 의미하는지 모른다면 그것은 쓰레기였다. 김 반장은 황 순경에게 그것을 모두 프린트해 줄 것을 부탁했다.

이날 오후, 일본 담당 부장 권유민은 일본 우파 단체의 최근 동향을 파악하기 위해 가동시킨 도쿄의 한 안테나숍으로부터 놀랄 만한 내용의 회신을 받았다. 내용은 명쾌했다. 최근 우파 단체들은 하나의 행동 단체를 결성했으며, 그 이름은 놀랍게도 얼마 전 동남아시아 지역에서도 확인된 바 있는 황색인해방연합단이라는 것이었다.

이른바 황련단. 권유민은 팩시밀리로 막 도착한 그것을 가지고 국장 방으로 향했다. 권유민이 국장 방에 도착했을 때, 국장은 부국장과 마주 앉아 있었다. 권유민이 들어서자 부국장은 갑자기 입을 다물었으나, 권유민은 방의 분위기가 얼어붙어 있다는 사실을 알 수 있었다. 국장은 그다지 유쾌한 표정이 아니었으며, 부국장 역시 상기된 얼굴이었다.

"어서 오게."

국장은 힘없이 그렇게 말했다. 부국장은 여전히 상기된 얼굴로 권유민을 향해 미소를 지어 보였다. 흥분을 누르고 태연한 척 가장하고 있었기 때문에 부국장의 표정은 다소 어색하게 일그러져 있었다.

"죄송합니다. 말씀중인 걸 몰랐습니다."

"아니, 괜찮네. 비밀을 얘기하고 있었던 것은 아니니까. 그리고 우리 얘기는 이미 끝났다네."

국장은 그렇게 말했다. 그러나 그 순간 부국장은 작은 신음소리를 냈다. 국장이 그렇게 말한 데 대한 가벼운 시위였을 것이다. 부국장 민병선은 더 이상 앉아 있을 형편이 아니었다.

"그럼 전 이만."

국장은 앉은 채로 머리만 끄덕였다. 일어서서 국장을 내려다보는 부국장의 눈매가 매서웠다. 부국장이 방을 나가자 국장은 노골적으로 불편한 심기를 드러냈다.

"나는 저 친구가 마음에 들지 않아. 너무 전략적이거든. 모든 것을 전략적으로 파악하지. 저 친구는 아버지가 아들을 사랑하는 일도 전략적이라고 할 거야. 어쩌면 저녁에 들어가 발을 씻는 일도 전략적으로 하겠지?"

국장은 창밖으로 시선을 내몰았다. 시선을 창밖에 둔 채 말을 이었다.

"일본의 하야시 연구소에서 보내온 한일 경제 교류와 관련한 보고서를 JIC 이름으로 경제 장관 회의에 상정하자는 거야. 이게 도대체 무슨 수작이지? 하야시 연구소라는 데가 어떤 성격을 가지고 무슨 일을 하는지 몰라서 하는 얘기는 아닐 테고. 지난달 일만 해도 그래. 하야시 연구소의 젊은 연구원 하시모토가 발표한 논문을 국무회의에 가지고 나가 읽어 댄 일이 있었지. 읽어 댄 것까지는 좋았네. 그런데 그걸 언론에 흘렸어. 언론을 그걸 그대로 받아 적어 전후 보상 문제를 고루한 일부 국수주의자들의 편견으로 호도했고. 이런 어처구니없는 일이 어딨나? 세상에, 스물아홉 살짜리 애숭이가 끼적거린 논문 하나를 가지고."

국장은 담배를 재떨이에 비벼 끄고, 다시 탁자 서랍을 열어 시가를 꺼내 물었다.

"차 한 잔 할 텐가?"

"아뇨. 방금 마셨습니다."

"그건 그렇고, 우리 일은 어떻게 돼가나? 지금쯤 무슨 소식이 있을 법도 한데."

"그렇잖아도 그것 때문에. 여기…… 도쿄에서 온 전문입니다. 보수 우파 단체들이 결성했다는 행동 단체에 관련한 것입니다."

"호오, 드디어 왔구먼, 어디 한번 볼까?"

국장의 표정이 밝아졌다.

국장은 탁자 위에 놓여 있던 안경을 착용하고 권유민으로부터 전문을 받아 들었다. 짧은 전문이었기 때문에 잠시 내리훑어 읽으면 더 읽을 것이 없으련만, 국장은 그것을 오랫동안 들여다보고 있었다.

"황색인해방연합단이라. 해방이라니, 도대체 황색인이 자유를 잃은 것은 무엇이며, 과연 누구로부터 해방되겠다는 건가."

국장은 머리를 흔들며 혼자 그렇게 중얼거렸다.

"이것도 요즘 유행하는 민족주의의 한 변종인가. 그렇다면 인종주의라고 해야 맞겠군. 반세기 동안 공산주의와 자본주의가 혈전을 치르더니, 이제는 피부 색깔로 편을 가르자는 얘기로군."

"그렇게 보는 것이 맞을 것 같습니다."

"우선 이들의 구체적인 활동 목적이 뭔지 알아야겠네. 그리고 이들에게 돈줄을 대고 있는 부류가 어떤 부류인지도 궁금하고. 규모는 어느 정도인지, 활동 반경은 어디까지인지. 가만있자, 동남아시아 지역에까지 활동 무대를 넓혔다면 한국에도 없으란 법이 없잖나?"

그랬다. 동남아 지역까지 진출했다면 한국에도 없으란 법은 없었다. 순간 국장은 눈을 홉떴다. 마치 자신이 한 얘기에 놀랐다는 표정이었다.

"좀 더 구체적인 자료를 수집해 보겠습니다. 혹시 일본 정보기관에서 이미 구체적인 형태로 포착되어 있을지도 모르겠습니다. 도움을 청하면……."

"그건 곤란하네. 일본의 정보기관에서 그걸 지금까지 포착하지 못했을 리가 없잖나? 당연히 포착했겠지. 하지만 그들은 우리에게 아무런 도움도 주지 않을 걸세. 지난 반세기 동안 일본 내 극우파 단체에 보여 온 그들의 관행이 그걸 말해 주고 있잖나? 그들에게 도움을 청하는 것은 오히려 그들로 하여금 우리를 경계하게 만드는 결과만 초래하게 될 걸세. 만약 그들이 그 과격 극우파 행동 단체에 어떤 조치를 취하더라도 매우 비밀스럽게 하겠지."

"무슨 말씀이신지?"

"자네라면 자네 형제가 간밤에 이불에 실례한 일을 다른 사람들에게 광고를 하겠나?"

국장은 미묘한 표정으로 권유민을 바라보았다.

수염을 밀어낸 자국이 푸르고 정갈해 보였지만, 그것과는 상관없이 국장은 전체적으로 추레한 모습이었다. 오로지 살아 있는 것은 눈빛이었다. 오랫동안 무너진 막장에 갇혔다 풀려난 것처럼 형색은 어딘지 모르게 초췌했으나, 죽음에 대한 강렬한 저항 덕분에 얻어진 광부의 눈빛처럼 형형했다.

"전성길 부장에게도 도움을 받는 것이 좋겠군."

잠시 침묵을 지키던 국장이 그렇게 말했다.

제1부 국내 정보 분석팀 전성길 부장이라면 혹시 국내에까지 손을 뻗쳤을 황련단의 실체를 파악하는 데 도움이 될 것이라는 얘기였다.

"그렇지만 그런 도움을 받는다면 제5부 쪽에 부탁하는 것이……, 이런 일에 적합한 수사 요원들이 5부에 더 많지 않습니까?"

JIC내에서 이런 일을 가장 비밀리에 완벽하게 해낼 수 있는 부서는 제5부일 것이었다. 제5부는 국내에 가장 완벽한 정보 수집망을 가지고 있었고, 군 수사대에서 경험을 쌓은 수사 능력이 뛰어난 인물들로 구성되어 있었다. 제5부 부장은 곽정환이었다.

그러나 국장의 생각은 달랐다.

"아니야. 이건 사적인 부탁이어야 하네. 전성길에게 부탁하게. 아니, 부탁하지 말고 그냥 흘리게. 일본과 아세안 지역에서 이와 같은 단체의 활동이 감지됐는데, 국내에도 침투해 있을 가능성이 있다고 말이야. 대수롭지 않게. 지나치듯. 알겠나?"

이건 도대체 무슨 얘긴가. 권유민은 국장의 말을 이해하지 못하고 있었다. 국장의 직권으로 부하에게 명령 한마디만 하면 간단하게 해결될 일이었다. 결코 사적으로 부탁하거나 '대수롭지 않게' '지나치듯' 기만 전략까지 써가면서 흘릴 일은 아닌 것이다.

하지만 국내에서는 가장 완벽한 정보 수집 능력을 갖추고 있는 것으로 알려진 제5부를 배제하는 것까지는 이해할 수 있었다. 제5부는 JIC의 최고 책임자인 국장 자신도 확신할 수 없는 명령 선상에 놓여 있었으므로. 그렇지만 국장 자신의 수하에 있는 국내 정보 분석팀마저 믿지 못한다는 말인가. 이날 국장의 태도는 분명히 정상적인 것이 아니었다. 권유민은 미처 그것을 파악할 수 없었으나, 국장의 조급한 태도는 며칠 후 그 이유가 밝혀졌다. 그는 덫에 걸려 있었던 것이다.

"이상하게 생각하지 말게. 이건 나와 자네만 아는 것으로 하고 싶을 뿐이야."

국장은 그렇게 말했지만 권유민은 그 말을 액면 그대로 받아들일 수는 없었다. 국장은 호인으로 알려져 있었다. 그렇다고 해서 매사에 물렁한 처신을 한다는 것은 아니었다. 그는 탁월한 정세 분석 능력을 가졌고, 모든 면에서 날카로웠지만 성품만은 너그러웠다. 때로는 터무니없이 비정한 모습을 보여 주위 사람들을 놀라게 했던 적이 있긴 했었다. 그러나 그것은 그의 계산된 행동이었을 뿐, 결코 누군가를 해치기 위한 것은 아니었다. 그의 계산된 행동의 결과가 밝혀질 즈음이면, 그의 성품도 늘 그런 혐의에서 벗어났던 것이다.

하지만 최근 국장은 자신의 리듬을 조금씩 깨뜨려 가고 있었다. 구체적으로 그 이유를 드러내지는 않았지만, 권유민은 최근 그가 골몰하고 있는 일 때문일 것이라고 짐작했다. 국장은 부국장의 전략적인 행동을 비난했지만, 그의 행동 역시 다를 바가 없었다.

국장의 책상 위에는 몇 송이의 검은 장미가 꽂혀 있었다. 그건 본래 흑장미는 아닐 것이었다. 본래는 검붉은색으로 화려하게 피어났을 그것은 시들어 있었다. 국장은 자신의 책상 위에 놓인 장미처럼 빛을 잃어가고 있었다. 권유민은 단정적으로 그렇게 말할 수 있었다. 자신 있게 말할 수 있었던 이유는 책상 너머로 보이는 매트리스 때문이었다.

국장의 집무용 책상 너머에는 낡은 매트리스가 한 장 깔려 있었다. 권유민이 그것을 처음 보았으므로, 그것이 거기에 깔린 것은 극히 최근일 것이었다. 커다란 책상은 그것을 적당히 은폐하고 있었다. 그러나 완벽한 은폐는 아니었다. 그 한쪽 모서리가 삐죽이 책상 밖으로 드러나 있었기 때문이었다. 국장의 양복 소매 밖으로 드러난 때 낀 와이셔츠 소매처럼 그것은 낡고 불결했다.

그 옆의 작은 탁자에는 1.5리터짜리 주전자가 하나 놓여 있었고, 빵 부스러기와 컵이 놓여 있었다. 전 세계에 53개국 765개의 안테나숍을 가진 JIC의 총수답지 않은 행동이었다. 권유민이 그를 잘 알지 못했다면, 그의 집안에 무슨 일이 생긴 것으로 생각했을 것이었다. 부인과의 심각한 갈등 때문에 집에 들어가지 못할 상황이 되었다든가 하는.

권유민이 국장과 마주 앉아 황련단에 관련된 얘기를 나누고 있던 그 시각, 일본 대사관 가케 히데키는 한국 방송계에 상당한 영향력을 가지고 있는 한 프로덕션 사무실에 앉아 있었다. 물론 그의 수족처럼 같이 붙어 있게 된 하타 야츠키와 함께.

가케 히데키는 이날 아침, 자신의 상관인 도시오 공사로부터 다큐멘터리 제작과 관련한 기획서의 최종 재가를 받았다. 일본과 한국의 민간 교류 차원에서 이뤄진 공동 제작이었으므로 하자가 있을 리 없었다.

이번 일에 있어서 가케 히데키가 맡은 역할은 일본 측 다큐멘터리 제작사와 한국 측 제작사를 연결해 주고, 서로의 의견 차이를 조정해 주는 것이었다. 그러나 그것은 어디까지나 외견상의 역할일 뿐이었다. 그는 사실상의 기획자였다.

이미 접촉을 끝낸 일본 측 제작자는 대단히 만족해하고 있었다. 1차로 보내온 회신에 히데키가 보낸 자료를 토대로 짠 취재 일정까지 포함되어 있을 정도였다.

한국 측 제작사의 반응도 대단히 호의적이었다.

사십대 초반의 제작부장 민완영은 두 명의 일본인 손님을 위해 직접 차를 준비했다. 용모가 수려한 두 일본인 손님은 민완영을 보자 깊숙이 허리를 숙였다. 그리고 유창한 한국어로 자신들을 소개했다.

"일본 대사관 공보실의 가케 히데킵니다. 그리고 이쪽은 제 동료 하타 야츠키고요."

"안녕하십니까? 하타 야츠킵니다. 잘 부탁드리겠습니다."

인사를 끝낸 세 사람은 삼십 분쯤 얘기를 나눴다. 그 시간 동안 그들이 나눈 얘기는 일본의 기업이 협찬하기로 한 제작비 내역과 제작 일정, 그리고 일본 측 제작 여건과 다큐멘터리의 대강의 줄거리였다. 물론 가장 많은 시간을 할애할 부분은 다큐멘터리의 내용이었다. 그중에서도 히데키가 가장 중점적으로 짚어 얘기를 진행시킨 것은 임나일본부에 관련한 것이었다.

임나일본부의 허구성에 얘기가 이르자 히데키의 얼굴은 거의 비굴한 표정을 그리고 있었다. 제작부장 민완영이 외려 황송해할 지경이었다.

야츠키는 히데키의 뛰어난 화술이 놀라웠다. 그러나 그는 대륙 민족 '왜'에 관해서는 한마디도 입 밖으로 꺼내지 않았다. 제작부장 민완영은 만족한 표정을 지었다. 임나일본부의 허구성을 중점적으로 다루게 될 것이라는 히데키의 말에 매우 고무된 표정이었다. 이미 일본에서는 폐기된 임나일본부가 한국에서는 아직 묵직한 상품성을 지니고 있었던 것이다. 이로써 다큐멘터리 제작과 관련한 형식상의 절차는 모두 끝난 셈이었다.

돌아오는 차 안, 히데키는 침묵하고 있었다. 짧은 시간에 너무 많은 얘기를 한 탓일까. 그는 다소 피곤한 표정이었다. 야츠키는 운전석에 앉은 히데키를 바라보았다.

백 년 전 일본의 조야를 흥분과 환호의 도가니로 몰아넣었던 광개토왕 비문의 쌍구본雙鉤本. 거기에는 '왜가 백제와 임나를 쳐서 신민으로 삼았다'는 꿈같은 대목이 있었다. 당시 대륙 침략의 사상적 배경과 역사적 명분으로서 이보다 확실한 것은 없었을 것이다. 천오백 년 전 왜가 백제와 임나를 신민으로 삼았다는 사실은 19세기 일본의 조선 침략에 '실지 회복'이라는 당당한 명분을 제공했던 것이다.

사코 가게노부. 청나라에 밀정으로 파견됐던 육군 참모본부의 중위 사코는 광개토왕 비문의 쌍구본을 들여와 조선 침략의 역사적 명분을 제공했었다.

그러나 가케 히데키는 사코가 조국 일본에 가져다주었던 임나일본부 천년의 영광을 뒤집으려 하고 있는 것이다. 하지만 그가 뒤집으려는 임나일본부의 이면에는 '대륙의 기마민족 왜'라는 아시아 연대의 새로운 명분이 도사리고 있었다.

3세기 말, 동북아시아 대륙의 기마민족 '왜'가 동만주와 한반도를 차례로 정복하고, 한반도 남녘에 이른 뒤, 한반도 남부와 쓰시마, 이키, 규슈를 연합하여 거대한 한·왜 연합 왕국을 세웠다는 것은 19세기 임나일본부에 비교할 바가 아니었다.

사코 가게노부와 가케 히데키. 그들은 백 년의 시차를 두고 각기 다른 역사적 사실을 말하고 있었으나, 그들이 조국 일본에 제공하려는 것은 같았다. 일본이 처한 입장이 19세기와 별반 다르지 않고, 또한 사상적 배경과 역사적 명분으로 그 입지를 넓혀야 할 고민에 빠지게 된다면 히데키는 백 년 전 사코와 마찬가지로 조국 일본에 새로운 명분을 제공하게 될 것이었다. '역사는 영원히 되풀이된다. 모든 일은 두 번 일어난다'. '그리고 역사의 쓰임새는 현 시점과 그 임무에 가치를 부여하는 데 있다'. 이것이 맞다면 히데키는 사코에 이어 제국주의 일본의 영웅이 될 것이었다.

야츠키는 등받이에 몸을 기대고 생각에 잠겼다.

과연 일본은 지금 어느 위치에 있는가. 19세기 일본과 지금의 일본은 무엇이 같고 무엇이 다른가. 지금 일본과 미국의 경제적인 견해차는 점점 커지고 있다. 견해차가 커지면 커질수록 미국은 일본을 친구로서가 아니라 적으로 인식하게 될 것이다. 지금 미국은 중국을 견제하기 위해 일본을 등에 업고 있지만, 시간이 흐르면 입장이 달라질 것이었다. 일본은 초강대국으로 진입하느냐, 아니면 여기서 주저앉아 2류국으로 전락하느냐 하는 기로에 서 있다. 초강대국으로 진입하기 위해서는 일본은 '지금' 동남아시아와 인도양의 광물 자원 공급로를 장악하고, 동시에 정치적으로 지배가 가능한 수출 시장을 확보해야만 한다. 하지만 미국은 그것을 허락하지 않을 것이었다.

태평양 전쟁 직전에도 일본이 같은 고민을 했었다는 사실을 야츠키는 잘 알고 있었다. 신흥 공업국으로 성장한 일본의 고민이 바로 그것이었다. 일본의 과대 팽창이 국제 질서를 위협한다고 보는 미국의 시각, 미국의 지나친 압력이 일본의 성장 구조를 붕괴시킨다고 보는 일본의 시각 역시 반세기 전과 다를 바가 없다.

미국은 일본이 미국의 군사적 보호 아래 오직 경제 성장의 실리만 취했다고 비난하고 있고, 일본은 이제 미국의 골목대장 보스 기질에 염증을 느끼고 있는 것이다.

'역사는 영원히 되풀이된다. 그리고 모든 일은 두 번 일어난다'. 펠로폰네소스 전사戰史는 그렇게 말하고 있었다. 이천사백 년 전, 아테네의 역사가 투키디데스는 오늘날의 태평양의 상황을 정확하게 예언하고 있었던 것이다. 아테네와 스파르타, 그리고 미국과 일본. 무엇이 다른가. 사코 가게노부 시대와 가케 히데키 시대가. 야츠키는 온몸에서 힘이 빠져나가는 것을 느꼈다.

"무슨 생각에 그리 골똘해?"

히데키가 물었다.

"제가 묻고 싶은 말인데요. 선배님은 무슨 생각에 그리 골똘하셨습니까?"

야츠키는 운전석에 앉은 히데키의 옆모습을 보았다. 광대뼈가 없어 더욱 음울해 보이는 창백한 얼굴, 긴 콧날과 선이 단조롭고 얇은 입술. 그의 빛나는 눈을 볼 수 없는 것이 유감이었다.

"자넨 날 마치 망령 보듯 하는군."

히데키의 음성에는 결이 서려 있었다. 야츠키는 가슴 밑이 저려왔다.

"나는 자네 마음을 알지. 내가 마치 투전판에서 독이 오른 투전꾼으로 보이거나, 아니면 군국주의 혼령에 영혼을 빼긴 넋 나간 가미카제로 보이겠지. 하지만 야츠키. 제발 눈을 뜨게. 이건 우리가 대처해야 할 현실이야. 미국에 일본이 필요했던 이유는 일본이 소련의 태평양 진출 저지선이 되어 주었기 때문이지. 그리고 지금은 태평양 지역으로 나오려는 중국의 저지선 역할을 하고 있는 것 아닌가. 그러나 소련이 무너진 후 어떻게 변화했나? 소련이 무너지는 그 순간으로부터 역사는 빠르게 뒷걸음질을 쳤지. 하루에 일 년씩 뒤로 물러서고 있는 현실을 인식해야 하네. 일본은 지금 역사의 막다른 골목에 들어서 있지. 미국은 더 이상 일본이라는 혈맹이 필요하지 않고, 왕년의 그 혈맹이 더 이상 강해지기를 원하지 않는다는 사실을, 우리는 그 막다른 골목에서 터득하게 되겠지. 야츠키, 누구도 이 역사의 순리를 거부할 수는 없다네. 지금 그 막다른 골목에서 우리를 기다리고 있는 것이 뭔 줄 아나?"

잠시의 침묵. 히데키의 창백한 얼굴.

"우리를 기다리고 있는 건, 지난 반세기 동안의 잠에서 깨어난 차가운 이성이네. 이제 우리는 정직해져야 하네, 야츠키. 그 결과가 무엇이든."

히데키가 말을 마칠 무렵 차는 대사관 마당으로 들어서고 있었다.

그 시각, JIC의 문서 유출 사건을 조사하고 있는 국내 담당부장 전성길은 문서보관실에서 가져온 대출인 명부를 보고 있었다. 모든 것이 전산화되어 첨단을 걷고 있었지만, JIC 내에서 가장 원시적인 단계에 머물러 있었던 것이 바로 이 대출인 명부였다. 일일이 수작업으로 작성한 수많은 대출인 명단은 전성길을 피곤하게 만들었다. 이미 그걸 들여다보기 시작한 지가 세 시간이 넘었지만, 전성길은 뚜렷한 혐의점을 가진 인물을 만날 수는 없었다.

유출된 세 건의 문서가 모두 복사되어서 유출되었다는 사실, 그리고 그 문서들의 복사 형태가 같은 점으로 미루어 한꺼번에 같은 장소에서 복사되었을 것이라는 점, 또한 현관의 엑스선 탐사기를 거쳐야 하는 위험 때문에 세 건의 문서가 따로따로 유출되었다기보다는 단 한 번에 동시 유출되었을 것이라는 가정, 그리고 문서 관리 규정상 복사된 사본인 경우 대출 기간이 일주일이라는 점을 감안할 때 범인은 일주일내에 그 세 건의 문서를 차례로 혹은 한꺼번에 대출한 사람일 것이라는 것이 지금까지 전성길이 얻어낸 단서였다.

그렇다면 문제는 간단했다. 대출인 명부에서 그 세 건의 문서를 일주일 내에 차례로 혹은 한꺼번에 대출한 사람을 찾으면 될 것이었다.

그러나 전성길은 세 시간 동안 대출인 명부를 뒤지고 난 끝에 깊은 절망감에 빠졌다. 두 번씩이나 뒤져보았지만, 일주일이라는 기간 내에 그 세 건의 문서를 모두 대출해 간 사람은 없었다.

전성길은 일단 지난 3개월 동안 세 건의 문서 중 단 한 건이라도 대출해 간 사람들의 명단을 모두 작성했다. 3개월이라는 상한선을 잡은 근거는 '아시아 안보 포럼 창설에 관련한 보고서'가 가장 마지막으로 작성됐던 문건으로 3개월 전에 작성되었기 때문이었다.

그렇게 뽑아 놓은 대출인 명단은 모두 스물두 명이었다. 문서 보관실이 특별한 실수를 하지 않았다면 범인은 이 스물두 명의 요원 중 한 사람일 것이었다. 물론 거기에서 제외되는 인물이 있었다. 국장과 부국장이었다. 그들은 결재할 보고서의 검토 기한이 정해져 있지 않기 때문에 상당한 시간 동안 자신들의 서랍 속에 그것들을 보관할 수 있었다.

그리고 부국장의 경우는 세 건의 문건 중 '마샬 계획Ⅱ'는 그의 소관 사항이 아니었기 때문에 그 역시 그 문건을 보기 위해서는 따로 대출을 받아야 했을 것이다. 하지만 '마샬 계획Ⅱ'를 대출해 간 명단에서 부국장의 이름을 찾을 수는 없었다.

전성길은 의자 등받이에 몸을 기대고 눈을 감았다. 피곤했다. 눈이 아려왔고, 머릿속은 안개가 가득 들어찬 것처럼 뿌옇게 흐려 있었다.

확실한 것은 두 가지뿐이었다. 그 문서들이 JIC에서 유출되었다는 사실 그리고 문서들이 누군가에게 도움을 준다면 가장 큰 수혜자는 일본이 될 것이라는 추정이었다.

일본이라. 그렇다면 권유민에게 털어놓고 도움을 청하는 수밖에 없겠군. 전성길은 창밖의 따뜻한 풍경을 바라보았다. 늘 이 시간이면 그랬듯이 창밖 산동네의 빽빽한 지붕들 위로 풍요로운 햇살이 쏟아져 내리고 있었다.

이날 밤, 가케 히데키는 거의 잠을 이루지 못하고 있었다. 낮과 밤의 변신에도 이제 이력이 났을 그였지만, 그가 휘말려 있다고 야츠키에게 말했던 '굉장히 복잡한 일'은 그로 하여금 불면의 밤을 보내게 하고 있었다.

잠시 후 그에게 전화가 걸려올 것이었다. 히데키는 그 전화를 받기 전에 판단해야 할 일이 있었다. 황련단의 본부에서는 그에게 이 모든 일을 수습하도록 했고, 그는 이제 무거운 책임이 따르는 임무를 수행해야만 했다.

한국에 오랫동안 뿌리를 내려온 세포 조직 하나를 제거한다는 것은 쉬운 판단이 아니었다. 그러나 썩은 뿌리는 빨리 잘라낼수록 전체에는 이로울 것이었다. 괴로운 선택이었지만 잘라내야 한다는 판단에는 흔들림이 있을 수 없었다.

세포 조직의 팀장은 거점이 한국 경찰에 알려지자 자취를 감췄다. 자신은 요행히 몸을 피했지만, 그가 남기고 떠난 거점에는 황련단의 존재를 구체적으로 상상할 수 있는 많은 자료들이 남아 있었다. 한국의 정보기관에서 어렵게 구한 몇 건의 비밀문서와 이미 지워져서 전혀 아무런 가치가 없을 것이라고 주장했던 컴퓨터 디스켓 몇 장이 바로 그 거점에서 사라진 것이다.

디스켓은 이미 지워져서 황련단을 추적할 만한 단서가 될 수 없다고 그는 주장했지만, 지워지기 전 그 안에 담겨 있던 내용이 무엇이었는지 말하는 순간, 히데키는 온몸의 피가 얼어붙는 듯한 긴장감을 맛보았었다.

그리고 그 세 건의 비밀문서. 그것은 단순한 손실로 보기에는 너무 부담스러운 물건이었다. 만약 그것이 유출된 기관에서 유출 경로를 캐기 시작한다면, 모처럼 확보한 귀중한 정보원을 잃을 수도 있었다.

히데키는 다시 몸서리가 돋는 분노를 느꼈다. 그는 이미 황련단을 궁지로 몰아넣는 실수를 저지른 것이다. 젊은 말레이시아인을 돈으로 매수해서 미국 관리를 테러한 그 어설픈 충성을 비롯해서.

히데키는 그가 거점에서 사라졌다는 정보를 취했을 때 오히려 다행이라는 생각을 했었다. 제발 나타나지 말길 빌었다. 몸을 숨기고 산다는 것이 쉽지 않겠지만, 그것으로 자신에게 돌아갈 벌을 대신 하길 진심으로 빌었다.

그러나 그는 거점에서 사라진 지 정확히 일주일째 되는 날부터 이틀 혹은 사흘에 한 번씩 히데키에게 전화를 걸어왔다. 이제 그를 설득하기에 지쳤다.

새벽 2시.

히데키가 마악 담배에 불을 붙였을 때 전화벨 소리가 울렸다. 세 번째 벨소리에 히데키는 수화기를 들었다. 상대는 간단히 히데키임을 확인했다. 히데키는 그를 잘 알고 있었다. 짧은 머리카락에 커다란 덩치, 그러나 변성기를 지내지 않은 듯한 목소리를 가진 사내. 목소리와는 전혀 다르게 포악한 성격을 가진 인물이었다.

히데키는 잠시 망설였다. 수화기에서는 아무 소리도 들리지 않았다. 사라진 그의 위치를 확인했다는 사실을 가느다란 목소리로 알린 뒤 짧은 머리카락은 침묵 속에 잠겼다. 그는 무엇을 기다리고 있는 것일까.

그는 사라진 거점의 팀장 바로 곁에 있었던 조력자였다. 그리고 그 역시 그 실수에 가담했었다. 단지 그가 그 책임을 면할 수 있었던 것은 책임자가 아니라는 사실 때문이었다. 하지만 그는 그 팀에서는 단순한 조력자일 뿐이었지만, 황련단 내에서는 매우 중요한 행동대의 일원이었다.

한동안의 침묵은 고통스러웠다.

결국 히데키는 침묵을 견디지 못했다. 히데키는 수화기에 자신의 말을 짓이겨 넣었다. 사내가 가느다란 음성으로 말했다.

"걱정 마세요. 잘될 겁니다."

히데키는 그의 독특한 헤어 스타일과 눈썹 위의 희미한 흉터를 떠올렸다. 그것이 히데키가 그에 관해 알고 있는 전부였다.

수화기를 내려놓은 히데키는 고통을 잊기 위해 대사관에서 가져온 문서철을 뒤적였다. 오후에 본부로부터 다큐멘터리 대본이 도착한 것이다. 내용은 히데키가 기대했던 대로 만족할 만한 것이었다. 한국 측 프로덕션에 보내 일차 한국 학자에게 감수를 받는 요식 행위를 거치는 것이 좋겠다는 생각을 했다.

그 시각 김영목은 서울 외곽의 한 여관방에 한 마리의 외로운 짐승처럼 웅크리고 있었다. 정확히 삼십 분 전 황련단의 한 연락책으로부터 연락을 받았었다. 본부에서 보내온 전문을 수령하고, 그를 따라 안전한 곳으로 피하라는 지시였다.

불 꺼진 방 안에 무릎을 세워 끌어안은 김영목은 참담한 심정이 되어 있었다. 지금껏 자신이 꾸려 온 삶은 한국인 아버지와 일본인 어머니 사이에서 태어난 자신의 출생과 무관하지 않은 삶이었다. 자신이 해온 일이 그랬다. 황련단 활동 역시 잃어버린 자신의 역사를 복원하는 일에 다름이 아니었다. 자신의 출생이 부끄러운 것이 아니었음을, 스스로 증명해 보일 이유가 있었다. 백 년 전 역사가 잘못되었다는 얘기는 아니었다. 하지만 조국의 해방이 가져온 것이 무엇인가 하는 점에 대해서는 회의적이었다. 해방과 동시에 비참해진 자신의 출생 이력과 마찬가지로 조국의 현실 역시 바람직한 것은 아니었다고 그는 믿었다.

김영목이 황련단에 연합한 한 조직체인 '혈맹단'에 가입한 것은 스물세 살 때였다. 일본으로 건너온 지 오 년째 되던 해였다. 그는 '혈맹단'의 한 학생 조직원을 만났고, 그로부터 '동아시아의 현대사가 미국에 의해 왜곡되었다'는 얘기를 들었다. '한일 합병은 미국을 대표로 하는 유럽 백인들로부터 아시아를 지키려했던 것으로 정당한 일이었다'는 얘기를 들었을 때 김영목은 은밀하게 내부로부터 타오르는 불길을 느꼈었다. '혈맹단'을 통해 잃어버린 역사를 복원하겠다고 나선 것에 후회해 본 적이 없었다.

그러나……, 김영목은 반문해 보았다. 그러나 지금 나는 어떤 처지에 놓여 있는가. 쫓기는 자신의 처지를 돌보아주지 않는다고 황련단의 중간책에게 칭얼거려야 할 형편에 놓인 나는 과연 무엇인가.

김영목은 잠시 후, 문밖에서 들려온 귀에 익은 목소리를 들었다. 자신을 안전한 곳으로 데려가기로 약속한 인물이 도착한 것이다.

수면 위로 올라온 파워 게임

JIC의 확대 간부회의. 이날 열렸던 JIC의 확대 간부 회의는 지극히 평범한 월례 행사였다. 하지만 회의에서 불거진 충돌은 그동안 내재해 있던 갈등이 수면 밖으로 드러난 것이었다. 국장과 부국장은 정면으로 충돌했다. 아시아 태평양지역에서 일본의 역할을 강조하던 부국장의 발언을 제지한 국장이 제5부를 직접 관장하겠다고 선언한 것이다.

"이 시간 이후 JIC의 모든 업무는 제가 총괄합니다. 제5부 역시 예외는 아니오. 제5부 활동의 특수성은 충분히 이해하고 있지만, 지출결의서에 날인만 하는 형식적인 국장은 싫소. 오늘부로 제5부의 모든 업무 보고는 내가 받을 것이오. 부서장은 이 점을 명심해서 이번 달 활동 계획서를 제출해 주시기 바라오."

찬물을 끼얹은 듯한 정적. 그에 대해 반응을 보인 사람은 없었다. 실질적으로 국장은 JIC의 거의 모든 업무를 총괄해 왔었다. 다만 예외가 있었다면 제5부였다. 제5부는 부국장이 따로 관장하는 독립적인 활동을 해왔기 때문이었다. 따라서 국장의 이 같은 발언의 표적은 부국장일 것이었다. 그 순간 권유민은 부국장의 얼굴이 붉어지는 것을 보았다.

그러나 침묵하고 있던 열두 명의 간부들은 국장의 이 같은 발언이 몰고 올 파장을 잘 알고 있었다. 그것은 단순히 JIC만의 일이 아닐 것이었다.

국장의 계속된 발언.

"의견이 통일되지 않아 각 부서의 업무가 유기적인 공조를 이루지 못한다면 종로 바닥에 흩어져 있는 흥신소보다 나을 게 뭐겠소? 부서마다 다른 목소리를 내고 있다면 우리의 말을 믿어주는 곳도 없을 겁니다."

국장의 언성은 점점 높아지고 있었다.

"일본이 감히 아시아의 지도국 운운하는데, 지금 아시아 태평양 지역에는 새로운 국제 질서가 잉태되고 있습니다. 여러분도 잘 아시다시피 그것은 환태평양 자유무역지댑니다. 한국은 그것을 위해 아시아 태평양권 국가 간 조정자 역할을 아주 훌륭하게 해내고 있어요. JIC는 앞으로 일본의 움직임에 주목할 것입니다. 환태평양 시대가 열릴 때까지 그것을 방해하는 일이 벌어져서는 안 되니까요."

환태평양 자유무역지대 창설을 주도하고 있는 것은 미국이었다. 국장의 노선은 선명했다. 그리고 그것은 말 그대로 선언이었다. 그러나 국장의 선언 끝에 북국장의 신음 소리. 그의 신음 소리는 매우 독특했기 때문에 좌중에 자신의 심경을 알리는 데 매우 효과적이었다. 부국장의 불편한 심기가 전해지자 일제히 장내의 시선은 부국장에게 쏠렸다.

"그렇지만 국장님."

부국장이 다시 입을 열었다. 그는 자세를 고쳐 앉아 국장을 바라보았다.

"저는 그것을 판단하는 데 감정이 개입되어서는 안 된다고 봅니다. 아시아 경제권이냐, 아니면 환태평양 경제권이냐 하는 선택은, 한국뿐만이 아니라 아시아 민족의 미래를 위한 중대한 결정 아니겠습니까?"

국장이 부국장을 향해 손을 들어 제지했으나, 그는 계속했다.

"미국은 2차 대전 이후, 자신들의 '군사적 확대 재생산'을 위해 필요한 위기와 악한들을 동원하는 데 전혀 불편함이 없었습니다. 바로 공산주의라는 '악마' 하나만으로도 충분했기 때문이죠. 그러나 소련이 무너지고 동구권이 붕괴되면서 미국은 자신들의 군사주의를 위한 새로운 악마가 필요했습니다. 결국 미국은 동아시아에서 작은 악마를 찾았고, 그것은 북한이죠? 미국은 지금 그 악마를 상대로 매우 위험한 행동을 하고 있습니다. 국장님은 아직도 람보가 필요하십니까? 20만 명의 이라크인을 죽음으로 몰아넣은 부시에게 74%의 지지를 보낸 미국인들의 상황 인식을 믿으십니까? 그들에게도 정의라는 것이 있다고 믿으십니까? 그들은 지금 이렇게 말하고 있습니다. '북한을 쳐라. 공격하라. 토마호크를 날리고, B52를 날려라'. 그러나 그들은 지금

거실 텔레비전 앞에 앉아 있습니다. 발 씻고 앉아 육포를 씹으면서 말이죠."

부국장의 연설은 그 후로도 계속됐다. 국장은 아예 눈을 감았고, 열두 명의 간부들은 눈만 껌벅이고 있었다.

"저는 국장님께 이렇게 묻고 싶습니다. 과연 냉전 해체 이후에도 미국은 역시 절대 강국입니까? 만약 여전히 강국이라면 군사력에 의존하던 기존의 방식 외에 다른 대안이 있습니까? 그들이 아시아에서 할 수 있는 일이 도대체 뭡니까? 미국이 아시아 평화를 위한 중재 역할을 할 수 있다고 믿으십니까? 미국이 군사력을 휘두르지 않고, 정치적인 폭력을 사용하지 않고, 동아시아 문제를 문화적 중재자 입장에서 조율할 수 있다고 보십니까? 도대체 그들이 아시아 국가들에게 콩 심어라 팥 심어라 할 만한 역사적 명분은 있는 것입니까? 그런 미국이 보스가 되는 환태평양 경제권이라는 것이 과연 아시아 민족에게 어떤 의미가 있는 것입니까? 아시아 민족이 더 이상 미국의 패권주의를 위해 군사기지를 내주거나 군사비를 지출할 필요가 있는 것입니까?"

이 부분에서 국장은 눈을 떴다. 그리고 다시 언성을 높였다.

"이보시오, 부국장. 말씀이 너무 앞서간다고 생각되지 않아요?"

"천만에요, 아무리 말해도 지나친 말이 아닐 겁니다. 우리는 미국의 그 패권주의에 희생된 지구상의 유일한 분단국가니까요. 어쩌면 우리의 후손들은 우리가 지금 일본에게 전후 보상을 요구하듯이 미국에게도 역시 그 역사적 책임을 물을지도 모릅니다."

"그만하세요!"

국장이 목청을 높였다. 한동안의 침묵이 흘렀다. 무거운 침묵이었다. 이윽고 국장이 입을 열었다. 하지만 좌중은 국장의 다음과 같은 말에 더욱 아연할 수밖에 없었다.

"이보시오, 부국장. 당신이 미국을 싫어하는 이유를 나는 알지. 미군을 상대하던 당신의 어머니 때문인 걸 압니다. 하지만 사사로운 감정에 너무 휘말려들지 말아요, 민병선 씨. 당신의 과거는 그냥 과거일 뿐이니까."

"젠장."

황인기였다. 그의 그 한 마디는 국장을 향한 노골적인 비난이 되었다. 초긴장 상태의 회의실에서 황인기는 직속상관을 향해 각을 세운 것이다.

뒤이어 부국장은 창백한 얼굴을 험악하게 일그러뜨리면서 탁자를 내리쳤다. 좌중에서는 무거운 신음 소리들이 터져 나왔다. 창백한 얼굴로 부국장이 일어서서 문을 박차고 나가 버릴 때까지, 그 짧은 시간의 침묵은 너무나도 황량한 것이었다. 메마르고 거친 황야에서 바람을 등지고 서서 오랜 친구의 묘비명을 읽어 내릴 때 그런 표정들을 지을까. 권유민은 국장의 묘비명을 읽었다. 국장이 이제 막가는구나. 아찔한 현기증, 머리로 솟구쳤던 피가 어느 순간 한꺼번에 쏟아져 내려가는 느낌을 받았다. 의자가 놓인 양탄자 바닥이 아득히 멀어져갔다.

부국장이 일어서서 나가자, 따라나선 사람은 제5부 부장 곽정환을 비롯한 세 명이었다. 황인기는 그들과 행동을 같이하지는 않았으나 노골적으로 불편한 심기를 드러냈다.

이날의 회의는 불과 이십 분 만에 끝났다. 짧은 시간이었지만 많은 것을 시사해 준 회의였다.

자신의 사무실로 돌아온 권유민은 오랫동안 창가에 서 있었다. 국장을 저 막다른 골목으로 몰아가는 것은 도대체 무엇일까. 국장은 어느 날 문득 극우파 단체에 대해 관심을 가졌다. 그리고 그 후로 추레해지기 시작했다. 자신의 집무실 바닥에 매트리스를 깔고 생활의 리듬마저 깼다. 과연 국장은 뭘 들여다본 것일까. 무엇을 들여다보았길래 저토록 허둥대는 것일까.

그 시각, 강남경찰서 강력계 반장 김철규는 황 순경이 프린트해 온 괴문자를 들여다보고 있었다. 직업소개소 컴퓨터에서 발굴한 것인데 어울리지 않게 고대 이집트 문자처럼 생겼했다. 장마 때 지렁이가 진흙 마당에 남긴 자국처럼 매우 유려한 곡선의 흘림체였다.

"그냥 누가 장난 한번 해본 거 아닐까요?"

신영식 경장이었다. 김 반장은 그렇게 말한 신 경장이 못마땅했다.

"사람이 싱겁기는. 수사관이면 수사관다운 의지를 갖게. 그렇게 쉽게 해버리는 판단이 어딨나? 한번 자세히 들여다보게. 여기에 아주 정교한 규칙이 있어. 그리고 이 규칙들은 지금 뭔가 비밀을 말하고 있네."

얼른 봐서는 부호 하나하나 다 비슷한 것처럼 보였지만, 끝이 삐침으로 처리되거나, 한 바퀴 감아올려 끝내거나 혹은 날 일자 형식으로 각기 독특한 모습을 하고 있었다. 그것들은 서로 다른 의미를 가진 부호일 것이었다.

그렇지만 그것이 무엇을 의미하는 부호인지 아는 사람은 없었다. 그동안 알 만한 사람들을 찾아다니면서 물어봤지만, 이 괴문자의 출생지는 끝내 알 수가 없었다. 도대체 지구상의 어떤 나라가 이런 해괴한 문자를 사용한단 말인가. 중간 중간에 쉼표도 있고, 문장이 끝나는 곳에 엄연한 마침표도 있건만, 몇 개 국어에 능통하고 십수 개 국을 여행했다는 사람을 만나서도 끝내 어느 나라에서 온 문자인지 알 수가 없었던 것이다.

단단한 기밀성의 각질을 가진 부호였다. 김 반장은 그렇게 여겼다. 또한 이렇게 단단한 기밀성을 가졌다면 이건 보통 물건이 아닐 것이었다. 다시 가벼운 흥분이 일었다.

미국 상무부 관리인 윌리엄 피그먼이 강남의 한 콘도미니엄 주차장에서 테러를 당했다. 다행히 죽진 않았지만, 그것은 실로 중대한 사건이었다. 한국과 미국의 관계에 상처를 낼 수 있는 엄청난 음모였다. 그런데 그 음모의 뒤에는 하나의 조직이 있었다. 직업소개소로 가장하고 있었지만, 그것은 단순한 직업소개소가 아니었다. 거기에는 어울리지 않는 금고가 있었고, 그 금고 안에서는 결코 아무렇게나 취급되어서는 안 될 기밀문서가 발견이 되었다. 그리고 거기에서 발견된 컴퓨터 디스켓이 지금 알 수 없는 부호들을 쏟아 내놓은 것이다. 아랍어를 닮았지만, 아랍어가 아닌. 지금까지 확인한 바에 의하면 지구상의 어떤 나라도 사용하고 있을 것 같지 않은 문자였다.

"이것들 좀 보게. 일일이 그래픽으로 이 작은 부호들을 그려서 이런 문장들을 만들려면 이건 정말 굉장한 노동력이 필요했을 걸세. 아마 몇 달은 걸렸겠지. 세상에 누가 이런 장난을 하겠나?"

신 경장은 어깨를 으쓱해 보였다.

"이건 장난이 아니야."

이건 장난이 아니야. 똑같은 말을 반복하고 있는 김 반장의 표정은 그러나 빛을 잃고 있었다.

"냉면이나 먹으러 나가지."

김 반장은 그것을 소중하게 접어 양복 안주머니에 간직한 뒤, 자리에서 일어섰다. 청명한 날씨였다.

그들이 점심을 먹고 돌아왔을 때, 김 반장의 책상 위에는 메모지 한 장이 놓여 있었다. 영등포경찰서 강력계였다. 영등포경찰서에서 전화를 걸어왔다면 그것은 김영목 때문일 것이었다. 김영목은 김 반장이 직업소개소 사무실을 덮친 직후 사라졌었다. 말레이시아인 모렝을 사주해 윌리엄 피그먼을 테러한 혐의를 받고 있는 그였다. 자신의 금고에 정보기관에서 유출된 기밀문서를 보관하고, 두터운 기밀성의 각질로 포장된 이 괴문자를 소유했던 인물이었다. 과연 그의 정체는 무엇일까. 무슨 목적으로 기밀문서를 유출시켜 가지고 있었으며 또한 괴문자로 기록된 이것은 과연 무엇일까.

김 반장은 황급히 전화기를 끌어당겼다.

같은 시각, 용산 전자 상가의 젊은 컴퓨터 도사 역시 조금 전까지 김 반장이 들여다보고 있었던 괴문자에 빠져 있었다. 김 반장이 파일을 되살리기 위해 왔던 날, 청년은 자신의 컴퓨터에 저장되어 있던 문서를 지우지 않았던 것이다.

그것은 아주 흥미로운 문자였다. 청년의 호기심은 거의 병적인 것이었다. 그는 그날 김 반장의 태도에서 그 문서가 예사 것이 아니라는 사실을 느꼈었다.

청년 역시 처음에는 그 괴문자가 아랍어일 것이라고 생각했다. 그러나 아랍어를 전공한 친구와 컴퓨터 통신을 통해 확인한 결과 아랍어가 아니라는 사실을 간단히 알 수 있었다. 아랍어가 아니라면 정말 이건 흥미로운 문자였다. 어쩌면 문자가 아닐지도 모른다는 생각을 했다. 그것은 단순한 부호일 수도 있었다.

그러나 아무리 단순해도 의미가 없는 부호란 존재할 이유가 없는 것이다. 무슨 의미든 있을 것이었다. 이런 부호를 이용해서까지 전달했어야 할 내용이라면 그건 무엇이었을까.

생각이 여기에 이르자 청년은 온몸을 내리훑는 짜릿한 기분을 느꼈다. 그건 분명히 가치가 있는 것이다. 지금까지 청년의 호기심을 견뎌 낸 비밀이란 존재하지 않았었다.

확대 간부 회의가 그렇게 엉망이 되어 끝난 뒤, 자기 방으로 돌아온 일본 담당 부장 권유민은 일본으로부터 도착한 보고서들을 검토하고 있었다. 일상적으로 대해 왔던 평범한 보고서들이었다. 최근 일본의 정가 소식과 경제계 동향 보고였다.

권유민은 그 중에서 일본의 무기 시장 진출에 관련한 보고서와 후지츠가 새로운 램 제품 개발에 성공했다는 주재원 리포트를 B급 문건으로 분류해 처리했다.

만약 일본이 무기 시장에 진출하게 되면 어떻게 될까. 일본은 지금 세계 시장을 거의 완벽하게 지배해가고 있다. 또한 걸프전은 일본의 최첨단 기술을 세계 방방곡곡에 선전해 줬다. 걸프전이 진행되는 동안 세계는 매일 저녁 CNN을 통해 미국의 첨단 무기들이 이라크를 공격하는 것을 보았다. 그리고 그 미국의 첨단 무기들이 송곳으로 찌르듯 정확하게 폭격할 수 있었던 것은 PAV라고 하는 고품질의 일제 반도체 덕분이라는 사실도 알게 되었다. 미국 첨단 병기들의 두뇌 부분 93개 중 92개가 바로 일제라는 사실도 알게 되었다. 전비戰費 부담을 주저했고 전투 병력도 파견하지 않았지만, 일본의 그 고품질 반도체들이 걸프전을 승리로 이끄는 데 엄청난 영향을 줬다는 사실도 알게 되었다. 그 후 미국은 남의 기술과 돈으로 몸만 가지고 싸웠다는 비난을 들었다.

권유민은 자리에서 일어나 다시 창가로 다가갔다. 창 아래에는 차량들로 붐비는 강북로가 가로놓여 있었고, 그 아래에는 강 밑으로 지하철이 다닐 수 있도록 터널을 만드는 공사가 한창 진행 중이었다. 강에는 겨울 낮의 햇살이 따사롭게 쏟아지고 있었다.

일본이 무기 시장에 본격적으로 진출하면 세계 구도는 어떻게 바뀔까. 권유민은 이런 질문 자체가 우문일지도 모른다는 생각을 했다. 왜냐하면 그 질문 자체에 이미 해답이 들어 있기 때문이었다. 일본이 무기 시장에 진출하게 되면 그 자체가 일본 재무장의 궁극적인 원동력이 될 것이다. 왕성한 첨단 무기의 생산은 미국이 그랬던 것처럼 그리고 소련이 그랬던 것처럼, 자동적으로 일본을 군사 대국으로 이끌 것이었다.

일본이 재무장을 한다. 그렇게 되면 동아시아의 모습은 어떻게 달라지게 될까. 일본의 군사 대국화 의지를 틀어막고 있다는 '병뚜껑' 미국은 과연 어떤 태도를 취하게 될까. 또한 그 와중에 중국은 어떤 선택을 할까. 그리고 우리는 그 즈음 어디에 서 있을까. 아니, 어디에 서 있을 수 있을까.

창가에 서서 한강을 내려다보고 있던 권유민은 문득 커피 생각이 났다.

5층 간부 휴게실은 비교적 한적했다. 점심시간이 끝났기 때문일 것이었다. 권유민은 창가에 놓인 소파에 몸을 묻었다. 전망이 좋은 자리였다.

"여기 커피 한 잔."

권유민은 정 군이 다가오자 그렇게 말하고, 다시 몸을 소파 등받이에 뉘었다. 얼굴을 간지럽히는 겨울 햇살이 따사로웠다. 몸과 마음이 다 편안했다. 현실은 그렇지 못했으나, 권유민은 이 순간 그 모든 것을 잊고 싶었다. 그렇지만 집요하게 파고드는 생각만은 떨쳐 버릴 수가 없었다. 권유민은 생각했다.

현재는 자꾸 변하는 순간이다. 매시간 혹은 매분, 순간적으로 현재는 사라지고 현실은 예측할 수 없는 변신을 한다. 불과 몇 분 전 과거는 이미 존재하지 않고, 몇 분 전 현실이 과거가 되어 어두운 시간의 통로로 빠져 달아나 버리면 거기에는 예측하지 못했던 위기가 버티고 있는 것이다. 그렇지만 불행하게도 미래를 내다보는 것은 극히 어둡고 미심쩍다. 그런 미래를 예측하며 괴로워하거나 두려워하는 것은 부질없는 일이다. 정말 그것은 부질없는 일이다.

그러나 나는. 권유민은 생각했다. 그러나 JIC에 몸담고 있는 우리는, 그 예측할 수 없는 미래의 포로다. 한국의 미래가 어떻게 될 것인가. 그것은 끊임없이 추적해 밝혀야 할 멍에였다. 언제나 그들을 괴롭히는 화두였다. 하지만 위기에 대한 인식의 보편화, 위기를 보편적으로 인식하게 된다면 우리의 탁월한 지성들이 그 미래를 위기로부터 보호할 수도 있지 않을까.

그러나 오늘날 우리를 위협하고 있는 위기의 정체는 무엇이고, 어디로부터 오는 것인가.

권유민은 눈을 감았다. 그때 그는 아주 은밀하고 끈끈한 음성을 들었다. 낮았으나 간지러운 속삭임은 아니었다. 강단이 있는 음성이었다. 사이사이 대꾸하는 음성 역시 비장감이 느껴지는 것이었다. 사실 그 소리는 권유민이 휴게실에 들어서기 전부터 들려오던 것이었다. 칸막이가 되어 있는 입구 반대편의 구석 자리였다. 들려오는 음색으로 봐서 대화자는 두 사람이었다.

무슨 말인지 알아들을 수는 없었지만, 대화를 나누고 있는 두 사람의 친밀도를 가늠하기란 어렵지가 않았다. 칸막이를 넘어 조용조용하게 울려나는 그 목소리의 주인공들이 궁금했다. 그때 정 군이 다가와 찻잔을 탁자 위에 내려놓았다. 정 군에게 물어볼 수도 있었다. 그러나 권유민은 그 충동을 가까스로 눌렀다.

그 충동을 누르고 난 권유민은 자리가 불편했다. 애써 목소리를 낮춰 기밀성을 확보하려는 사람들 곁에 앉아 있기란 고역이었다. 정 군이 갖다 놓은 커피를 서둘러 마시고 일어서려던 참이었다. 그때 칸막이 너머 두 사람이 자리에서 일어서는 소리가 들려왔다. 낭패라는 생각이 들었다.

낭패였다. 권유민이 엉거주춤 자리에서 일어서려는데 두 사람이 칸막이에서 빠져나온 것이다.

"여어, 이거 누구신가 했더니 권 부장이었군."

호들갑을 떨며 알은척을 해온 사람은 부국장 민병선이었다. 그리고 그 뒤편에서 민망함을 눌러 참느라 얼굴을 붉게 물들인 사람은 미국 담당 부장 황인기였다. 권유민은 문득 불길한 예감이 들었다.

서둘러 부국장이 휴게실에서 나간 뒤에도 황인기는 잠시 머뭇거리고 있었다. 뭔가 권유민에게 얘기할 게 있는 듯한 행동이었으나, 황인기는 끝내, 잠시 그에게 주었던 시선마저도 거두어 휴게실을 나가 버렸다. 권유민은 황당한 느낌이 들었다.

부국장은 직접적으로 황인기의 업무와는 무관했다. 황인기의 보고서에는 부국장의 결재란이 없었고, 부국장 역시 황인기의 업무에 아무런 지휘 책임이 없었다. 예산 심의 때나 가끔 참여할 뿐, 부국장은 제5부를 제외한 어떤 부서에도 관여하지 않았다.

하지만 제5부의 조직이 워낙 방대했기 때문에 부국장이 국장의 권한 밖에 있는 듯한 착각을 불러일으킬 때가 많았다. 이런 이원적인 지휘 체계가 왜 필요했는지는 알 수 없었다. 다만 JIC의 독주를 막기 위한 하나의 구조적 견제 장치가 아닌가 짐작할 뿐이었다. 그렇게 짐작하게 된 이유가 있었다. 아주 가끔 부국장이 자기 소관 부서가 아닌 다른 부서의 일에 입김을 불어넣는 경우가 있었던 것이다.

오늘 휴게실 칸막이 안의 부국장과 황인기 회동을 그렇게 생각해 버릴 수도 있었다. 그러나 회의실에서 국장을 상대로 황인기가 보였던 반응과 휴게실 칸막이 너머에서 들려온 은밀한 그들의 목소리에는 예사롭게만 볼 수 없는 무엇인가가 있었다.

황인기가 휴게실을 빠져나가자 권유민도 곧 일어섰다. 퇴근 전까지 하던 일을 마무리해야 하기 때문이었다.

그 시각 강남경찰서 김 반장과 신 경장은 구로구 오류동에 있는 한 야산을 오르고 있었다. 군데군데 잔설이 남아 있었고, 코끝을 스치는 바람은 매웠다. 야산 아래에는 산업용 철도가 놓여 있었다. 철강 회사가 있었고, 그 철강 회사의 탑을 끼고 철길은 산자락 아래를 지나고 있었다.

김 반장과 신 경장은 철길과 만나는 도로 가장자리에 차를 세우고 철길을 걷기 시작했다. 야트막한 야산이 서로 이어지는 골짜기 아래로 철길이 지나고 있었다. 도시는 거기에서 끝나 있었다. 약간 언덕진 곳에 다다르자 시야가 탁 트였다. 그다음 철길은 확 트인 들판을 달리고 있었던 것이다. 야산 오른쪽 아래에는 농가 몇 채가 들어서 있었고, 농가 마당에 지어진 철책 우리 안에는 수십 마리의 개들이 짖고 있었다.

날씨는 비교적 화창했으나, 전체적인 풍경은 어딘지 음울해 보였다. 아카시아나무로 여겨지는 키 큰 나무의 가지들에는 까치집들이 매달려 있었다. 그러나 텅 비어 있는 들판에서 간혹 날아오르는 것은 까치가 아니었다. 그것은 까마귀였다.

철길과 폭이 좁은 길이 만나는 지점에서 물통을 든 노인을 만났다. 김 반장은 약수터 가는 길을 물었고, 노인은 말없이 턱짓으로만 약수터를 가리켰다. 약수터는 철길의 왼쪽 야산 아래에 있었다. 잔설이 녹아 흘러 길은 질퍽한 흙탕길이었다. 신 경장은 바지를 걷어 올리고 김 반장을 부지런히 좇아 올라갔다.

사건 현장은 철길에서 불과 300미터쯤 떨어진 곳에 있었다. 약수터에 미치지 못한 곳이었다. 영등포경찰서 강력계 직원들과 감식반이 나와 있었다. 영등포경찰서의 윤 반장은 김 반장과 동기였다.

사체는 약수터에서 50미터쯤 떨어진 웅덩이에 있었다.

"소지품이 아무것도 없어. 안면이 없었다면 신원 확인도 할 수 없었을 거야."

윤 반장은 사체를 덮어 두었던 하얀 천을 벗겨 냈다. 열댓 명의 구경꾼들이 모여 있었다. 그들은 공통적으로 모두 물통을 들고 있었다. 약수터에 왔던 사람들일 것이다. 그중 두 사람은 이미 똑같은 얘기를 수없이 반복하고 난 후였다. 최초 목격자였다.

김 반장은 사체를 한동안 들여다보았다. 처음 보는 얼굴이었다. 흰머리가 희끗희끗 보이는 초로의 사내였다. 사체는 피 한 방울 흘리지 않은 깨끗한 상태였다.

“만난 적은 있었나?”

윤 반장이 물었다. 김 반장은 천천히 머리를 저었다.

“만난 적은 없어. 김영목이 확실해?”

“이 친구가 날 어떻게 보는 거야? 확실해. 이 사람 부친이 우리 관내 유지 아니었던가? 내가 김영목이를 모를 리가 없지. 이미 김 원장께서 확인하고 가셨다네.”

“김 원장?”

“김영목의 부친 김철진 옹. 우리는 회장님이라고 부르지. 우리 관내 구민회 회장을 지냈거든.”

김 반장은 사체를 다시 천으로 덮고 웅덩이에서 빠져나왔다.

“깨끗한데? 뭐 좀 찾아낸 거 있나?”

윤 반장은 종이로 싼 작은 약병 하나를 보여줬다.

“이게 있었어. 사체 밑에 묻혀 있더군. 사체를 뒤집느라고 용을 쓰다 발끝에 채여 나온 걸 발견했지. 누가 사체 밑에 이런 것이 묻혀 있을 줄 알았겠나? 주사약병인데. 성분은 아직 알 수 없고. 그리고…… 이거.”

윤 반장이 다른 종이를 펼치자 그 안에서는 일회용 주사기가 나왔다.

“자살?”

김 반장은 그렇게 말하며 윤 반장을 바라보았다. 김 반장의 심증은 그랬다. 김영목은 자신의 정체를 숨길 필요가 있었을 것이었다. 자신이 속해 있던 조직을 보호하기 위해서도 그는 이런 선택을 할 수밖에 없었을지도 모른다. 김 반장은 사체가 있는 웅덩이를 바라보았다.

김 반장이 빠져나온 웅덩이에는 신 경장이 내려가 있었다. 사체를 살펴보는 중이었다. 지금은 외사계 경찰관이지만, 그는 한때 김 반장과 함께 강력계에서 일했었다. 한동안 그는 웅덩이에 있었다.

"글쎄, 지금 상황으로 봐서 자살이라고 봐야겠지. 그런데 좀 이상한 점이 있어. 바늘 자국에 피가 맺힌 걸로 봐서는 혈관에 주사한 건데, 김영목 혼자서 정확하게 혈관에 주사바늘을 꽂을 수가 있었을까? 제 살에 주사바늘을 꽂기가 그리 쉬운 일도 아닌데, 그것도 혈관까지 찾아서 말이야. 누가 도와주지 않은 이상."

"여러 번 해봤다면 그럴 수도 있었겠지."

"여러 번 해보다니?"

"사람 참. 이십 년 넘게 경찰 생활하면서 그것도 하나 딱딱 못 맞히나? 김영목이 마약을 했을 가능성도 있잖아."

"그것뿐만이 아니야. 주사바늘 자국을 살펴봤는데, 오른쪽 팔목에 있더라고."

"왼손잡이였겠지."

윤 반장은 머리를 저었다.

"아니야. 김 원장에게 확인해 봤지. 왼손잡이가 아니었대. 물론 지금으로선 판단하기가 쉽지 않지. 감식 결과가 우선 나와야겠고, 또 사체 검안도 해봐야겠지. 그런데 도대체 자네가 쫓는 게 뭐야? 뭔데 그렇게 집요해?"

김 반장은 멋쩍게 웃었다.

"아무것도 아니야. 아직 나도 알아낸 게 없어."

"이 사람, 여전하군."

윤 반장은 질렸다는 표정으로 머리를 저었다.

김 반장은 아직 웅덩이에 있던 신 경장을 불렀다. 더 이상 머물러 있어봤자 얻을 것이 없다고 판단했기 때문이었다. 확실한 것은 김영목이 죽었다는 사실이었다. 김영목이 죽었다면 사건을 추적할 수 있는 고리 하나가 더 떨어져 나가 버린 셈이었다.

그때 김 반장은 웅덩이에서 올라오는 신 경장을 보았다. 백지장처럼 바란 그의 얼굴 표정이 심상치가 않았던 것이다. 김 반장은 쓴웃음을 지었다.

"사람 허구는. 시체 첨 보나?"

신 경장은 겁에 질린 표정을 짓고 있었다. 김 반장은 넋 나간 표정의 신 경장을 데리고 여기서 빨리 빠져나가야겠다는 생각을 했다. 자신도 사건 현장에서 사체를 보고 난 후, 그 주검이 준 강렬한 인상 때문에 넋이 나가 버린 적이 간혹 있었다. 죽음 자체보다도 그 죽음이 수반한 상황이 두려운 것이다. 김 반장은 신 경장의 어깨를 감싸 안으며 다시 한번 쓴웃음을 지었다.

다시 철길로 나선 김 반장은 신 경장에게 물었다.

"자네도 경찰 생활한 지가 제법 됐잖나? 얼마나 됐지? 십 년도 훨씬 넘었을 텐데."

신 경장은 대답하지 않았다. 묵묵히 앞만 보고 걸었다. 창백한 낯빛은 변하지 않았다.

들판에는 여전히 까마귀들이 날아오르고 또 내려앉고 있었다. 텅 빈 들판의 을씨년스러운 분위기가 사체가 발견된 현장으로서는 아주 적당했다.

그때 신 경장이 입을 열었다. 뜻밖의 얘기였다.

"그게 별로 중요하다고 생각하지 않았었는데, 문신이 있네요."

"뭐라고?"

"문신요. 모렝이 죽기 전에 문신에 대해 말했었는데, 그게 중요한 것이라고는 생각하지 않았어요."

"무슨 얘기하는 거야? 알아듣게 좀 해 봐."

그들이 농가 근처에 이르렀을 때 다시 개들이 짖기 시작했다.

"모렝에게 테러를 사주했던 사내들 중에 손등에 문신이 있었던 사내가 있었던 것 같아요. 자세히 묻지 못했지만, 그것은 분명히 새였어요. 새 문신."

비로소 김 반장은 그것이 의미하는 바를 알았다. 오랜 경험이 있는 수사관의 영감이었다. 뒤통수를 얻어맞은 듯한 기분이었다.

"그런데?"

"그게 김영목의 손등에도 있네요."

신 경장은 겁을 집어먹은 얼굴로 말을 이었다.

"작고 앙증맞은 새인데, 저는 주사바늘 자국을 보고 있었는데, 주사바늘 자국 위쪽에 있었어요."

작고 앙증맞은 새라면 그것은 김 반장에도 낯익은 것이었다.

"나 원 참, 이 사람이 그걸 이제 말하면 어쩌자는 거야?"

자신의 눈으로 직접 확인을 해야 직성이 풀리는 성격이었다. 김 반장은 신 경장을 한차례 노려본 후 다시 사건 현장을 향해 달려갔다. 황량한 들판 철길 위로 김 반장이 멀어져 가는 것을 신 경장은 창백한 얼굴로 바라보고 있었다. 그사이 철길 위로 한 떼의 까마귀들이 내려앉고 있었다.

김 반장이 사건 현장으로 되돌아가 김영목의 사체에서 새 문신을 확인하고 다시 경찰서에 돌아온 시간은 오후 6시 10분경.

그 시각 JIC의 권유민은 어수선한 기분이 되어 있었다. 조금 전 그의 방문을 두들겼던 사람은 국내 담당 부장 전성길이었다. 전성길의 방문은 전혀 이상할 것이 없었다. 황인기과 더불어 JIC 내에서는 삼총사로 불릴 만큼 친숙한 사이였다. 그러나 그의 표정은 상기되어 있었고, 그가 가져온 용건 역시 권유민의 기분을 무겁게 하고 있었다.

"JIC내에서 문서가 유출됐네. 얼마 전 윌리엄 피그먼이라는 미 상무부 관리가 강남의 한 콘도미니엄 주차장에서 테러당한 사건이 있었잖나?"

"알지. 황인기에게 들었네."

"그런데 그 사건을 쫓던 경찰이 그 말레이시아인을 사주했던 범인의 사무실에서 JIC의 문장이 찍힌 기밀문서 세 건을 발견했다네. 문제가 좀 심각해. 내가 확인한 건 우리 내부인 소행이라는 거야. JIC 내에 문서를 유출한 사람이 있다는 거지. 세 건의 문서가 모두 복사되어 유출되었는데, 내부에서 협조를 받지 않고서는 그럴 수가 없네."

"그럼 문제는 간단하군. 문서 대출인 명부를 확인해 봤나?"

"물론 확인했지. 그런데 혐의점을 가진 인물이 없었어. 자네가 좀 도와주게."

전성길이 그렇게 말했을 때 권유민은 잠시 어이없다는 표정을 지었다.

"내가 어떻게? 오늘 밤에 남아서 같이 책상 서랍들을 뒤져 보자는 얘긴가?"

"농담할 기분이 아니네."

전성길은 그렇게 말하며 등받이 깊숙이 등을 기댔다. 다시 전성길이 입을 열었다.

"문제는 그 세 건의 서류들이 모두 일본과 관련이 있다는 거지."

권유민은 비로소 전성길이 자신을 찾아온 이유를 알 수 있었다.

"도대체 유출된 문서들이 어떤 것들인데?"

"하나는 '마샬 계획Ⅱ' 또 하나는 '아시아 안보 포럼 창설에 관련한 보고서' 그리고 한국 내 정치적 영향력을 가지고 있는 미국인 로비스트 명단이야."

"자네가 일본을 의심하는 이유를 알겠군. '마샬 계획Ⅱ'는 두만강 유역 개발과 관련된 보고서 아닌가? 일본이 아주 군침을 흘리고 있는 곳이지. 거길 장악하면 21세기 동아시아 경제를 휘어잡을 수가 있을 테니까. 그리고 '아시아 안보 포럼 창설에 관련한 보고서'라. 일본이 최근 아시아 지역 안보 협력 기구를 만들자고 주장했던 것과 관련이 있는 것 같은데?"

전성길이 머리를 끄덕였다.

"그래. 만약 일본이 주도하는 그런 안보 협력 기구가 창설된다면 아시아의 역사는 다시 19세기 말 상황으로 치닫게 되는 거지. 대동아공영권 시대로 말이야. 미국은 이미 분명하게 반대 의사를 밝혔네. 그렇지만 일본은 이미 그걸 추진하고 있어. 그 보고서에는 미국과의 협력 사항이 들어 있었지."

"그리고 한국에 정치적 영향력을 가지고 있는 미국인 로비스트 명단이라? 그런 게 있었나?"

전성길은 이 부분에서 현저히 풀이 죽은 표정이 되었다.

"있었지. 아마 정보국에서 작성한 모양이야. 나름대로 그들을 견제할 필요가 있었을 테니까. 만약 일본이 그걸 입수해서 공작을 한다면 우리 꼴이 뭐가 되겠나? 아직 CIA에는 알리지 않은 모양이야. 알게 되면 목을 조르려 덤벼들겠지. 상상만 해도 아찔하네."

"내가 어떻게 도와주면 되겠나?"

"이번 문서 유출은 상당히 조직적이라는 생각이 들어. 이미 확인된 사실이네. 말레이시아인을 사주해서 미국 관리를 테러한 것만 봐도 대담하잖나? 어떤 한 개인이 할 수 있는 일은 아니지. 내가 자네에게 부탁하고 싶은 것은 일본 내에 이런 활동을 할 수 있는 단체가 있는지 확인해 달라는 거야. 자네가 운용하고 있는 안테나숍을 가동해서. 어때, 도와줄 수 있겠지?"

"그렇지만, 문서를 빼돌리는 일은 일본의 종합상사 직원들도 하고 있어. 그런 사례도 얼마든지 있잖나?"

전성길은 권유민의 말끝에 미소를 머금었다.

"자네도 국가정보국 수사팀장과 똑같은 말을 하는군. 하지만 그들은 문서를 훔칠 뿐이지, 자동차 운전석에 폭탄을 설치하지는 않잖나?"

그렇다. 그들과는 종류가 다른 인간들이었다. 권유민은 이제 자신이 가지고 있는 정보를 털어놓아야 할 때가 되었다는 생각을 했다. 전성길이 조직이라는 말을 했을 때 가장 먼저 떠오른 것은 황련단이었다. 그렇지 않아도 황련단 문제로 전성길에게 도움을 청할 생각이었다.

권유민은 천천히 입을 열었다. 국장은 전성길에게 도움을 받되, 도움을 청한다는 사실을 전성길이 인식하지 못하도록 정보의 일부를 대수롭지 않게 흘리라고 당부를 했었다. 그렇지만 권유민은 그럴 필요를 느끼지 못했다. 오히려 사실대로 털어놓고 공조 체제를 갖추는 것이 서로에게 도움이 될 것이라고 생각했던 것이다.

"사실 난 지금 일본에서 조직된 한 단체를 추적하고 있는 중이네. 물론 극비지. 일본의 우파 단체들이 모여 하나의 행동 단체를 만들었다는 보고가 있었네. 나는 그 단체를 추적하기 위해서 일본에 정보원을 배치했지. 그 정보원들이 지금까지 알려온 것은 황색인해방연합단이라는 단체 이름과 이 단체의 활동 영역이 이미 아시아 전역에 확대되어 있다는 사실 정도네."

"아시아 전역이라고?"

"아, 물론 확인된 사실은 아니네. 다만 똑같은 이름을 가진 단체가 아세안 지역에서도 활동하고 있는 것이 포착되었을 뿐이네."

"그렇다면 그 단체가 중국이나 한국에서도 활동하고 있을 가능성이 있다는 얘기로군."

"그렇지. 그럴 가능성이 높다고 봐야겠지. 그리고 오늘 아침 일본에서 보내온 정보에 의하면, 그들의 활동 자금을 야쿠자 기업에서 대고 있다는 거야. 돈줄을 대고 있는 것이 야쿠자라면 그들의 행동 대원들도 야쿠자일 가능성이 크지. 요인을 암살하고 국가 기밀을 빼돌릴 정도로 과격한 공작이라도 그 정도 구성원이라면 충분하지 않을까? 어떻게 생각하나? 내 상상력의 비약이 너무 지나친가?"

"아니야."

전성길은 머리를 저었다.

"아 참, 국가정보국 특별수사팀 활동은 어떤가? 진척이 있나?"

권유민의 질문에 전성길은 다시 머리를 저었다.

"경찰이 지나간 곳을 따라다니며 뒷북만 치고 있다네. 오늘 얘기를 들었는데, 경찰이 이미 덮친 범인의 사무실을 뒤져 거기서 걸려 나간 전화번호를 확인하고 있다고 하더군."

"그럼 경찰을 만나보는 것이 좋겠군. 그 사무실을 덮쳤다는 경찰 말일세."

이미 퇴근 시간이 훨씬 지나 있었다. 창밖에 진한 어둠이 깔려 있었다. 전성길은 이미 지친 표정이었다. 그러나 두 사람은 만족했다. 아직 확인된 건 아니었지만, 문서 유출 사건이 황련단과 관련이 있을지도 모른다는 사실에는 공감을 한 셈이었다.

"어때, 출출한데 한잔하지 않겠나?"

전성길이 일어서면서 물었다. 권유민 역시 반대할 이유가 없었다.

"좋지."

두 사람은 방을 나섰다. 어두운 복도가 음산한 분위기를 자아내고 있었다. 천장에 달린 불빛이 복도를 밝히기에는 천장이 너무 높았다. 군데군데 불이 들어오지 않은 등 탓이기도 했다.

어슴푸레한 복도 저편에 누군가 서 있는 것이 보였다. 계단 쪽 벽에 기대어 서 있는 그는 덩치가 커 보였다. 그들이 다가갔을 때 그 커다란 덩치가 비로소 움직였다. 황인기였다.

"기다렸지. 한잔하러 간다면 나도 좀 끼워 주게. 지금 내 기분도 엉망이거든."

권유민은 서둘러 대답했다.

"물론이지. 여부가 있겠나?"

그러나 전성길은 퉁명스럽게 말했다.

"그런데 조건이 있어. 지금 우리 '창고' 카페에 갈 텐데, 가면 미스 박으로부터 일 미터 이내 접근은 금지야. 일 미터 이내 접근 시 암구호 없이 즉각 발포한다, 알겠지?"

전성길은 손가락으로 권총을 만들어 황인기의 가슴을 겨누었다.

카페 '창고'는 여전히 따뜻한 둥지였다. 분위기를 내느라 설치한 장작을 지피는 난로가 시뻘겋게 타오르고 있었다. 온통 새까맣게 칠해서 전체적으로 어두운 편이었지만, 그래서 그런지 벌겋게 달아오른 난로는 더욱 포근한 느낌을 주었다.

미스 박과 요란한 인사를 나눈 뒤 세 사람은 구석 자리에 앉았다. 세 사람 모두 저녁 식사 전이었기 때문에 미스 박에게 라면 한 그릇씩을 부탁해서 배를 채웠다.

드디어 기다렸던 술이 나왔고, 술을 들고 나온 미스 박이 황인기 옆에 앉자 전성길은 독이 오른 표정이 되었다. 그러나 그것은 전성길 자신의 실수였다. 미스 박이 술을 내왔을 때 비어 있던 자리는 황인기 옆자리뿐이었던 것이다.

하지만 어찌 된 일인지 황인기는 아무런 감흥도 없는 얼굴이었다. 평소의 황인기라면 이미 요란한 환영식을 치르고도 남았을 시간이었지만, 돌로 깎아 놓은 것처럼 무표정했다. 그러나 권유민은 그 이유를 알고 있었다. 해명해라, 황인기. 권유민은 마음속으로 조용히 타일렀다.

"오늘 내 행동이 좀 이상했나? 권유민."

권유민은 황인기가 그렇게 물었을 때, 다소 의아한 생각이 들었다. 그럼 이상한 행동이 아니었다는 말인가.

"내 행동의 파격은 인정한다. 그렇지만 그냥 한번 해본 건 아니야. 오늘 간부 휴게실에서 자네와 마주쳤을 때, 나는 좀 놀랐다. 솔직히 말하자면 자네에게 미안했거든. 부국장을 만나기 전에 자네와 먼저 얘기를 했어야 하는 건데, 미안하게 됐네. 사실 오늘 난 부국장에게 최근 자네가 하고 있는 일이 무엇인지 털어놨네."

권유민은 어이가 없었다.

"자네가 일본의 우파 단체에 대해서 조사를 하고 있고, 최근 우파 단체가 연합해서 결성한 행동 단체에 초점을 맞추고 있다는 거였네. 그 얘길 들은 부국장은 놀라더군. 그러면서 그걸 자네에게 지시한 국장이 제정신이 아니라고 말하더군. 국장은 지금 한·일 외교가의 문제아로 등장하고 있다네. 이미 일본 대사관에서도 국장을 주시하고 있고. 얼마 전 한 재벌 기업이 주관한 파티에서 술에 취한 국장이 일본 열도에서 군국주의 망령이 되살아나고 있다고 퍼부었다는 거야. 그뿐이 아니야. 도시오 전권공사에게는 전후 보상 문제를 얘기하면서 공사를 늙은 여우라고 몰아붙이고 그것도 모자라서 한국의 피를 빠는 흡혈귀라고 쏘아붙였다더군. 세상에 이런 실례가 어디 있나?"

황인기가 말한 국장은 이성을 잃은 난민 꼴이었다. 하지만 권유민은 국장이 파티 석상에서 도시오 공사에게 그렇게 말하는 것을 옆에서 지켜본 사람이었다. 국장이 도시오 공사를 늙은 여우라고 하고, 한국의 피를 빠는 흡혈귀라고 말하는 동안 공사는 국장의 어깨에 팔을 걸치고 있었다. 어느 편이 더 과격한 언사를 했느냐는 것을 따지기 이전에 분위기가 그랬던 것이다.

그러나 권유민은 그 점에 대해서는 입을 닫았다. 그 얘기에는 국장을 한일 외교의 문제아로 몰아붙이려는 의도가 분명하게 드러나 있었으므로, 권유민이 거기에 대한 해명을 한다고 해도 크게 도움이 되지 않을 것이었다. 국장의 말은 교묘하게 변조되어 국장 자신의 목을 감아 죌 오랏줄이 되어 있는 것이다.

"그렇지만 자넨 국장을 직속상관으로 모시고 있는 JIC 직원 아닌가? 자네가 국장을 염려했다면 그런 식의 행동은 하지 않았겠지."

그러자 황인기의 언성이 높아졌다.

"난 국장을 염려하지 않네. 내가 지금 염려하고 있는 것은 JIC지. 국장이 술에 취해 모심기를 막 끝낸 논바닥을 갈지자로 휘젓고 다니는 꼴은 두고 볼 수가 없다는 거야. 국장이 뭔가? 내 눈에는 미국의 패권 논리에 충성을 바치는 주구走狗처럼 보이네."

권유민은 다시 위기를 느꼈다. 이미 미스 박은 자리를 피한 지 오래였다. 밤이 깊어가고 있었다. 그리고 그들의 논쟁은 이제 막 시작되고 있었다.

풀리는 극비 지령 파일

아침부터 서울의 하늘은 음울하게 내려앉아 있었다. 눈이라도 곧 쏟아질 것 같은 그런 날씨였다. 그래서인지 출근길의 사람들 기분이 좋아 보이지 않았다. 차라리 눈이 쏟아져 내린다면 기분이 풀릴 것이었다. 하지만 기상 예보에는 눈 얘기가 없었다.

그러나 일본 대사관 가케 히데키에게는 행운의 날이었다. 히데키의 날이었다. 그렇게 말해도 지나치지 않을 일이 오늘 아침에 있었다. 히데키가 추진하고 있는 일의 성패를 가름할 수 있는 중대한 문제 하나가 해결된 것이다. 하찮은 신문 기사 하나가 가져다준 행운이었다.

히데키는 신문 기사를 오려 들고 아침 시간 내내 거기에만 매달려 있었다. 신문 기사의 제목은 '금관가야 실체, 3세기 말 북방계 기마민족'이라고 되어 있었다. 한반도 남쪽 김해 땅에 있었다는 금관가야가 3세기 말 북방계 기마민족에 의해 성립되었다는 새로운 주장을 담은 기사였다.

그러나 한국에서는 전혀 생소할 이 주장이 일본에서는 이미 1948년에 제기되었던 점을 주목해 볼 필요가 있었다. 일찍이 1948년 일본의 에가미 교수가 주장했던 기마민족 정복설이 반세기가 지나 실증된 것이라고 히데키는 믿었다. 임나일본부설에 눌려 빛을 보지 못했던 기마민족 정복설이 오랜 세월이 지난 후 단단한 갑주甲冑로 무장하고 화려한 부활을 한 것이다.

때맞춰 야츠키가 와주었다. 히데키는 그를 한적한 자료실로 끌고 올라갔다. 아침 시간에는 자료실이 비어 있었다. 커피를 들고 영문도 모른 채 따라 들어왔던 야츠키가 물었다.

"무슨 일이죠? 기분 좋은 일이 있는 것 같은데요?"

"있지. 일본에서 대본이 도착했다네. 난 아주 만족했네. 아 참, 이따 점심시간에 그 대본 좀 프로덕션에 가져다주겠나?"

"그러죠, 뭐. 그런데 선배님 기분이 좋으신 게 그뿐만이 아닌 것 같은데요?"

"또 있지. 1948년 에가미 교수는 이렇게 말했다네. '동북아시아 대륙에 살던 기마민족 왜가 동만주와 한반도를 차례로 점령하고, 한반도 남쪽에 이르러 반도 남부와 쓰시마, 이키, 규슈를 연합하여 거대한 해상 왕국을 세웠다. 나라 이름은 포상팔국浦上八國. 후에 해 뜨는 곳이라 일컬어 나라 이름을 일본이라 했다'. 자네도 공부를 했으니까 기억하겠지?"

"그럼요. 기억하고 말고요."

"『산해경』과 『한서지리지』에 우리 왜가 대륙 민족이라고 기록

되어 있었던 것도 기억나지?"

"물론이죠. 요녕성 북서부, 혹은 내몽고 동부에 위치해 있었다고 하지 않았습니까?"

"맞았어. 우리 민족은 분명히 대륙 민족이었다. 그런데 이 대륙 민족 왜가 남하해서 일본 열도로 들어왔을 텐데, 한반도에 그 흔적이 없었던 거야. 한반도 어디에서도 에가미 교수의 주장을 뒷받침할 만한 근거가 나타나지 않았어. 3세기 말 대륙의 기마민족이 분명히 남하해 왔는데 그 흔적이 없었던 거지."

그렇게 말하는 히데키의 얼굴은 환희에 젖어 있었다. 야츠키로서는 이해할 수 없는 환희였다.

"그런데 이것 좀 보게. 한국의 학자가 발표한 것이네. 김해 땅에 세워졌던 금관가야가 3세기 말경에 남하해 온 북방계 기마민족의 것이라고 말하고 있네."

"그렇게 주장하는 근거가 뭐죠?"

"김해의 대성동에서 발굴된 고분들이지. 이것 보게. 최근에 발굴된 것들이야. 무덤을 파보니까, 땅속에 수많은 무덤들이 있었는데, 그 수많은 무덤들이 서로가 서로를 파괴하는 양상을 띠고 있었다는 거야. 무슨 말인지 이해가 가나? 정확하게 말하자면 뒷시대의 무덤들이 앞 시대의 무덤들을 파괴하는 양상을 띠고 있었다는 거지. 거기에 무덤이 있다는 사실을 모르고 그 위에 무덤을 덧쓴 것이 아니라, 앞 시대 무덤의 주인공들을 부정하기 위해서 계획적이고 의도적으로 파괴한 것이라는 얘기지."

그러나 야츠키는 이해할 수 없었다.

"그게 어떤 의미가 있는 거죠?"

"간단하지. 뒷시대 무덤의 주인공들이 앞 시대 무덤의 주인공들과 같은 종족이 아니라는 거야. 뒤늦게 도착해서 앞서 온 그들을 초토화시키고 새로운 왕국을 세웠다는 거네. 물론 무덤 속에서 나온 부장품들의 성격도 확연히 달랐고. 뒷시대 무덤들에서 나온 것들 중에는 철제 창검 따위의 무기류가 많았다네. 특히 주목을 끄는 것은 기마용 마구와 기마민족 특유의 이동 취사도구인 청동솥이 나왔다는 거지. 기마민족 특유의!"

말을 중단한 히데키는 야츠키가 들고 있던 커피 잔을 뺏아 한꺼번에 들이켰다. 그의 얼굴은 홍조를 띠고 있었다.

"그런데 중요한 건, 그 무덤들이 조성된 시기가 바로 3세기 말이라는 점이야. 3세기 말. 에가미 교수가 주장했던 우리민족의 기원인 기마민족설을 뒷받침하는 확실한 단서지. 이보다 확실한 증거가 있겠나? 일본인 학자가 세운 가설을 반세기가 훌쩍 지난 뒤 한국인 학자가 입증한 것이네. 이보게 야츠키, 바로 이 사람들이 우리 조상일세."

히데키는 신문 기사를 다시 야츠키에게 내밀었다.

"보게, 기자는 이렇게 묻고 있어. '그렇다면 3세기 말 김해 지역으로 갑자기 남하해 온 이들 기마민족의 정체는 과연 무엇인가?' 바보같이 이렇게 묻고 있어. 그렇잖나, 야츠키?"

"그렇지만 선배님. 그들이 일본 열도까지 들어왔다는 증거는 아직 없잖습니까? 그들이 우리 조상이려면 일본에서도 그 흔적이 나왔어야 하지 않습니까?"

"야츠키. 야츠키, 제발. 제발 내 기분을 건드리지 말게. 그러나 물었으니 대답해 주지. 잘 듣고 분명히 기억해 두게. 바로 그 시기, 바로 그 3세기 말에 일본 전역의 고분들은 일대 혁명적인 변화를 겪게 되지. 3세기 말 이후 갑자기 일본의 고분들이 전방후원분前方後圓墳으로 통일되었다네. 이 시기에 새로운 세력이 물밀듯 일본 열도에 도래했음을 알려 주는 것이지. 이제 알겠나, 바보 같은 야츠키?"

소나, 가케 히데키. 물밑의 온갖 소리를 청취하는 능력을 가진 그가 지금 막 새로운 소리를 들은 것이다. 백 년 전 만주 벌판에서 있던 광개토왕 비문에서 새로운 사실을 읽어 낸 첩보원 사코 가게노부처럼. 사코가 그 거대한 비석에서 읽어 냈던 새로운 사실은 '왜가 백제와 임나를 쳐서 신민으로 삼았다'였다. 그는 그것을 읽어 내고 만주 벌판의 거센 바람 속에 이렇게 외쳤을 것이다. 바로 이것이다. 바로 이것이 일본이다.

그로부터 백 년 후, 가케 히데키는 사코가 광개토왕 비문에서 읽어 낸 것과는 또 다른 새로운 사실을 한국의 학자가 분석한 것에서 읽어 낸 것이다. 그것이 바로 기마민족 정복설이었다.

왜가 바다를 건너와 백제와 임나를 쳐서 신민으로 삼았다는 임나일본부설이 당시 대동아공영권의 정신적 배경이 되었다면, 지금 히데키가 읽어낸 3세기 말 기마민족 정복설은 과연 무엇에 기여할 수 있을까. 세상은 동아시아 상황이, 특히 한반도 주변 상황이 19세기와 같다고 말하고 있다. 청나라와 러시아 그리고 일본이 한반도 두고 벌였던 열강의 쟁투가 다시 재현되고 있는 현실 속에서 히데키의 기마민족설은 어떤 역할을 하게 될까.

히데키가 야츠키에게 기마민족 정복설을 설명하고 있던 그 시각, JIC의 국장 박성수의 앞자리에 국내 담당 부장 전성길과 일본 담당 부장 권유민이 앉아 있었다.

권유민은 황색인해방연합단이라는 일본의 극우파 연합단체가 아세안 지역까지 활동 영역을 넓히고 있는 점으로 봤을 때, 이미 한국에도 진출해 있을 가능성은 높다는 점, 또한 최근 미 상무부 관리 테러 사건의 과격함과 JIC의 문서 유출 사건의 대담성을 감안할 때, 문서 유출 사건을 한국 내 황련단의 활동과 연계해서 조사해보는 것이 좋겠다는 건의를 한 것이다.

그러자 국장이 물었다.

"자네들은 그 황색인해방연합단이라는 단체가 무엇을 위해 일하고 있다고 생각하나?"

국장은 자신이 한 질문에 스스로 답했다.

"신대동아공영권이겠지, 일본을 중심으로 아시아를 하나로 묶는."

국장은 피곤한 듯 의자 등받이에 몸을 기댔다. 권유민은 의자 등받이에 기댄 국장의 와이셔츠와 넥타이가 어제와 바뀌지 않았다는 사실을 알 수 있었다. 양복바지는 무릎이 나와 있었고, 때 절은 와이셔츠는 구겨져 있었다.

"누군가 지금 내 목을 조르고 있어."

국장은 눈을 감은 채로 그렇게 말했다. 그러나 권유민과 전성길은 그것이 무엇을 의미하는 말인지 알 수 없었다.

"누군가 내 뒤를 뒤지고 있네. 처음에는 내가 무엇 때문에 이런 위협을 당해야 하는지 알 수가 없었네. 밤중에 전화를 걸어 내게 충고한 사람들이 그것을 정확하게 말해 주지 않았기 때문이지. 그들은 단순히 내게 말과 행동을 조심하라는 말만 했네. 그런데 나는 어느 날 비로소 그걸 알았지. 밤중에 내게 그런 충고를 해준 사람들의 색깔을 파악한 거야. 그들은 지일파로 분류되는 정치인들이었네. 지일파라기보다는 친일파라고 하는 것이 정직한 표현이겠지. 이해가 안 될지 모르지만 우리 정가에는 일본을 등에 업고 정치적 생명을 연장해 가는 사람들이 많지. 그들은 날 제거하고 싶어 해. 솔직히 나는 그게 두렵네."

추레한 차림의 국장이 눈을 감은 채 그렇게 말하고 있었다. 그가 나약해 보였다. 그러나 그렇게 보였을 뿐, 그는 결코 나약한 사람이 아니었다. 그는 아주 냉철했으며 강한 자제심을 가진 사람이었다. 그의 정신력은 어떤 위협에도 굴복하지 않을 만큼 강했다. 권유민은 그렇게 믿었다.

국장은 비로소 눈을 떴다.

"그러나 나는 한 가지 의문을 갖게 됐지. 저들이 왜 나를 위협하는 것일까. 하지만 내가 파악한 건 아주 단순한 것이었어. 내가 그들의 정체를 알고 있었기 때문이네. 자신들이 무엇을 위해 일하는지를 알고 있거든. 나는 그들을 결코 용납할 수 없네."

국장이 들여다본 것은 무엇일까.

"이보게 권 부장. 만약 일본이 아시아를 장악하게 된다면 가장 먼저 희생되는 것이 뭔지 아나? 그게 과연 뭘까? 일본이 아시아를 손에 넣으면 우리는 과연 무엇을 잃게 될까?"

국장은 권유민의 얼굴을 들여다보았다. 그의 눈빛은 간절히 그의 대답을 기다리고 있었다. 처절한 눈빛이었다. 그러나 그 순간 권유민은 아무 생각도 할 수가 없었다. 옆에 앉은 전성길 역시 교무실에 끌려온 문제아처럼 시선을 떨구고 표정 없이 앉아 있었다.

"그것은 통일이었네. 통일 한국은 물 건너가는 거지. 지한파 극우 논객들은 한국을 일본에 대한 적개심과 증오로 살아가고 있는 나라로 보고 있지. 그렇게 때문에 그들은 통일 한국이 피해자적 보복 심리에서 일본에 공격적인 태도를 취할 것이라고 생각하는 거야. 일본과 불과 214킬로미터밖에 떨어져 있지 않은, 그 정도 거리는 찜 쪄 먹을 미사일 수천 기를 보유하게 될 통일 한국이 일본에 대해 적개심을 품는다면, 일본의 안전은 없다고 보는 거겠지. 이게 뭔가? 소위 단도 논리라는 거 아닌가? 일본의 옆구리를 겨누고 있는 날 선 단도. 1차 대전 후 미국이 유럽을 불안정한 상태로 두었던 것처럼 일본도 자신의 안전을 보장받기 위해서 한반도를 불안정한 상태로 두고 싶겠지. 통일되지 않은 불안정한 상태로. 부국장은 미국이 아시아를 그렇게 조정할 것이라고 말했지만, 실제로는 일본이 한반도를 그렇게 조정할 걸세."

국장은 양복 속주머니를 뒤져 시가를 꺼내 물었다. 언제나 그랬던 것처럼 권유민은 탁자 위에 놓여 있던 라이터를 켜서 내밀었다. 시가를 쥔 국장의 손은 가늘게 떨리고 있었다.

"결코 일본이 아시아를 장악하게 두어서는 안 되네. 내 말이 무슨 말인지 알겠나?"

국장이 들여다본 것은 바로 이것이었다. 일본 극우파 논객들의 단도 논리. 국장은 일본이 아시아를 장악하게 되면 한국의 통일이 희생된다고 믿은 것이다.

부국장은 일본과 중국을 견제할 미군을 아시아 지역에 주둔시킬 명분을 위해 미국은 '북한'이라고 하는 작은 악마를 오래 보존시킬 것이라고 주장했었다. 그런데 국장은 지금 일본이 그들의 안위를 위하여 한반도를 군사적 대치 상태로 불안정하게 존재하도록 조정할 것이라는 주장을 하고 있는 것이다. 토론이 필요 없는 세상, 가장 시원한 의견 일치였다.

그러나 이런 의견 일치에도 불구하고, 국장은 때 절은 와이셔츠를 입고 앉아 마른 빵을 씹어가면서, 일본에 의해 희생될 조국 통일을 염려하며 밤을 지새우고 있고, 부국장은 미국의 패권주의에 희생될 조국 통일을 걱정하면서 그것을 막기 위해 온갖 위험을 무릅쓰며 오늘도 자신만의 전쟁터에서 동분서주하고 있는 것이다.

그 시각, 연구실에서 짜장면으로 점심을 때운 고고학 교수 한성진은 한 프로덕션에서 보내온 다큐멘터리 대본을 들여다보고 있었다. TV역사 다큐멘터리 자문에는 이골이 난 터였지만, 이번 작품은 예사롭게 느껴지지가 않았다. 한국과 일본이 공동으로 제작할 작품이라는 것이었다. 한국과 일본이 같은 마음으로 뭉쳐 임나일본부의 허구성을 밝혀내겠다는 것이었다. 새삼스러운 일이기도 했다. 이미 학계에서는 신선감이 떨어지는 진부한 소재였다. 일본의 학자들과 언론들이 이미 손 털고 물러선 소재이기도 했거니와, 그렇게 된 마당에 한국의 학자들 역시 더 이상 임나일본부를 들춰내서 할 말이 없었던 것이다.

그러나 한성진은 한일 공동 제작이라면 해볼 만한 일이라고 생각했다. 그것은 선언적인 의미가 있을 것이었다. '이제 임나일본부는 끝났다.' 그렇게 한국과 일본의 방송이 선언을 하는 것으로 반세기 동안 끌어왔던 학술적 논쟁을 청산해 버릴 수도 있었다.

하지만 짜장면은 사람을 졸리게 하는 음식이었다. 한 교수는 늘 그렇게 생각하면서도 식당에서 시간을 낭비하고 싶지 않았었다. 어젯밤 과음도 심신을 지치게 만들었다. 몰려오는 졸음을 견디지 못하고 그는 소파 등받이에 몸을 기댔다. 임나일본부의 허구성이라. 임나일본부의 허구성을 밝히기 위해 가야의 옛 땅을 헤집고 다니던 때가 아슴히 떠올랐다.

그러다 문득 한 교수는 조금 전 대본에서 대수롭지 않게 읽었던 '왜' 관련 내용을 떠올렸다. 대본에는 '지카후지 교수 인터뷰'라고 되어 있었고, 그 옆에는 인터뷰 내용이 메모되어 있었다. 인터뷰 내용이라기보다는 제목이라고 말하는 것이 옳을 것이었다. 그것은 '왜인의 고향'이라고 되어 있었다. 그러니까 일본 고고학계 저명 교수인 지카후지 교수가 '왜인의 고향'에 관련한 인터뷰를 할 것이라는 얘기일 것이었다.

이 부분에서 한 교수는 졸음이 한꺼번에 걷히는 것을 느꼈다. 왜인의 고향이라니. 그리고 그걸 지카후지가 말한단 말이지? 한 교수는 자리를 털고 일어나 서가에 꽂힌 일본 고고학 서적들을 뒤지기 시작했다.

그는 지카후지라는 이름을 기억하고 있었다. 특히 그가 말하고자 하는 것이 '왜인의 고향'이라면 구체적으로 그게 무엇을 의미하는지 알 수 있었다. 더더구나 VIDEO라고 되어 있는 난에는 『산해경』 『한서지리지』라고 씌어 있었고, 그 옆에 작은 글씨로 'insert'라고 되어 있었다. 『산해경』과 『한서지리지』가 지카후지 교수 인터뷰 사이에 끼어들 것이라는 표시일 것이었다.

임나일본부의 허구성을 말하는 다큐멘터리에 『산해경』과 『한서지리지』의 영상을 끼워 넣으면서 지카후지 교수가 말하고자 하는 것은 무엇일까. 한 교수는 언젠가 읽은 지카후지 교수의 논문을 찾기 시작했다. 기억이 정확하다면 이건 보통 문제가 아니었다. 서가를 뒤지는 한 교수의 손길이 조급해졌다.

있었다. 지카후지 교수가 삼 년 전 발표한 논문이었다. 그것의 제목 또한 '왜인의 고향'이었다. 거기에는 놀라운 사실이 적혀 있었다. 전에 읽었을 때는 그저 웃고 지날 수 있었다. 그러나 지금 그것은 놀라운 것이 되어 있었다. 지카후지 교수가 인터뷰하기로 되어 있는 이 다큐멘터리는 한국과 일본이 공동으로 제작해서 방송하기로 되어 있는 것이다. 그리고 바로 한 교수 자신이 자문위원으로 위촉되어 있는 작품이었다.

한 교수는 피가 한꺼번에 솟구치는 것을 느꼈다. 이것이 한일 공동 제작만 아니었어도 그러지는 않았을 것이었다. 이것이 임나일본부의 허구성을 밝히자는 다큐멘터리 작품만 아니었어도 그저 참을 만은 했을 것이었다.

고대 왜인들이 대륙에 있었다는 것을 말하려는 의도가 무엇인가. 『한서지리지』의 억지스러운 해석과 설화 투의 관념적인 사서인 『산해경』의 글귀를 빌어 왜인의 고향을 밝히려는 의도는 도대체 어디에 있는 것인가.

그렇지 않아도 얼마 전 김해의 대성동 고분을 발굴한 동료 학자가 3세기 말 기층에서 발견된 무덤이 그 시기에 새로 도래한 북방 기마민족의 것이라고 주장해 자신을 놀라게 한 일이 있었다.

그 동료 학자는 3세기 말에 남하해 온 새로운 세력의 무덤이 전시대의 무덤을 파괴하는 양상을 띠고 있었다고 했다. 그것으로 봐서 그 시기에 새로 등장한 기마민족들에 의해 그곳 김해 지방의 주인공들은 대대적으로 교체가 되었고, 바로 그 교체된 세력이 금관가야의 문을 연 주인공이라는 것이었다. 금관가야 실체에 대한 기존의 통념을 뒤엎는 파격적인 주장이었다. 학자라면 자신의 진지한 연구를 통해 어떤 결과물이 얻어졌을 때 그런 파격적인 주장을 할 수 있을 것이다. 그런 용기는 또한 얼마나 바람직한 것인가.

그러나 그것은 일본의 에가미 나미오江上波夫교수가 주장한 '기마민족 정복설'의 논리 구조와 아주 흡사했다. 제2의 임나일본부설이라고 일컬어지는 '기마민족 정복설'의 논리와 너무나 비슷했던 것이다.

그렇지만 에가미 교수의 논리 구도와 비슷하다고 해서 일방적으로 비판만 해서는 안 될 것이었다. 한 교수는 기본적으로 동료 교수의 의견을 존중했다. 하지만 그는 한 가지 중요한 사실을 간과하고 있었다. 그는 새로운 세력이 앞 시대의 주인공들을 부정하기 위해 계획적이고 의도적으로 무덤을 파괴했다고 보고 있었으나, 한 교수의 생각은 달랐던 것이다.

그가 3세기 말에 집중적으로 일어났다고 파악한 무덤 파괴 현상이 다른 고분군에서는 이미 그 전시대부터 부분적으로 나타나고 있었고, 그가 발굴한 바로 그 자리에서도 3세기 말 이후에 똑같은 모양으로 무덤이 중첩되어 나타나고 있는 것을 확인했던 것이다. 따라서 무덤을 같은 자리에 중첩되게 덧쓴 것은, 앞 시대를 부정하기 위한 것이 아니라, 당시 가야인들의 장례 풍속이 그러했기 때문이라고 보는 것이 타당할 것이었다.

그러나 만약 지카후지 교수가 주장하려는 '대륙 민족 왜'와 에가미 교수의 '기마민족 정복설'과 동료 교수의 '3세기 말 기마민족 금관가야 건국설'이 한데 엮인다면 그것은 어떤 모양이 될까. 생각이 여기에 미친 한 교수는 더 이상 소파에 앉아 있을 기분이 아니었다.

그는 자리에서 벌떡 일어나 책상으로 갔다.

책상 앞에 앉아 그로부터 두 시간 동안 그는 두 가지 일을 했다. 하나는 프로덕션에서 보내온 대본에 자신의 소견을 적어 넣은 일이었으며, 또 하나는 잘 아는 신문사 문화부 기자에게 보낼 원고를 쓴 일이었다. 물론 그 원고의 내용은 지카후지 교수가 할 인터뷰 내용과 에가미 교수의 '기마민족 정복설'을 통박한 것이었다.

JIC 국내 담당 부장 전성길은 그 시각, 기밀문서 유출과 관련한 새로운 사실을 발견하고 있었다. 그는 며칠째 지난 3개월 동안의 대출인 명부에서 유출된 세 건의 문서를 대출해 간 사람의 명단을 확인하고 있었다. 그러는 동안 그는 한 가지 중대한 사실을 포착했다. 그 세 건의 유출 문서를 대출해 간 사람은 모두 스물두 명, 그중 누군가가 문서들을 들고 JIC 정문을 나갔을 것이었다. 그러나 그 세 건의 문서를 작성한 부서의 사람은 아닐 것이었다. 그리고 그걸 검토했던 사람도 아닐 것이었다. 왜냐하면 그걸 검토하고 담당했었다면, 그런 위험한 일을 하지 않아도 머릿속에 있는 그대로를 베껴 내면 되었을 것이기 때문이었다. 구태여 그런 위험을 감수하면서까지 문서를 유출할 이유가 없는 것이다. 만약 유출했어야 했다면 바로 그 사람은 그 세 건의 문서가 만들어지는 데 관여하지 않았던 부서의 사람일 가능성이 높았다.

전성길은 그 문서들을 작성한 부서와 작성되기까지 협력했던 부서에 소속 직원들을 제외했다. 그러나 유감스럽게도 세 건의 문서 중 두 건은 JIC에서 작성된 것이 아니었다. JIC에서 작성된 것은 '마샬 계획Ⅱ'뿐이었다.

'마샬 계획Ⅱ'를 작성한 부서는 제2부였다. 그러나 그 문서가 작성될 수 있도록 도왔던 협력 부서는 전성길이 속해 있는 국내 담당의 제1부와 미국 담당의 제3부였다. 그리고 제7부인 총무부서도 제외해야 할 것이었다. 그들은 문서를 대출해 볼 일이 거의 없었고, 실제로 대출인 명단에 제7부 직원은 없었다. 그렇다면 JIC의 여섯 개 부서 가운데 남은 건 특수 임무를 수행하는 제5부와 일본을 담당하는 제6부였다.

이 두 개 부서 직원 중 누군가가 문서를 가지고 JIC 정문을 나갔을 것이다. 제6부라면 권유민이 있는 부서였다. 그는 아세안 지역 담당 부장을 맡고 있다가 부서가 통합되면서 일본 담당이 되었다. 물론 그 세 건의 문서를 대출한 직원 명단에 권유민도 들어 있었다. 그러나 그를 의심할 이유는 없었다.

혐의가 가장 짙은 부서는 제5부였다. 대출인 명단에 가장 많은 이름이 올라 있는 부서가 바로 제5부였다. 그들은 실제로 정보를 분석하는 일은 그리 많지 않았다. 제3세계로부터 오는 정보의 양이 그리 많지도 않았을뿐더러 기밀문서로 분류될 만한 사안도 극히 적었다. 그러나 그들이 JIC내에서 가장 많이 문서를 열람하고 대출해 가고 있었다.

하지만 전성길이 제5부에 혐의를 갖게 되는 이유는 그 때문만이 아니었다. 그들은 자신들의 공작을 위해 수단과 방법을 가리지 않는 것으로 평판이 나 있었다. 그런 특수 임무를 수행하는 부서에서는 상대에게서 정보를 얻어내기 위해 이쪽 정보를 주는 거래를 하는 경우도 있는 것이다. 그것은 허락될 수 없는 일이었지만, 실적을 제일로 여기는 정보기관의 풍토에서 흔히 벌어지는 일이었다. JIC에서 그런 일이 벌어진다면 그건 제5부일 것이다.

전성길의 이러한 추리는 거의 적중했다. 그것은 놀라운 예지였다. 그가 대출인 명부를 책상 위에 올려놓고 소파로 내려앉아 막 찻잔을 들었을 때였다. 바로 그때 상기된 얼굴로 들어선 사람은 문서보관실의 김동수였다. 그리고 전성길은 그로부터 놀라운 사실을 전해 들었다.

"다시 한번 얘기를 해보지. 도대체 그게 무슨 말이지?"

김동수는 지나치게 흥분해 있었다. 그러나 김동수의 얘기를 듣는 순간 전성길 역시 고압 전류에 감전된 듯한 충격을 받았다.

"이걸 보세요. 제5부에서 반납한 문서 사본들인데, 이건 문서보관실에서 복사한 게 아닙니다. 복사 형태가 문서보관실의 복사기에서 나온 것하고는 달라요. 문서보관실에 있는 복사기에서 나온 건 아주 깔끔합니다. 이것 좀 보세요."

김동수가 내민 사본은 그의 말대로 글자가 번졌다든가, 어느 한편이 까맣게 된 흔적이 전혀 없었다. 그러나 문제의 문서 사본들은 한결같이 오른쪽 윗부분에 인쇄 잉크가 흐릿하게 번져 있었고, 아래쪽에는 깨알 같은 검은 반점들이 찍혀 있었다.

"그러니까 그들이 반납한 문서 사본이 문서보관실에서 복사해 대출한 것과 다르다는 거지?"

"그렇습니다. 정리해 말씀드리자면, 대출해 간 본래의 사본은 어디론가 사라지고, 어딘가에서 다시 복사된 사본이 반납되었다는 얘깁니다. 아시겠어요? 문서가 유출되었습니다."

문서보관실 김동수는 문서가 유출되었다는 사실을 자신의 상관인 전성길에게 보고하고 있는 것이다. 전성길은 그에게 문서 유출 사실을 말하지 않았었다. 유출 사실을 아는 것은 국장과 권유민 그리고 자신뿐이었다. JIC 내부에서 일어난 이 유출 사건을 제대로 다루기 위해서는 수사의 기밀성을 확보해야 했던 것이다.

"놓고 나가게."

전성길은 김동수를 향해 간결하게 말했다.

"네?"

이번에는 거의 경악한 표정이었다. 그러나 전성길은 태연한 표정으로 그의 반응을 무시했다. 하지만 실제로는 전성길의 맥박이 빨라지고 있었다.

"놓고 나가라고 말했네. 무슨 말인지 모르겠나?"

그때서야 김동수는 엉거주춤 일어섰다. 그러고는 거의 울먹이듯 말했다.

"이건 보통 사건이 아니라고요. 후회하실 겁니다. 저는 분명히 부장님께 보고했습니다. 나중에 다른 말씀은……."

김동수는 일어서서 문 쪽으로 뒷걸음을 치는 중이었다. 전성길이 물었다.

"이 문서 대출인이 누구지?"

"제5부 부장 곽정환, 그리고 부국장실의 미스 문입니다."

"이 문서 사본들을 대출해 간 사람이 두 명이라는 건가?"

"그렇습니다."

"알겠네."

김동수가 나간 뒤, 전성길은 서랍에 넣어 두었던 국가정보국 특별수사팀에서 받아 온 유출 문서 사본들을 꺼냈다. 놀랍게도 그것들은 복사된 모양이 방금 김동수가 가져온 것들과 똑같았다. 똑같이 문서 오른쪽 윗부분에 인쇄 잉크가 번져 있었고, 아래쪽에는 깨알 반점들이 있었다.

비로소 의문점이 풀렸다.

전성길은, 유출된 세 건의 문서가 모두 원본이 아니라 사본이라는 점, 그리고 문서의 복사 형태가 모두 같다는 점에서 같은 장소에서 복사되었을 것이라는 점, 또한 현관의 엑스선 탐사기를 거쳐야 하는 위험 부담 때문에 세 건의 문서가 따로 유출됐다기보다는 단 한 번에 동시에 유출되었을 것이라는 점, 그리고 그 세 건의 문서 가운데 가장 최근에 작성된 문서가 3개월 전의 것이었고, 또한 문서 사본인 경우 대출 기간이 일주일을 넘겨서는 안 된다는 규정을 감안할 때, 범인은 최근 3개월이라는 기간 안에 일주일에 걸쳐 그 세 건의 문서를 차례로, 혹은 한꺼번에 대출해 간 사람일 것이라는 점을 예측했었다.

그러나 전성길은 지난 3개월 동안 작성된 대출인 명부에서 그 세 건의 문서를 일주일 내에 한꺼번에 대출해 가거나, 따로 대출해 간 사람을 찾아내지 못했었다. 그런데 새로운 사실은 대출자가 한 사람이 아니라는 사실이었다. 오늘 그 의문점이 풀린 것이다. 그것도 명확한 혐의점을 가진 인물 둘이 등장한 것이었다. 제5부 부장인 곽정환과 그리고 부국장의 비서 미스 문. 그들이 계속해서 문서를 유출시키고 있었던 것이다. 전성길은 가슴 밑바닥이 터져 나가는 듯한 충격을 이길 수가 없었다. 과연 그들은 무엇을 위해 이런 짓을 했을까. 도대체 그들은 누구를 위해 이런 짓을 한 것일까.

전성길은 김동수가 들고 온 문서 사본의 대출일시를 확인해 보았다. 대출일은 문서 표지에 스탬프로 찍힌 양식 안에 적혀 있었다. 정확히 일주일 전이었다. 먼저 유출된 문서가 영등포 직업소개소에서 발견된 닷새 후였다.

두 사람은 같은 날 문서들을 대출받아 같은 날 문서 사본을 관리반에 반납한 것이다. 그러나 너무 서둘렀던 탓일까, 그들은 새로 복사한 문서와 자신들이 대출해 간 사본이 바뀐 것을 몰랐던 것이다. 그들은 바로 이 부분에서 자신들의 운명을 바꿔 놓는 중대한 실수를 한 것이었다.

전성길은 문서 사본들을 들고 방을 나섰다.

계단을 오르고 복도를 지나는 동안 그 두 사람의 얼굴이 빠르게 떠올랐다가 사라져 갔다. 다행히 국장은 자리에 있었다.

그러나 전성길의 말을 들은 국장의 태도는 의외였다. 그는 가볍게 고개만 끄덕였을 뿐 별다른 반응을 보이지 않았다. 이미 그 사실을 짐작하고 있었던 것처럼.

"그래? 드디어 꼬리가 밟혔군. 그런데 전 부장, 그들이 왜 그런 일을 했다고 생각하나?"

국장의 질문에 전성길은 잠시 망설였다. 전성길 역시 국장에게 묻고 싶은 질문이었다. 그러나 전성길은 국장을 오래 기다리게 할 수는 없었다.

"글쎄요. 확실한 건 알 수 없습니다만, 특수 임무를 수행하는 정보기관에서는 상대방으로부터 정보를 얻어내기 위해 이쪽의 정보를 흘려줘야 할 때도 있다는 얘길 들은 적이 있습니다. 특히 제5부 같은 경우에는……."

"특수 임무를 수행하고 있으니, 그럴 수도 있을 것이다?"

"그렇습니다. 물론 반대급부로 주는 정보야 중요한 정보는 아니겠죠?"

"그렇다면 자네가 판단하기에 이번에 유출된 문서들이 중요하지 않다는 것인가?"

"아닙니다. 제 말씀은 그런 뜻이 아니라……."

국장은 웃었다. 여유가 있어 보였다. 전성길로서는 이해할 수 없는 여유였다.

"자넬 책망하는 것은 아니네. 물론 그럴 수도 있겠지. 그럴 수도 있을 거야. 이쪽의 정보를 흘려주고 중요한 정보를 얻어올 수 있다면야 그게 더 남는 장사 아니겠나? 그런데 말이지. 바로 그 문서가 나온 곳이……."

"직업소개솝니다. 윌리엄 피그먼 사건과 관련 있는……."

"그래. 미 상무부 관리를 테러하도록 사주했던. 아직 그 조직의 정체가 밝혀지지 않아 그 단체의 목적 또한 알 수 없지만, 어쨌든 그 조직은 우리나라에 손님으로 온 미국 관리를 죽이려 했네. 설마 자네는 우리 JIC 직원이 그런 조직과 거래를 했다고 생각하지는 않겠지?"

"물론입니다."

얼떨결에 나온 쉬운 대답이었다. 국장은 다시 미소를 띠었다.

"만약 거래가 아니면, 그건 이미 그 일원으로 활동하고 있는 사람들이라고 봐야겠지. 그렇지 않겠나, 전 부장?"

"……."

전성길로서는 특별히 국장의 견해를 반박할 논리를 찾지 못했다. JIC의 직원이 정보를 얻기 위해 접촉하는 선이라면 그런 과격한 성격의 집단은 결코 아닐 것이었다. 그리고 그런 조직이 직업소개소로까지 위장해야 할 이유도 없을 것이었다. 그런데도 불구하고 접촉을 했다면 그것은 단순한 접촉이 아니라 깊숙이 개입을 했다고 보는 것이 타당할 것이었다.

그러나 그렇게 말한 뒤 골똘히 생각에 잠겼던 국장이 입을 열었다.

"그런데……, 먼저 유출된 문서가 발견된 지 닷새 후에 다시 우리 문서고에서 문서가 유출되었단 말이지?"

"그렇습니다. 그러니까 오늘로부터 정확히 일주일 전 일입니다."

"그렇다면……, 그들은 그 닷새 동안 자신들의 문서 유출 행위가 발각된 것을 모르고 있었다는 얘기군? 그래……. 그들이 직업소개소의 조직을 직접 상대하지 않았을 수도 있겠군."

"직접 상대하지 않았다면……?"

전성길은 말꼬리를 흐렸다.

"그들과 직업소개소 조직 사이에 하나가 더 있을 가능성을 말하는 것이네. 하나가 아닐지도 모르지. 그렇지 않나? 닷새 동안이나 꼬리가 밟힌 사실을 몰랐다면 그 중간의 누군가가 그들에게 그 사실을 말해 주지 않았던 게지. 고의적으로? 아니라면 알려줄 여건이 되지 않았던가. 그들이 직업소개소의 조직과 직접 상대를 했다면 자신들의 유출 행위가 발각된 것을 닷새 동안이나 몰랐을 리가 없잖나?"

"그렇다면 그 중간 단계의 상대는 보다 온건한 첩보 조직일 수도 있겠군요?"

"아직은 알 수 없네. 그 조직이 이미 확인된 직업소개소의 조직처럼 테러 조직인지, 단순한 첩보 활동만 하는 조직인지, 지금으로선 알 수가 없지. 그러나 지금 분명한 것은 그들이 JIC에서 기밀문서를 가지고 나갔다는 사실이네. 이건 명백한 배신행위이지. 결코 용서하지 않겠네."

국장은 끝까지 '그들'이라고 말했다. 그들을 곽정환, 미스 문이라고 부르지 않았다. 이미 범인이 밝혀졌는데도 국장은 여유가 있었으며, 은밀하게 그들을 '그들'이라고만 부르고 있는 것이다. 과연 국장의 이런 여유는 어디로부터 오는 것일까. 또한 국장이 그들을 '그들'이라고만 지칭하는 이유는 무엇일까.

보고를 마치고 전성길이 자리에서 일어섰을 때 국장은 짧게 지시했다.

"비밀을 지키게. 그들이 다시 움직일 때까지 기다려야 하네. 그들이 누구와 선이 닿아 있는지, 그리고 그 두 사람을 조종하고 있는 사람이 누구인지 우린 그걸 잡아야 하니까. 알겠나?"

전성길은 국장의 쇳내가 이는 그 냉정함에 진저리가 일었다.

한편 강남경찰서 김철규 반장은 이틀째 잠복근무 중이었다. 장소는 영등포시장 사거리. 그가 이틀째 지켜보고 있는 것은 작은 커피숍의 출입문이었다.

영등포경찰서 윤 반장은 아침에 전화를 걸어와 현장에서 발견됐던 약병에 관해 말했다. 그것은 펩이라는 물질로 폐 색전증을 유발시킬 수 있는 약이었다. 단순한 심장마비로 보였지만, 그를 죽인 것은 폐 색전증이었던 것이다.

수사팀은 김영목이 저항한 흔적이 전혀 없고, 사인이 심장마비여서 마약을 사용하다 심장마비로 숨진 것으로 여겼었던 모양이었다. 그러나 그 약이 마약이 아니라 펩이라는 사실을 알고 다시 검안을 해 폐 색전증인 것을 밝혀냈다. 타살이었다. 그것도 안면이 있는 누군가에 의해, 저항할 이유를 전혀 느끼지 못한 상태에서 피살당한 것이다. 그는 김영목이 내민 팔에 마약 대신 펩을 주사했을 것이었다. 그리고 김영목은 마약이 주는 황홀함 대신 순간적인 폐의 압박을 느끼면서 고통스럽게 죽어 갔을 것이다. 물론 그 고통의 시간은 짧았겠지만.

김 반장은 오류동의 한 야산에서 김영목의 사체를 확인하고 돌아온 다음 날부터 영등포시장 사거리에서 잠복근무를 하고 있었다. 김영목의 사체에서 본 한 마리의 작은 새 문신은 눈에 익은 것이었다. 그것은 죽은 김영목의 손등에도 있었고, 그리고 신 경장이 취조한 모렝의 마지막 진술에 의하면 모렝을 직접 사주했던 사내의 손등에도 있었다.

그리고 김 반장의 눈에 익은 그 새. 바로 직업소개소를 찾아

갔던 날, 같은 건물 1층 카페 주인의 손등에서 보았던 것이다. 그는 그날 카페 계산대에 서 있었다. 동전을 헤아리던 그 손을 김 반장을 기억하고 있었던 것이다. 김 반장은 그에게 말을 걸었었고 그는 대답하지 않았었다. 만약 대답을 들었다면 그의 독특한 목소리도 기억할 수 있었을 것이었다. 온통 일본식으로 실내를 꾸미고 계산대 위에는 보기만 해도 끔찍한 적의가 느껴지는 군국주의 시대의 일장기가 걸려 있던 바로 그 카페였다.

영등포시장 사거리를 끼고 작은 거리 공원이 있었다. 등나무 아래에는 긴 나무 의자가 놓여 있었고, 그 주변에는 도시의 삭막함을 덜어줄 몇 그루의 나무가 둘러서 있었다. 그러나 그 작은 공원에는 그 외에 아무도 없었다. 가지만 앙상한 나무와 얼기설기 얽혀 하늘을 가리고 있는 등나무 줄기만 삭막한 겨울 풍경을 메우고 있을 뿐이었다. 찬바람 부는 황량한 겨울 오후에 공원을 찾을 사람은 없을 것이었다. 두툼한 옷을 껴입고 나왔으나, 발이 시린 것은 참을 수 없는 고통이었다.

바로 그 시각, 용산 전자 상가의 호기심 많은 청년은 또 한 명의 젊은이와 함께 있었다. 그들은 함께 컴퓨터 모니터를 들여다보고 있었다. 며칠 전 한 경찰관이 가져와 살려 낸 문서 파일에서 불러낸 화면이었다. 비 온 뒤 젖은 땅을 지렁이가 기어가면서 남긴 흔적 모양의 기이한 부호가 화면을 가득 채우고 있었다.

"이게 뭔지 알겠어?"

모니터에 떠오른 괴문자를 한동안 들여다보던 젊은이가 시큰둥하게 말했다.

"속기 문잔데?"

"속기 문자? 그게 뭐지?"

"회의에서 남기는 속기록, 거기에 사용하는 속기 문자지. 기자들이 인터뷰를 하거나, 학술대회에서 기록을 남겨야 할 때 많이 사용했던 문자야. 누군가 말하는 것을 기록할 때 사용하는, 일반적으로 사용하는 단어들을 부호로 압축한 것이라고 할 수 있지. 지금은 사용할 일이 거의 없겠지만, 특별한 경우 이런 기록을 남기기도 해."

수수께끼는 너무나 쉽게 풀렸다. 김철규 반장이 끙끙대며 고민하던 그 난해하기만 했던 수수께끼가 용산 전자 상가의 두 청년에 의해 너무도 쉽게 풀려버린 것이다.

"번역할 수 있겠어?"

호기심이 많은 청년이 그렇게 물었다.

"물론이지. 번역 프로그램이 있을 거야. 일본어를 할 줄 아는 사람이 있어야겠는데."

"일본어?"

"이건 일본어 속기거든."

"일본어 하는 사람은 구할 수 있지. 내가 해볼게."

"그런데 이게 뭐지? 뭔데 그리 급해?"

"아직 몰라. 어떤 사람이 가져왔는데 상당히 중요한 문선가 봐. 번역 프로그램을 찾아줘. 나는 일본어를 할 수 있는 사람을 찾아볼 테니까."

컴퓨터 도사로 일컬어지는 청년의 눈빛이 반짝였다. 통신 판매 회사의 웹사이트 서버를 복구하는 일에 매달린 지 일주일 째였다. 오랜만에 지루한 일상을 깰 호재를 만난 것이다.

마포의 국가정보국 특별수사본부. 팀장인 김화영 계장은 창가에 서서 한강을 내려다보고 있었다. 사건은 오리무중이었다. 영등포 직업소개소에서 걸려 나간 전화번호를 역추적해 본 일 빼놓고는 이렇다 할 수사 방향도 잡혀 있지 않았다. 특별수사팀을 만들어 수사에 돌입한 지 이 주일째였다.

사건은 오리무중이었으나 한 가지 하고 있는 일이 있었다. 사건에서는 거리감이 느껴지는 일이었다. 김 계장은 사흘 전 자신의 상관인 신유식 과장으로부터 한 정치인을 조사하라는 은밀한 지시를 받았던 것이다. 김 계장은 과장의 지시를 의심하지 않았다. 그 정치인의 성향 때문이었다. 그는 소위 지일파로 분류되는 인물이었다. 신 과장에게 전화를 걸어 사건을 적당히 묻어 버리라고 주문했던 바로 그였다. 물론 일본과의 관계를 염려한 핑계가 없진 않았었다.

과장의 지시대로 김 계장은 요원 임영호를 이틀째 그의 꽁무니에 묶어 두고 있었다. 과장의 표현대로 그는 정보 정치에 일가견이 있는 사람이었다. 그가 만나는 사람들은 주로 정보에 민감한 외국 대사관 사람들이거나 연구소 연구원들, 정보기관의 정보 분석관들이었다. 그중에서도 접촉이 가장 빈번했던 상대는 일본 대사관의 전권공사 도시오와 JIC 부국장 민병선이었다.

조금 전 요원 임영호는 그가 일본 대사관의 가케 히데키 참사를 만나고 있다는 보고를 했었다. 가케 히데키라면 김 계장도 만난 적이 있었던 인물이었다. 김 계장은 그의 특이한 별명을 알고 있었다. '소나' 가케 히데키. 그는 도시오 전권공사의 수족과 같은 인물이었다.

그러나 김 계장은 가케 히데키가 도시오 공사의 지시에 충실하지 않다는 사실도 잘 알고 있었다. 그는 언젠가 지일파 한국 정치인들의 성향을 분석해, 공사에게는 보고하지도 않고 직접 본국의 내각 조사실에 보내 물의를 빚은 적도 있었다. 그 일로 인해 도시오는 한국 정가에서 구설수에 올랐다. 김 계장은 도시오 공사가 그와 관련하여 히데키를 거칠게 몰아세웠던 장면을 기억하고 있었다.

하지만 신유식 과장은 도시오를 믿지 않았었다. 자신이 히데키에게 그렇게 하도록 지시를 해놓고도 발뺌을 한다는 것이었다. 그러나 김 계장은 도시오 공사를 믿었다. 만약 도시오 공사 자신이 그런 지시를 했다면 공석에서 자신의 부하를 그토록 몰아세우지는 않았을 것이었다. 자신의 수족과 같은 부하의 입지를 좁히는 그런 비난은 바보 같은 짓이었다. 나중에 밝혀진 사실이지만, 그 일로 도시오 공사는 매우 난처한 입장에 있었다. 하지만 그것은 한국의 정가에서가 아니라 본국에서였다.

히데키는 방위청 출신으로 내각 조사실에서 파견된 외교관이었고, 도시오 공사는 일본 경찰청 출신이었던 것이다. 정보 수집 업무는 도시오 공사의 조정 아래 이루어지지만 그것은 어디까지나 말 그대로 조정일 뿐이었다. 경찰청 출신은 경찰청을 통해 보고를 할 것이고, 방위청 출신은 방위청을 통해 내각 조사실로 보고를 할 것이었다.

수족과 같이 움직이던 히데키가 결정적인 순간에 도시오 공사의 의견을 무시한 것이 본국의 내각 조사실에서 화제가 된 것이었다. 그러나 한국의 지일파 정치인들에 대한 성향 조사 지시는 극비리에 이루어진 방위청의 지시였다. 결국 그것이 어떤 경로로 밝혀져 주한 일본 대사관이 매우 난처한 입장에 빠지긴 했으나, 당시 일본 방위청이 그런 지시를 할 수밖에 없었을 것이라는 분석은 매우 타당한 것이었다. 왜냐하면 당시 일본은 자위대 파병 문제로 아시아 나라들의 눈치를 봐야 할 입장이었기 때문이었다. 자기편으로 여기는 지일파 정치인들이 어느 날 갑자기 돌아서서 반기를 드는 일은 없도록 했어야 했다.

김 계장이 창밖의 한강을 내려다보고 있을 때 임영호가 들어왔다. 그는 매우 피곤한 표정이었다. 그가 따라붙은 그 정치인은 대단한 모주꾼이었던 것이다. 이틀 동안이나 계속해서 술을 마셨고, 임영호는 셔터를 내린 술집 문 앞에서 밤을 지새웠던 것이다.

"피곤해 보이는군."

김 계장이 그렇게 말하자 임영호는 쓰게 웃으며 말했다.

"김 중위와 교대했습니다. 그 친구는 젊으니 좀 낫겠지요. 저도 군 수사대 시절에는 그랬으니까요. 어쨌든 아주 굉장한 활동가던데요. 한 군데서 조용히 쉬는 꼴을 못 봤어요."

"미안하네, 너무 고생을 시켜서."

"저 고생하는 것이 대숩니까? 특별수사팀 만들어서 수사 시작한 지 이 주일이 다 됐는데, 이거 경찰 꽁무니에서 뒷북만 치고 있으니, 정말 답답합니다. 영등포 직업소개소는 우리가 먼저 덮쳤어야 하는 건데."

이번에는 김 계장이 쓰디쓴 웃음을 배어 물었다.

"곧 좋은 일이 있을 걸세. 내 육감이 그래. 지금 너무 조용하잖나? 조용한 것이 수상해. 미국 측에서도 지금쯤은 뭔가를 요구할 때가 됐는데 조용하단 말이야. CIA가 바보가 아닌 이상 사건을 그냥 덮어 둘 리가 없지. 대외적으로는 쉬쉬해서 덮고 싶겠지만, 속으로는 분명히 안달이 나 있을 거야. 이번에 유출된 문서들이 미국의 기분을 상하게 했거든. 그들의 움직임도 눈여겨봐 두게."

"알겠습니다. 그렇잖아도 주시하고 있습니다."

"그리고 JIC의 전성길 부장에게서 연락이 왔네. 기밀문서를 유출시킨 사람의 윤곽이 드러났다는 거야. 그게 누구라고는 말하지 않았지만, JIC 내부의 상당한 거물임에 분명해. 그의 목소리가 그걸 말해 주더군. 그리고……, 그 후로도 문서가 또 유출이 됐었고. 다시 유출된 문서들도 저번에 유출된 문서들과 성격이 비슷해."

"비슷하다면……."

"유출된 그 문서로 덕을 본다면 그건 일본이라는 점이지. 신 과장님이 옳은 판단을 했어. 아무래도 그 정치인이 뭔가를 알고 있을 것 같아. 그가 JIC의 부국장을 만나고 있는 점도 주목해 볼 필요가 있겠고."

그 시각, JIC의 부장 권유민. 그는 국장과 마주 앉아 있었다.

"그 문서들을 분석해 봤나?"

권유민은 한 시간 전 전성길로부터 새로 유출된 문서들을 건네받아 훑어보던 중 국장의 호출을 받았었다.

"전성길 부장 말이 맞았습니다. 전에 유출된 문서들과 성격이 비슷했습니다. 이번에는 모두 다섯 건인데, 두 건은 역시 마샬 계획하고 관련이 있는 서류였고, 한 건은 아세안 지역에 진출한 한국 기업들에 관련한 것, 그리고 나머지 두 건은 아시아 태평양 자유무역지대 창설에 관련한 보고서였습니다. 이번에는 아무래도 아·태 자유무역지대에 관련한 서류가 문제가 될 것 같습니다."

"문제가 되다니? 그게 무슨 말이지?"

"아·태 자유무역지대 창설과 관련한 보고서는 단순한 보고서가 아닙니다. 구체적으로 말씀드리자면, 그 서류의 제목은 '아시아 태평양 지역에서의 지역 경제 통합과 한국의 선택'이었습니다. 미국과 한국이 공조 체제를 갖춰 일본의 입장을 철저히 배제하고 견제하는 것을 골자로 한 연구 보고서죠. 제1단계 형태로 일본을 배제하고 한국과 미국 아세안 그리고 대만을 통합하는 상황을 가정해서 분석한 것이 보고서의 주 내용이었습니다."

"최근 일본에서 입수한 자료에서도 그런 내용을 본 것 같은데. 일본의 한 연구소에서 발표한 연구 보고서에도 그런 것이 있었잖나?"

"그것보다 훨씬 구체적인 실행 계획이 포함되어 있었습니다. 그리고 일본이 주장하는 아시아 안보 포럼 창설에 관련한 대비책도 구체적으로 명시되어 있었습니다."

국장은 혀를 찼다.

"이거 끔찍한 일이 생겼군. 이거 보통 망신살이 아니야. 그런데 미국이 한국과 공조 체제를 갖춰 일본을 배제한다는 발상은 어디서 나온 건가?"

"아직 확인해 보지 못했습니다. 아마 이 보고서는 최근 일본의 한 연구소에서 흘러나온 연구 보고서와 관련이 있는 것 같습니다."

"그게 뭔데?"

"최근 일본은 미국을 배제한 채 서태평양 국가들을 통합하는 문제를 검토한 것 같습니다. 한 민간 연구 기관에서 만든 보고서이긴 하지만 그 프로젝트의 발주처는 일본 외무성이었습니다. 제가 일본 담당으로 옮기기 직전 그 보고서가 입수되었는데, 아마 그에 대비해 만들어진 보고서일 것입니다."

"아, 이제야 기억이 나는군. 그건 우리가 만든 보고서가 아닐세. 미국 CIA 산하의 한 연구소가 만들어 보낸 보고서에 우리가 실행 계획만 첨부한 것인데, 이를테면 한미 합작품인 셈이지. 일본이 미국을 배제하고 서태평양 국가들을 통합하려 한다면 당연히 그에 대한 대책이 마련되어야 하지 않겠나? 눈에는 눈, 이에는 이일세."

"그런데……."

"뭐 말인가?"

"5부에서 이런 중요한 문서를 흘려서 반대급부로 얻으려 했던 정보가 무엇이었을까요?"

국장은 심드렁하게 대꾸했다.

"아무것도 아니었을 수도 있지. 그런 중요한 문서를 가져다주고 가져올 만한 정보였다면 아마 우리를 기절하게 만들었을걸? 그러나 문서를 빼돌린 지 일주일이 넘었는데도 나는 5부에서 아무런 보고도 받은 일이 없네."

"그렇다면……."

"단순한 배신행위라고 볼 수밖에 없겠지. 나는 그들이 무슨 짓을 했는지 꼭 밝혀내고야 말겠네. 그리고 이번 사건이 밤중에 내게 전화를 걸어오는 사람들하고도 관련이 있을지도 몰라."

그 시각, 용산 전자 상가의 두 청년은 한 장의 팩스 용지를 받아들고 경악한 표정이 되었다. 그들이 컴퓨터에서 뽑아낸 문서를 한 번역 사무실에 있는 대학 동기생에게 보낸 것이 번역되어 되돌아온 것이었다.

일본어 속기 문자를 일본어로 번역하는 일은 어려운 일이 아니었다. 일본어 속기 문자를 일본어로 번역하는 프로그램에 입력하자 바로 내용이 추출되었다. 그러나 정작 일본어는 알 수가 없었다. 그래서 그들은 대학 동기생인 일본어 전공자에게 그 문서를 보내 번역해 주도록 부탁을 했던 것이다.

팩시밀리로 그 문서를 보낸 일본어 전공자는 다시 전화를 걸어 이렇게 물었었다.

"도대체 이게 뭐지? 이제 어떻게 할 거야?"

그러나 세 사람은 어떠한 결론도 내리지 못했다. 가장 좋은 방법은 문서 파일을 가져왔던 경찰관에게 다시 보내는 것이었다. 하지만 문서의 내용으로 봤을 때 그것은 경찰에 보낼 성질의 것이 아니었다.

결국 맨 처음 문서를 대했던 청년은 전화 수화기를 들고 세 자리의 수의 전화번호를 돌렸다. 그것은 113번이었다. 상대가 나오자 그는 침착하게 문서에 대해 설명했다. 처음에 상대는 청년의 말을 잘 알아듣지 못하는 것 같았다. 청년은 다시 침착하게 두 건의 문서 중 하나가 '처형 명부'라는 것을 설명했고, 그 처형 명부에는 유명 정치인들의 실명이 적혀 있다는 사실을 말해 주었다. 그리고 처형을 결정한 사람은 황색인해방연합단의 총재라는 사실도 알려 주었다.

그로부터 십 분 후, 그들은 두 사람의 방문객을 맞았다. 그들은 그 두 사람에게 그 문서가 어떻게 자신들의 손에 들어오게 되었는지를 설명해 줘야 했다. 설명을 들은 방문객 중 한 사람이 문서의 마지막 장에 '강남경찰서 전산실'이라고 휘갈겨 썼다.

다시 이십 분 후, 마포의 특별수사팀의 전화벨 소리가 요란하게 울렸다.

황련단의 정체

그는 귀찮은 존재였다. 히데키는 그를 그렇게 여겼다. 한국 정가에 몇 안 되는 지일파 인물 중의 하나였지만, 그의 거드름은 딱 질색이었다. 그는 거만했고, 일본에 대해 늘 당당했다. 그가 요구해 오는 것은 치졸한 것이었지만, 그는 치졸한 요구를 언제나 당당하게 했다. 그럴 때 부끄러움을 느껴야 하는 감각 기관의 나사못이 하나쯤 빠져 버린 사람 같았다.

그가 요구해 오는 것은 일본에서 열리는 국제 행사에 자신을 포함한 몇몇 한국의 정치인들을 초대해 달라거나, 일본에 들르거든 일본의 유력 정치인들을 만날 수 있도록 주선해 달라는 것이었다. 그는 일본의 정치인들과 악수와 포옹을 하고 사진 찍을 수 있기를 원했다.

그러나 히데키는 그를 소중히 여기지 않을 수 없었다. 곧 쓰임새가 있을 것이라고 생각했다. 지난밤 그와 함께 취했던 히데키는 아침까지도 술기운에서 헤어나지를 못했다. 머리가 무거웠고 속이 메스꺼웠다. 좀 나아질까 싶어서 막 커피를 들이켜고 난 뒤였다. 휴게실 탁자 위에 한국의 조간신문이 놓여 있었다. 아침 신문의 인쇄 잉크는 언제나 향긋하고 신선했다. 히데키는 신문을 펼쳐들었다.

1면에는 임시 국회에 관련한 기사가 톱으로 실려 있었다. 그리고 북한 관련 기사도 있었다. 그 아래쪽에는 히데키가 관심을 가질 만한 기사가 실려 있었다. 그것은 미국의 일본에 대한 통상 압력이 가중되고 있다는 기사였다. 더불어 그 왼쪽 위 기사에서는 미국 대통령이 북미자유무역협정을 중남미 전역으로 확대하겠다고 말하고 있었다. 미국의 경제적 덩치를 중남미의 칠레와 그 밖의 라틴 국가에까지 확대해 가겠다는 것이었다.

히데키는 복잡한 심정이 되어 신문을 사회면으로 넘겼다. 사회면 모퉁이의 작은 기사가 그의 시선을 끌었다. 도심 외곽 야산에서 발견된 변사체에 대한 기사였다. 피살자의 이름은 김영목이었다. 이름을 확인한 순간 가벼운 현기증이 일었다. 신문은 발견된 그것을 분명히 피살체라고 말하고 있었다. 피살체라면 누군가 그를 죽였다는 뜻이었다. 히데키는 한 사내를 떠올렸다. 짧은 머리카락에 커다란 덩치, 그러나 변성기를 지나지 않았을 목소리를 가진 사내. 히데키는 목소리와는 다르게 포악한 성격을 가진 그 사내를 잘 알고 있었다. 그리고 김영목이 죽을 수밖에 없었던 이유 역시 히데키는 알고 있었다. 그를 죽이도록 덩치 큰 사내에게 사주했을 또 한 사람을 떠올리는 대목에서 히데키는 가슴 밑이 빠지는 충격을 느꼈다. 히데키는 그 또한 아주 잘 알고 있었다.

경찰은 그가 타살되었다는 사실을 정확히 알고 있었다. 그러나 히데키는 염려할 이유가 없었다. 그는 붙잡히지 않을 것이었다. 붙잡힌다고 해도 결코 조직을 위험에 빠뜨리는 일은 하지 않을 것이었다. 히데키는 그를 믿었다.

그때 인기척이 들렸다. 야츠키였다. 야츠키의 손에도 신문이 들려 있었고, 신문을 든 그의 얼굴은 상기되어 있었다.

문에 들어 선 야츠키는 히데키의 창백한 얼굴을 보았다.

"선배님도 보셨군요?"

순간 히데키는 온몸이 굳어 버리는 듯한 느낌을 받았다. 그렇다면 내가 야츠키에게 김영목의 얘기를 했다는 말인가. 혹시 술에 취해 실언을 했던 것은 아닐까.

야츠키는 신문을 내밀었다.

"뭐지?"

그가 내민 신문의 면은 사회면이 아니었다. 그것은 문화면이었다. 히데키는 안도의 한숨을 내쉬었다. 하지만 야츠키가 내민 신문을 보는 순간 히데키의 얼굴에서 창백한 기운이 사라졌다. 대신 표정이 기묘하게 일그러졌다.

"이게 뭔가?"

그건 한국의 고고학자 한성진 교수의 기고문이었다. 작은 상자 기사였다. 그러나 그 작은 상자 안에서 그는 할 얘기를 충실하게 하고 있었다. '3세기 말 기마민족 정복설의 허구'라는 제목이 맨 먼저 눈에 들어왔다. 기사의 첫 부분에서 『산해경』이라는 책이 얼마나 엉터리 책인가에 대해서 말하고 있었다. 설화 투의 관념적인 사서로서 전혀 믿을 만한 게 못 된다는 얘기였다. 게다가 『한서 지리지』의 억지스러운 해석은 가관이라고 비꼬고 있었다.

그리고 에가미 나미오 교수의 '기마민족 한반도 정복설'의 허점도 짚고 있었다. 3세기 말 부여족으로 짐작되는 족속이 해상으로 남하해 와 한반도 남부를 지배하고 쓰시마와 이키, 규슈를 연합해서 거대한 포상팔국을 세웠다는, 그래서 그것이 훗날 일본이 되었다는 에가미 교수의 주장을 정면으로 짓부수고 있었다. 3세기 말 한반도 남부가 격변기를 맞긴 하지만, 그것은 새로운 세력에게 지배를 받았다기보다는 새로운 문화가 도래했다고 이해하는 것이 옳다는 주장이었다.

히데키는 격심한 감정의 변이를 겪었다. 정말 불운한 날이었다. 한 교수가 자신이 추진하고 있는 다큐멘터리의 학술 자문위원으로 위촉된 사람만 아니라도 낭패감이 좀 덜할 것이었다.

"어떻게 된 거죠? 이 사람 우리 자문위원 아니던가요?"

야츠키가 물었다. 그러나 히데키는 대답해 줄 말이 떠오르지 않았다.

"이러다가 일 시작하기도 전에 무산되는 거 아닙니까?"

"그럴 수는 없네, 야츠키."

히데키는 단호하게 잘라 말했다.

"결코 무산되는 일은 없을 걸세. 동북아시아 민족이 한 핏줄이라는 사실을 잊어서는 안 되네. 그리고 그걸 밝혀야 하네, 야츠키. 방법이 있을 걸세."

그러나 히데키는 위기감을 느끼고 있었다. 지난 이 주 동안 황련단은 심각한 현실에 직면해 있었다. 젊은 말레이시아인이 미국 관리를 테러한 그날 이후로 모든 것이 헝클어지기 시작했다. 비로소 히데키는 이 심각한 현실의 질곡을 어쩌면 빠져나가지 못할지도 모른다는 위기의식을 느꼈다.

그러나 이런 위기가 처음은 아니었다. 그리고 이런 위기를 전혀 예상하지 못했던 것도 아니었다. 여기서 그만둘 수는 없었다. 우선 시급한 것은 한 교수 문제였다. 한 교수 문제를 해결할 때까지 김영목 문제는 유보할 수밖에 없었다. 김영목의 처리를 맡겼던 그 사내를 믿을 수밖에 없었다. 그는 잘 훈련된 유능한 행동 대원이었다.

오전 10시경, 마포 국가정보국 특별수사팀의 팩시밀리에서는 상당히 긴 전문이 쏟아져 나오고 있었다. 그것은 어제 오후 본부에 접수되었다는 출처 미상의 문서였다. 이미 김화영 계장은 어제 이 문서에 관련한 전화를 받았었다. 신유식 과장은 그것을 아침에 보내겠다는 통보를 해왔던 것이다. 김 계장이 문서에 관련한 내용을 물었지만, 신 과장은 답변하지 않았었다. 다만 신 과장은 그것이 원래 일본어 속기 문자로 씌어져 있었다고 말했다. 그러나 신고자에 의해 일본어로 번역이 되었고, 그 일본어가 다시 우리말로 번역된 것이었다.

맨 처음 팩시밀리에서 나온 문서에는 '황색강령'이라고 쓰여 있었다. 내용은 상당히 과격한 문구로 작성되어 있었다. 적으로 규정하고 있는 것은 미국을 대표로 하는 백인이었다. 그러나 그들이 더욱 단호히 배격하고 처단해야 할 적으로 삼고 있는 것은 '백인의 주구走狗'인 황인이라고 말하고 있었다. 얼굴에 황색의 탈을 쓰고 나온 백인의 변종이라고 말하고 있었다.

그다음 문서에는 그들이 '백인의 변종' '백인의 주구'라고 지칭한 사람들의 명단이 있었고, 그 아래에는 그들의 행적이 적혀 있었다. 그것은 이른바 처형 명부였다. 그들의 이름 옆에는 각기 처형의 승인을 요구하는 '혈맹단' '황풍뇌회' '황룡회' '적색단'의 청원문이 있었고, 맨 아래에는 황색인해방연합단의 총재 날인이 있었다고 표시되어 있었다. 여러 개의 단체가 황색인해방연합단이라고 하는 조직에 포괄되어 있음을 알 수가 있었다.

보기만 해도 끔찍한 문서였다. 문구들이 온통 적의에 차 있었다. 적의라기보다 살의라고 말하는 것이 적당한 표현일 것이었다. 김화영은 그 문서에서 '백인의 주구'로 표현된 일본인들의 이름과 그리고 낯익은 한국인들의 이름을 보았다. 그들은 한국 사회에 대단한 영향력을 가지고 있는 정치인이거나 기업인이었다.

"그런데 이게 왜 우리에게 온 겁니까?"

임영호였다.

"우리 일하고 관계가 있는 겁니까?"

임영호가 그렇게 물어왔으나 김화영은 대답할 수 없었다. 김화영 역시 그 괴문서가 왜 특별수사팀에 배달되었는지 아직 알 수가 없었기 때문이었다. 물론 어렴풋이 짐작되는 것은 있었다.

하지만 그것은 발설하기에 충분한 것은 아니었다.

그러나 마지막 장이 프린트되어 나왔을 때, 김화영은 그 이유를 보다 분명하게 알 수 있었다. 마지막 장 맨 아래에 낯익은 미국인 이름이 있었기 때문이었다. 그의 이름은 윌리엄 피그먼이었다.

"맙소사. 이것 때문이었군."

그의 이름 옆에는 '혈맹단'이라는 단체가 따로 사적 승인을 요청하는 청원문이 있었고, 역시 아래쪽에는 총재 날인란이 있었다. 하지만 날인란은 비어 있었다. 그의 처형이 승인되지 않았다는 것을 쉽게 알 수 있었다. 그러나 놀랍게도 그 옆에는 사후 승인이라고 씌어져 있었다. 그리고 괄호 안에는 12월 22일이라는 날짜가 적혀 있었다.

"12월 22일이라?"

임영호는 자신의 수첩을 꺼내 메모된 내용을 들여다보았다.

"윌리엄 피그먼이 테러를 당했던 날입니다."

"역시 조직적인 테러 단체였군. 그런데 이건 뭐지?"

문서의 맨 끝에 강남경찰서 전산실이라고 씌어 있었다. 누군가 급히 손으로 갈겨쓴 것이었다.

"강남경찰서라면 김철규 반장? 이 친구가 아직도 손을 안 뗐군."

김화영은 질렸다는 표정으로 머리를 저었다.

"빨리 수배해 봐, 그 친구가 어디서 뭘 하고 있는지."

그는 임영호를 향해 짧게 명령했다.

그즈음 '혈맹단'이라는 생소한 단체 이름은 역병과 같이 대단한 속도로 번져가고 있었다.

국가정보국에서 '혈맹단'에 관련된 내용을 긴급 사항으로 국무회의에 보고한 뒤, 각 기관에는 비상 훈령이 내려졌다. 각 기관의 장長 앞으로 발송된 공문은 문서 관리 책임자가 참조하게 되어 있었다. 모든 기밀문서 창구를 잠정적으로 폐쇄하고, 최근 유실된 문서가 있는지 철저히 조사하라는 훈령이었다.

그로부터 두 시간 후, JIC의 일본 담당 부장 권유민은 자신의 방에서 국내 보안담당 부장 전성길과 마주 앉아 있었다. 그들의 표정은 상기되어 있었다.

"자넨 어떻게 생각하나? 국장의 생각이 맞다고 보나?"

권유민이 물었다. 전성길은 생각에 잠겼다. 잠시의 침묵은 오히려 신뢰감을 확보하는 데 유용했다. 이윽고 전성길은 신중한 어조로 입을 뗐다.

"국장의 생각이 옳다고 보네. 그들은 단순히 정보를 얻어내기 위해 반대급부로 우리 정보를 팔지는 않았을 거야. 그렇다면 그렇게 중요한 정보를 줬을 리가 없잖나? '아시아 태평양 지역에서의 지역 통합과 한국의 선택'과 같은 문서를 유출시킨다는 것은 우리의 엉덩이를 보여 준 것과 같아. 치부라면 치부지. 결정적으로 국제 사회에서 우리 운신의 폭을 위축시키는 치명적인 약점을 보여 준 꼴이 됐어. 곽정환이 그걸 몰랐을 리가 없네."

권유민은 턱을 괴었다. 알 수 없다는 표정이었다.

"곽 부장 그 사람 얼마 전 통쾌한 전과도 올리지 않았나? 그때는 정말 강직한 일면을 보여 줬었지."

"독직 사건 말이군. 그걸 캐내고 언론에 흘려 썩은 거물을 잡았지. 이번 사건에 그가 개입한 것은 나도 사실 의외라고 생각했네. 그가 그랬을 줄은 꿈에도 생각하지 못했거든. 어쨌든 지금으로선 그가 어떤 조직에 깊숙이 개입해서 JIC의 기밀문서를 유출시켰다는 사실은 분명하네. 그런데 나는 왜 불렀나?"

전성길은 권유민이 자신을 부른 이유가 따로 있을 것이라고 생각했다.

"오늘 아침 일본으로부터 황련단에 대한 구체적인 정보가 날아들었네. 자네 흑룡회라는 단체 아나?"

"우치다 료헤이. 그 이름을 잊어버릴 수는 없지. 우치다 료헤이가 이끌었던 민간 정보단체 아닌가? 아시아 전역에 비밀요원을 심어 놓고 시베리아의 흑룡강이 일본의 국경선이 되어야 한다고 주장했었지. 대동아공영권의 척후대 역할을 했었고, 지금의 우익 민족주의의 뿌리가 되었다지?"

"그래. 지금도 그 단체가 살아 있다네."

전성길은 숨을 멈췄다. 권유민이 말을 이었다.

"규모가 당시와는 비교할 수 없을 만큼 커졌네. 물론 이름도 바뀌었지. 그게 바로 황색인해방연합단이네. 활동 영역도 아시아뿐만이 아니라 전 세계에 확대되어 있지. 정확한 숫자는 아니지만 정예 요원만 오천 명 정도가 활동하고 있는 것으로 보고되었다네. 비공식 협조자를 포함한다면 헤아리기가 쉽지 않겠지."

전성길이 물었다.

“그들의 목표도 흑룡회와 같나?”

“그렇네.”

“대동아공영?”

“그렇다네. 그들이 바로 흑룡회의 후신이지. 흑룡회의 2세대라고 봐야 할 걸세. 지금 밝혀진 바로는 수뇌부 주역들은 대부분 사십대네. 상위층에 더러 오십대도 있지만, 실제 왕성하게 활동하고 있는 전위 그룹은 사십대에서 삼십대 그룹으로 되어 있어. 그리고 도쿄의 한 안테나숍에서 파악하기로는 수뇌부 상당수가 일본의 정책을 입안하는 두뇌가 되어 있다네. 어쩌면 그들에 의해서 일본의 어느 한 부분이 움직인다고 봐도 과언이 아니겠지.”

“그들이 일본이 움직인다?”

전성길의 목소리가 갈라졌다.

“그렇네. 일본이 오늘날 막강한 부를 축적할 수 있었던 배경에는 많아야 오십 명 정도의 핵심 관료 집단이 존재하고 있었지. 아주 젊은 엘리트들이네. 그들은 대장성과 외무성 그리고 경제기획청과 통상성에 포진하고 있네. 일본에서 가장 지적 능력이 뛰어난 인물들이지. 정치인들도 그들의 인사에는 전혀 관여를 하지 않는 것으로 알려져 있네. 외교와 경제에 관한 한 그들이 거의 전권을 휘두르고 있다고 봐도 과언이 아니지.”

“그럼 그 친구들이 그 단체에 들어 있다는 말인가?”

권유민은 고개를 끄덕였다.

"그러나 그중 몇 명인지는 알 수가 없네. 우리는 그럴 가능성을 충분히 생각할 수는 있지. 그런데 그보다 중요한 것이 있어. 이건 정말 매우 중요한 거네."

권유민은 일어서서 창가로 갔다. 한강이 내려다보였다. 뜰에는 비둘기가 한가롭게 모이를 찾고 있었고, 강 건너편에는 유람선이 평화롭게 떠 있었다.

권유민은 창밖을 내다보며 입을 열었다.

"중요한 것은 그들의 성격이네."

"과격하다고 하지 않았나?"

"물론 어느 한편은 과격하지. 그러나 과거의 흑룡회하고는 다르네. 따라서 그들이 추진하고 있는 신新대동아공영도 과거의 대동아공영과 달라."

"다르다고? 뭐가?"

"그들은 설득을 하지. 과격하게 힘으로 밀어붙이거나 무리한 공작을 하지 않는다는 점에서 과거의 흑룡회와 다르네. 그들은 상대를 설득한다네. 마치 포교하듯이, 신앙 간증을 하듯이. 그러면서 여론을 조성하지. 엄청난 돈을 가지고 언론을 움직여서 공작을 한다는 거네. 대동아공영만이 아시아가 살길이다, 아시아는 더 이상 미국에 의해서 경영되어서는 안 된다. 그러면서 그들은 문화에 투자를 하지. 아시아의 문화가 유럽 백인의 문화와 다르다는 것을 보여 주고, 그것이 엄청난 힘을 가지고 있었음을 보여 주는 거지. 칭기즈 칸으로 대표되는 힘의 분출, 거대한 중국 대륙과 중앙아시아로부터 번져나간 아시아 황인종의 웅장한 대륙 문화가 그들의 경전이 되는 거지. 그들은 문화적 연대감을 배경으로 아시아가 하나로 뭉치기를 기원한다네."

이 부분에 이르자 전성길의 표정은 다소 풀어졌다. 눈을 깜박이던 전성길은 이렇게 물었다.

"그게 나쁜가? 그게 일본의 제국주의 근성에서 나온 것이라면 경계를 해야겠지. 그러나 그런 문화적 연대감이 아시아 평화를 지켜 줄 수만 있다면 그것보다 좋은 방법은 없겠군."

권유민이 허탈하게 웃었다.

"내가 지금 자넬 상대로 포교를 한 셈이군. 어쩌면 곽정환도 이렇게 포섭을 당했을 수도 있겠지?"

"곽 부장이 포섭을 당했다고 보나? 그들에게?"

다시 전성길의 목청이 높아졌다.

"아직 단언할 수는 없지. 두고 봐야 알겠지만, 어쩌면 곽정환은 이미 그들에게 포섭되었는지도 모르네. 그런 생각이 들어. 그렇지 않고서야 그렇게 강직한 사람이 나라를 팔겠나?"

"그렇다면 '혈맹단'이라는 단체는 뭐지?"

"혈맹단이라니?"

권유민이 되물었다.

"오늘 특별수사팀으로부터 연락을 받았네. 우리 기밀문서가 발견되었던 그 조직의 거점에서 이상한 내용이 담긴 컴퓨터 디스켓이 발견되었네. 디스켓에는 일본과 한국의 거물급 인사들의 명단이 입력되어 있었다네. 그런데 재미있는 일은 그들이 조만간에 그 조직에 의해서 처형되게 되어 있었다는 거네. 그 조직의 총재 명의로 처형할 수 있도록 승인을 얻어 놓은, 그러니까 사형 선고를 받아 놓은 인물들이었지."

"어떤 사람들이지?"

"역시 JIC 간부다운 질문을 하는군. 그 사람들이 어떤 사람들이냐에 따라서 그 조직의 성격이 어떤지 알 수가 있겠지. 그 혈맹단이라는 단체는 아주 과격하더군. 아직 자세한 얘기를 듣진 못했지만, 자네가 쫓고 있는 단체가 한국에 이미 깊이 뿌리를 내리고 있는 것만은 분명한 것 같아. 그 처형 명부에 실린 인물들의 면면은 미국 쪽에 가까운 친미 인사들이었거나, 중국의 정책에 깊이 간여하고 있는 인물들이었네. 특히 아시아 태평양 자유무역 지대 창설을 강력히 추진하고 있는 거물급 정치인들이었지. 특히 일본에 좋지 않은 인상을 주고 있는 인물들이었어. 일본과 중국의 거물급 인사들도 역시 마찬가지 이유로 거기에 이름이 올랐을 걸세. 지금 특별수사대가 그 점을 중점적으로 캐고 있으니까, 곧 결과가 나오겠지."

"역시 우리 생각이 맞았군. 이미 뿌리를 깊이 뻗었어. 조심스럽게 접근하지 않으면 되려 우리가 당할 수도 있겠군. 생각보다 큰 거물이 거기에 참여하고 있을 수도 있을 테니까. 아 참, 그리고 기밀문서 유출 사건에 곽정환이 개입한 사실은 특별수사대에 알렸나?"

"아니, 아직 알리지 않았네. 알려야지. 내부에서 좀 더 정리가 된 다음에 알려도 늦지 않을 것 같아서 미루고 있었네. 아직 뭔가 석연치가 않거든."

그때 전화벨 소리가 울렸다. 권유민은 수화기를 들었다. 국장이었다. 퇴근 전에 전성길과 함께 자신의 방으로 와주기를 원하는 내용이었다. 오늘은 국장에게 보고할 내용이 많았다. 전성길도 그 점에 있어서는 권유민 못지않을 것이었다.

세종로의 미국 대사관.

정치과 참사관인 코널 윌슨과 경제부 서기관 제임스 맥콜은 대사관 후문을 빠져나왔다. 점심시간이었다. 맥콜이 윌슨에게 불고기를 요구했던 것이다. 윌슨은 오늘 하루 점심시간을 기꺼이 희생시키기로 했다. 다른 날 같았으면 맥콜과 마주 앉아 점심을 먹겠다는 생각은 하지 않았을 것이다. 그러나 윌슨은 오늘 맥콜과 점심을 먹어야 할 필요를 느꼈다.

"날씨 좋은데."

맥콜이 얼간이처럼 말했다. 날씨는 매우 추웠다. 하늘에 뒤덮인 구름만 해도 진저리가 날 지경이었다. 맥콜이 좋다고 말한 것은 날씨가 아니라 자신의 기분일 것이었다.

윌슨은 사흘 전 CIA의 정보망에 걸려든 황색인해방연합단이라는 단체에 대해 좋지 않은 예감을 가졌다. 단체의 이름은 생소했지만, 그 이름에서 받은 저항감은 생소한 것이 아니었다. 윌슨은 미국에 대항하는 그런 단체들에 이미 익숙해져 있었다. 그는 이미 이란과 필리핀에서 반미 단체를 경험했었다. 그들은 과격했지만 조직적이지 못했다. 그리고 무엇보다 지지 기반이 약했다.

물론 황색인해방연합단이 아시아 지역에서 지지를 얻고 있다는 증거는 없었다. 아시아의 많은 나라들은 도대체 그런 단체가 존재하는지조차도 모를 것이었다.

"오늘 아침 한국 신문 봤나?"

윌슨은 횡단보도에서 신호등이 바뀌기를 기다리는 동안 맥콜에게 물었다. 맥콜은 어깨를 추켜올리며, 입술 근육을 일그러뜨렸다. 그는 신문을 읽지 않는 외교관이다. 그러나 한국에 관해 그는 다른 사람들에 비해 두 배쯤 길게 말할 수 있는 재주를 가졌다. 그가 열심히 보는 텔레비전 덕분이었다.

"왜, 오늘 신문에 뭐가 났는데?"

신호등이 바뀌어 횡단보도를 건너는 동안 맥콜은 정확히 스텝을 다섯 번 바꾸었다. 맥콜의 영혼을 잠식해 오고 있는 랩 가수 바비의 혼령 때문일 것이었다.

"주한미군 주둔 비용에 대한 논란을 싣고 있었네. 지금까지 한국인들은 미군 주둔 비용에 대해 관심이 없었지. 그래서 미군이 한반도에 주둔하는 데 자신들이 그렇게 많은 돈을 지불하고 있다는 사실을 몰랐네. 그런데 이제 한국인들이 미군 주둔 비용에 관심을 갖게 되었어. 관심을 가졌으니 곧 사실을 알게 되겠지. 한국의 언론들이 그걸 말하기 시작했으니까."

"그게 어때서?"

"어때서라니? 그게 오늘 아침 한국 신문의 일면 톱이었다는 걸 말하는 거야."

"아니, 그런데 그게 도대체 어쨌다는 거지?"

"몰라서 묻나? 한국의 신문들이 일면 톱으로 자신들이 봉이냐고 떠드는데, 그게 어쨌다는 거냐고? 자네는 한국 신문에서 그런 기사를 읽은 기억이 나나? 이보게 맥콜. 이건 한국이 변하고 있다는 증거야. 무슨 말인지 알겠나?"

맥콜은 걸음을 멈추었다. 도대체 알 수 없다는 표정이었다.

"한국이 변하다니, 변심을 했다는 말인가? 자네 너무 과민해 있군. 한국 신문이 그러는 건 한번 해보는 투정일 뿐이야. 왜? 걱정이 되나? 필리핀처럼 주둔 비용은커녕 군사 기지 사용료라도 내놓으라고 할까 봐?"

윌슨은 더 이상 맥콜을 상대할 기분이 아니었다.

맥콜은 식당에 도착하자 종업원을 불러 불고기를 시켰다. 맥콜의 식욕은 왕성했다. 윌슨은 마늘에 된장을 얹어 싼 상추쌈을 입안으로 밀어 넣는 맥콜을 물끄러미 바라보다가 입을 열었다.

"이보게 맥콜. 사실 며칠 전 본부로부터 중요한 전문 한 장을 받았네. 황색인해방연합단이라는 단체에 관련한 것이었지."

윌슨의 목소리에서 비장감을 읽었기 때문이었을까. 맥콜은 상추쌈을 아귀처럼 씹던 입을 멈추고 갑자기 턱이 빠져 버린 얼굴 모양을 하고 있었다.

"반미 단체인가?"

"그래. 엄청난 자금이 그들의 활동선을 따라 움직이고 있다는 정보가 접수되었다네. 그들은 지금 판단력마저 잃고 있어."

"황색인해방연합단이라니? 나는 처음 듣는데? 그런데 판단력까지 잃고 있다고?"

"처음 듣는 게 당연해. 그동안은 아무도 몰랐으니까."

"그 정보는 어디에서 온 거지?"

"윌리엄 피그먼 피격 사건을 추적하다가 포착된 정보네."

"맙소사. 테러 단체로군."

"제발 그러니 맥콜. 행동을 조심하게."

"나더러 행동을 조심하라고? 무슨 행동?"

"자네가 조종하고 있는 그 경찰관. 윌리엄 사건을 뒤쫓던 그 경찰관 말일세."

"조종하고 있는 경찰관이라니……, 아, 김철규?"

"그래. 제발 부탁이네만, 그 셰퍼드 좀 얌전히 있게 할 수 없겠나?"

그 시각 같은 장소, 윌슨과 맥콜 건너편 테이블에서 갈비탕을 먹고 있던 한국인 김철수. 그는 식당에서 이상한 일을 목격했다. 서울 한복판 식당에서 넥타이를 맨 두 백인이 한국 경찰을 입에 올리며 다투는 희귀한 광경이었다. 김철수는 오후에 미국에서 오는 바이어를 맞이해야 하는 젊은 무역상이었다. 공항에 나가야 했지만 일어설 수가 없었다.

두 사람의 백인 중 한 사람은 한국 경찰관을 셰퍼드라고 부르고 있었다. 그를 상대하고 있던 미국인은 한국을 한국이라고 부르는 대신 '분단된 나라(divided country)'로 호칭하고 있었다. 그들의 목소리가 너무 컸기 때문에 김철수는 자신의 자리에 앉아 편안하게 그들의 대화를 들을 수가 있었다. 그들은 전형적인 미국 중산층의 언어를 사용하고 있었다.

갈색 머리카락은 금발에게 더 이상 한국을 욕해서는 안 된다고 충고했지만, 무슨 일로 화가 났는지 알 길이 없는 금발은 한국은 그런 대접을 받아도 하나 이상할 것이 없는 나라라고 말했다. 그런 후 그는 그것을 증명이라도 하듯 한국의 역사를 줄줄이 꿰기 시작했다.

그가 말한 한국의 역사는 1894년에 시작되었다. 그에게서 한국은 '은둔의 나라'였다. 그건 김철수도 처음 듣는 말이었다. 그러나 그 미국인의 말을 곧 이해할 수 있었다. 한국은 오랫동안 중국과 일본 사이에 끼어서 없는 듯 존재해야 했기 때문에 은둔의 나라라고 부르게 되었다는 것이었다. 그리고 덧붙여 한국은 오랫동안 중국에 조공을 바쳤으며, 1832년부터는 일본에게도 조공을 바쳤다는 것이었다. 조공을 받아오던 이 두 나라가 드디어 전쟁을 하게 되었고, 이 전쟁이 청일 전쟁인데, 이 전쟁에서 일본이 승리하는 바람에 1894년 시모노세키조약으로 비로소 한국이 중국으로부터 해방되었다는 것이었다.

그러나 1907년에 한국은 다시 일본의 보호국이 됐으며, 1910년에는 드디어 일본이 이 은둔의 나라를 '먹었다'는 것이었다. 그랬다가 다시 독립한 것은 1945년, 2차 대전 후 미국이 한국을 해방시켰고, 그 후 이 가여운 나라가 독립을 할 수 있었다는 것이었다. 그의 말대로라면, 한국은 탄생 이래 한 번도 독립을 쟁취해 보지 못한 불운한 나라인데, 미국을 만나 결국 팔자가 편 것이었다. 김철수는 갈비탕이 어디로 들어가는지 알 수가 없었다. 숟가락만 입으로 가져가는 기계적인 반복 행위 끝에 그릇이 비워진 사실을 알았다.

도무지 알 수가 없었다. 어떻게 저 미국인은 한국의 역사를 저렇듯 줄줄이 꿰고 있는가. 도대체 은둔의 나라는 뭐고, 분단의 나라라고 표현하는 의도는 또 뭔가. 그리고 시모노세키조약으로 한국이 독립을 했다니. 1832년부터 일본에 조공을 바쳤다는 것도 알 수 없는 얘기였다. 김철수가 그런 의문에 빠져들 무렵 갈색 머리카락이 금발에게 물었다.

"도대체 그런 건 어디서 들었나?"

그러자 금발은 의아스럽다는 듯이 갈색 머리카락을 쳐다보았다. 오히려 이편에서 이해할 수 없다는 듯한 표정이었다.

"고등학교 교과서에 그렇게 나왔었잖나? 『아프리카와 동양 세계의 이해』. 거기서 줄리우스 프렛이 그렇게 말했고, 베미스 교수가 그렇게 말했잖나? 윌리엄 그리피스도 그랬고, 한국이 오랫동안 중국의 속국이었다고 말한 것은 그 유명한 패터슨이었네."

드디어 갈색 머리카락은 머리를 싸안고 탁자에 엎드렸다. 김철수는 그 광경을 아무 감정 없이 바라보고 있었다. 그는 어떤 감정도 가질 수가 없었다. 한동안 머리를 싸안고 엎드려 있던 갈색 머리카락의 미국인이 얼굴을 들었다. 그러고는 금발에게 조용히 속삭였다.

"이보게 맥콜. 자네 정말 외교관 시험에 합격했었나?"

그러나 금발의 미국인은 이미 그것으로부터 관심을 거둔 후였다.

"그런데 아까 그 경찰관이 뭘 어떻게 했다고?"

"자네가 더 잘 알지 않겠나? 그 빌어먹을 셰퍼드가 우리 앞서서 뒤지는 바람에 CIA가 골치를 썩고 있다는 거야, 염병할."

"그 친구 사건에서 벌써 손 뗐는데?"

"웃기지 말게, 맥콜. 그 친구가 우리가 쫓던 황색인해방연합단의 한 거점을 뒤지는 바람에 일이 엉망이 되어 버렸다는 거야. 그 후 그 거점의 조장은 시체로 발견이 됐고, 거기에 모여 있던 일당들도 갑자기 사라져 버린 거지. 한마디로 닭 쫓던 개 된 거라고."

닭 쫓던 개 된 거라는 말에 맥콜은 웃음을 터뜨렸다. 우스워 죽겠다는 듯이 배를 움켜쥔 미국인을 발치에서 바라보던 김철수는 비로소 자리에서 일어섰다. 잠시 후면 공항에서 미국에서 오는 바이어를 맞이해야 할 시각이었다. 그들의 미국말을 알아들을 수 있었던 젊은 한국인 김철수의 마음은 어수선했다. 이제 곧 만날, 역시 『아프리카와 동양 세계의 이해』라는 교과서로 한국을 이해했을 또 다른 미국인을 어떻게 대해야 할지 갈피를 잡을 수가 없었다. 창밖으로 소방차 한 대가 괴성을 지르며 지나갔다.

이날 오후, JIC의 국내 담당 부장 전성길은 창가에 서서 겨울 햇살을 바라보고 있었다. 저물어 가는 해는 볼 수 없었으나, 그 반대편 산동네 붉은색 지붕들 위로 쏟아지는 햇살은 볼 수 있었다. 점심 무렵까지만 해도 하늘은 무겁게 내려앉아 있었다. 그러나 잠시 전 햇살은 구름을 헤치고 쏟아지기 시작했다. 평화로운 오후였고, 그 평화는 정말 따사로운 것이었다.

그러나 이 따뜻한 평화는 오래가지 않았다. 전화벨이 울렸다. 국장이었다. 국장의 지시는 간명했다. 평화는 더 이상 전성길에게 있지 않았다.

"부국장을 조사하게. 우선 자네가 가지고 있다는 기밀 서류 관리 대장부터 뒤져 보게. 그리고 1차로 유출됐던 그 세 건의 문서들을 대출해 간 스물두 명의 명단을 면밀히 살펴보게. 알겠나?"

철커덕, 그것이 끝이었다. 국장과의 통화는 불과 이십 초 남짓이었다. 그 이십 초 동안 전성길이 한 말은 처음 수화기를 들었을 때 '여보세요' 했던 것뿐이었다. 그런 때문인지 전성길의 귀는 오랫동안 '여보세요'라고 말했던 자신의 음성에 시달렸다.

그렇지 않아도 퇴근 전에 국장에게 경과 보고를 할 예정이었다. 전성길은 자리에서 일어나 파일 박스를 뒤지기 시작했다. 버린 기억이 없었으므로 그 스물두 명의 명단과 문서 관리 대장이 거기 있을 것이었다. 있었다.

국장의 예감은 놀라운 것이었다. 문제는 '아시아 안보 포럼 창설에 관련한 보고서'에 있었다. 그 보고서가 작성된 것은 3개월 전이었다. 문제는 국장의 검토 사인이 나고 문서보관실에 보내지기까지 일주일 정도 시간이 걸린 사실에 있었다. 결재일과 접수일의 사이의 일주일이 문제였다. 국장의 결재가 났으면, 당장 기밀문서로 분류되어 문서 보관실로 가야 했다. 그런데 그게 어딘가에서 묵었다가 일주일 후에야 비로소 문서 보관실에 접수된 것이다.

일단 문서 접수 대장을 찾아볼 필요가 있었다. 누군가 그 문서를 가지고 있다가 일주일 후에 그것을 문서 보관실로 보낸 것이라면 문서 접수대장에 그 사람의 이름이 올라 있을 것이었다.

전성길은 문서보관실에 전화를 걸어 '아시아 안보 포럼 창설에 관련한 보고서'를 최초로 문서보관실에 접수한 사람이 누구인지를 확인했다. 부국장이었다. 미국인 로비스트 명단 역시 마찬가지였다. 납득할 수 없는 일이었다. 문서의 관할 부서는 마땅히 황인기가 맡고 있는 제3부였어야 했다. 그러나 어찌된 일인지 미국인 로비스트 명단 역시 JIC에 온 후 한동안 문서보관실에 접수되지 않았고, 이 주일이 지난 후에야 비로소 부국장이 접수한 것으로 되어 있었다.

문서 유출 경로에 부국장이 서 있었던 것이다. 부국장은 이 두 문서를 문서보관실에 보내기 전에 자신의 서랍 속에서 묵혔던 것이다. 이로써 모든 것이 분명해졌다.

"그게 뭘 의미하는 건지 모르겠나?"

그로부터 삼십 분 후, 전성길은 일본 담당 부장 권유민과 함께 국장을 만나고 있었다. 국장이 그렇게 물었다. 물었으나 그는 대답을 기다리지는 않았다.

"부국장은 그 두 건의 문서에 눈독을 들이고 있었던 거네. 나는 곽정환 부장과 부국장에 대해서 잘 알지. 그리고 미스 문도. 그 세 사람을 서로 떼놓고 생각한다면 그건 바보 같은 짓이야. 곽정환이 고뻘에 걸리면 부국장도 고뻘에 걸리게 되어 있지. 곽정환은 부국장의 그림자와 같은 존재 아닌가? 자네들도 그건 잘 알겠지? 그건 미스 문도 마찬가지지."

권유민과 전성길은 국장의 얼굴에 생기가 도는 걸 보았다. 오랜 항해로 지친 뱃사람이 육지를 만났을 때 그랬을 것이다. 가슴 밑이 갈라지는 듯한 갈증 끝에 물을 만났다면, 그런 표정을 지을 것이었다. 국장의 눈이 반짝였다.

그러나 권유민과 전성길은 실망했다. 국장은 권위가 없어 보였다. 그의 눈빛은 교활했다. 사람의 눈빛이 교활하게 반짝이는 것만큼 질리게 하는 것은 없었다. 만약 두 사람이 기대했던 국장이라면 이럴 때 탄식을 했어야 했다. 속으로부터 끓어오르는 신음소리를 먼저 질렀어야 했다. JIC의 국장으로서 책무를 다하지 못했다는 자책감도 적지 않아야 할 것이었다. 더 나아가서는 정보 전쟁을 수행하고 있는 정보기관의 수장으로서 조국에 치명적일 수 있는 문서 유출 사건에 먼저 통탄을 해야 마땅한 일이었다. 하지만 국장은 통탄하는 대신 먹잇감을 만난 듯 눈빛을 번뜩였던 것이다.

"그리고 황련단과 관련한 새로운 정보가 입수됐다고?"

국장은 권유민을 향해 물었다.

"그렇습니다, 국장님."

"말해 보게, 천천히. 알아듣기 쉽도록."

"황색인해방연합단의 성격이 과거 흑룡회와 아주 유사하다는 점입니다. 아시아 연대를 추구하는 목표도 같고, 활동 유형도 비슷합니다. 다만 다른 점이 있다면……."

"다른 점이 있다면?"

"과거 흑룡회와는 달리 한편에서는 과격한 테러 활동을 하면서 다른 한편으로는 매우 고도의 지적인 활동을 한다는 점입니다. 지금까지 파악된 바로는 그들 조직 자체가 이원적으로 구성되어 있는 것 같습니다. 예컨대 미국 관리를 테러하거나 기밀문서를 유출시키는……, 그러면서 한편으로는 영향력 있는 지식인들을 포섭하고 지속적인 홍보 활동을 통해 여론을 조성하는……."

이 부분에서는 국장은 얼굴에 미소를 떠올렸다. 만족한 표정이었다.

"결국 자넨 최근에 일어난 일련의 사건들을 묶어서 생각하기 시작했군. 그럴 줄 알았네. 당연하지, 바보가 아닌 이상. 사람들은 지금 세계정세가 말하고 있는 것을 듣지 못하지. 그것도 당연하네. 워낙 전파 방해가 심하거든. 그러나 잘 헤집고 들어보면 세상이 말하고 있는 소리를 분명히 들을 수 있지. '21세기 아시아가 수상하다' '일본의 군국주의 불씨는 아직 꺼지지 않았다' 지금 세계정세는 일본의 군국주의 불씨에 휘발유를 떨어뜨리고 있네. 일본은 그것을 기반으로 지금 뭔가 음모를 꾸미고 있고. 그들이 무슨 짓을 한다면 가장 먼저는 한국에서 할 것이네. ……. 왜냐하면 한국은 그들에게 눈엣가시거든. 무슨 말인지 알겠나?"

국장을 바라보고 있던 두 사람은 몸서리가 돋는 걸 느꼈다. 국장의 말 때문이 아니었다. 국장의 표정 때문이었다. 국장의 말은 그 자신의 눈빛 때문에 오히려 설득력을 잃고 있었다.

“홍보 활동을 통해 여론을 조성한다고 했는데, 그 척후대가 누구인지 아나? 일본 종합상사맨들이지. 그들은 아프리카 오지에 가서도 일본을 팔고 있네. 아주 조직적으로. 일본의 종합상사들이 쏘아올린 인공위성이 세계 시장의 흐름을 장악할 것이고. 하지만 한국이 거기에 말려들어서야 되겠나? 우리는 지난 삼십육 년간이나 예방 접종을 맞지 않았나? 그 백신은 아주 굉장한 항체를 만들어 줬지. 다른 나라에서는 몰라도 한국에서만큼은 일본 마음대로 되지 않을 걸세.”

듣고만 있던 전성길이 입을 열었다.

“그렇지만 이들 단체의 아시아 연대 움직임은 나름대로 집요하고 또한 위협적입니다.”

“그럴지도 모르지. 하지만 그들의 폐쇄성을 한번 보게. 도대체 아시아 연대라니 말이 되는 건가? 86년 일본 총리 나카소네는 흑인과 푸에르토리코인 그리고 멕시코인이 미국인의 평균 지능 지수를 떨어뜨린다는 조크를 해서 미국 사회를 심각하게 만들었지. 또 토요타 사장인 토요타 에이지도 미국 MIT 대학 총장에게 이렇게 충고했네. ‘미국이 좋은 차를 만들지 못하는 것은 여러 잡종 민족들이 함께 섞여 일하기 때문이다.’ 그런데 그런 일본이 여러 잡종들을 한데 모아야 하는 아시아 연대를 진정으로 이룩할 수 있겠나? 일본인의 폐쇄성을 몰라서 하는 얘기들이지. 그들은 결코 아시아 민족을 하나로 묶는 대동아공영의 맹주는 될 수 없다네.”

국장은 잠시 말을 멈추고 두 사람의 얼굴을 바라보았다. 상대가 자신의 말에 공감하는지를 탐색하는 눈빛이 너무 노골적이었다. 어쩌면 두 사람의 표정이 지나치게 덤덤했던 것이 국장의 심기를 불편하게 했는지도 모른다. 국장의 언성이 다시 높아졌고, 길어졌다.

"그런데도 일본은 목표를 위해서는 집요하지. 특히 돈벌이에는 수단과 방법을 가리지 않네. 그 지독한 로비 활동은 정말 말릴 장사가 없지. 얼마 전 일본의 픽업트럭 수입을 둘러싸고 일본의 로비스트들과 미국의 자동차 업체들이 한판 전쟁을 치른 적이 있었지. 그때 일본은 트럭에 부과되는 관세를 피하기 위해서 픽업트럭을 승용차로 분류하는 트릭을 썼지. 정말 놀라운 발상이었네. 미국의 자동차 업계가 가만히 있었겠나? 대단했지. 노동조합까지 들고일어나서 정부에 압력을 넣었으니까. 반면에 스즈키 자동차도 대대적인 로비 활동과 선전 공작을 벌였지. 그러나 누구도 스즈키 자동차가 이기리라고는 생각하지 않았지. 거기는 미국 땅이었으니까. 그런데 승리는 스즈키 자동차가 차지했다네. 거기에는 상상할 수 없는 돈이 들어갔지. 그러나 일본은 그 후 매년 5억 달러의 관세를 줄였네."

전성길은 침을 꼴깍 삼켰다. 비로소 국장의 얼굴에 미소가 감돌았다.

"일본이 두려운 건 그들의 통찰력 때문이야. 일본에게 도움이 되는 실력자들을 족집게처럼 찾아내거든. 포섭된 그들은 일본의 포로가 되어 분골쇄신하고. 이를테면 부국장 민병선 같은 친구들. 그런 친구들이 꽤 있을걸? 우리 주변에도 말이야."

갑자기 창밖이 어두워지는 걸 느낄 수가 있었다. 조금 전까지 구름을 헤집고 쏟아지던 햇살은 간데없이 사라지고 없었다. 우울했다. 말을 끝낸 국장도 우울한 표정이었고, 국장의 말을 듣고 있던 두 사람도 우울한 얼굴이었다.

한동안 침묵을 지키고 있던 국장이 무거운 입술을 뗐다.

"전 부장, 이제 그만하면 됐네. 터뜨리지."

"예?"

전성길이 되물었다. 국장은 창밖을 바라보며 다시 말했다.

"문서 유출 사건에 대한 보고서를 작성하게. 물론 비밀리에. 이제 싸움은 끝났네."

뻘밭의 두 마리 개

날씨는 청명했다. 그러나 시간 위에 서 있는 JIC의 모든 것이 위태로워 보였다. 혼돈은 카페 '창고'에서 시작되었다. 오전 10시가 조금 지난 시각, 황인기가 카페 창고의 구석 자리로 권유민과 전성길을 불러낸 것이다.

권유민은 며칠 전 복도에서 마주친 황인기의 얼굴이 붉게 달아올라 있는 것을 보았다. 그의 눈은 불면의 열병을 앓고 있었다. 전성길은 그것을 '스파이 반응'이라고 말했다. 스파이 반응이라니, 뚱딴지같은 말이라고 생각했었다. '사람도 참…….' 권유민은 웃어넘겼었다. 활달한 성격의 황인기가 갑자기 말수를 줄이고 얼굴은 열기에 들떠 있었으며 불면으로 핏기 어린 눈을 하고 있는 사실은 이해하기 어려웠다. 전성길 말대로 그게 '스파이 반응'이었다면 그것은 부국장 때문일 것이었다.

권유민과 전성길이 카페 창고에 도착했을 때, 황인기는 어두운 구석 자리에 앉아 있었다. 두 사람이 자리에 앉고 난 뒤에도 한동안 침묵하던 황인기가 입을 열었다.

"난 지난 일주일 동안 두 건의 문서를 부국장에게 넘겼네."

전성길은 놀랍지 않다는 듯이 어깨를 으쓱해 보였다. 그가 짐작했던 대로였다.

"국장에게 보고한 후 결재가 난 문서였지. 물론 결재가 났을 뿐 문서 분류도 되어 있지 않았고, 비표도 붙지 않은 문서였네. 내 손으로 직접 타이핑해서, 두루마리처럼 둘둘 말아 부국장에게 넘겨줬지. 첫 번째 문서는 지난 주 화요일에 넘겨주었고, 재차 다시 요구해 와서 목요일에 또 한 건의 문서를 같은 방법으로 넘겨주었네. 하지만 그때 나는 부국장이 그 문서를 무엇에 쓰려는지 알 수가 없었네."

"어떤 문서였지?"

전성길이 물었다.

"워싱턴 주재원이 보낸 통상적인 리포트였는데, 내용이 좀 특별했지. '아시아 태평양 자유 무역 지대 창설과 관련한 한미 협력 사항'이었네. 한미 외무차관 비공식 회담에서 만들어진 기밀문선데, 그게 주재원의 손에 들어온 거야. 외무부에서 이 사실을 안다면 기절하겠지."

"그런데 그렇게 중요한 문건을 주재원이 통상 리포트로 보내왔다고?"

권유민이 물었다. 만약 그렇게 중요한 문서였다면 전송 양식이 달랐어야 했던 것이다. 온갖 정보망에 노출이 된 팩시밀리를 이용했다니 이해할 수가 없었다.

"물론 약간의 위험이 따르긴 했지. 그러나 나는 그 주재원의 판단을 믿었네. 왜냐하면 그게 훨씬 더 안전했거든."

"안전했다니, 내 참."

전성길이 투덜거렸다.

"들어 봐, 전 부장."

황인기는 미소를 지었다.

"우리가 사용하고 있는 기밀문서 전송 채널은 국가정보국과 같이 사용하고 있지. 국가정보국뿐만이 아니라, 상공부를 비롯한 국가 기관들과 무역협회까지 사용하고 있어. 그런데 거기다가 비표를 붙여서 발송해 보게. 그게 제대로 우리 손에 들어올 것 같나? 워싱턴 주재원은 그걸 안 거지. 그래서 하루에 일만 이천 건이 득시글거리는 JIC 통상 리포트 전송 채널로 발송한 거야. 그걸 뒤지고 있을 멍청이는 없을 것이라고 생각한 거지."

"그런데 그걸 부국장이 어떻게 알았나?"

권유민이 다시 물었다. 그의 관심사는 바로 그것이었다.

"부국장이 처음에는 그런 게 있느냐고만 묻더군. 요즘 아·태 지역 경제 통합 문제가 심심찮게 거론되고 있는데, 그것과 관련한 보고서가 있느냐고 말이야. 그래서 내가 그 리포트 얘길 했지. 한국이 지금 기동 타격대로 선발되어 활약 중이라고 말이지. 그랬더니 심드렁하게 그걸 한번 봤으면 좋겠다고 말하더군. 아무 생각 없이 보고서 일부를 타이핑해서 줬지. 그러고 나서 이틀이 지났는데, 다시 구체적인 항목을 적어서 조사해 달라고 주문을 하더군. 주로 동남아 국가들과 하고 있는 비밀 교섭에 관련된 것들이었네. 그래서 내가 물었지. 이상했거든. 부국장이 그것에 그렇게 관심을 보이는 게 말이지. 그런데 바로 그날 나는 부국장의 책상 위에서 아시아 안보 포럼과 관련한 보고서 사본을 보았네. 아주 우연이었지. 그것을 본 내 표정이 달라졌겠지. 이미 눈치를 챘을 것이라고 생각했는지 부국장이 자신이 관련되어 있는 어떤 단체에 대해서 털어놓더군. 놀라운 일이었네."

황인기는 고통스럽다는 듯이 머리를 저었다. 권유민 역시 아랫배에 뜨거운 열기가 모여들고 있음을 느꼈다.

"그게 혹시 황색인해방연합단이라는 단체 아니었나?"

"단체 이름을 듣진 못했네. 자신은 그저 관련되었을 뿐 단체의 일원이 아니라고 발을 뺐기 때문에 이름까지 물어볼 수는 없었지. 그렇지만 한 가지 분명한 것은……."

"분명한 것은?"

"JIC의 문서 유출 사건을 지휘한 것은 부국장이라는 것이네. 그리고 중요한 사실은 그것에 내가 부분적으로 참여를 했다는 사실이지. 이제 와서 부국장이 그런 단체에 관련되어 있었다는 걸 몰랐다는 변명은 하고 싶지 않네. 전 부장, 내 행위를 정당화시키고 싶은 마음은 조금도 없네. 오히려 부국장이 그런 단체에 관련되어 있다는 사실을 알았더라도 내 행동은 다르지 않았을 것이라는 사실을 말해 두고 싶네."

"소신이라는 건가?"

전성길이 펄쩍 뛰었다.

"솔직히 말하자면 나는 부국장을 미워할 수 없었네. 부국장의 생각이 옳을지도 모른다는 생각을 했거든. 내가 이런 얘기를 자네들에게 털어놓다니……. 힘들고 고통스럽지만, 지금도 내 생각은 달라지지 않았어."

"그럼 도대체 이런 따위의 얘기들을 우리에게 하는 이유가 뭐지?"

"오직 목적이 수단을 정당화시키지 않는다는 사실이 나를 괴롭혔지. 그뿐이었네. 어쩌면 자네들은 나를 이해할 수 없을지도 몰라. 그렇지만 자네들에게는 얘기해야겠다는 생각을 했지."

"이 친구 아주 웃기는군. 황인기, 자네 지금 뭐하고 있는지나 아나?"

황인기는 책망에 대꾸하지 않았다. 한동안 침묵이 흘렀다. 이윽고 침묵을 거둬 낸 것은 황인기였다.

"문서 유출이라……. 굉장한 일이 벌어진 거지? 하지만 그게 부국장의 일만이 아니라면 어쩔 텐가?"

"부국장의 일만이 아니라니?"

"최근 국장 역시 JIC가 일본의 한 국책연구소와 공동으로 연구한 결과물을 빼내서 미국 대사관에 넘겨줬네. 그뿐이 아니야. 내가 확인한 바에 의하면 여러 차례 그런 일이 국장 손에 저질러졌네. 미국 대사관의 맥콜에게 직접 확인한 사실이야. 맥콜이 아주 자랑스럽게 말해 주더군."

전성길이 침통한 표정으로 권유민을 바라보았다. 침통한 표정은 권유민 역시 마찬가지였다. 얼굴에 핏기가 가시는 느낌이었다.

"그리고 한 가지가 더 있네. 마저 듣겠나?"

그러나 황인기는 두 사람의 대답을 기다리지 않았다.

"국장은 지금 공금 횡령의 혐의를 받고 있네."

"무슨 말이지?"

전성길은 어이없다는 표정을 지었다.

"이미 감사위원회에서 조사 중이라고 하더군. 물론 비밀리에."

"국장도 그 사실을 알고 있나?"

권유민은 얼굴을 들어 황인기를 바라보았다.

"그렇겠지."

"이해가 되지 않네. 혹시 무슨 오해가 있었던 거 아닌가?"

국장이 정보를 유출한 사실은 납득할 수 있었다. 지금까지 그가 보였던 태도로 보아 충분히 그럴 수 있었다. 그러나 강직한 국장이 공금을 횡령했다는 사실은 믿을 수가 없었다.

"지금으로선 알 수 없네. 좀 더 지켜봐야겠지. 그러나 겉으로 아무것도 드러나 있지 않지만, 지금 JIC는 탄생 이래 최대의 위기에 서 있다네. 하지만 관련된 몇 사람을 제외하고는 아무도 그 사실을 모르지."

이후 세 사람은 긴 침묵 속으로 꺼져 들어갔다. 카페 창고는 카잘스의 애절한 첼로음에 실려 있었다. 그것은 원래 카탈루냐의 민요였다. 「새의 노래」에는 새가 없었다. 애조 띤 선율에 영혼을 맡긴 세 젊은이는 연거푸 술잔을 비웠다.

슬프고도 고통스러운 시간이었다.

그 시각, 강남경찰서 김철규 반장은 취조실에 있었다. 사방으로 빛이 차단된 어두운 방 안에 그는 한 젊은 사내와 마주 앉아 있었다. 그들은 책상을 두고 마주 앉아 있었고, 책상 위에는 갓 쓴 백열전구가 내려와 있었다.

김철규 반장은 조금 전 젊은 사내의 손등에서 새 문신을 확인했다. 손등 새 문신에 관한 진술은 죽은 모렝에게서 처음 들었다. 그것은 죽은 김영목의 팔에 새겨진 것과 같은 것이었다. 그러나 그에게서 확인할 수 있는 것은 그뿐이었다.

“이봐, 젊은 친구. 도대체 왜 이러는 거야? 자네 내가 갔던 날 직업소개소에 나타났었잖아?”

사내는 어이없다는 표정을 지었다. 그의 표정이 김 반장을 바보로 만들었다.

“도대체 난 무슨 얘기를 하시는지 모르겠네. 위아래 층에서 장사하고 있으니까 놀러 갔겠죠. 그게 도대체 뭐가 문젭니까?”

이미 여러 차례 반복된 얘기였다. 사내는 유들유들했다. 시간이 갈수록 김 반장의 입장은 말이 아니게 초라해졌다.

“정말 김영목이 모르는 거야?”

“몇 번 본적은 있어요. 도대체 몇 번이나 말씀드려야 믿으시겠어요? 정말 생사람 잡아다가 이래도 되는 겁니까? 민주 국가에서 이래도 되는 거냐고요.”

“지난 수요일 저녁 어디 있었어?”

“집에 있었습니다. 피곤해서 일찍 들어가 쉬었습니다.”

“그 사실 확인해 줄 사람 있어?”

"내 참, 아파트에서 혼자 사는데 그 사실을 누가 확인해 줍니까? 정말 미치겠네. 도대체 제가 잘못한 게 뭡니까? 가르쳐주세요. 교통사곱니까? 교통사고로 누가 죽었어요? 말씀만 하세요. 그렇다고 시원하게 시인해 드릴 테니까."

"이런 젠장."

김 반장은 짧은 머리카락에 손가락을 쑤셔 넣고 자신을 바라보는 사내의 얼굴을 노려보았다. 다부진 체격이었다. 그러나 목소리만은 전혀 엉뚱한 미성美聲이었다.

영등포시장 사거리에 있는 카페의 문을 바라보며 잠복한 지 사흘째 되던 오늘 새벽, 김 반장은 사내를 연행할 수 있었다. 사내는 김 반장이 경찰관이라는 사실을 알리자 반항하지 않고 연행에 응했다. 얼굴에 미소까지 지어 보이는 여유를 보였었다.

김 반장은 그를 연행해 오면서 이제 사건은 끝났다고 생각했다. 그를 신문하면 사건의 실마리를 잡을 수 있으리라 낙관했었다. 그러나 취조실에서 몇 마디 신문하는 동안 자신의 판단이 어리석었음을 깨달았다. 사내는 완강했다. 시간이 흐를수록 김 반장 스스로도 이 사내를 왜 연행해 왔는지 알 수 없을 지경이었다.

사내의 혐의 사실을 밝혀 줄 단서는 놀랍게도 하나도 없었다. 오직 하나, 그것은 손등의 문신이었다. 하지만 그것 역시 사태를 파악하는 데는 별 도움이 되지 못했다. 김 반장은 인터폰을 눌러 신영식 경장을 불렀다.

"교대하시겠어요?"

신 경장이 문밖에서 고개만 내밀고 물었다. 김 반장은 머리를 저었다.

"아니, 이 친구 지문 조회 좀 해봐. 분명한 신원을 확인해 봐야겠어."

잠시 후, 사내의 열 손가락 끝은 신 경장이 가져온 롤러에 묻은 끈적한 잉크로 범벅이 됐다.

그 시각, 일본 대사관 가케 히데키는 한 사내로부터 전화를 받았다. 히데키가 보낸 메시지를 고고학 교수 한성진에게 전달했다는 내용이었다. 그리고 작은 목소리로 영등포의 K가 사라졌다고 덧붙였다. 그가 사라졌다면 그게 어디겠는가. 히데키는 가슴이 서늘하게 비어지는 것을 느꼈다. 그는 본부에서 김영목 조직에 심어 둔 실행 요원이었다. 히데키는 그의 미성을 기억하고 있었다. 하지만 그뿐이었다. 히데키는 언제나 그와 유선으로만 접속했었다. 지금으로선 K를 믿는 수밖에 없었다. 그는 잘 훈련된 정예 요원이었다.

히데키는 자신에게 전화를 걸어 온 이 사내 역시 알지 못했다. 하지만 본부에 도움을 청할 때마다 늘 같은 목소리의 이 충직한 사내의 전화를 받을 수 있었다. 그도 K와 마찬가지로 그림자 같은 존재였다. 임무를 맡기면 하루를 넘기는 법이 없었다. 그러기 위해 이 충직한 사내를 돕는 또 다른 조직이 있을 것이었다. 그러나 히데키가 그것을 알 필요는 없었다.

지난 이틀 동안 히데키는 한성진 교수의 뒷조사를 하는 데 시간을 보냈다. 그 결과 히데키는 한성진 교수에게 보낼 작은 선물을 마련할 수 있었다. 그가 다시는 신문 따위에 기마민족 정복설에 반하는 원고를 보내지 못하도록 하는 데는 그보다 확실한 방법이 없을 것이었다.

히데키는 긴 여행을 떠날 준비를 하고 있었다. 한국과 일본 방송이 공동 제작하는 다큐멘터리 촬영 일정이 기다리고 있었다. 이번 선물로 한 교수의 입을 확실하게 봉해 둘 수 있을 것이었다. 그리고 여행이 길어질 것에 대비해서 맡고 있던 일들을 누군가에게 인계할 필요가 있었다. 적임자는 야츠키가 될 것이었다.

여행에서 돌아오면 이 어수선한 상황들은 어떤 모양이 되어 있을까. 그러나 히데키는 확신이 있었다. 지금 어려운 상황이지만, 결코 조직의 틀이 망가지지는 않을 것이라는 확신이었다.

권유민과 전성길이 황인기를 카페 창고에 둔 채 JIC로 돌아온 것은 오후 2시쯤이었다. 하지만 사무실로 돌아온 두 사람의 머릿속은 텅 비어 있었고, 가슴은 식어 있었다.

돌아오는 길에 마주친 제7부 총무부장 김명인은 국장의 횡령 사실을 다시 확인해 주었다.

"요즘 많이 바쁘지? 자네도 얼굴이 말이 아니군."

국장의 횡령 건을 조사하는 감사위원회에 JIC 내부에서 공조하는 부서가 제7부인 총무부였다. 권유민이 그렇게 묻자 김명인은 걸음을 멈추고 벽에 기대섰다. 지쳤다는 표정이 완연했다.

"뭐 좀 나온 거 있나?"

잠시 난감한 표정을 지어 보인 김동수가 말했다.

"혐의 사실 확인됐네. 자그마치 오백만 달러야."

"국장은 지금 어디 계시나?"

권유민이 물었다.

"감사위원회에 소환됐네. 아마 밤을 새워야 할 거야."

"도대체 어떻게 된 거지? 횡령 사실은 총무부에서 가장 먼저 알았을 거 아닌가?"

"그렇지가 않아. 우리도 전혀 몰랐네."

"총무부에서 몰랐다니 그게 말이 되나?"

"감사위원회에서 올해 결재된 모든 지출결의서와 경리 장부를 가져오라고 했을 때도 통상적인 감사이려니 했어. 영문도 모른 채 우린 시키는 대로만 했네. 그런데 지출결의서 중에 제6부에서 올린 것으로 되어 있는 열두 장이 문제가 됐네."

"제6부라면 우리 부서 아닌가?"

권유민이 다시 물었다.

"그래. 자네 부서지. 그런데 지출결의서에 담당 부서장의 사인이 없었어. 있었다면 자네도 불려갔겠지. 지출 명목도 '기밀'이라고만 되어 있더군."

"하지만 그런 일은 전에도 종종 있었잖나? 노출되지 않아야 할 지출이 더러 있었으니까."

전성길이 나섰다.

"그런데 문제는 그게 아니었네. 사실은 국장이 따로 사조직을 가동시키고 있었던 것이 먼저 적발되었네."

"사조직이라니?"

“만약 그것이 JIC 활동에 관련된 사조직이었다면 문제될 것이 없겠지. 그러나 그것이 JIC 업무와 관련이 없었던 조직이라면 국장은 그에 대한 책임을 져야 할 걸세. 사실 정식으로 보고되지 않은 사조직을 가동시키는 것은 불법이잖나?”

“혹시 그 사조직이라는 것이 일본에서 조직된 것 아니던가?”

권유민이 물었다.

“일본뿐만이 아니었네.”

“일본뿐만이 아니라고? 그럼 또 어디에?”

“동남아 지역에도 있었고, 홍콩과 대만 그리고 중국에까지 거점이 있었네. 그런데 이해가 가지 않는 것이 있어.”

김동수는 두 사람을 향해 물었다.

“그런데 도대체 누가 그걸 어떻게 알아냈을까? 그건 지출결의서 따위나 들여다보고 있는 감사위원회에서 알아낼 수 있는 것이 아니잖나? 만약 국장에게 그런 사조직이 있다는 사실을 알았더라도 그 방대한 조직을 그처럼 구체적으로 밝혀내는 데는 시간이 필요했겠지. 하지만 감사위원회가 알아내는 데 불과 일주일밖에 안 걸렸네. 일주일 만에 일본은 물론이고 동남아와 홍콩 그리고 대만, 중국의 거점을 파악한다는 것이 가능하다고 보나?”

김명인이 겨냥한 것이 무엇인지, 짐작하지 못할 두 사람이 아니었다. 김명인이 겨냥한 것은 부국장의 제5부일 것이었다. 부국장만이 그 방대한 조직을 밝혀 낼 조직을 가지고 있는 것이다. 국장과 부국장의 전쟁은 아주 오래전에 시작되었던 것이다.

그 시각, 고고학 교수 한성진은 자신을 방문한 낯선 사내로부터 전해 받은 서류 봉투의 내용물들을 너절하게 책상 위에 펼쳐 놓고 망연자실한 표정으로 앉아 있었다. 사내로부터 봉투를 받은 것은 두 시간 전이었다. 그러나 강의 시간 때문에 미처 열어 보지 못했던 것이다.

강의를 마치고 나온 한 교수는 손을 씻기 전에 그것을 열어 보았다. 그것은 언젠가 잡지에서 읽었던 군 수사 기관의 재야인사 사찰 기록 같은 투로 작성되어 있었다. 낯익은 여성의 이름이 적혀 있었고, 그 여성이 얼마 전 다녀온 부인과 진료 소견서가 첨부되어 있었다. 소견서 한 귀퉁이에 자신의 이름이 보호자로 씌어 있었다. 그뿐이었다. 협박 편지 같은 것은 들어 있지 않았다.

고통스러운 시간이 흘렀다. 그것은 반세기를 살아온 한 교수의 생애 가운데 가장 고통스러운 체험이었다. 한 시간쯤 망연히 앉아 있던 한 교수는 전화기를 당겼다. 오후에 약속된 신문기자와의 인터뷰를 취소하기 위해서였다.

위대한 대륙의 기마민족 '왜'의 승리였다.

이튿날, 전쟁은 결국 수면 위에서 시작되었다.

권유민은 출근하자마자 곧장 국장 방에 전화를 걸었다. 국장이 돌아와 있으리라고는 기대하지 않았었다. 다만 사실을 좀 더 정확하게 파악하고 싶다는 욕구에 밀려 무의식중에 수화기를 들었을 뿐이었다. 놀랍게도 국장은 돌아와 있었다. 권유민임을 확인한 국장은 다급하게 외쳤다.

"지금 당장 내 방으로 와주게. 전 부장도 함께. 아 참, 올 때 내가 지시한 보고서 잊지 말게."

국장이 말한 보고서란 문서 유출과 관련한 것이었다. 그것은 이미 완성되어 있었다. JIC 문서 유출과 관련한 조사한 보고서는 전성길이, 황련단 관련 정보 보고서는 권유민이 작성한 것이었다.

권유민은 전성길의 방에 전화를 걸어 짧게 말했다.

"국장이 돌아오셨네. 지금 국장 방으로 오게."

그들이 국장실에 들어섰을 때 국장은 초조한 얼굴로 서성이고 있었다.

"어서들 오게. 이런 날이 올 줄 알았지. 교활한 친구 같으니라고. 부국장 민병선. 이 친구가 나를 결국 진창에 밀어 넣었네. 밖에서 보면 뻘밭에 나뒹구는 두 마리의 개 꼴이겠지. 그러나 이 싸움은 누가 정의 편에 섰는지 가려 줄 걸세."

국장은 탁자 위에 놓여 있던 담배 상자에서 시가를 꺼내 물었다. 그의 손은 가늘게 떨리고 있었다. 라이터를 켜서 입에 물린 시가에 가져가는 동작이 매우 불안정해 보였다.

"지금 난 시간이 없네. 진창에서 빠져나와야 하는데, 그럴 만한 시간이 많지가 않아. 이건 마지막 카드야."

그러고는 자신의 비서를 호출했다. 국장은 두 건의 서류를 비서에게 넘겨주었다.

"이 보고서를 모두 세 부 복사하게. 하나는 전경련 감찰부에 하나는 국회정보위원회 위원장에게 보내게. 그리고 나머지 하나는 미 대사관으로 보내게. 긴급사항이야. 팩시밀리를 이용하게.

전권공사가 직접 받아볼 수 있도록."

비서가 문서를 받아 든 순간 권유민이 나섰다.

"그렇지만 국장님."

"걱정 말게, 권 부장. 전권공사에게는 내가 미리 전화해 뒀네. 이건 만약의 경우야. 만약 일이 잘못될 경우를 대비하자는 걸세. 나를 믿게."

그러나 그건 위험한 일이었다. JIC에 치명적인 상처를 남길 수가 있었다. 국장은 이성을 잃었다. 권유민은 그렇게 생각했다.

그로부터 삼십 분 후, 세종로 미국 대사관.

JIC 국장 박성수의 지시대로 국장의 비서가 팩시밀리를 통해 보낸 보고서를 가장 먼저 읽은 사람은 제임스 맥콜이었다. 보고서를 읽은 맥콜은 즉시 코널 윌슨의 방으로 달려갔다.

맥콜이 내민 보고서를 읽는 윌슨의 얼굴이 흙빛으로 변해 갔다.

"JIC의 부국장이 기밀문서를 빼돌려 황색인해방연합단을 도왔다니. 오, 맙소사. 그런데 도대체 이게 뭐지?"

윌슨이 넘긴 보고서 뒷장에는 JIC에서 유출된 문서 목록이 첨부되어 있었다.

"미국의 발등을 찍었군."

"발등이 아니라 코를 벤 거네. 이제 JIC를 미국의 적으로 봐도 무리가 아니겠군."

맥콜은 심드렁한 목소리로 중얼거렸다.

"여보게 맥콜, 이 전문을 공사께 보고해 주게. 긴급 사항으로 하게. 나는 한국의 정보국 사람들을 만나봐야겠어. 더 이상 그들이 미국의 뒤통수를 치도록 놔둘 수는 없네."

윌슨이 보고서를 복사해서 대사관을 나가자 맥콜은 다시 자신의 방으로 돌아왔다. 긴급 사항으로 공사에게 보고해 줄 것을 부탁받았지만, 맥콜은 한동안 사무실 창가에 서 있었다. 그는 골똘한 표정으로 무엇인가를 생각했다.

표정 없는 얼굴로 한동안 서 있던 맥콜이 갑자기 분주해지기 시작한 것은 그로부터 십 분쯤 후였다. 공사에게 보고하기 전에 할 일이 한 가지 떠올랐던 것이다. 그의 얼굴은 흥분 때문에 가벼운 경련이 일고 있었다.

맥콜은 자신이 방금 생각해 낸 일을 실천에 옮기기 위해 JIC에서 보내온 보고서를 복사하기 시작했다. 그것은 상당히 많은 분량이었다.

그로부터 다시 십 분 후, 맥콜은 CIA가 사용하고 있는 본국의 비상 팩시밀리망 번호부를 뒤지고 있었다. 맥콜이 팩시밀리 번호부에서 골라낸 번호는 모두 여섯 개였다. 맥콜은 그 여섯 군데에 차례로 방금 복사된 보고서들을 보내기 시작했다. 마지막 페이지가 팩시밀리에서 빠져나와 탁자 아래로 떨어지자 점심시간을 알리는 차임벨이 울렸다. 불과 이십오 분 만에 끝낸 거사였다.

그 시각, 강남경찰서 김철규 반장은 여전히 젊은 사내와 취조실에 마주 앉아 있었다. 그러나 그들은 아무런 대화가 없었다.

김 반장은 더 이상 사내를 신문할 이유를 찾지 못했고, 사내 역시 김 반장에게 더 이상 해줄 얘기가 없다는 표정이었다.

그때 신영식 경장이 취조실로 들어왔다.

"이 친구 신원 조회 결괍니다. 별로 특별한 것은 없습니다. 그런데 한 가지 이 친구 소지품에서 나온 여권은 퍽 인상적이더군요. 올 한 해 동안 일본을 열두 번, 싱가포르는 열한 번 다녀왔어요. 공사가 다망한 친구던데요."

이때 사내의 표정이 심하게 일그러졌으나 김 반장은 그걸 보지 못했다. 그러나 그것은 어쨌든 새로운 사실이었다. 김 반장은 자리에서 일어섰다. 사내의 은신처를 다시 뒤져 볼 생각이었다.

이날 오후, JIC의 정보 수집과 분석 업무를 맡고 있는 다섯 개 부서의 전화기는 거의 사용 불능 상태에 돌입했다. 협력 관계를 가지고 있는 각국의 정보기관들이 전화를 걸어와 정보 유출 문제와 관련된 질문들을 쏟아내고 있었던 것이다. 의외의 변수였다. 당연히 JIC는 발칵 뒤집혔다. 가장 당황한 것은 국장 박성수였다.

국장은 난감한 표정으로 권유민의 눈앞에 방금 도착한 전문을 흔들어 댔다.

"이제 JIC는 끝났군. 이게 도대체 뭔가?"

그러나 권유민에게는 눈앞에 흔들리는 전문에서 글자를 찾아 읽는 것만큼이나 막연한 질문이었다.

"드디어 전면전이 시작됐군. 사실 나는 일이 이렇게까지 되길 원하지 않았네. 그러나 이젠 물러설 곳이 없어. 어떻게 된 건지 한번 설명해 보게."

하지만 권유민은 이 사태를 설명할 길이 없었다.

"문서 유출 사실이 밖으로 알려진 것을 추궁하시는 것이라면……."

거기서 국장이 손을 들어 권유민의 말을 잘랐다. 아침에 국장이 비서에게 지시해 미 대사관으로 보내진 것 말고는 밖으로 새어 나간 것이 있을 리 만무했다. 국장은 잠시 생각에 잠겼다.

"자네 손에서 흘러나가지 않았다는 것은 아네. 그렇다면 미국 대사관에서 흘러나갔겠군."

국장은 자문자답 끝에 고민에 빠졌다.

"우리의 상대는 무려 백 년 동안이나 실력을 쌓아 온 괴물 단체야. ……. 만약 미국 대사관에서 흘러나갔다면 그 배경을 알아야겠지. 그쪽 생각이 무엇인지, 교감이 이루어져야 이쪽에서도 대처를 할 것 아닌가?"

국장은 침이 잔뜩 묻은 시가 꽁초를 입에 물고 있었다. 초조한 안색에 안절부절 갈피를 잡지 못하던 국장이 다시 머리를 저었다.

"정말 모르겠군. 불과 세 시간 전 아닌가? 그사이에 일을 터뜨리다니. 터뜨리기 전에 이쪽에 의사를 물었어야 당연한 것 아닌가? JIC를 통째로 날려 버리겠다는 생각이 아닌 바에야 이런 미련한 짓이 있을 수 있나 그래?"

"미국 대사관에 확인해 보겠습니다. 그쪽에서 흘렸다면 무슨 계획이 있었을 것입니다."

"당장 확인을 하게. 그리고 이번 사태로 인해서 JIC가 주저앉게 된다면 그건 모두 미국 대사관이 책임을 져야 할 것이라고 못을 박게."

권유민이 자신의 방으로 돌아왔을 때, 일본의 내각 조사실로부터 전화가 걸려 왔다.

처음 일본 담당 정보 분석관으로 부임했을 때 통화한 적이 있었던 이토 오쿠보 대외협력국장이었다. 그는 신중한 사람이었다. 아주 조심스럽게 그는 JIC 문서 유출 사건에 대해 물었다. 그리고 문서 유출 사건에 관련됐다는 황색인해방연합단에 대해 무엇을 알고 있는지를 물어 왔다. 그의 목소리에서 전혀 적의가 느껴지지 않았기 때문에 권유민 역시 그를 경계할 필요를 느끼지 못했다. 권유민은 솔직하게 자신이 포착한 황련단 활동에 대해 말해 주었다. 그리고 말미에 일본의 협력 기관인 세계정경조사회가 미리 황련단에 대한 정보를 주지 않았던 것에 대한 유감을 표시했다. 그것 역시 나름대로 격식을 갖춘 정중한 유감 표명이었다.

그러나 이토 국장은 권유민의 불만 표시에 대해 아무런 반응을 보이지 않았다. 그것도 일종의 감정 표현이었다. 대신 이렇게 말했다.

"JIC의 방법에 찬성할 수는 없습니다. 만약 한국에서 그런 일이 일어났다면, 가장 먼저 일본에 알렸어야 했을 것입니다. 그러나 한국은 다른 협력 국가에 먼저 알림으로써 일본을 매우 난처하게 만들었습니다."

권유민은 이토의 말을 자르고 다른 협력 국가란 미국을 지칭하는 것이냐고 물었다. 이토는 '그렇다'고 말했다. 이로써 이 모든 것이 미 대사관에서 새어 나간 것임을 확인할 수 있었다. 이토는 계속했다.

"저희는 이 사실을 매우 유감스럽게 생각하고 있습니다. 어쨌든 저희가 지금 확인한 바에 의하면, 일본 우파 단체 연합설은 일고의 가치도 없는 헛소문이었음을 분명하게 말씀드리고 싶습니다."

일고의 가치도 없는 헛소문이라는 강한 표현에도 불구하고, 이토의 목소리는 매우 가라앉아 있었다. 글을 써서 읽고 있는 느낌이었다.

"이같이 사실 무근인 소문이 한국의 JIC로부터 비롯되어 지금 일본이 궁지에 몰리고 있다는 사실에 저희는 주목하고 있습니다. 이 사실은 매우 유감입니다."

이토 국장은 그렇게 말했다. 이토 국장이 말한 것은 매우 선명했다. 황색인해방연합단에 관련한 정보가 미국에 알려진 사실에 유감을 표명하고 있는 것이었다. 정보를 흘린 지 불과 세 시간 만에 벌어진 일이었다.

그로부터 이십 분쯤 후, 미국 대사관의 코널 윌슨은 약간 황당하다는 표정을 짓고 있었다.

"그게 무슨 말이지, 맥콜?"

"당연하잖나? 우린 당연히 그런 요구를 할 수가 있어."

"이보게 맥콜. 제발 더 이상 미국을 우습게 만들지 말게. 그리고 지금으로선 황색인해방연합단의 정체가 완전히 밝혀진 것도 아니잖나?"

"밝혀지지 않았다고? 이 조직에 일본의 주요 우익단체가 모두 참여하고 있는데 뭘 더 밝혀야 하지? 이들 우익단체들과 현 일본 정권의 친밀도를 말하자면 그건 잔소리일 뿐이지. 이제 일본은 공개적으로 미국에 해명을 해야 하네. 지금 아시아 상황을 보게. 자네도 그랬잖나? 지금 아시아에서 미국의 입지가 위태로워지고 있다고. 그런데 황색인해방연합단이라는 괴상한 단체가 아시아에서 미국을 테러했네. 더 이상 아시아에서 미국이 비참해지도록 놔둘 수는 없지. 어떤 수를 써서라도 일본이 공개적으로 이 사실을 해명하게 해야 하네."

윌슨은 커다란 바람개비가 달린 천장을 올려다보았다. 이제 맥콜을 진정시키는 데도 신물이 나 있었다.

"어떤 수라? 어떤 수가 있겠나? 제7함대를 현해탄으로 끌어다 놓을까?"

"그보다 현실적인 방법을 생각해 내야겠지. 이를테면……."

"이를테면 뭔가?"

"나라면 주일 미군 주둔 비용을 올려 달라고 말하겠네."

"맙소사, 이보게 맥콜."

"일본 정부는 우선 현 정권이 황색인해방연합단을 전혀 돕지 않았다는 사실을 증명해 보이려고 할 것이네. '우리는 그 단체와 전혀 무관하다'. 일본은 어쨌든 최우선적으로 혐의를 벗어야 하니까. 그렇다면 우리가 그걸 도와 줄 수 있지. 미군 철수를 주장하고 있는 황색인해방연합단의 의지와 다른 걸 실천하면 그걸 증명할 수 있을 테니까. 일본에게 미군 주둔 비용을 대폭 올리게 하는 거네. 그러면 일본은 분명히 미군 주둔 비용을 부담하는 것으로 황색인해방연합단에 관련한 혐의를 벗으려 할 걸세. 돈이 얼마든 그건 큰 문제가 아니겠지."

윌슨의 표정은 다시 심각해졌고, 그 모습을 본 맥콜은 호탕하게 웃었다.

그러나 그 시각, 맥콜이 본국으로 보낸 전문은 이미 대단한 위력을 발휘하고 있었다. 하원의 태평양 소위원회 앞으로 보내진 맥콜의 전문이 다각적으로 검토되고 있었던 것이다. 그것은 하나의 작은 뇌관에 불과했지만, 그 뇌관이 요구하는 폭발물은 엄청난 파괴력을 가진 것이었다.

한편 일본 대사관의 가와이 후쿠다 참사는 본국으로부터 한국에서 벌어진 황색인해방연합단에 관련한 모든 정보를 수집해 보고하라는 전문을 읽고 있었다. 그리고 이번 사태가 마무리될 때까지 비상 보고 체제로 전환하라는 지시도 곁들여 있었다. 전권공사를 통해 내각에 보고하는 체계를 무시하고, 가와이 후쿠다가 직접 내각 조사실로 보고하라는 것이었다.

그리고 절대 당황하지 말라고 충고하고 있었다. 누가 황련단에 대해 묻거든 단호한 태도를 취하라고 되어 있었다. 특히 기자와의 접촉을 삼가고 대외 협력 부서의 한국 직원들과도 당분간 거리를 두라고 말하고 있었다.

그러나 이미 대사관 안의 분위기는 상당히 술렁이고 있었다.

내각 조사실로 봐서는 총체적 위기에 직면해 있다고 봐도 과언이 아닐 것이었다. 후쿠다는 숨 막히는 긴장감을 느꼈다.

하지만 본국 내각 조사실에서 온 전문에는 한 가지 이상한 점이 발견되었다. 한국에서의 모든 황련단 활동에 대해서 보고하라고 된 첫 문장과는 다른 분위기의 문구가 눈에 들어왔던 것이다. 전문의 두 번째 장 아래에 그러한 정보를 최초로 누설한 사람이 누구며, 그 사람이 어떻게 황련단에 관련한 정보를 취득했는지 조사할 것을 지시하고 있었다. 전문은 황련단에 대해서보다도 황련단에 관련한 정보가 어떻게 JIC에 알려졌는지에 대해 더 관심을 두고 있었다.

후쿠다는 우선 야츠키를 불렀다. 최근 야츠키는 가케 히데키를 만나고 있었지만, 그의 본연의 직책은 대외협력부 2등 서기관이었다.

"부르셨습니까?"

야츠키의 시원한 용모가 봄날 싱그러운 바람처럼 느껴졌다.

"앉게. 그리고 우선 이것부터 좀 읽어보게."

후쿠다는 방금 전 본국으로부터 온 두 건의 보고서와 그에 따른 전문을 보여 주었다. 그걸 받아 읽어 내려가던 야츠키의 안색이 변하기 시작했다. 그러나 후쿠다는 눈치채지 못했다. 야츠키에게 황련단이라는 단체의 이름은 낯선 것이 아니었다.

승자 없는 휴전

CIA가 주도하는 태평양 소위원회가 맥콜의 전문을 토대로 전략 방침을 세운 것은 그 이튿날이었다. 순발력을 생명으로 하는 국제정치 전략의 생리 때문에 소위원회 관계자들은 말 그대로 피를 말리는 하룻밤을 보냈던 것이었다.

그러나 전략 방침의 요지는 간단했다. 우선 가장 중요한 것은 황색인해방연합단을 직접적으로 자극해서는 안 된다는 것이었다. 그들이 미국의 이익을 지금보다 더 크게 직접적으로 해치는 사건을 일으키지 않는 이상 그들을 미리 자극할 필요는 없다는 것이었다.

하지만 전략 방침에는 그 조직을 명백한 미국의 적으로 명시하고 있었다. 그들이 가지고 있는 이념이 멀지 않아 미국의 이익을 해칠 것이 자명하다는 규정하고 있었다. 아시아에서 미국의 뿌리를 흔든다면 미국은 그들을 결코 용서할 수 없을 것이었다.

"그럼 이제 어떻게 해야 하지?"

맥콜이 윌슨에게 물었다.

"자네가 이미 말했잖나? 일본 정부가 스스로 그 단체의 뿌리를 뽑을 수 있도록 도와주는 거라고. 그게 가장 현명한 방법이겠지."

윌슨은 맥콜의 머리를 쓰다듬어 주었다.

"기다리게. 내일부터 그 약효가 발휘될 거야. 벌써 약을 썼다는 전갈을 받았네."

그러나 윌슨의 말처럼 일본은 호락호락하지 않았다. CIA가 주도하는 태평양 소위원회가 밤을 새워 전략 방침을 세웠듯이 일본의 내각 조사실 역시 밤을 새우며 대응 체제를 갖추었던 것이다.

미 대사관의 코널 윌슨이 태평양 소위원회의 대외 창구 역할을 맡았듯이, 일본 내각 조사실의 대외 창구를 맡아 스피커 역할을 하게 된 것은 가와이 후쿠다 참사였다. 후쿠다는 앞으로 자신이 하게 될 많은 말들이 자신의 의지와는 전혀 무관한 것임을 잘 알고 있었다. 자신은 짜인 각본을 잘 외기만 하면 되는 것이었다.

어제 JIC의 일본 담당 부장 권유민에게 했던 것처럼, 전달받지 못한 사실에 대해서는 '아는 바 없다'고 말하면 그만이었고, 문안이 애매하여 미처 파악하지 못한 것에 대한 추가 질문은 무시하며 때로는 바보처럼 눈만 껌벅이면 되었다. 그러나 입장을 정리해야 할 부분에서는 단호하게 언성을 높일 준비가 되어 있었다.

그 시각, 하타 야츠키는 가케 히데키와 함께 대사관 근처에 있는 일본 음식점에 앉아 있었다. 야츠키의 얼굴은 밤새 잠을 이루지 못했던 흔적이 역력히 남아 있었다. 눈은 충혈되어 있었고, 평소 두툼하던 눈두덩이가 우묵 들어가 보였다.

"어떻게 된 거죠? 선배님에게까지 영향이 미치는 거 아닙니까?"

히데키는 그렇게 말한 야츠키를 바라보며 입가에 주름을 만들어 보였다.

"자네가 날 그렇게 걱정을 해주다니 고맙군. 별일은 없을 걸세. 언젠가는 치러야 할 통과 의례였네. 언제까지 숨어서 지낼 수는 없잖겠나?"

"그렇더라도 조직이 드러났기 때문에 활동하는 데 제약이 많아질 텐데요."

히데키는 다시 미소를 지었다.

"자네 역시 황련단원이 다 됐군. 아예 조직에 들어오는 것이 어떤가?"

히데키는 농담을 하며 야츠키의 얼굴에서 어두운 그림자가 걷히길 기다렸으나, 그는 끝내 우울한 표정이었다.

"난 단지 자네가 역사를 제대로 읽을 수 있게 되기를 기대할 뿐이네. 지금은 일본의 현실을 염려해야 할 때지. 아시아의 현실을 염려해야 할 때야. 어쨌든 걱정해 줘서 고맙네. 그러나 큰 염려는 안 해도 될 걸세. 나도 어제 연락을 받았다네. 한국의 정보기관이 비교적 정확하게 포착했더군. 하지만 그건 극히 일부에 불과하지. 이보게 야츠키. 황련단은 쉽게 무너지지 않네. 그리고 이 문제를 해결하기 위해 황련단의 해결사들이 이미 투입되었다네."

"해결사라니, 그들은 어느 위치에 있죠?"

히데키의 얼굴이 굳어졌다. 그러나 야츠키의 질문을 경계해서가 아니었다.

"나도 모르네. 그걸 정확히 아는 사람들은 그들 자신뿐이지. 그들은 마음먹기에 달렸다네. 하지만 그들이 아주 유능한 해결사들이라는 건 알지. 난 그들이 실패하는 것을 보지 못했네."

야츠키는 알 수 없다는 얼굴이었다. 연어알을 얹은 초밥을 집어 들며 다시 히데키가 입을 열었다.

"사실대로 말하자면 황련단 주변에는 많은 협력자들이 있지. 그들이 모두 황련단의 조직원은 아니네. 그러나 언제든지 그들도 황련단의 일원이 될 수 있네. 그렇게 되면 그들도 많은 통제를 받아야겠지. 그런 협력자들 중에는 대단한 영향력을 가진 사람들이 있어. 사실 그들이 무서운 존재들이지. 그들은 외부의 압력이나 지시에 의해 움직이는 것이 아니라, 그들 자신의 신념에 따라 움직인다네. 그들은 무엇이 옳은 일인지 정확히 알고 있거든. 자네도 마찬가지 아닌가, 야츠키. 자네도 이미 그런 협력자 중의 한 사람이라고 해도 과언이 아니겠지. 자넨 이미 황련단을 지키는 초기 경고 시스템으로 활동을 하고 있으니까."

야츠키는 히데키의 말에 얼굴을 붉혔다.

"참, 선배 여행 준비는 잘되어 가나요?"

"이제 다 끝났네."

히데키는 편안한 얼굴로 야츠키의 질문에 화답했다.

"내일 아침이면 나는 서울에 없을 걸세."

한편 미국 CIA 한국 지부에서는 매일 태평양 소위원회에서 보내온 자료를 토대로 보도 자료를 만들고 있었다. 그것들은 뉴스 마감 시간 전에 각 언론사에 배포되었다. 물론 그 보도 자료에 의한 기사가 한국 신문에 실릴 무렵이면, 미국과 일본의 주요 신문에도 실릴 것이었다. 그리고 세 시간 후면 전 세계의 주요 신문에 같은 자료가 배포될 것이었다.

배포 창구 역시 대사관의 코널 윌슨이었다.

그 점에 있어서는 일본도 마찬가지였다. 일본도 꾸준히 그에 맞서 보도 자료를 배포하고 있었던 것이다. 일본 측 창구는 역시 주한 일본 대사관의 가와이 후쿠다였다.

첫날의 미국 측 그것은, 런던의 증권 시장에서 일본 자본이 한국이 발행한 해외 증권들을 무더기로 사들이고 있다는 것이었다. 한 주 동안 한국이 발행한 해외 증권의 95%를 일본 자본이 매입을 했다는 것이었다. 그리고 덧붙여 일본의 대장성이 각 금융 기관에 내리는 '국별 자산 운용 지침'에 유독 한국만은 한도가 없다는 사실을 강조했다. 일본이 지금 한국을 사들이고 있다는 것이 그 요지였다.

또 하나의 보도 자료는 일본과 러시아의 안보 협의에 관한 것이었다. 그것은 비밀리에 블라디보스토크에서 열렸고, 그 협의에서 한국이 제외됐다는 사실을 상기시켜 주는 것이었다. 거기에 미국의 군사 전문가 맥밀런의 논평이 곁들여졌다. 그것은 매우 유감스러운 일이며, 또한 위험한 일이라는 내용이었다. 일본은 러시아가 아직 북한을 돕고 있는 사실을 주목해야 할 것이라고 토를 달고 있었다.

이 두 가지의 보도 자료는 비교적 온건한 것이었다. 또한 그 두 가지 모두 사실이었다.

물론 이 두 가지 사실은 이날 오후 신문에 즉각 실렸다. 특히 러시아와 일본의 안보협의 문제는 일면 톱 기사였다. 일본의 반응은 대단히 빨랐다. 일본 방위청의 대변인은 미국의 군사 전문가 맥밀런의 근시안적 논평은 허무맹랑한 소설일 뿐이라고 말했다. 중국과 동중국해에서 대치하고 있는 상황 속에 러시아와 안보 협의를 하게 된 것은 중국의 무리한 군사력 증강에 쐐기를 박기 위한 것이었다고 해명하고 있었다.

이것은 일본이 보인 최초의 공식적인 반응이었다.

그러나 미국의 물밑 대응은 보다 정직했다. 물밑에서 일본은 신경질을 부릴 여유마저 없었다. CIA는 결국 황련단을 거론하는 것으로, 지금 자신들이 일본의 목을 죄는 이유가 무엇인지를 분명히 했다. 그리고 일본이 굴복하지 않는다면 미국으로서는 보다 강도 높은 대응책을 마련하지 않을 수 없다는 점을 상기시켜 주었다.

그러자 일본은 한걸음 물러섰다. 하루 전인 어제 일본은 공식 창구인 가와이 후쿠다를 통해 황색인해방연합단은 일고의 가치도 없는 헛소문이라고 일축했었다. 그것은 사실무근이며, 그 점에 공식 대응할 필요를 느끼지 못하고 있다는 얘기였다. 그러나 하루가 지나면서 일본의 태도는 바뀌었다. 같은 입을 빌어 일본은, 황련단을 확인했으며 이 단체를 조사하기 시작했다고 말했다. 미국 처방의 약효가 조금 있었다고 볼 수 있는 대목이었다.

하지만 언론을 통한 일본의 반격도 미국 못지않았다. 일본의 내각 조사실이 한국 언론에 보내온 보도 자료는 일본의 한 군사 전문가의 논평이었다.

그것은 한국의 미군 주둔 비용에 관련한 것이었는데, 미국이 한국으로부터 많은 주둔 비용을 얻어내기 위하여 아주 치밀한 압력을 넣고 있다는 내용이었다. 한국은 미군이 태평양의 요새를 지을 수 있도록 기지를 제공하고도 기지 사용료를 받지 않고 있으며, 거기에 엄청난 돈까지 얹어주고 있다는 것이었다.

그리고 현재 일본에 주둔하고 있는 주일 미군 역시 일본에 도움을 주고 있다고 믿는 일본인은 그리 많지 않다고 덧붙였다. 일본인의 대부분은 주일 미군이 아시아의 평화를 위해 존재하기보다는 일본의 군사 대국화를 막는 '병뚜껑' 역할을 하고 있는 사실을 이미 알고 있다는 것이었다. 그는 끝에 이렇게 한탄하고 있었다. '교도소에 갇힌 죄수가 자신을 지키고 있는 간수의 봉급을 주고 있는 것과 다름이 없다'.

하지만 물밑 상황은 다소 달랐다. 일본이 한걸음 물러서고 있었다. 다시 미국 측이 황색인해방연합단에 대해 추궁하자, 조사가 진척 중이라고 통보한 것이다.

그러나 이미 언론으로 비화된 불씨는 서로에게 깊은 상처를 주고 있었다. 내친김에 미국 측에서는 한 단계 강도를 높인 보도 자료를 배포하고 나섰다.

그것은 일본의 북한에 대한 경제적 지원에 관련한 것이었다. 핵 문제로 북한과의 경제 협력을 유보하고 있는 한국과 다르게 북한과 지속적인 경제 협력을 해오고 있는 사실을 입증하는 구체적인 자료를 내놓은 것이다. 거기에 덧붙여진 미국의 국제정치연구소의 파블로라는 연구원의 논평은 '일본의 그와 같은 행동은 북한의 핵 문제 해결을 어렵게 하고 있으며, 더 나아가서는 한반도 분단을 영구히 고착시키는 문제를 야기할지도 모른다는 것'이었다.

그에 대응해 일본도 가만히 있지 않았다. 일본 역시 언론을 이용해 반격했다. 이번에는 동아시아 지역에 있어서 미국이 갖는 한계에 대해 말하고 있었다. 미국은 동아시아 문제를 해결할 수 있는 능력을 갖지 못하고 있다는 내용이었다. 그것의 핵심은 문화적 단절감이라는 것이었다. 미국은 아시아 문화를 이해하지 못하고 있으며 이해하려 들지도 않는다고 말하고 있었다.

"곧 터지겠군. 일촉즉발 아닌가?"

JIC의 국제 담당 부장 전성길은 불안한 음성으로 그렇게 말했다. 실제로 미국과 일본의 감정적 대응은 그런 우려를 자아낼 만한 것이었다. 마주 앉은 권유민도 그걸 피부로 느끼고 있었다.

JIC의 간부급 모임인 싱크탱크의 분위기도 그랬다. 현재 일본은 초강대국으로 진입하기 위해서 정치적 지배가 가능한 시장과 자원 공급지를 확보해야 하는 입장에 처해 있다. 반면에 미국은 반세기 전 무려 30만 명의 희생을 치르고 장악한 태평양을 한 치의 양보 없이 지켜야 하는 상황에 처해 있다. 이 와중에 도드라진 황색인해방연합단이라는 돌출 변수는 미일 관계를 급속히 냉각시키고 있었다.

그런 가운데 황인기는 이틀째 종적을 알 수 없었다. 부국장과 곽정환 역시 마찬가지였다. 그러나 문서 유출 관계로 그들이 관계기관에 소환됐다는 얘기는 어디에서도 들을 수가 없었다. 미국과 일본의 격한 감정적 대립이 며칠째 계속되고 있었지만, 정작 JIC의 문서 유출 문제만은 놀랍도록 조용했던 것이다.

국장은 오늘도 문서 유출 건을 정식으로 검찰에 고발할 것을 지시했지만, 권유민은 아직 아무런 조치도 취하지 않고 있었다. 그것은 이미 JIC의 일이 아니라는 느낌이 강하게 왔기 때문이었다.

그러나 특별수사대 쪽에서도 이렇다 할 움직임을 보이지 않고 있었다. 전성길이 특별수사팀의 김화영 계장에게 문서 유출에 관한 협의를 요청했지만, 곧 연락하겠다던 그가 이틀 동안이나 침묵하고 있는 것이다.

모든 것이 불투명했다. 그러던 중 JIC내에서는 엉뚱하게도 국장 경질설이 떠돌기 시작했다. 권유민이 전성길에게 물었다.

"그게 무슨 말이지? 어디서 들었어."

그 소문은 정말 엉뚱한 것이었다. 사태는 어느 모로 보나 국장

쪽으로 유리하게 전개되고 있었다. 공금 유용 건이 다소 걸리긴 했으나, 황련단과 문서 유출 사건의 엄청난 파문은 국장의 그런 허물을 덮고도 남을 것이었다.

"총무부 김명인 부장이 그러더군. 믿을 만한 소식통이잖나?"

그러나 권유민은 그것이 부국장의 역공작일 것이라고 생각했다. 부국장이 국장의 감정을 건드려 이성을 잃게 하는 전략을 구사하고 있는지도 모른다는 생각을 한 것이다. 그러나 그것은 거의 정확한 정보였고, 권유민이 생각한 것이 비해 훨씬 더 심각한 상황에 돌입해 있었다.

그 시각, 강남경찰서의 김철규 반장은 양평동의 한 작은 아파트를 뒤지고 있었다. 경찰서 취조실에 가둬둔 미성의 사내가 기거했던 아파트였다.

사내 혼자 기거한 탓인지 집 안 사정은 엉망이었다. 하나도 정돈되어 있는 것이 없었다. 기억해 둘 만한 특징이 있다면 그것은 집 안을 장식하고 있는 일본 물건들이었다. 사내가 경영하고 있던 작은 커피숍과 다를 바가 없었다. 안방에 들어서자 맞은편 벽에는 거대한 군국주의시대의 일장기가 붙어 있었고, 거실의 탁자 위에는 스에키가 놓여 있었다. 스에키가 놓여 있는 탁자 위에는 시퍼런 살의가 번뜩이는 일본도가 칼날을 반쯤 드러낸 채 걸려 있었다.

김 반장은 두 시간쯤 거기에 머물렀다. 두 시간이면 그의 탁월한 수색 능력이 빈틈없이 발휘될 수 있었다. 그는 문갑의 한

구석에서 가죽으로 덮인 작은 수첩을 찾아냈다. 그것이 그가 두 시간에 걸쳐 수고를 해서 얻어낸 성과의 전부였다. 그러나 그것은 결코 작은 수확이 아니었다. 왜냐하면 그 수첩에 접혀 꽂혀 있던 메모지에서 이제는 낯설지 않은 부호로 기록된 종이를 발견했기 때문이었다.

경찰서로 돌아온 김 반장은 곧 황 순경을 불러 해독해 줄 수 있는 사람을 찾았다.

"일본어 속기 문자가 또 나왔어. 이 내용이 뭔지 좀 알아 봐."

한 시간쯤 후, 젊은 사내의 수첩에서 나온 메모지 내용이 김 반장에게 전달되었다. 젊은 사내는 잠을 이루지 못해 얼굴이 많이 상해 보였다. 그러나 그의 인내력은 거의 초인적이었다.

하지만 그의 초인적인 인내력도 작은 수첩에서 나온 자신의 행적 앞에서는 무기력했다.

"12월 20일, 성진자동차공업사에 갔었군. 거기서 누굴 만난 거야?"

김 반장은 웃을 수 있었다. 그가 답변하지 않아도 그를 잡아넣는 데는 큰 문제가 없을 것이었다. 사내의 안색이 하얗게 변했다. 그곳은 말레이시아인 모렝이 근무했던 정비 공장이었다.

그로부터 사흘 후,

언론을 통한 미국과 일본의 공방은 일주일째 계속되고 있었다. 처음 며칠 동안 미국의 언론 공세에 못지않게 격렬히 미국의 정책을 비난하던 일본은 그 후 점차 태도 변화를 보였다. 미국을 비난하기보다는 미국의 공세를 방어하는 수준에 머물렀다. 미국 측도 마찬가지였다. 공세적 입장에서 물러나 동북아 평화 공존을 위해 미국과 일본이 협력해야 하는 사업들을 거론하기 시작했다.

그리고 오후에는 아주 희한한 전문 한 장이 미국 측에 보내졌다. 일본의 검찰이 황련단의 주요 간부 몇 사람을 폭력 단체 조직 혐의로 구속했다는 내용이었다. 그런데 그 전문에는 황련단에 관련되었다는 조직원들의 명단과 그들을 신문한 검찰 조서까지 첨부되어 있었다. 일본의 과잉 대응이었다. 일본의 친절을 수상하게 여긴 CIA의 한국 지부에서는 그 명단을 도쿄 지부에 보내 사실 확인을 지시했다. CIA가 확인한 바에 의하면 일본 측이 황련단 간부라고 보내온 명단의 인물들은 대부분 야쿠자 야마구치조의 중간 보스 격에 불과한 몇 사람이었다.

하지만 더욱 납득이 되지 않았던 것은 일본 측의 해명이었다. 전문에 덧붙이기를 그들은 일본 내에서 활동했을 뿐, 국제 문제를 야기할 만한 어떤 일도 하지 않았음을 수사 결과 확인했다는 것이었다.

이후 일본은 침묵으로 일관했다. 간혹 벙어리가 아니라는 것을 증명이라도 하듯 보여 주는 반응은 '그것은 이미 끝난 일'이라는 것이었다. '미국은 더 이상 양국 간의 관계를 위협하는 악성 유언비어를 믿어서는 안 될 것'이라는 항의성 문구도 간혹 보였다. 그리고 '현재 일본의 정보기관은 그런 악성 루머의 진원지가 어디인지를 찾고 있는 중'이라는 말을 덧붙이고 있었다.

예상에서 빗나간 사태의 진전에 JIC의 국장 박성수는 돌연 아연한 표정이 되었다. 그 진원지에 똬리를 틀고 있던 그로서는 아연실색할 수밖에 없는 일본의 반응이었다.

국장은 그 후 조금씩 자신을 허물어뜨렸다. 그는 조급했으며, 전혀 안정된 모습을 보여 주지 못했다. 부하들 앞에서 성격 파탄자처럼 신경질을 부렸고, 별로 할 일이 없었음에도 불구하고 여전히 귀가하지 않았으며, 집무용 책상 뒤편에 깔린 매트리스에서 게으르게 일어나 일정 브리핑을 위해 들어간 여비서에게 청결하지 못한 얼굴을 보여 주곤 했다. 그즈음 국장의 일정이라고는 감사위원회에 불려 다니는 것 외에 특별한 일이 없었다.

국장이 횡령한 것으로 밝혀진 오백만 불의 공금이 아시아 지역에서 활동하고 있는 일본 우익 단체를 포착하기 위한 비밀 조직을 가동하는 자금으로 사용되었던 사실은 충분히 입증되었다. 그러나 그런 후에도 국장의 형편은 나아지지 않았다. 감사위원회가 국장이 비밀 사조직을 통해 일본의 우익 단체를 감시한 이유를 이해하려 들지 않았기 때문이었다. 국장을 보는 그들의 시각은 일본의 내각 조사실과 다르지 않았다. 국장은 한일 외교에 걸림돌이 되고 있는 문제 인물이었던 것이다.

그때쯤 부국장과 곽정환은 자기 자리로 돌아와 있었다. 그들의 표정은 결코 어둡지 않았다. 아무도 그들을 황련단과 관련지어 말하지 않았다. 더 이상 권유민과 전성길에게 문서 유출에 대해 묻는 사람도 없었다.

하지만 유독 얼굴이 어두운 사람이 있었다. 황인기였다. 그도 역시 부국장이 모습을 드러내던 그즈음 자기 자리로 되돌아와 있었다.

권유민은 황인기의 방에 있었다.

한강이 내려다보이는 전망 좋은 방. JIC의 부장 가운데 가장 선임 대접을 받는 자리가 바로 미국 담당 정보 분석관이었다. 그는 휘하에 이십여 명의 유능한 직원들을 거느리고 있었으며, 미국 현지에 구성된 정보 수집망은 가장 세련된 정보 수집 체계를 갖추고 있었다.

창가에 서서 바로 창밑 작은 지붕에 모여앉아 있는 비둘기들을 바라보고 서 있던 황인기에게 권유민이 물었다.

"힘드나?"

황인기는 그렇게 묻는 권유민을 돌아다보았다. 창을 통해 책상 위로 햇살이 하얗게 부서지고 있었다.

"그렇게 보이나?"

그렇게 보이나, 라고 되묻는 황인기에게 고개를 끄덕여 보이는 권유민. 그리고 그 뒤를 잇는 잠시의 침묵. 이윽고 먼저 입을 떼는 황인기. 시선은 여전히 창밖 비둘기에 있었고.

"이번 일을 미국이 어떤 식으로 처리할 것 같은가?"

권유민도 그 점이 궁금했다. 황련단에 관련한 정보가 미국 대사관에 보내진 사실을 알았을 때 권유민의 심정은 숫제 비장했다. 그 보고서가 JIC를 떠나 누군가의 손에 들리는 순간 세상의 어느 한편에서 대단한 일이 벌어질 것 같은 느낌이었다.

그러나 놀랍게도 그런 일은 없었다. 그것 때문에 미국과 일본의 물밑 공방이 치열한 형편을 모르는 건 아니었지만, 아직 관계하고 있는 몇 사람을 제외하면 세상은 황련단과 관련한 어떤 동요도 보이지 않고 있는 것이다. 어쩌면 그것 때문에 또다시 역사에 불행한 얼룩을 남기게 될지도 모를 한반도는 여전히 빌어 온 평화 속에 침몰해 있는 것이다.

"자넨 이 문제가 어떻게 해결될 것으로 보이나?"

권유민이 황인기에게 되물었다. 과연 미국은 자신의 정부 관리를 테러한 황련단 문제를 어떻게 할 것인가. 황인기는 한동안 침묵을 지키고 있더니 이윽고 입을 열었다.

"국장은 황련단 관련 정보를 미국 대사관에 보내면서 대단한 기대를 했겠지? 미국의 그 엄청난 괴력이면 단 한 방의 펀치로 황련단을 박살 낼 것으로 여겼겠지? 그렇지만 사정은 그렇지가 않았네. 물론 그들은 지금 최선을 다하고 있지. 그들은 자신들의 처지에 맞는 가장 현명한 방법을 선택해서 지금 최선을 다하고 있어. 미국이 언론을 통해 일본을 비난하면서도 황련단에 대해서는 한마디도 하지 않고 있지만, 그것이 미국으로서는 최선일 것이네. 국장은 미국이 대대적으로 황련단에 대해 터뜨려 주길 기대하고 있을지도 모르지. 그러나 결코 미국은 그런 바보 같은 짓을 하지 않을 걸세. 그게 바로 미국의 선택이지."

"도대체 왜?"

"황련단은 이를테면 일본의 발톱인 셈이지. 그 발톱이 자신을 향하고 있는 걸 아는데, 그것에 노골적으로 맞서는 것은 전략이 아니지. 미국은 모른 척 외면하면서 그것의 뒤편으로 가는 길을 찾을 것이네. 바로 거기가 일본의 뒤통수일 테니까. 미국은 늘 거기에 서서 재미를 봤지. 이제 그들은 곧 협상을 할 것이네."

"협상이라니?"

황인기는 한동안 대답을 미룬 채 권유민의 얼굴을 바라보았다. 마치 '아직도 모르겠나?' 하는 표정이었다.

"그들의 선택은 대단히 실리적이지. 스스로 적국으로 규정한 국가에 무기를 팔기로 결정한 미국이나, 러시아인들에게 핵심 기술을 팔아서 러시아의 잠수함이 프로펠러의 소음을 내지 않고도 혈맹 우방의 연안으로 기어들 수 있도록 해준 일본. 그들의 속성을 알아야 하네. 그들의 선택을 상식적으로 이해하려 들어서는 곤란해. 그들은 자신들의 이익에 병적으로 집착하지. 이번에도 그들은 협상을 할 걸세. 하지만 그들은 절대로 손해를 보려 하지 않을 거야. 그들은 협상 테이블에서 서로 상대의 기분을 맞추기 위해 자신들이 큰 손해를 보지 않는 범위 내에서 무언가 선물을 줘야 할 걸세. 나는 그 선물로 희생될 것이 무엇인지, 그게 궁금할 뿐이네. 아직도 무슨 말인지 모르겠나?"

말을 마친 황인기가 자리에서 벌떡 일어서더니 창가로 가 창문을 열었다. 그때 창밑 작은 지붕 위에 앉아 있던 비둘기들이 놀라서 한꺼번에 날아올랐다.

한동안의 침묵 끝에 권유민은 황인기의 방을 나섰다. 어두운 복도를 지나 자신의 방으로 가는 동안 황인기가 방금 얘기한 협상에 대해 생각했다.

다음 날 아침, 권유민은 탁자 위에 놓여 있던 신문을 집어 들었다. 정치면 한 귀퉁이에 미국의 한 핵 전문가가 일본의 핵 재처리 공장의 규모에 대해서 말하고 있었고, 일본은 현재 세계 최대의 플루토늄 왕국이라는 내용의 기사가 실려 있었다. 그것은 언뜻 그저 밋밋한 인터뷰 기사로 보였지만, 어제에 이어 계속되는 미·일 간의 언론 공세의 한 편린이었다.

그 바로 아래에는 오늘 오후 하와이에서 미·일 외무차관 회담이 열렸다는 기사가 실려 있었다. 물론 회담 내용에 대한 언급은 없었다. 협상은 이미 시작된 것이다.

이틀 후.

JIC의 국장 박성수는 해임되었다. 경질될 것이라는 소문은 정확했다. 그러나 그가 유용한 오백만 불에 대한 언급은 없었다. 출근하던 길로 곧장 국장의 방으로 올라갔던 권유민은 간밤에 국장의 물건들이 말끔히 치워진 것을 보았다. 집무용 책상 너머에 깔려 있던 매트리스도 보이지 않았다. 미얀마제 시가가 담겨 있던 탁자 위의 담배 상자도 비어 있었다.

국장 방에서 나온 권유민은 전성길의 방으로 갔다.

"모래성처럼 무너지는군. 국장은 끝내 감사위원회를 납득시키지 못했어."

전성길은 권유민을 향해 넋두리처럼 말했다.

"애초에 납득시킬 수 있었던 것이 아니었지. 공금 횡령은 표면적인 문제 아닌가? 문제의 핵심은 국장이 구축한 비밀 사조직이었겠지. 어쨌든 국장의 정치력이 모자랐던 거야. 국장이 너무 조급했어."

"부국장의 사직서도 이사회에서 처리되었다더군. 그렇지만 국장의 공금 횡령 문제와 마찬가지로 부국장의 문서 유출 사건 역시 언급되지 않았다네. 어떻게 된 건지 이해가 가나? 그리고 벌써 신임 국장이 내정되었다더군."

전성길은 자조적인 웃음을 터뜨렸다.

그 시각, 특별수사팀의 김화영 계장은 강남경찰서 김철규 반장이 보내온 조서를 읽고 있었다. 윌리엄 피그먼 테러 사건의 배후 조종 인물로 여겨지는 한 젊은 사내에 관련한 것이었다.

그러나 김화영 계장은 이미 흥미를 잃고 있었다. 그는 아침에 신유식 과장으로부터 사건을 종결하라는 지시를 받았던 것이다. 사건을 종결하라는 지시와 함께 사족처럼 덧붙인 얘기가 있었다. 신 과장에게 전화를 걸어 집요하게 사건을 묻어 버리라고 요구했던 정치인에 대한 것이었다. 그 정치인이 JIC의 신임 국장으로 내정되었다는 소식이었다.

"도대체 어떻게 된 거죠?"

김 계장이 참담한 심정으로 그렇게 물었으나 신 과장의 답변은 그지없이 간결했다.

"모르겠네. 알고 싶지도 않고."

이날 저녁 뉴스에 새로운 미·일 간 안보 협력을 위한 방안이 발표되었다. 중국과 이해관계가 엇갈리는 동중국해의 요나구니섬에 일본이 레이더 기지를 건설하는데, 미국이 기술 지원을 한다는 내용이었다. 일본 열도의 가장 마지막 섬, 요나구니섬. 이 섬에 레이더 기지를 건설한다면 일본은 중국의 턱밑에 비수를 갖게 되는 셈이었다. 그것에 미국이 기술을 지원한다는 데에 초점이 맞춰진 보도였다. 황련단에 대한 언급은 여전히 없었다.

그 시각 히데키는 여행에서 돌아왔다. 그는 소파에 길게 누워 텔레비전을 켰다. 마침 요나구니섬의 활주로를 비춘 영상 위로 자막 처리된 미·일 간 안보 협력 내용이 떠오르고 있었다.

이튿날 아침 뉴스에는 중국의 신화통신사 보도가 인용되었다. 그 기사에는 일본의 요나구니섬 레이더 기지 건설에 관한 얘기는 없었다. 다만 한국과 일본이 미국이 주도하는 동북아판 나토를 결성한다면 결코 용납하지 않겠다는 중국 외무성 발표가 그 핵심이었다. 그것은 동북아에서 중국을 견제하기 위한 그 어떤 군사적 동맹도 용납하지 않겠다는 중국의 단호함을 보여 주는 선언이었는데, 웬일인지 오직 한국만을 향해 하는 말처럼 들렸다.

이날 저녁, 싱크탱크의 정기 모임이 있었다.

모두들 표정은 어두웠으나, 화제는 미·일 외무차관 회담 이후 변화된 정세에 집중되고 있었다. 그러나 변화된 정세라는 건 너무 싱거웠다. 하와이 회담 이후 미국과 일본은 다시 신혼방을 차린 것이다.

미국과 일본이 전쟁을 할 것이라고 그렇게도 떠들더니 그 사람들 왜 이렇게 조용한 거야? 누군가가 말했다. 황인기는 입구 쪽에 앉아 술잔만 기울이고 앉아 있었다. 19세기 형편하고 어쩌면 이리 똑같은지. 고래 싸움에 등 터지는 꼴이라니. 그러고 보니까 배역은 다소 바뀌었구먼. 슬픔의 유일한 치료법은 슬픈 사실을 잊는 것이다. 권유민은 옆자리에 앉아 있던 전성길의 옆구리를 찔렀다. 나가자는 사인을 보낸 것이다. 더 이상 자리에 앉아 있기가 거북했다. 전성길 역시 고개를 꺾고 땅바닥을 내려다보고 있었다.

권유민은 전성길을 데리고 일어섰다. 입구에서 황인기를 낚아채서 자리를 옮길 셈이었다.

에필로그 : 강요된 평화

그로부터 한 달 후.

JIC는 안정을 되찾고 있었다. 신임 국장이 부임한 뒤에도 부국장 자리는 여전히 공석이었다. 후임자는 거론되지 않고 있었다. 한 가지 이해할 수 없었던 것은 부국장의 수족과 같았던 곽정환은 문서 유출 사건의 핵심 인물임에도 불구하고 여전히 자리를 지키게 되었다는 점이었다. 그는 오히려 당당해 보였다.

출근하자마자 권유민은 신문을 펼쳐 들었다.

신문에서 가장 먼저 눈에 띄었던 것은 일본이 러시아에 약속한 액수를 상회하는 대규모 전대 차관을 북한에 제공하기로 했다는 기사였다. 그리고 더불어 두만강 유역 진출을 위해 대규모 사찰단을 파견했다는 내용도 있었다. 일본의 270여 개 업체가 새로 북한에 진출하기 위해 조사단을 파견했다는 내용도 있었다.

그러나 다른 기사에서, 미국은 여전히 아시아의 작은 악마 북한을 용납하지 못하고 있었다. 미국의 한 군사 전문가는 핵 문제가 해결이 되더라도 북한은 여전히 작은 악마로 존재하게 될 것이라고 말하고 있었다. 더불어 한국 정부는 미국의 정책에 결코 위배되는 행동을 취해서는 안 될 것이라고 충고하고 있었다. 그러면서도 일본의 대북 경제 지원에 대한 언급은 없었다.

그 옆에는 관련된 작은 상자 기사가 있었다. 한국의 한 대학 교수가 그 작은 상자 안에서 한국 정부는 일본이 북한을 경제적으로 먹어치울 때까지 그냥 앉아서 기다려야만 하는 거냐고 따지고 있었다. 그것은 그저 투정처럼 들렸다.

그러나 북한에 대한 미국과 일본의 이 상반된 정책이 황련단 사건을 마무리 짓기 위한 미·일 하와이 협상의 결과라는 사실을 아는 사람은 없었다. 그렇게 믿는 사람은 오직 황인기뿐이었다. 여전히 우울한 표정을 감추지 못하고 있던 그는 기회 있을 때마다 같은 주장을 반복했었다.

이날 아침 황인기는 권유민이 건네준 신문을 난폭하게 구겨 버렸다. 갑자기 방 안은 어색한 분위기로 가득 차 버렸다. 황인기의 차가운 눈초리가 자신의 얼굴에 와닿는 것을 느낀 권유민은 황황히 시선을 거두어 창밖으로 몰아냈다. 권유민의 시선을 붙들어 준 것은 가지만 앙상한 시린 겨울 나목이었다. 잠시의 침묵은 정말이지 견딜 수 없었다. 권유민은 신임 국장에게 업무 보고를 하러 가기 위해 자리에서 일어섰다.

권유민은 국장실 문 앞에서 새로 온 국장의 비서에게 제지를 받았다. 지금 손님이 와 있으니 잠시 기다리라는 것이었다. 십 분쯤 기다려서 권유민은 국장을 찾아온 손님을 볼 수 있었다. 가케 히데키였다. 그를 보는 순간 까닭 없이 섬뜩한 기운이 들었다.

"여어, 이게 누구십니까? 권 부장님, 오랜만인데요."

히데키가 손을 내밀었다. 내민 손을 마주 잡는데, 신임 국장이 나섰다.

"내가 따로 소개하지 않아도 되겠군. 권 부장은 일본 담당이니, 히데키 선생 도움을 많이 받아야 할 거야. 그리고 히데키 선생은 아주 훌륭한 일을 해내셨다네. 아주 대작을 만드셨지."

"별말씀을요."

히데키는 그렇게 말하면서 권유민을 바라보았다. 다시 히데키가 말했다.

"한번 뵈었으면 좋겠습니다. 말씀드릴 것도 있고."

표정이 바뀐 히데키의 얼굴에 냉기가 흐르는 것을 권유민은 느꼈다. 그의 얼굴에 흐르는 차가운 기운은 무엇 때문인지 알 수가 없었다. 히데키가 그렇게 말하고 사라지고 난 뒤, 신임 국장은 얼굴에 따뜻한 미소를 지어 새롭게 권유민을 맞았다.

"권 부장에 대해서는 얘길 많이 들었네. 아주 유능한 정보 분석관이라고? 중요한 것은 정세를 읽는 눈이네. 얼마나 정확히 상황을 인식했느냐에 따라서 정보의 가치가 달라지지. 우리가 취급하는 정보는 우리 경제를 죽일 수도 있고 살릴 수도 있네. 더 나아가서는 우리나라를 그렇게 할 수도 있지."

국장은 잠시 말을 멈추었다. 그는 아주 달변이었다. 그는 다시 천천히 말을 이어갔다.

"지금 아시아는 달라지고 있네. 나는 단호히 21세기를 아시아의 시대라고 말하고 싶네. 우리는 지금 전쟁 중이지. 무슨 말인지 알겠나? 이 전쟁에 있어서 우리의 적은……."

국장은 다시 말을 멈추고 권유민의 얼굴을 들여다보았다. 권유민은 그의 얼굴에 잔잔히 피어오르는 불길 같은 것을 느꼈다.

"그걸 부인하는 사람들이지. 아시아의 가능성을 믿지 않는……, 알겠나?"

다행히 권유민은 그의 전력을 알고 있었다. 그가 일본에 많은 친구를 가지고 있다는 사실도 이미 알고 있었다. 그러나 권유민이 알고 있기로 그는 지키고 싶은 신념이 있는 사람은 아니었다.

하지만 지금 그는 대단한 신념을 피력하고 있는 중이었다. 그가 변한 것일까. 변했다면 그는 누구로부터 어떤 영향을 받은 것일까.

"자네와 나는 그들과 싸워야 하네. 아시아의 가능성을 믿지 않고 방해하는 그들의 교활한 지혜와 싸워야 해."

국장이 바뀌면서 권유민이 싸워야 할 적도 바뀐 것이다. 권유민 앞에 새로운 덫이 놓여 있었다. 자신이 한없이 초라하게 느껴졌다. 그러면서 무기력한 자신에 화가 났다. 군인 정치 시대에 대항하지 못하고 무기력할 수밖에 없었던 당시의 민간 엘리트로서 처절했던 자기혐오가 다시 똑같은 모양으로 되살아났다. 빌프레도 파레토가 말했던 여우형 인간, 바로 그 신임 국장 앞에 선 그는 손가락 하나도 까딱하기 힘들 정도로 무기력했다.

권유민은 제도가 정해 놓은 업무 보고를 했다. 열심히 얘길 했으나, 신임 국장은 관심을 보이지 않았다. 일본 지역에 흩어져 있는 안테나숍의 운용 방안과 확충 계획을 말하고, 정보 수집 현황과 정보 분석 방향에 관련된 깊은 얘기들을 했으나, 국장은 시종 심드렁한 표정을 짓고 있었다.

국장실에서 나와 자기 방으로 돌아온 권유민은 창밖을 바라보고 있었다. 천지간이 침묵이었다.

그 정적에서 그는 경이로운 평화를 실감했다. 군 시절 비무장지대에서 느꼈던 바로 그 평화였다. 늦가을의 싸늘한 기운이 정적 속에 얼어붙어 있던 그 비무장지대에서 그는 평화를 느꼈었다. 전선의 가을 하늘은 깊고 푸르렀다. 그리고 그 푸르른 하늘 아래에는 넓은 들판이 열려 있었다. 들판 가운데에는 집중 포화로 짓물러 내려앉았다는 아이스크림 고지가 벌건 속살을 드러내고 있었고, 시멘트 벙커 바로 앞에는 늘 까마귀 몇 마리가 내려앉아 있었다. 폐허가 없는 땅은 추억이 없는 땅. 추억이 없는 땅은 역사가 없는 땅. 그 서정과 서사가 그 시절 외로움에서 구원해 주었던 것이다.

그러나 '불쾌한 평화는 전쟁보다 해롭다'. 타키투스는 그에게 그렇게 속삭여 주었다. 잠시 전쟁이 유보된 막간의 평화. 비무장지대의 평화. 그리고 불쾌한 평화.

이날 밤, 강남경찰서 김철규 반장은 오랜만의 휴식을 누리고 있었다. 손등에 작은 새를 문신한 청년을 특별수사대에 넘겨준 것을 끝으로 그는 윌리엄 피그먼 테러 사건에서 완전히 손을 뗐다. 그는 자신의 수사에 비교적 만족했다. 그중 일본어 속기 문자를 발견해 낸 것은 스스로 생각해도 압권이었다.

거실 소파에 누워 그는 오랜만에 텔레비전을 보는 여유를 누렸다. 고대사의 새로운 사실을 규명한다는 다큐멘터리가 방송 중이었다. '왜'의 고향이 중국 산동성 남부의 강소성 지역이거나 요녕성 북서부 혹은 내몽고 동부 지역이었다는 얘기. 그들은 기마민족이었으며 강력한 철기문명을 가지고 남하해 한반도를 바람처럼 점령했다. 바로 그 대목에서 김 반장은 피곤한 넋을 놓았다. 피로 때문에 자꾸 눈이 감겼다.

기마민족이라……. 그들이 한반도를 지배했었다는 거지? 눈이 자꾸 감기는 걸 이겨 볼 생각으로 김 반장은 방금 방송된 내레이션에 대한 감상을 되씹어 중얼거려 보았다. 그러나 끝내 지난 몇 주간 덧쌓인 피곤을 이겨 낼 수가 없었다. 그는 곧 깊은 나락으로 빠져들어 갔다.

그 시각, 권유민은 전성길과 함께 기러기 아빠로 홀로 사는 황인기의 아파트에서 술잔을 기울이고 있었다. 서로 별 할 얘기가 없었기 때문에 말없이 술만 마셨다. 권유민과 전성길이 취해 쓰러진 황인기를 안방으로 옮겨다 놓고 일어선 시간은 새벽 2시였다.

새벽 2시.

야츠키는 히데키를 만나기 위해 한강을 건너고 있었다.

〈끝〉